# Posesión oscura

# Christine Feehan

# Posesión oscura

**Titania Editores**

ARGENTINA - CHILE - COLOMBIA - ESPAÑA
ESTADOS UNIDOS - MÉXICO - PERÚ - URUGUAY - VENEZUELA

LONGWOOD PUBLIC LIBRARY

Título original: *Dark Possession*
Editor original: Berkley Books, The Berkley Publishing Group, Penguin Group (USA) Inc., New York
Traducción: Armando Puertas Solano

Reservados todos los derechos. Queda rigurosamente prohibida, sin la autorización escrita de los titulares del *copyright*, bajo las sanciones establecidas en las leyes, la reproducción total o parcial de esta obra por cualquier medio o procedimiento, incluidos la reprografía y el tratamiento informático, así como la distribución de ejemplares mediante alquiler o préstamo públicos.

Copyright © 2007 *by* Christine Feehan
This edition is published by arrangement with The Berkley Publishing Group, a member of Penguin Group (USA) Inc.
All Rights Reserved
© 2010 de la traducción *by* Armando Puertas Solano
© 2010 *by* Ediciones Urano, S.A.
Aribau, 142, pral. - 08036 Barcelona
www.titania.org
atencion@titania.org

ISBN: 978-84-96711-84-6
Depósito legal: B -16.042- 2010

Fotocomposición: A.P.G. Estudi Gràfic, S.L. - Torrent de l'Olla, 16-18, 1º 3ª - 08012 Barcelona
Impreso por Romanyà Valls, S.A. - Verdaguer, 1 - 08786 Capellades (Barcelona)

Impreso en España - *Printed in Spain*

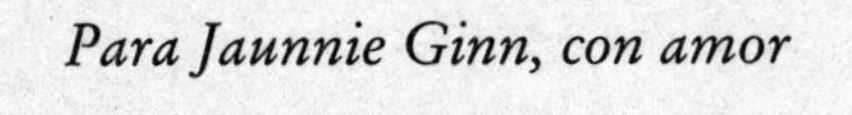
*Para Jaunnie Ginn, con amor*

*Para los lectores de Christine*

Os recomendamos visitar http://www.christinefeehan.com/members para apuntarse a su lista PRIVADA de anuncios de nuevos libros y conseguir GRATIS un exclusivo salvapantallas animado de Christine Feehan. También podéis escribirle a Christine@christinefeehan.com. Estará encantada de tener noticias vuestras.

*Agradecimientos*

Como sucede con todos los trabajos, son muchas las personas a quienes deseo agradecer. Cheryl Wilson y Kathi Firzlaff, que dedicaron una enorme cantidad de tiempo a ayudarme con los detalles. Brian Feehan, por las largas noches que permaneciste despierto conversando conmigo acerca del argumento. Domini, has estado asombrosa trabajando conmigo al final, hasta que vimos la luz. Tina, gracias por proporcionarme todo lo que necesitaba, incluyendo los pequeños detalles, para llevar a cabo mi trabajo. Pero, sobre todo, a mi marido, el amor de mi vida, por entenderme y apoyarme en todo.

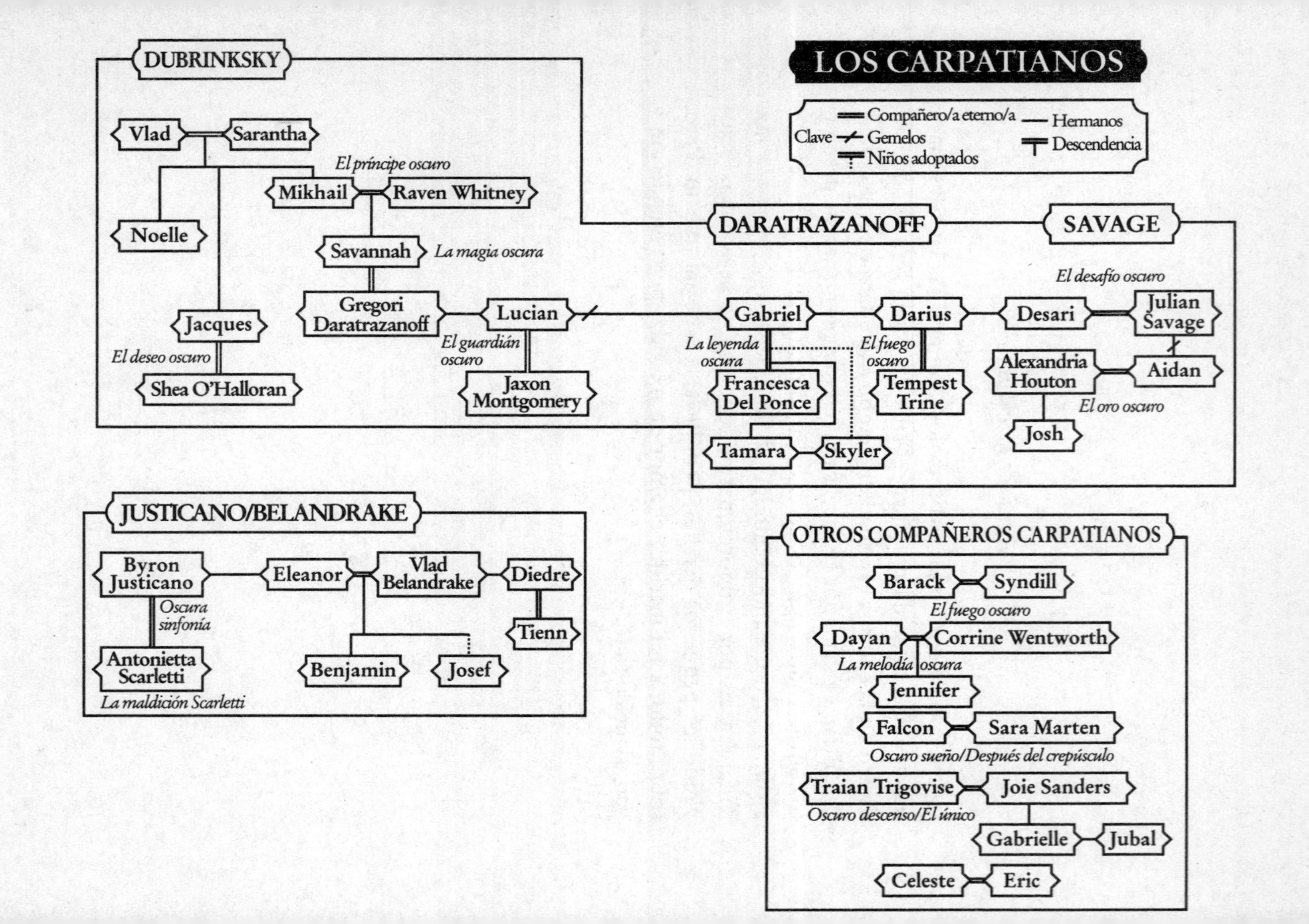
LOS CARPATIANOS
Clave
Compañero/a eterno/a
Gemelos
Niños adoptados
Hermanos
Descendencia
DUBRINKSKY
Vlad
Sarantha
El príncipe oscuro
Mikhail
Raven Whitney
Noelle
Savannah
La magia oscura
Gregori Daratrazanoff
Jacques
El deseo oscuro
Shea O'Halloran
Lucian
El guardián oscuro
Jaxon Montgomery
DARATRAZANOFF
SAVAGE
El desafío oscuro
Gabriel
La leyenda oscura
Francesca Del Ponce
Tamara
Skyler
Darius
El fuego oscuro
Tempest Trine
Desari
Julian Savage
Alexandria Houton
Aidan
El oro oscuro
Josh
JUSTICANO/BELANDRAKE
Byron Justicano
Oscura sinfonía
Antonietta Scarletti
La maldición Scarletti
Eleanor
Vlad Belandrake
Diedre
Tienn
Benjamin
Josef
OTROS COMPAÑEROS CARPATIANOS
Barack
Syndill
El fuego oscuro
Dayan
Corrine Wentworth
La melodía oscura
Jennifer
Falcon
Sara Marten
Oscuro sueño/Después del crepúsculo
Traian Trigovise
Joie Sanders
Oscuro descenso/El único
Gabrielle
Jubal
Celeste
Eric

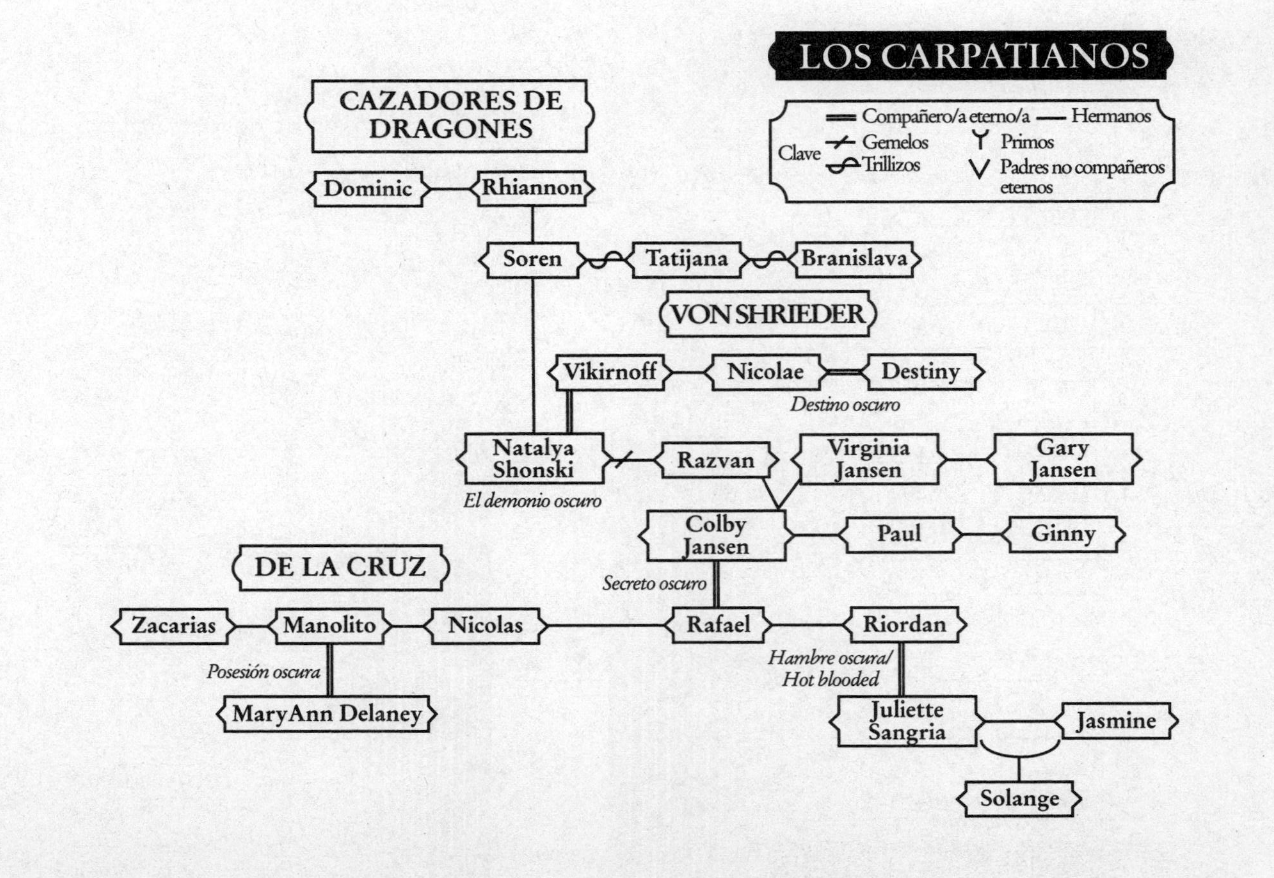
LOS CARPATIANOS
Clave
Compañero/a eterno/a
Hermanos
Gemelos
Primos
Trillizos
Padres no compañeros eternos
CAZADORES DE DRAGONES
Dominic
Rhiannon
Soren
Tatijana
Branislava
VON SHRIEDER
Vikirnoff
Nicolae
Destiny
Destino oscuro
Natalya Shonski
El demonio oscuro
Razvan
Virginia Jansen
Gary Jansen
Colby Jansen
Paul
Ginny
Secreto oscuro
DE LA CRUZ
Zacarias
Manolito
Nicolas
Rafael
Riordan
Posesión oscura
MaryAnn Delaney
Hambre oscura/
Hot blooded
Juliette Sangria
Jasmine
Solange

# Capítulo 1

Manolito De La Cruz se despertó en su lecho de tierra oscura con el corazón desbocado, con el rostro bañado en lágrimas rojas como la sangre y abrumado por la tristeza. El grito desesperado de una mujer reverberó en su alma como un eco, desgarrándolo, reprendiéndolo, apartándolo del borde de un enorme precipicio. Además, estaba muerto de hambre.

Hasta la última célula de su cuerpo ansiaba alimentarse de sangre. El hambre lo corroía con sus garras despiadadas hasta que un manto rojo le nubló la visión y el pulso se le aceleró pidiendo un sustento que se hacía impostergable. Desesperado, barrió con la mirada la zona alrededor de su lugar de descanso para detectar posibles enemigos. Al no advertir presencia alguna, emergió a la superficie tras abrir las capas de tierra fértil y emprendió el vuelo, con el corazón martilleándole en los oídos y el eco de un grito resonando en su mente.

Aterrizó, agazapado, en medio de unos densos matorrales y espesa vegetación, y miró a su alrededor con gesto de cautela. Durante un momento, todo pareció fuera de lugar. Los chillidos de los monos, los graznidos agoreros de las aves, el gruñido de un gran predador, incluso el roce de los lagartos deslizándose entre la hojarasca. Se suponía que no tenía por qué estar allí. En la selva pluvial. En casa.

Sacudió la cabeza, intentando despejarse la mente fragmentada. Lo último que recordaba con claridad era haber protegido a una mujer carpatiana encinta, y haberla salvado, a ella y a la criatura que llevaba en el vientre, del cuchillo de un asesino. Era Shea Dubrinsky, compañera eterna de Jacques, el hermano del príncipe del pueblo carpatiano. Aquello había ocurrido en los Montes Cárpatos, no en América del Sur, en los parajes que ahora tenía por hogar.

Manolito volvió a revisar mentalmente las imágenes. Shea se había puesto de parto durante una fiesta. Qué absurdo. ¿Cómo podían mantener a las mujeres y a los niños a salvo en medio de esa locura? Él había intuido el peligro, al enemigo moviéndose entre la multitud, acechando a Shea. De pronto, se había distraído, deslumbrado por el color y los ruidos, por la emoción que brotaba de cada uno de sus poros. ¿Cómo explicarse aquello? Los antiguos cazadores carpatianos no tenían emociones, y su visión del mundo sólo abarcaba tonos de grises, blancos y negros. Aun así, él recordaba perfectamente que el pelo de Shea era rojo. Un rojo muy, muy brillante.

Los recuerdos se desvanecieron rápidamente cuando sintió un dolor tan intenso que se dobló en dos. Se sintió sacudido por sucesivas olas de debilidad y quedó a cuatro patas en el suelo, falto de aliento y con el estómago convertido en un nudo. El fuego lo quemó por dentro como un veneno hirviendo. La raza carpatiana era inmune a las enfermedades. Era imposible que se hubiera contagiado de alguna enfermedad humana. Aquello era obra de algún enemigo.

¿*Quién me ha hecho esto*? Cerró los dientes con fuerza en una demostración de agresividad, y sus agudos incisivos y caninos adquirieron un aspecto letal mientras lanzaba una mirada feroz a su alrededor. ¿Cómo había llegado hasta ahí? Arrodillado en la tierra fértil, intentó despejar las incógnitas.

Sintió otra descarga de aquel dolor penetrante en las sienes y los bordes de su campo visual se oscurecieron. Se tapó los ojos para intentar bloquear las estrellas que venían hacia él como misiles, pero al cerrar los ojos redobló la intensidad del efecto.

—Soy Manuel De La Cruz —murmuró, intentando que su cerebro se activara... intentando recordar... empujando las palabras a través de los dientes apretados, con una mueca de dolor—. Tengo un hermano mayor y tres hermanos menores. Me llaman Manolito, en broma, porque tengo los hombros más anchos y soy más musculoso. No me abandonarían si supieran que los necesito.

*Jamás me habrían abandonado. Jamás.* Sus hermanos no harían eso. Eran siempre fieles unos a otros, habían sobrevivido unidos a lo largo de los siglos y siempre permanecerían unidos.

Quiso superar el dolor para llegar hasta la verdad. ¿Por qué se encontraba en la selva pluvial cuando debería estar en los montes Cárpatos? ¿Por qué lo habían abandonado los suyos? ¿Sus hermanos? Sacudió la cabeza, como si quisiera negarlo todo, aunque aquello hizo aumentar el dolor, como si unas puntas afiladas le traspasaran el cráneo.

Tembló cuando las sombras reptaron más cerca, cercándolo, asumiendo diversas formas. Las hojas se agitaron y los arbustos se combaron, como apartados por manos invisibles. Los lagartos salieron de entre la vegetación podrida y huyeron precipitadamente, como si algo los hubiera asustado.

Manolito retrocedió y volvió a lanzar una mirada cautelosa a su alrededor, esta vez por encima y por debajo del suelo, escudriñando detenidamente la zona. Sólo había sombras, ninguna criatura de carne y hueso que señalara la cercanía de enemigos. Tenía que controlarse y averiguar qué estaba ocurriendo antes de que la trampa se cerrara. Estaba seguro de que había una trampa y que él estaba a punto de caer en ella.

A lo largo del tiempo que llevaba cazando al vampiro, a Manolito lo habían herido y lo habían envenenado en numerosas ocasiones, pero siempre había sobrevivido porque se había servido de su mente. Él era un hombre astuto y agudo, y muy inteligente. No lo superaba ningún vampiro ni hechicero, estuviese enfermo o no. Si en ese momento sufría una alucinación, tenía que encontrar una manera de librarse del hechizo para protegerse.

Las sombras se movían en su pensamiento, oscuras y maléficas.

Manolito echó una mirada a la espesura a su alrededor pero, en lugar de ver un paraje familiar y acogedor, siguió viendo las mismas sombras que se movían y se acercaban, intentando clavarlo con sus garras deseosas. Las cosas se movían, los espectros ululaban y unas criaturas desconocidas merodeaban entre los arbustos y a ras del suelo.

Aquello no tenía sentido, no para alguien de su especie. La noche tendría que haberlo acogido y calmado, debería haberlo arropado en su manto de paz. La noche siempre le había pertenecido, a él y a los suyos. Con cada respiro, debería haber incorporado ingente información sobre el entorno, pero ahora su mente le jugaba malas pasadas y veía cosas que no tenían por qué estar ahí. Oía una oscura sinfonía de voces que lo llamaban y el volumen era tan atronador que la cabeza le retumbaba con gemidos y gritos espeluznantes. Unos dedos huesudos le rozaron la piel, al tiempo que unas patas de araña se le enroscaban en las piernas, hasta que tuvo que sacudirse a un lado y a otro, agitando los brazos, dándose manotazos en el pecho y la espalda, sacudiéndose enérgicamente para desprenderse de las telarañas invisibles que se le pegaban a la piel.

Volvió a temblar y tuvo que hacer un esfuerzo para respirar. Tenía que ser una alucinación, y quizás estuviera atrapado en el hechizo de un vampiro maestro. Si así fuera, no podría llamar a sus hermanos para pedir ayuda hasta que supiera si alguien pretendía usarlo como cebo para atrapar a los demás.

Se agarró la cabeza con las dos manos con fuerza y se obligó a calmarse mentalmente. Tenía que recordar. Él era un antiguo carpatiano al que el anterior príncipe, Vlad, le había encomendado la tarea de cazar vampiros. El hijo de Vlad, Mikhail, había recogido el testigo como guía de su pueblo hacía siglos. Manolito sintió que una de las piezas encajaba con un golpe sordo entre las demás cuando ese trozo de memoria quedó fijo en su lugar. Estaba lejos de su hogar en América del Sur puesto que el príncipe lo había convocado a una reunión en los montes Cárpatos, un homenaje a la vida con que celebraban el inminente parto de la compañera eterna de Jacques. Sin embargo, ahora estaba en la selva pluvial, en un paraje que le era familiar. ¿Acaso soñaba? Jamás había soñado antes, no que recordara. Cuando un macho carpatiano se tendía en su lecho de tierra, el corazón y los pulmones dejaban de funcionar y dormía como si estuviera muerto. ¿Cómo iba a soñar?

Una vez más, se arriesgó a echar una mirada a su alrededor. El estómago se le retorció cuando los brillantes colores lo encandilaron, provocándole dolor de cabeza y mareos. Después de siglos de ver sólo en blanco y negro, con sus matices de gris, ahora la selva brillaba ante sus ojos con unos colores violentos, intensos tonos de verde y una multitud de flores de todos los colores que ceñían los troncos de los árboles junto a las enredaderas. La cabeza le martilleaba y los ojos le ardían. Lágrimas de sangre le bañaban el rostro mientras miraba entrecerrando los ojos para intentar controlar la sensación de oscilación que experimentaba al observar la selva pluvial.

Se sintió embargado por las emociones. Sintió el sabor de boca que dejaba el miedo, algo que no había experimentado desde la infancia. ¿Qué estaba ocurriendo? Se se debatía buscando una manera de controlar la avalancha de pensamientos que discurrían por su mente como un caos. Hizo un esfuerzo para apartar los escombros de esa confusión y concentrarse en lo que sabía de su pasado. Se había plantado frente a una mujer anciana poseída por un hechicero justo cuando ésta lanzaba un arma envenenada al hijo de Jacques y Shea, todavía en el vientre de su madre. Había sentido el impacto del puñal al penetrar en sus carnes, el giro y desgarro de la hoja serrada que le destrozaba los órganos y le rasgaba el vientre. El fuego lo quemó por dentro y se difundió rápidamente a medida que el veneno penetraba en su organismo.

La sangre corrió como un río y la luz se desvaneció enseguida. Oyó voces que lo llamaban, cánticos, sintió que sus hermanos intentaban prenderse de él para anclarlo a la tierra. Recordaba nítidamente las voces de sus hermanos implorándole, no, ordenándole que permaneciera con ellos. Se había encontrado en un lugar en penumbra, habitado por espíritus que ululaban y sombras que se estremecían y se acercaban. Esqueletos. Colmillos oscuros y afilados. Garras. Arañas y cucarachas. Serpientes sibilantes. Los esqueletos se acercaban cada vez más y...

Cerró su mente para aislarse del entorno y de todas las vías que compartía con otros, e impedir así que alguien alimentara sus miedos desde el exterior. Aquella alucinación se debía probablemente al veneno de la hoja del puñal. Poco importaba que hubiera impedido que el veneno penetrara en su cerebro, porque ya había algo maléfico en su interior.

El fuego lo tenía cercado, las llamas crepitaban y se alzaban, hambrientas, hacia el cielo y se estiraban como lenguas obscenas hacia él. De esa conflagración aparecieron unas mujeres, mujeres de las que él se había alimentado a lo largo de los siglos, muertas hacía ya tiempo para el mundo. Empezaron a arremolinarse a su alrededor, estirando los brazos, con las bocas abiertas e inclinándose hacia él, enseñando su mercancía a través de vestidos muy ceñidos. Le sonreían y lo llamaban, con los ojos muy abiertos y un hilillo de sangre manándoles de un lado del cuello, tentador, muy tentador. El hambre lo consumía, hacía estragos en él, lo convertía en un monstruo.

Mientras observaba, ellas lo llamaban con gestos seductores, gimiendo y retorciéndose como gozando del éxtasis sexual, tocándose sugestivamente.

—Tómame, Manolito —pidió una.

—Seré tuya —dijo otra, y estiró los brazos hacia él.

El hambre lo obligó a incorporarse. Ya saboreaba la sangre rica y tibia, desesperado como estaba por recuperar el equilibrio. Necesitaba alimentarse, y ellas proveerían. Les sonrió, con esa sonrisa lenta y seductora que precedía al momento en que se adueñaba de su presa. Al dar un paso hacia adelante, tropezó, y los nudos en el estómago se endurecieron y se convirtieron en dolorosos bultos. Alcanzó a sostenerse con una mano antes de caer. El suelo giró, y de pronto vio los rostros de las mujeres en la tierra y en las hojas podridas. La tierra, oscura y rica, volvió a girar hasta que se vio rodeado de caras que lo miraban con ojos acusadores.

—Tú me mataste. *Me mataste.* —Era una acusación dicha en

voz baja, pero de poderosas resonancias, y las bocas se abrieron, como aterrorizadas.

—Te apoderaste de mi amor, te llevaste todo lo que tenía que ofrecer, y me dejaste —gritó otra.

—Me debes tu alma —exigió una tercera.

Él se apartó emitiendo un ruido sibilante de negación.

—Jamás os toqué para otra cosa que alimentarme. —Sin embargo, les había hecho pensar que sí las había tocado. Él y sus hermanos dejaban que las mujeres pensaran que habían sido seducidas, pero nunca habían traicionado a sus compañeras eternas. Nunca. Aquella había sido una de sus reglas más sagradas. Jamás había tocado a un inocente para alimentarse. Las mujeres de las que se había servido para nutrirse tenían pensamientos fáciles de captar y estaban ávidas de poseer su nombre y su poder. Él las había cultivado con esmero y había estimulado sus fantasías, pero nunca las había tocado con otro fin que alimentarse.

Sacudió la cabeza a medida que aumentaban los gemidos y los espectros se volvían más insistentes, con ojos entrecerrados que delataban sus intenciones. Él se cuadró de hombros y se enfrentó a las mujeres sin ambages.

—Vivo de la sangre y tomé lo que me ofrecisteis. No maté. No fingí amaros. No tengo nada de que avergonzarme. Iros y llevaros vuestras acusaciones a otra parte. Yo no he traicionado mi honor ni mi honra, ni a mi familia ni a mi pueblo, y tampoco a mi compañera eterna.

Eran muchos los pecados por los que debía responder, hechos oscuros que le manchaban el alma, pero eso no. No aquello de lo que le acusaban esas mujeres sensuales con sus bocas hambrientas. Les lanzó un gruñido, alzó la cabeza con un gesto de orgullo y las miró fijo a los ojos. Su honor estaba intacto. Se podían decir muchas cosas de él, podían juzgarlo de mil otras maneras y desvelar sus faltas, pero nunca se había aprovechado de los inocentes. Jamás había permitido que una mujer creyera que podía enamorarse de ella. Había esperado fielmente a su compañera eterna, aun sabiendo que había escasas probabilidades de que algún día la encontrara. No había habido otras mujeres, a pesar de lo que algunos creían. Y nunca las habría. Sin que importaran sus otras faltas, no traicionaría a su mujer. Ni de palabra ni de obra, ni siquiera de pensamiento.

Ni siquiera cuando había dudado de que algún día esa mujer fuera a nacer.

—Alejaos de mí. Habéis venido a buscarme deseando poder y dinero. No había amor de vuestra parte, no había otro interés que conseguir lo que queríais. Os dejé vivir y conservar recuerdos, aunque falsos, a cambio de vuestras vidas. No habéis sufrido ningún daño, al contrario, estabais bajo mi protección. No os debo nada y, menos aún, el alma. Tampoco permitiré que me juzguen criaturas como vosotras.

Las mujeres gritaron y las sombras se alargaron, proyectando oscuras manchas sobre sus cuerpos, como eslabones de una cadena. Estiraron los brazos hacia él y de sus uñas nacieron garras, mientras el humo giraba en torno a sus figuras retorcidas.

Manolito sacudió la cabeza y se mantuvo firme en su negación del mal que le echaban en cara. Él era un carpatiano y, como tal, necesitaba sangre para sobrevivir, era así de sencillo. Había obedecido las órdenes de su príncipe y había protegido a otras especies. Si bien era verdad que había matado y que a menudo se sentía superior con sus habilidades y su inteligencia, había conservado vivo aquel lugar que correspondía a su compañera eterna, aquella chispa única de humanidad, por si acaso.

A él no lo juzgarían esas mujeres de sonrisa torcida y cuerpos maduros, que sólo se ofrecían para capturar a los machos ricos, no por amor sino por avaricia. Sin embargo, sentía que el dolor se adueñaba de sus emociones. Un dolor cruel, abrumador, que se le venía encima como un predador y se le metía en el alma, hasta que se sintió cansado y perdido, deseoso del dulce olvido de la tierra.

A su alrededor, los lamentos redoblaron, pero las sombras empezaron a perder sus formas y colores. Varias mujeres tiraban de su ropa y le susurraban invitaciones. Manolito las miraba con desprecio.

—No tengo necesidad de vuestros encantos ni los deseo.

*Toca. Toca. Tócame y volverás a sentir. Tengo la piel suave. Te puedo llevar hasta el cielo. Sólo tienes que darme tu cuerpo una vez y te daré la sangre que anhelas.*

Las sombras se movían por todas partes a su alrededor. Empezaron a salir mujeres de las enredaderas y el follaje, brotaron de la tierra y le tendieron los brazos, con sonrisas seductoras. Él... *sintió* repugnancia y enseñó los dientes al tiempo que sacudía la cabeza.

—Jamás la traicionaría —dijo, en voz alta—. Antes, preferiría morir de hambre lentamente. —Lo dijo con un gruñido ronco, una especie de advertencia gutural. Y hablaba en serio.

—Esa muerte tardará siglos. —Ahora las voces ya no eran tan seductoras, sino más desesperadas y quejumbrosas, más frenéticas que acusadoras.

—Que así sea. No la traicionaré.

—Ya la has traicionado —chilló alguien—. Le has robado un trozo del alma. Se la has robado y no podrás devolvérsela.

Él buscó en sus recuerdos fragmentados. Por un momento apenas olió una fragancia, la esencia de algo limpio y fresco en medio de la podredumbre que lo rodeaba. Sintió el sabor de ella en la boca. El corazón se le aceleró. Todo en él se calmó. Aquella mujer existía, era real.

Aspiró y luego soltó el aire, alejando con su soplo a las sombras que lo rodeaban, pero aquello no impidió que la tristeza se redoblara.

—Si he cometido tal crimen contra ella, haré todo lo que me pida. —¿Acaso había cometido un pecado tan grande que ella lo había dejado? ¿Era por eso que esa tristeza desconocida convertía su corazón en una piedra tan pesada?

A su alrededor, los rostros se disolvieron lentamente y las formas se difuminaron todavía más, hasta que no fueron más que sombras en lamento. La sensación de malestar en el vientre disminuyó, aunque su hambre aumentó y se hizo insoportable.

*Él tenía una compañera eterna.* Se aferró a esa verdad. Bella. Perfecta. Una mujer que había nacido para ser su compañera. *Suya.*

Sus instintos de predador se despertaron, rápidos y agudos. En su pecho resonó un gruñido, y el hambre siempre presente volvió a herirle las entrañas, lanzando zarpazos y mordiscos, exigente y sin hacer concesiones. Había vivido cientos de años sin ver los colores, un tiempo largo y sin emociones que se había prolongado siglos y siglos, hasta que el demonio se había despertado en su interior cuando ya no poseía ni la fuerza ni el deseo de luchar contra él. Había estado a punto de capitular. Las puestas a muerte se habían sucedido y alimentarse se había vuelto cada vez más difícil. Cada vez que hundía los dientes en la carne viva, cada vez que sentía y oía el flujo y reflujo de la vida en las venas, se había preguntado si ése sería el momento en que su alma se perdería para siempre.

Manolito se estremeció cuando las voces en su cabeza volvieron a resonar con más fuerza, dejando en segundo plano los ruidos de la selva. Sintió pequeños destellos de dolor en los ojos, un dolor que lo quemaba, penetrante, y le hacía hervir las cuencas de los ojos. ¿Acaso sería el color? *Ella,* su compañera eterna, le había restituido el color. ¿Dónde estaba? ¿Acaso lo había abandonado? Las preguntas se acumulaban en su mente, rápida y ruidosamente, y se mezclaban con las voces hasta que tuvo ganas de golpearse la cabeza contra el árbol más cercano. El interior del cerebro le hervía, y lo mismo ocurría con todos los demás órganos de su cuerpo.

¿Sería la sangre del vampiro? Aquello quemaba como el ácido. Él lo sabía porque había cazado y matado a cientos, quizá miles. Algunos habían sido amigos de juventud y ahora los oía chillando dentro de su cabeza. Encadenados. Quemados. Roídos por una desesperanza que no tenía fin. El corazón estaba a punto de estallarle y cayó de rodillas sobre la tierra fértil donde había yacido, intentando discernir entre la realidad y las alucinaciones. Cuando cerró los ojos, se encontró en un pozo; lo rodeaban unas sombras y unos ojos rojos lo observaban, hambrientos.

Quizá fuera todo una ilusión. Todo. El lugar donde se encontraba, los vívidos colores, las sombras. Quizá su deseo de una compañera eterna fuera tan acuciante que la había creado en su imaginación. O, peor, quizá fuera la creación de un vampiro.

*Manolito, te has despertado temprano. Tenías que permanecer en las entrañas de la tierra unas cuantas semanas más. Gregori nos dijo que nos aseguráramos de que no despertaras demasiado pronto.*

Manolito abrió los ojos desmesuradamente y miró a su alrededor, cauto. Aquella voz tenía el mismo timbre que la de Riordan, su hermano menor, si bien parecía distorsionada, más grave. Las palabras se arrastraban y, en lugar de sonarle familiares, tenían algo de demoníaco. Sacudió la cabeza e intentó incorporarse. Su cuerpo, que solía ser ágil y fuerte, ahora le resultaba torpe y extraño, hasta que volvió a caer de rodillas, demasiado extenuado para tenerse de pie. Sintió un nudo en el estómago que se le tensaba, y la quemazón se derramó por su organismo.

*Riordan, no sé qué me está ocurriendo.* Utilizó la vía que sólo compartía con su hermano, cuidándose de que sus energías no se desviaran de ese cauce. Si aquello era una trampa muy elaborada, no quería atraer a Riordan hacia ella. Amaba demasiado a su hermano para hacerle eso.

Aquella idea le hizo contener el aliento.

*El amor.*

*Sentía* amor por sus hermanos. Irresistible. Real. Tan intenso que le quitó el aliento, como si las emociones se hubieran acumulado a lo largo de siglos, volviéndose cada vez más intensas detrás de una sólida barrera que él no podía franquear. Había una sola persona que podía restituirle las emociones. La persona que había esperado durante siglos.

Su compañera eterna.

Se llevó la mano al pecho. No había duda de que la capacidad de ver colores y sentir emociones era real. Había recuperado todos los sentidos que había perdido durante sus primeros doscientos años de vida. Y ella era la explicación.

Entonces, ¿por qué no recordaba a la mujer más importante de su vida? ¿Por qué no conservaba su imagen en la cabeza? ¿Y por qué estaban separados? *¿Dónde estaba ella?*

*Debes volver a la tierra, Manolito. No puedes levantarte. Has viajado lejos del árbol de las almas. Aún no has acabado tu viaje. Debes darte más tiempo.*

Manolito se sustrajo enseguida al contacto con su hermano. Era la vía de conexión habitual. La voz sería la misma si no fuera porque sonaba como a cámara lenta. Sin embargo, aquellas palabras, aquella explicación era totalmente equivocada. Tenía que serlo. Nadie podía viajar al árbol de las almas a menos que hubiera muerto. Él no había muerto. El corazón le latía (demasiado fuerte). El dolor que sentía era real. Lo habían envenenado, y sabía que el veneno lo seguía quemando por dentro. ¿Y cómo se explicaba eso si lo habían sanado adecuadamente? Gregori era el sanador más hábil que hubieran conocido los carpatianos, y seguro que no habría dejado que el veneno permaneciera en su organismo, por muy grande que fuera el riesgo que él mismo corriera.

Manolito se quitó la camisa y se miró las cicatrices en el pecho. Los carpatianos rara vez portaban marcas de cicatrices. Tenía una herida a la altura del corazón, una cicatriz irregular, fea y muy elocuente. Un golpe mortal.

¿Acaso era verdad? ¿Acaso había muerto y luego lo habían recuperado para el mundo de los vivos? Jamás había oído hablar de una proeza de ese tipo. Los rumores abundaban, claro está, pero él no tenía constancia de que realmente fuera posible. ¿Y qué había ocurrido con su compañera eterna? Ella habría hecho el viaje con él. Una sensación de pánico se añadió a su confusión. Y el dolor era intenso y no cesaba.

*Manolito.*

Oyó la voz imperativa de Riordan, que seguía siendo distorsionada y lenta. Manolito alzó la mirada, temblando de pies a cabeza. Las sombras volvían a moverse, se deslizaban entre los árboles y los arbustos. Sintió que se le tensaban todos los músculos, hechos un nudo. ¿Y ahora qué? Esta vez intuyó el peligro cuando las sombras empezaron a cobrar forma a su alrededor. Docenas de sombras, cientos, incluso miles, de modo que no había posibilidad de escapar. Unos ojos rojos lo escrutaban con odio y con intenciones horribles. Ondulaban, como si sus cuerpos fueran demasiado transparentes y delgados para resistir la ligera brisa que agitaba las hojas en el techo vegetal por encima de ellos. Todos eran ojos de vampiros.

Manolito los reconoció. Algunos eran relativamente jóvenes, según el tiempo carpatiano, y otros eran muy viejos. Algunos eran amigos de la infancia, otros eran maestros o mentores. Él los había matado a todos y cada uno de ellos, sin sentir piedad ni remordimiento. Lo había hecho rápido, brutalmente y de cualquier manera que fuera posible.

Uno lo señaló con dedo acusador. Otro emitió un ruido sibilante y lanzó un escupitajo de rabia. Sus ojos, hundidos en sus cuencas, no eran ojos sino receptores cada vez más grandes de odio inyectados en sangre.

—Eres como nosotros. Perteneces con nosotros. Únete a nuestras filas —le dijo uno.

—¿Te crees mejor? Míranos. Has matado una y otra vez. Como una máquina, sin pensar en el rastro que dejabas.

—Tan seguro de ti mismo. Y, entre tanto, matabas a tus hermanos.

Por un momento, el corazón le latió con tal fuerza que Manolito temió que fuera a salírsele del pecho. La tristeza le pesaba, la culpabilidad lo corroía. Había matado. Nada había sentido en esos momentos, y había dado caza a un vampiro tras otro, dotado de un intelecto y una habilidad superiores en la lucha. Cazar y matar eran cosas necesarias. La opinión que él tuviera no importaba en lo más mínimo. Era una tarea que tenía que llevarse a cabo.

Se incorporó cuan alto era y se obligó a tenerse bien erguido a pesar del dolor en las entrañas que lo hacía doblarse. Sentía el cuerpo diferente, más pesado, incluso más torpe. Cuando se giró sobre los talones, sintió que empezaban los temblores.

—Vosotros habéis escogido vuestro destino, muertos. Yo sólo era el instrumento de la justicia.

Las cabezas se sacudieron sobre los largos y delgados cuellos y unos aullidos llenaron el aire. Por encima de ellos, las aves dejaron las copas de los árboles y alzaron el vuelo ante la horrible algarabía de chillidos, cada vez más sonora. Los ruidos le herían el cuerpo y Manolito sintió que su interior se convertía en gelatina. Estaba seguro de que aquello era un truco de los vampiros. En su fuero interno supo que su vida había acabado, eran demasiados vampiros que matar, pero se llevaría con él a todos los que pudiera para librar al mundo de aquellas criaturas peligrosas y ajenas a toda moral.

*El hechicero tiene que haber encontrado una manera de despertar a los muertos.* Murmuró aquella información mentalmente, deseando que Riordan se la transmitiera a su hermano mayor. Zacarías advertiría al príncipe que los ejércitos de los seres inertes volverían a alzarse contra ellos.

*¿Estás seguro de lo que dices?*

*He matado a éstos hace siglos y, sin embargo, me rodean con sus ojos acusadores, llamándome como si yo fuera uno de ellos.*

Desde una enorme distancia, Riordan tragó saliva y, por primera vez, sonó como el hermano que Manolito tanto amaba.

*No puedes ceder y entregarles tu alma. Estamos muy cerca de ti, Manolito, muy cerca. Yo he encontrado a mi compañera eterna y Rafael ha encontrado la suya. Sólo es una cuestión de tiempo antes de que te suceda a ti. Debes aguantar. Voy hacia ti.*

Manolito gruñó y lanzó la cabeza hacia atrás para dejar escapar un rugido furioso.

*Impostor. Tú no eres mi hermano.*

*Manolito. ¿Qué dices? Claro que soy tu hermano. Estás enfermo. Me dirijo hacia ti con toda la premura posible. Si los vampiros te están engañando con sus trucos...*

*¿Cómo quieres engañarme tú? Has cometido un error terrible, criatura malvada. Yo tengo una compañera. Veo tus asquerosas abominaciones en color. Me rodean con sus dientes malolientes manchados de sangre y sus corazones ennegrecidos, arrugados y marchitos.*

*Tú no tienes compañera eterna, Manolito* —negó Riordan—. *Sólo has soñado con ella.*

*No puedes engañarme con esas tretas. Ve a decirle al dueño de estas marionetas que a mí no se me atrapa tan fácilmente.*

Interrumpió la conexión de inmediato y cerró bruscamente todas las vías que tenían acceso a sus pensamientos, las privadas y las de uso común.

Se giró y se enfrentó a sus enemigos, convertidos en tantos rostros de su pasado que Manolito supo que se enfrentaba a la muerte.

—Venid, entonces, bailad conmigo como lo habéis hecho tantas veces —ordenó, llamándolos con la mano.

La primera línea de vampiros, que estaba más cerca, aulló, con las babas colgándoles del hocico y las cuencas vacías brillando llenas de odio.

—Únete a nosotros, hermano. Eres uno de los nuestros.

Se balanceaban, y arrastraban los pies con ese paso hipnótico de los seres inertes. Él oyó que lo llamaban, si bien las voces estaban más bien dentro de su cabeza, no fuera. Susurros, zumbidos que le nublaban el pensamiento. Manolito sacudió la cabeza para desprenderse de él, pero los ruidos continuaban.

Los vampiros se acercaron, y ahora sintió el roce de la ropa hecha jirones en su piel. Una vez más, le alarmó la sensación de estar cubierto de bichos que reptaban por su cuerpo. Se giró de golpe, intentando mantener al enemigo en su campo visual, mientras las voces seguían aumentando de volumen y se hacían más distintivas.

—Únete a nosotros. Tienes mucha hambre. Desfalleces de hambre. Oímos cómo te falla el corazón. Necesitas sangre fresca. La sangre mezclada con adrenalina es la mejor. Podrás *sentir*.

—Únete a nosotros —exclamaron al unísono, y la invitación fue hecha a voz en cuello hasta que pareció la ola de un tsunami a punto de aplastarlo.

—Sangre fresca. Tienes que sobrevivir. Sólo probar. Una vez. Y el miedo. Deja que te vean. Deja que sientan miedo y verás que la sensación no se parece a nada que hayas experimentado jamás.

La tentación le aumentaba el hambre hasta que ya no pudo pensar más allá de la nebulosa roja que tenía en la cabeza.

—Mírate, hermano, mírate la cara.

De pronto estuvo en el suelo, a cuatro patas, como si lo hubieran derribado, aunque él no sintió el golpe. Se quedó mirando la laguna que se extendía ante sus ojos. Tenía la piel de la cara estirada sobre los huesos y la boca abierta en un ademán de protesta, y no sólo los incisivos sino también los caninos se le habían agudizado, como anticipándose.

Oyó los latidos de un corazón. Fuerte. Regular. Que lo llamaba. Se le hizo la boca agua. Estaba desesperado, y tan hambriento que no le quedó más remedio que salir a cazar. Tenía que encontrar una presa. Tenía que morder un cuello suave y cálido para que la sangre caliente le llenara la boca, lo alimentara hasta la última célula, bañara sus órganos y tejidos para nutrir la enorme fuerza y los poderes que poseían los de su especie. No podía pensar en otra cosa que aquella terrible sensación de hambre que se alzaba como una ola que lo barrería.

Los latidos se hicieron más fuertes y Manolito giró lentamente la cabeza cuando alguien empujó a una mujer hacia él. Parecía asustada, e inocente. Sus ojos eran dos grandes lagunas de terror de color chocolate. Manolito pudo oír la sangre rugiéndole en las venas.

—Únete a nosotros, únete a nosotros —susurraban las voces, hasta convertirse en un canto hipnótico.

Él necesitaba la sangre rica y oscura para sobrevivir. Merecía vivir. ¿Qué era ella, al fin y al cabo? Una mujer débil y aterrada. ¿Acaso podía ella salvar a la humanidad de los monstruos que la acechaban? Los humanos ni siquiera creían en su existencia. Y si supieran de él, lo...

—Matarían —dijo uno, con un silbido de voz.

—Lo torturarían —exclamó otro—. Mira lo que te han hecho. Te estás muriendo de hambre. ¿Quién te ha ayudado? ¿Tus hermanos? ¿Los humanos? Nosotros te hemos traído sangre caliente para alimentarte, para mantenerte vivo.

—Tómala, hermano, únete a nosotros.

Empujaron a la mujer hacia él. Ella lanzó un grito, tropezó y cayó contra Manolito. Él la sintió cálida y viva junto a su cuerpo frío. El corazón le latía desbocado, llamándolo como ninguna otra cosa podía llamarlo. El pulso en el cuello le latía velozmente a la mujer y olió su miedo. Oyó la sangre rugiéndole en las venas, caliente, dulce y viva, convidándole, a él.

No podía hablar para tranquilizarla. Tenía la boca demasiado llena de sus enormes dientes y sentía una necesidad irrefrenable de aplastar los labios contra su cuello cálido. La acercó más a él, hasta que el cuerpo mucho más pequeño de la mujer quedó casi envuelto por el suyo. Manolito acompasó los latidos de su corazón con los de ella, que respiraba con el aliento entrecortado, aterrorizada.

A su alrededor, se percató de los vampiros que se acercaban, del roce de sus pies, con las fauces cavernosas abiertas, expectantes, con hilillos de baba colgándoles del hocico y sus ojos despiadados mirando con un regocijo salvaje. Se hizo el silencio en la noche, y el ruido de la mujer luchando por tragar aire y el retumbar incesante de su corazón llenaron el aire. Él inclinó la cabeza, atraído por el olor de la sangre.

Desfallecía de hambre. Sin sangre, sería incapaz de defenderse. Lo necesitaba. Se lo merecía. Había vivido siglos defendiendo a los humanos, unos seres que despreciaban su condición, humanos que temían a los de su especie...

Manolito cerró los ojos y se volvió sordo a esos dulces y tentadores latidos. Los susurros estaban en su cabeza. *En su cabeza.* Se giró y la mujer quedó a sus espaldas.

—¡No lo haré! Ella es inocente, y no será utilizada de esta manera. —Y menos aún porque él hubiera ido demasiado lejos y quizá ya no pudiera parar. Tendría que luchar contra todos ellos, sólo así la salvaría.

Por detrás, la mujer le echó los brazos al cuello y apretó su cuerpo exuberante contra él. Le deslizó las manos por el pecho y más abajo, hasta que lo tuvo en sus manos, añadiendo así la lujuria al hambre.

—No tan inocente, Manolito. Soy tuya, en cuerpo y alma. Soy tuya. Sólo tienes que probarme. Yo haré que tus males desaparezcan.

Manolito gruñó y se giró bruscamente para apartarla.

—¡Vete! Vete con tus amigos y déjame en paz.

Ella rió y se retorció, sin dejar de tocarse.

—Me necesitas.

—Necesito a mi compañera eterna. Ella vendrá a mí y se ocupará de mis necesidades.

La expresión de la mujer cambió y su risa se desvaneció. Se tiró de los pelos para mostrar su indignación.

—No podrás escapar de aquí. Eres uno de los nuestros. La has traicionado y mereces quedarte aquí.

Él no sabía... No recordaba. Sin embargo, ni todas las tentaciones del mundo le harían cambiar de parecer. Si tenía que vivir sin comer durante siglos, soportando el tormento, que así fuera, pero no traicionaría a su compañera eterna.

—Más te convendría tentarme para que traicionara a otro —dijo—. Sólo ella me puede juzgar como indigno. Así está escrito en nuestras leyes. Sólo mi compañera eterna puede condenarme.

Tenía que haber hecho algo horrible. Era la segunda acusación del mismo estilo, y el hecho de que ella no estuviese luchando junto a él era muy significativo. Él no podía llamarla a su lado porque sus recuerdos eran muy borrosos, aunque tampoco recordaba haber pecado contra ella. Recordaba su voz, suave y melodiosa, cantando como un ángel del cielo... sólo que ella afirmaba que no pensaba tener relación alguna con ningún macho carpatiano.

El corazón le dio un vuelco. ¿Acaso se había resistido a que él la reclamara como suya? ¿Acaso la había unido a él sin su consentimiento? En su pueblo era una costumbre aceptada, una protección para el macho cuando la hembra se mostraba reacia. Aquello no era una traición. ¿Qué habría hecho? Jamás habría tocado a otra mujer. La habría protegido como había protegido a la compañera eterna de Jacques, con su vida, y más allá, si fuera posible.

Él tenía que decidir pero, hasta ese momento, no parecía hacerlo demasiado bien, y quizá fuera porque no recordaba. Alzó la cabeza y enseñó sus colmillos a cientos, quizá miles, de machos carpatianos que habían optado por renunciar a su alma, que habían diezmado a su propia especie, arruinando una sociedad y un modo de vida en aras de las sensaciones fuertes, en lugar de ceñirse al principio del honor o de conservar la esperanza de encontrar a su compañera eterna.

—Rechazo vuestra sentencia. Nunca me uniré a vosotros. Puede que haya manchado mi alma más allá de toda redención, pero nunca renunciaré voluntariamente a mi honor, como habéis hecho vosotros. Puede que sea todo aquello que decís, pero compareceré ante mi compañera eterna, no ante vosotros, y será ella quien decida si hay perdón para mis pecados.

Los vampiros se alborotaron, emitieron unos ruidos sibilantes, lo apuntaron con sus dedos huesudos pero no lo atacaron. No tenía sentido. Con su superioridad numérica, podían aplastarlo. Sin embargo, sus formas fueron perdiendo consistencia y parecieron oscilar en el aire, de modo que le costaba distinguir entre las criaturas inertes y las sombras en la oscuridad de la selva pluvial.

Sintió que se le erizaban los pelos de la nuca y se giró de golpe. Los vampiros se alejaban entre los arbustos, y era como si las enormes plantas se los tragaran con sus hojas. Manolito sintió que el estómago le quemaba y que todo su organismo clamaba por alimentarse, aunque ahora estuviera más confundido que nunca. Los vampiros lo habían atrapado, y el peligro lo rodeaba. Lo sentía en la quietud del aire. A su alrededor había callado todo asomo de vida. Ni siquiera se oía el aleteo de las aves, ningún movimiento. Entonces alzó la cabeza y husmeó el aire. Estaba todo absolutamente quieto y, sin embargo, había...

Fue el instinto, más que el ruido, lo que lo alertó, y entonces se giró, todavía de rodillas, y tuvo tiempo de levantar las manos justo cuando el enorme jaguar se abalanzó sobre él.

# Capítulo 2

La depresión clínica era un monstruo insidioso que reptaba y se introducía en una persona antes de que ésta pudiera estar alerta y en guardia. MaryAnn Delaney se secó las lágrimas que parecían inagotables y que le bañaban el rostro mientras revisaba la lista de síntomas. Sentimientos de tristeza. Sí. Incluso puede que fuera un doble sí.

Tristeza no era la palabra que ella elegiría para describir esa terrible experiencia de vacío que no conseguía superar, pero estaba en el manual y ella lo incluiría en la lista cada vez más larga de síntomas. Se sentía tan extrañamente triste que no podía parar de llorar. Y ya podía marcar con un Sí la casilla de «falta de apetito» porque la sola idea de comer la ponía enferma. No había conseguido conciliar el sueño desde...

Cerró los ojos y gimió. Manolito De La Cruz era un extraño. Ella apenas había hablado con aquel hombre y, aún así, al ser testigo de su muerte, de su asesinato, se había derrumbado en silencio. Incluso había tenido la impresión de que lo lloraba más que su propia familia. Sabía que los suyos estaban desconsolados, pero observó que no demostraban ningún tipo de emoción ni hablaban de él. Se habían llevado el cuerpo en el mismo jet privado que los llevaría de vuelta a su hacienda en Brasil, pero, aun así, no lo habían trasladado a la casa de la hacienda.

Al contrario, el avión había aterrizado —con ella en el interior— en una isla tropical privada en algún lugar del río Amazonas. Y en lugar de darle un entierro como era debido, sus hermanos se habían llevado el cuerpo a un lugar en la selva pluvial que no habían revelado. Ni siquiera podía escabullirse para ir a visitar su tumba. Aquello era absurdo y desesperado. Visitar la tumba de un desconocido en plena noche porque no encontraba consuelo por su muerte.

¿Acaso era una paranoia lo que empezaba a embargarla? ¿O de verdad tenía motivos para inquietarse porque la habían traído a una isla que nadie había mencionado cuando se encontraba en los montes Cárpatos con su mejor amiga, Destiny? Juliette y Riordan le habían pedido que viniera para tratar a la hermana menor de Juliette, que había sido violentada sexualmente. A menudo hablaban de la hacienda, pero nunca habían mencionado una residencia de vacaciones en una isla privada. La casa estaba rodeada por un bosque espeso. MaryAnn dudaba que fuese capaz de encontrar el camino de vuelta a la pista de aterrizaje sin un mapa y un guía provisto de un machete.

Ella era la terapeuta, por el amor de Dios y, sin embargo, no lograba encontrar la disciplina necesaria para dominar la creciente desesperación y las sospechas, ni la angustia terrible e inexplicable que había provocado en ella la muerte de Manolito. Necesitaba ayuda. En su condición de terapeuta, lo sabía, pero la tristeza aumentaba y en su mente surgían ideas peligrosas y aterradoras. No quería dejar la cama. No quería explorar aquella mansión ni salir a la exuberante selva. Ni siquiera tenía ganas de subirse a un avión y volver a su querida ciudad de Seattle. Quería encontrar la tumba de Manolito De La Cruz y meterse en la tierra con él.

¿Qué diablos le estaba ocurriendo? Normalmente, era de las que practicaba la filosofía del vaso medio lleno. Sin que importaran las circunstancias, siempre conseguía mirar a su alrededor y encontrar algo humano o algo bello con que disfrutar. Pero desde la noche en que había asistido a aquella celebración de los carpatianos con Destiny, se sentía tan deprimida que apenas lograba funcionar en el día a día.

Al principio, había logrado disimularlo. Todos estaban tan ocupados preparándose para dejar los montes Cárpatos y volver a casa en el avión que no se habían dado cuenta de su silencio. O, si se habían dado cuenta, lo habían atribuido a la timidez. MaryAnn había consentido en venir a Brasil con la esperanza de ayudar a la hermana menor de Juliette antes de que se diera cuenta del lío emocional en que estaba metida. Debería haber dicho algo, pero no renunciaba a la esperanza de que la tristeza se desvanecería. Había viajado con la familia De La Cruz en su jet privado. Y con el ataúd. Ellos habían dormido en el avión, como acostumbraban a hacer durante el día, pero ella se había sentado junto al ataúd y había llorado. Había llorado tanto que tenía la garganta inflamada y los ojos le quemaban. No tenía sentido, pero no había manera de parar.

La llamada a su puerta la sacó de sus cavilaciones y el corazón se le disparó. Ella tenía un trabajo pendiente, y la familia De La Cruz esperaría que se pusiera a ello. La idea de intentar ayudar a otra persona cuando ni siquiera tenía ganas de levantarse de la cama le resultaba horrible.

—MaryAnn. —La voz de Juliette transmitía su confusión y su leve alarma—. Abre la puerta. Riordan está conmigo y tenemos que hablar contigo.

Ella no quería hablar con nadie. Era probable que Juliette hubiera encontrado a su hermana menor que, al parecer, seguía oculta en la selva. Entre aquellos carpatianos, los vampiros y los hombres jaguar, a veces se sentía como Dorothy en *El mago de Oz*.

—Todavía tengo sueño —mintió. No podría haber dormido ni aunque le hubiera ido la vida en ello. Sólo atinaba a llorar. Y a tener miedo. Por mucho que intentara mantener a raya el miedo y las sospechas, las emociones no cesaban.

Juliette rozó el pomo de la puerta.

—Siento interrumpir tu descanso, MaryAnn, pero se trata de algo importante. Tenemos que hablar contigo.

MaryAnn suspiró. Era la segunda vez que Juliette decía que «tenía» que hablar con ella. Era indudable que algo había ocurrido. En cuanto a ella, tenía que recuperar la compostura. Lavarse la cara. Cepillarse los dientes. Intentar peinarse esos pelos. Se sentó en la cama y volvió a secarse las lágrimas que le bañaban la cara. Riordan y Juliette eran carpatianos. Si quisieran, podrían leer en su pensamiento, aunque también sabía que eso se consideraba de mala educación si una se encontraba bajo la protección de los carpatianos. La verdad es que agradecía ese detalle.

—Espera un momento, Juliette. Estaba durmiendo.

Sabrían que era una mentira. Puede que no le leyeran el pensamiento, pero no podían dejar de ver el sufrimiento que fluía de ella y que permeaba toda la casa.

Fue a trompicones hasta el espejo y se miró la cara, horrorizada. No había manera de disimular las huellas de las lágrimas. Y tampoco había manera de rescatar su peinado. Era un pelo largo, le llegaba hasta la cintura, pero no había pensado en hacerse trenzas, por lo cual la humedad se lo había alborotado más allá de toda solución. Tenía un aspecto ridículo, con el pelo hecho una maraña y los ojos irritados.

—MaryAnn. —Juliette agitó el pomo de la puerta—. Lo siento, pero vamos a entrar. Es una emergencia.

MaryAnn respiró hondo y se dejó caer en el borde de la cama. Desvió la mirada cuando ellos entraron. No le ayudaba demasiado el hecho de que Juliette fuera una mujer bella, con sus ojos de gata y su pelo perfecto, ni que Riordan, como sus hermanos, fuera alto, de hombros anchos y pecaminosamente guapo. Sentía vergüenza, y no sólo porque la masa de su pelo hubiera adquirido el tamaño de una enorme pelota de playa, sino porque no conseguía controlar aquella profunda tristeza que ponía en peligro su propia vida. Ella era una mujer fuerte, pero nada había tenido sentido desde el asesinato de Manolito.

Juliette se acercó a la cama como si flotara sobre el suelo, entera, elegante, con la mirada centrada y alerta, lo cual le recordó a MaryAnn sus ancestros jaguares.

—MaryAnn, no te encuentras bien.

Ella intentó sonreír.

—Lo que pasa es que llevo mucho tiempo lejos de casa. Soy más bien una mujer acostumbrada a la ciudad, y todo esto es nuevo para mí.

—Cuando estábamos en los montes Cárpatos, ¿conociste a mi hermano Manolito? —le preguntó Riordan, mirándola con ojos fríos y calculadores.

MaryAnn sintió la presión de aquella pregunta en su pensamiento. *Riordan le había dado una especie de empujón mental.* Sus sospechas tenían fundamento, porque algo raro estaba ocurriendo. Entonces se dio cuenta de que palidecía. Había confiado en esas personas, y ahora estaba atrapada y era vulnerable. Tenían poderes que pocos humanos podían comprender. Se le secó la boca y apretó los labios. Se llevó una mano temblorosa al pecho, donde había un punto que palpitaba y le quemaba, pero permaneció obstinadamente callada.

Juliette le lanzó a su compañero una mirada de censura.

—Es importante, MaryAnn. Manolito tiene problemas y necesitamos información, y rápido. Riordan ama a su hermano y ha utilizado una vía rápida, un recurso de nuestra especie, aunque no demasiado respetuoso. Lo siento.

MaryAnn la miró parpadeando, y de sus ojos volvieron a brotar lágrimas, a pesar de su determinación.

—Está muerto. Yo lo vi morir. Y sentí ese veneno que se extendía por su cuerpo, vi su último aliento. Sé que está muerto. He oído a la gente decir que ni siquiera Gregori podría recuperarlo de entre los muertos. Y vosotros habéis traído su cuerpo en el avión. —El solo hecho de decirlo en voz alta ya le costaba. Fue incapaz de agregar *en un ataúd.* No pudo hacerlo porque el corazón le pesaba en el pecho como una piedra.

—Somos carpatianos, MaryAnn, y no se nos puede matar tan fácilmente.

—Yo lo vi morir. Lo sentí morir. —Había gritado. Interiormente, donde nadie podía oírla, había gritado su protesta intentado retenerlo en este mundo. No sabía por qué le importaba tanto un desconocido, sólo sabía que Manolito había tenido una conducta noble y heroica al interceptar con su propio cuerpo el peligro que amenazaba a una mujer encinta. Además, había oído que en una ocasión había hecho lo mismo por el príncipe de los carpatianos. Desprendido, dispuesto a protegerlo, también se había sacrificado por Mikhail Dubrinsky. Y, al parecer, eso a ninguno de ellos les había importado. Todos se habían precipitado a proteger a la mujer embarazada, abandonando a su suerte al guerrero herido.

Juliette miró a su compañero con un dejo significativo.

—¿Dices que lo *sentiste* morir?

—Sí. —MaryAnn se llevó la mano al cuello y, por un momento, le costó respirar—. Su último aliento. —Lo había sentido en la garganta, en los pulmones—. Y luego su corazón dejó de latir. —Su propio corazón había vacilado como respuesta, como si no pudiera palpitar sin el latido vital de Manolito. Se humedeció los labios con la lengua—. Murió, y todos estaban más pendientes de la mujer embarazada. Parecía tan importante y, sin embargo, él murió. No os entiendo, a ninguno de vosotros. Ni entiendo este lugar. —MaryAnn se apartó el pelo enmarañado y se inclinó suavemente hacia adelante—. Tengo que volver a casa. Ya sé que dije que ayudaría a tu hermana, pero el calor me provoca demasiado malestar.

—No creo que sea el calor, MaryAnn —objetó Juliette—. Creo que estás sufriendo una reacción por lo que le ocurrió a Manolito. Estás deprimida y triste, a pesar de que prácticamente no lo conocías.

—No tiene sentido.

Juliette suspiró.

—Ya sé que parece que no lo tiene, pero ¿en algún momento estuviste a solas con él?

MaryAnn negó con un gesto de la cabeza.

—Lo vi unas cuantas veces entre la multitud. —Manolito era tan atractivo que era imposible no darse cuenta de su presencia. MaryAnn se consideraba a sí misma una mujer muy sensata, pero aquel hombre le había quitado el aliento. Incluso se había reprendido a sí misma al darse cuenta de que se lo había quedado mirando como una adolescente bobalicona ante una estrella de cine. Sabía que los carpatianos sólo tenían una compañera. Quizá Manolito se habría servido de ella para alimentarse, pero más allá de aquello no había esperanza alguna.

En cualquier caso, ella no podría vivir con un hombre como Manolito De La Cruz. Le había parecido avasallador y arrogante, un viejo macho carpatiano que había recibido las peores influencias de los neandertal después de vivir siglos en América del Sur. Ella, por el contrario, era una mujer independiente, criada en una familia de clase media alta en Estados Unidos. Y había visto a demasiadas mujeres maltratadas como para ni siquiera pensar en estar con un hombre que tuviera una actitud dominante con las mujeres. Sin embargo, a pesar de saber todo eso, y de que Manolito De La Cruz sería el último hombre del mundo con él que ella tendría una relación, lo había mirado.

—¿Nunca estuviste a solas con él? ¿Ni siquiera un rato muy breve? —le preguntó Juliette, esta vez mirándola a los ojos.

MaryAnn distinguió unas pequeñas flamas rojas en el fondo de esos ojos color turquesa. Ojos de felino. Una cazadora disimulada en el cuerpo de una bella mujer. Detrás de Juliette estaba su marido, y nada podía disimular al predador que habitaba en él.

MaryAnn sintió un fuerte «empujón», no de Juliette sino de Riordan, que volvía a presionar más allá de sus barreras naturales para encontrar sus recuerdos.

—¡Basta! —dijo, y su voz sonó vibrante de ira—. Quiero irme a casa. —No confiaba en ninguno de ellos.

Miró a su alrededor, y supo que toda esa rica opulencia ocultaba una trampa de terciopelo. Apenas podía pensar con aquel terror apoderándose de ella.

—No puedo respirar. —Pasó junto a Juliette y fue al cuarto de baño con paso vacilante. Vio al asesino que había en cada uno de ellos, monstruos que acechaban más allá de la fachada amable y civilizada. Habían jurado que la protegerían, pero la habían traído hasta ese lugar sofocante y opresivo, lejos de toda posibilidad de ayuda. Y ahora la acosaban. Ella necesitaba ayuda y todos lo que podían ofrecérsela estaban demasiado lejos.

Juliette alzó la mano y frunció el ceño.

*La hemos asustado, Riordan. Deja de presionarla. Escucha su corazón. Está muy asustada, mucho más de lo normal. ¿Es posible que lo que le esté afectando a Manolito le afecte también a ella?*

Riordan guardó silencio un momento. MaryAnn siempre le había parecido una mujer fuerte y valiente. Aunque no la conocía demasiado bien, tenía la impresión de que no era ella la que hablaba.

*Si ella es su compañera eterna, puede que sea eso. Pero ¿cómo podría ser su compañera eterna? ¿Por qué Manolito no la ha reclamado como suya y dejado bajo la protección de nuestra familia? No tiene sentido, Juliette. No debería haberse despertado. Gregori lo ató a la tierra, y cuando lo trajimos a casa, lo enterramos en la tierra más fértil de la selva pluvial y Zacarías se aseguró de que permanecería enterrado. No conozco a nadie más poderoso que él. ¿Cómo es posible que Manolito se haya despertado antes de tiempo?*

*¿Es posible que el vínculo de una pareja sea superior a la orden del sanador o de nuestro jefe de familia?*

Riordan se frotó la barbilla. La verdad era que sencillamente no lo sabía.

*Ya ves, está muerta de miedo y tenemos que hacer algo.* Juliette respiró hondo.

—MaryAnn, ya veo que estás muy afligida. Le pediré a Riordan que salga de la habitación para que podamos hablar de tu malestar.

MaryAnn la ignoró y corrió los últimos pasos hasta llegar al cuarto de baño, cerró de un portazo y echó el cerrojo. Fue hasta la pila y abrió el grifo, esperando que eso disuadiera a Juliette de entrar. Se lavó la cara con agua fría, lo cual le ayudó a despejarse, aunque todavía temblaba, temerosa de lo que le esperaba. No sería fácil escapar de los carpatianos. —No tenía cómo protegerse de ellos, pero Gregori, el segundo al mando y guardián del príncipe, la había puesto bajo su protección y la había dotado de unas cuantas defensas. Sólo tenía que usarlas y no dejar que le entrara el pánico, hasta que encontrara el camino de vuelta a la pista de aterrizaje.

Siempre había tenido un sexto sentido para detectar el peligro, pero esta vez no lo había visto venir. Ahora el miedo se adueñaba de ella y florecía como un terror en toda regla. No podía confiar en esa gente. No eran en absoluto lo que parecían. Todo estaba trucado. La enorme propiedad, con sus bellos paisajes, sólo estaba destinada a atraer a los incautos a las manos de aquellos monstruos. Ella debería haberse percatado. ¿Era todo una enorme conspiración? ¿Estaban todos implicados?

No, jamás lo creería de su mejor amiga, Destiny, ni de su compañero eterno, Nicolae. Tenía que advertirles. Quizá ellos ya habían tenido problemas, o quizá la familia De La Cruz fuera la única que se había aliado con los vampiros. Espías entre los carpatianos. Desde el principio había notado algo extraño en ellos. No debería haberse confiado.

En el espejo, se miró los ojos rojos e hinchados, los estragos del dolor pintados en el rostro. Aquella mancha por encima del pecho no había sanado del todo y seguía latiendo y quemándole. Ella estaba segura de que se trataba de una especie de mordedura a la que era alérgica. La tenía desde que había estado en los montes Cárpatos, pero ahora pensaba que era mucho más que eso. Quizá Juliette, o Riordan o Rafael De La Cruz la habían marcado de alguna manera.

Quería volver a casa, desesperada como estaba por dejar atrás la violencia del mundo carpatiano, pero Juliette le había contado una historia acerca de su hermana menor, una historia que ella no había podido descartar sin más, a pesar de la tristeza y la desesperanza que la embargaban. ¿Jasmine existía de verdad? MaryAnn empezaba a dudarlo. Se suponía que debían estar en una enorme hacienda ganadera en Brasil, una hacienda donde, durante el día, estarían rodeados de gente, pero Colby y Rafael, el cuñado de Juliette y su compañera eterna, junto con la hermana y el hermano de Colby, habían bajado del avión en un aeropuerto privado, y luego ella había seguido con Juliette y Riordan hasta una isla.

Estaba atrapada. MaryAnn respiró hondo y espiró lentamente. No pensaba morir en ese lugar. Ella era una luchadora y, de alguna manera, le haría llegar a Destiny y Nicolae la noticia de que en esa rama de los carpatianos había traidores. Sintió un escalofrío de miedo en la columna al pensar en lo que le esperaba. Escapar hacia la jungla, encontrar la pista de aterrizaje y de alguna manera conseguir que un piloto la llevara a un aeropuerto donde pudiera coger un vuelo de vuelta a casa. Echó una mirada rápida por la habitación intentando ver qué podía llevarse consigo.

Nada. No había nada. Tendría que improvisar. Fue a la ventana y miró hacia afuera. El entorno era bastante salvaje y el bosque tropical avanzaba hacia la casa como un ejército invasor, lianas y arbustos creciendo hacia el espacio del patio. Sería una carrera breve. Cogió el borde de la ventana e intentó subirla.

*MaryAnn.*

Dejó escapar un chillido y se le puso la piel de gallina. Se llevó la mano al corazón que latía desbocado y se giró. Una voluta de vapor se coló por debajo de la puerta y por el ojo de la cerradura. Juliette y Riordan asumieron su forma humana. Riordan junto a la ventana, Juliette en la puerta.

—¿A dónde crees que vas? —le preguntó Riordan, con los ojos negros brillando de rabia—. Perecerías a los cinco minutos de haberte internado en la selva. Somos responsables de tu seguridad.

MaryAnn tenía la sensación de que la voz era lenta, un gruñido sordo que le recordaba a los demonios de las películas, como si el sonido se reprodujera a menor velocidad. Sintió el impacto del miedo, pero encendida por la rabia y presa de cierta confusión. La terapeuta que había en ella intentó tomar distancia para darle algún sentido al cúmulo de emociones que la desbordaban.

—MaryAnn —dijo Juliette, con voz suave—. Sé que estás intrigada por lo que sientes, pero creo que tenemos una explicación. Creemos que Manolito te unió a él a la manera de los nuestros. Riordan ha intentado comunicarse con él a través de una vía que comparten, pero Manolito se resiste porque cree que es un vampiro, igual que tú, que tienes miedo de nosotros. Él sostiene que tiene una compañera eterna, y aquí estás tú, triste, llorando por un hombre que dices no haber conocido. ¿Tiene esto algún sentido para ti? Algo está ocurriendo, y para el bien de vosotros dos será mejor que descubramos de qué se trata.

Riordan se frotó las sienes, como si le dolieran. En su mirada latía un dejo de preocupación.

—Temo por la seguridad y por la vida de mi hermano —dijo—. Parece confundido, y uno no puede estar confundido en medio de la selva. Tenemos enemigos poderosos, y pensamos que Manolito ahora corre un gran peligro. No confía en nadie más que en su compañera eterna. Si tú eres esa mujer, eres la única que puede salvarlo.

Riordan se la quedó mirando con los ojos fieros de un animal salvaje, astuto, ingenioso y aterrador. MaryAnn se estremeció y retrocedió hasta tocar la ventana. Una parte de ella pensaba que estaban locos, que intentaban confundirla deliberadamente, pero la terapeuta que llevaba dentro siempre andaba a la caza de información para procesarla. Sabía bastantes cosas acerca de la existencia de las compañeras eternas gracias a Destiny. Había convivido un tiempo con los carpatianos y, aunque no entendiera la naturaleza del vínculo, sabía que era sólido e indestructible.

Juliette le tendió una mano.

—Vuelve a la habitación e intentemos solucionar esto. ¿No recuerdas para nada haberte encontrado a solas con Manolito?

Lo recordaría, ¿no? Había soñado que él venía a verla. Un sueño despierta, y sólo un sueño. Él la había rodeado con sus brazos poderosos y había deslizado la boca por su piel hasta encontrar el pecho. Aquel punto le latía y le quemaba. Sin pensarlo, se llevó la mano al leve moretón que no acababa de sanar y se adueñó de su calor.

Sacudió la cabeza.

—No fue real. Él estaba al otro lado de la sala en la taberna en los montes Cárpatos, pero yo nunca crucé ni una sola palabra con él. —Él la había mirado. Ella esperaba que sus ojos fueran planos, fríos y vacíos, como los de muchos otros cazadores. Sin embargo, le pareció más bien peligroso, como si se propusiera darle caza a ella. Y en lugar de sentir miedo, como en ese momento, se sintió secretamente emocionada porque, al fin y al cabo, no era más que una fantasía.

MaryAnn siguió a Juliette fuera de la habitación, consciente de que Riordan la rondaba por detrás como un felino de la jungla. Se movía en silencio, igual que su hermano. Ella necesitaba aire. En la habitación reinaba un calor y una opresión similar al de la selva, lo cual tampoco tenía sentido. La casa estaba bien aislada y el aire acondicionado mantenía una temperatura agradable.

—No entiendo cómo podría ser su compañera eterna. Ni siquiera lo conocí. ¿Acaso no lo sabría? ¿No lo sabría él?

—Él lo sabría —dijo Riordan—. Se sentiría atraído por su compañera y, si tú fueras la indicada, en cuanto hablaras, él empezaría a ver en colores y recuperaría la capacidad de sentir emociones. No habría podido alejarse demasiado de ti —dijo, y frunció el ceño—. Pero nos lo habría dicho, y tú habrías quedado inmediatamente bajo la protección de nuestra familia.

—Ya estaba bajo la protección de Gregori, así como de Nicolae y Destiny —le recordó Juliette—. Quizá creyera que no era necesario.

*Lo habría creído imperativo... a menos que...* Riordan interrumpió su hilo de pensamiento y escrutó el rostro de MaryAnn.

—Has dicho que no era real. ¿Qué quieres decir?

MaryAnn sintió que se sonrojaba.

—Soñé con él.

Juliette respiró hondo.

—Riordan, ¿qué ocurre? Algo horrible ha ocurrido o, si no, Manolito estaría aquí.

Riordan estuvo enseguida a su lado, moviéndose tan veloz que se convirtió en un objeto borroso. Deslizó el brazo alrededor de su cintura y la besó en la sien.

—MaryAnn esta aquí. Entre los tres podremos solucionar esto y encontrarlo.

De alguna manera, el hecho de que Riordan la hubiera incluido, como si pudiera ayudar a encontrar la solución, hizo que se relajara. Parpadeó varias veces, respirando profundamente, intentando ver más allá de la extraña imagen del vampiro proyectada sobre la pareja. Los incisivos disminuyeron ligeramente de tamaño y sus blancos dientes volvieron a ser normales.

—¿De verdad está vivo? —preguntó, sin atreverse a creer.

Riordan asintió con un gesto de la cabeza.

—Todos intentamos retenerlo, aunque estaba muerto, tanto para nuestros cánones como para los vuestros, y su alma ya había dejado su cuerpo. Nadie creía que pudiéramos recuperarlo, a pesar del sanador, y de la tierra fértil, a pesar de que todos nos concentrábamos para retenerlo en este mundo. Y, de repente, volvió a estar entre nosotros. Si tú eres su compañera eterna, podrías ser la explicación. Puede que hayas guardado un trozo de su alma sin saberlo.

MaryAnn abrió la boca para protestar y luego la cerró bruscamente. Sabía que los carpatianos no eran humanos, y que no se aplicaban las mismas reglas a su especie. Había sido testigo de cosas que unas pocas semanas atrás le habrían parecido imposibles.

—Pero ¿cómo se explica que yo no supiera que soy su compañera eterna?

—Son nuestros hombres quienes llevan la impronta de las palabras rituales de la unión —le explicó Juliette—. Como precaución para la continuación de la especie.

—Quieres decir para que la mujer no pueda rechazarlo.

—Es lo mismo —dijo Riordan—. Y dudo que te haya unido a él con las palabras rituales. Es más probable que te haya atado a través de un intercambio de sangre.

El corazón volvió a darle un vuelco a MaryAnn y luego se le calmó hasta convertirse en un tamborileo regular. Había permitido a Nicolae tomar de su sangre para proteger a Destiny pero nunca, nunca, había contemplado la idea de intercambiar sangre. Sacudió la cabeza.

—No lo he hecho. No era real. Yo no habría hecho eso. Todavía intento comprender y creer en vuestro mundo. Jamás habría tomado su sangre por propia decisión.

Juliette y Riordan cruzaron otra larga mirada.

—Has usado la expresión «no era real». ¿Cómo fue ese sueño del que has hablado? —le preguntó Riordan.

MaryAnn se apretó aún más el pecho con la mano. Todavía podía sentir su boca en la piel. Ella estaba afuera y había nevado. Y luego, cuando entró en la casa y se quedó sola... Tenía la piel fría y él le quitó la ropa. Sintió sus labios suaves y cálidos y muy sensuales. Ella ni pensó en rechazarlo, sólo le cogió la cabeza mientras él bebía y luego... y luego...

MaryAnn boqueó y se cubrió la cara con las dos manos, mientras sacudía la cabeza.

—No era real. Yo no habría hecho algo así. Sólo era un sueño.

—¿Tienes su marca en ti? —inquirió Juliette, con voz suave.

—No, no es eso. No es su marca. Yo no intercambiaría sangre con él. Ni le haría creer que soy alguien que no soy. No flirteo. Y no hago promesas que no estoy dispuesta a cumplir. —Por eso estaba ahí, cuando debiera estar... en otro lugar. En cualquier otro lugar.

—Para que lo sepas, no has hecho nada malo. Déjame ver la marca.

MaryAnn tragó con dificultad, y se llevó las manos a la blusa con gesto de contrariedad. No quería enseñársela a Juliette. Era una marca privada. En ese momento, le ardía. Se humedeció los labios e hizo acopio de todo su valor. Apartó la tela para enseñar la mancha grande, muy parecida a un chupetón, pero más intensa y profunda. Había dos orificios aureolados de rojo que lo decían todo.

Sintió un curioso aleteo en el vientre.

—Me mordió, ¿no es eso? No ha sido un sueño en absoluto. —Y si lo había hecho, ¿por qué se sentía excitada en lugar de traicionada?

—Tú eres la que has mantenido con vida a mi hermano —dijo Riordan, sus ojos oscuros fijos en la marca—. Como su compañera eterna, estás bajo la protección de mi familia, eres nuestra hermana, y serás amada y querida. Has hecho lo que nadie más ha podido hacer.

—No nos precipitemos en las conclusiones —objetó MaryAnn—. Ni siquiera he cruzado una palabra con ese hombre.

—Esa marca dice que eres su compañera eterna —insistió Riordan.

Ella sacudió la cabeza.

—Podría significar también que ha tomado mi sangre y que yo soy alérgica al anticoagulante. Quizá me haya picado un bicho —dijo, casi gruñendo ante aquella sugerencia demasiado absurda. Sin embargo, no era posible que aquello estuviera ocurriendo, no podía ser real.

—Por supuesto que da miedo —convino Juliette—. Algo inesperado para todos nosotros, pero al menos ahora sabes por qué has estado tan alterada. Los compañeros eternos no pueden estar separados demasiado tiempo sin contactar mentalmente. Búscalo.

—Yo no soy la compañera eterna de nadie, Juliette —dijo MaryAnn—. Ni siquiera me gustan tanto los hombres. De hecho, los que veo y escucho cada día no me parecen demasiado agradables. No estoy hecha para ser compañera eterna y, por favor, no te lo tomes como una ofensa pero, sobre todo, no soy la compañera de uno de los hermanos De La Cruz. Son demasiado difíciles.

Riordan la miró con una breve sonrisa.

—Lo compensamos en otros sentidos.

MaryAnn no estaba de ánimo para devolverle la sonrisa. La idea era absurda por donde la mirasen, pero ella empezaba a creérsela.

—Para que los dos sintiéramos las mismas emociones, ¿no tendría que tratarse de un vínculo increíblemente fuerte? Tu hermano ni siquiera me habló. Si yo fuera su compañera eterna, ¿no sería correcto que al menos se hubiera presentado?

—No si pensara que pudieras rechazar lo que él reclama —dijo Riordan, ignorando la mirada de advertencia de Juliette—. Quizás haya ocultado sus intenciones.

MaryAnn frunció el ceño.

—Lo habría rechazado. Tengo una vida que para mí es importante en Seattle. Éste no es mi entorno y tampoco quisiera estar con un hombre tan exigente como tu hermano. Desde luego que lo habría rechazado.

—Eso explica por qué no dijo palabra. Manolito jamás habría aceptado tu negativa, pero estás bajo la protección del príncipe y su lugarteniente. También eres la mejor amiga de Destiny. No sólo te defenderían Mikhail y Gregori sino también el compañero de Destiny, Nicolae, y su hermano Vikirnoff, así como su compañera Natalya. Manolito debió esperar el momento adecuado, permaneciendo cerca de ti hasta que no estuvieras rodeada de tus protectores.

MaryAnn se frotó las sienes.

—Me siento enferma y mareada. Todo me quema. ¿Es él o soy yo?

—Creo que es él quien se siente enfermo. Todavía siente los efectos de la herida y el veneno. Necesita ayuda, y rápido. He contactado mentalmente con él y está muy confundido. No sabe dónde está ni qué es real y qué no lo es. No cree que yo sea su hermano porque ignoraba lo de su compañera eterna. Eso significa que no recuerda qué hizo ni cómo os unió a los dos sin tu consentimiento. Es probable que se pregunte qué te ha ocurrido y por qué no has acudido a salvarlo.

MaryAnn se dejó caer sobre la cama y volvió a respirar hondo. Ella era una mujer práctica, al menos eso solía pensar. Todo eso era un gran desastre pero, si era verdad, Manolito De La Cruz estaba vivo y corría peligro. La necesitaba. Existieran o no las compañeras eternas, no podía abandonarlo solo y herido en medio de la selva, así como tampoco habría abandonado a la hermana de Juliette.

—Decidme qué tengo que hacer.

—Búscalo.

No sabía qué respuesta se había esperado, pero no ésa. Ella esperaba acción, palabras suaves, un jeep.

—¿Qué lo busque? —repitió—. ¿Estás loco? Yo no tengo habilidades telepáticas; ningún tipo de habilidad. Ni siquiera soy vidente. Tú tendrás que entrar en contacto y yo intentaré hablar con él.

Juliette sacudió la cabeza.

—No puedes no ser vidente si eres una compañera eterna, MaryAnn. Tanto Gregori como Destiny han reconocido tu potencial. Al darte su sangre, Manolito ha creado una vía privada de comunicación.

—Espera un momento. Vaya. ¿Qué quieres decir con mi potencial? —De pronto se había puesto furiosa, tanto que temblaba. Tenía en la boca el amargo sabor de la traición—. ¿Acaso insinúas que me manipularon para que fuera a los montes Cárpatos porque pensaron que era la compañera eterna de uno de ellos? ¿Destiny? ¿Gregori?

Juliette envió una silenciosa señal pidiendo ayuda a su compañero. Se sentía como si caminara por un campo de minas y tropezara a menudo.

Él se encogió de hombros, como si nada se pudiera hacer.

*Dudo que Destiny supiera algo, pero Gregori ha compartido la sangre de MaryAnn. Él lo habría sabido. No podemos permitirnos perder a más hombres. Sabes que la situación es desesperada. Es posible que Gregori la invitara a la celebración esperando que fuera la salvación de alguien.*

Juliette se resistió al impulso de enfadarse ante su manera tranquila de reconocerlo.

*Crecerá para amarlo si está destinada a estar con él. Es nuestro modo de vida. Tú, desde luego, te resististe a estar conmigo. Si mal no recuerdo, te escondiste en el fondo de tu naturaleza de jaguar e intentaste escapar a tu suerte. Estás contenta conmigo, Juliette, como ella lo estará con Manolito. El tiempo cura muchas cosas.*

*Aún así, no es justo que un hombre pueda dictar el destino de una mujer.*

*También es una injusticia para el hombre. Él tampoco tiene alternativa*, le recordó Riordan. *Y tiene mucho más que perder.*

—Me siento traicionada —dijo MaryAnn—. Creía que Destiny me conocía, que me entendía. Estas cosas no se le hacen a las amigas. —En su voz se adivinaba el dolor, pero no había manera de remediarlo. Había confiado en Destiny, le había ayudado a superar su pasado para que encontrara una vida nueva con el compañero elegido. Incluso había dejado las emociones y la sofisticada vida de Seattle y viajado hasta los bosques remotos y salvajes de los montes Cárpatos sólo para asegurarse de que Destiny encontraría la felicidad.

Juliette sacudió la cabeza.

—Destiny es nueva entre los carpatianos. Dudo que se haya enterado, y mucho menos que te haya expuesto a una situación como ésa. Gregori debió pensar que su protección le garantizaría que nadie te molestaría. La mayoría de los machos creen que la mujer se enamorará de su compañero eterno. Hay un vínculo muy fuerte entre los dos y la atracción física es enorme.

—¿Ha habido alguna vez un hombre o una mujer que no se haya enamorado de su compañero o compañera eterna? —preguntó ella. Porque si Manolito era la suya, ya se imaginaba a sí misma acostándose con él, aunque la idea de vivir con ese hombre era un asunto muy diferente.

—Como cualquier especie, hay algunos que nacen con algún defecto. Nadie sabe por qué o cómo ocurre, pero sí, ha habido aberraciones —reconoció Riordan—. Manolito es fiel a su compañera eterna. Jamás la deshonraría con otra mujer. Todos los hombres hemos esperado a nuestras mujeres mucho más de lo que jamás podrías comprender, y aunque nos creas despóticos y arrogantes, queremos a nuestras mujeres por encima de todo.

La sinceridad que MaryAnn captó en su voz le hizo sentir un ligero alivio. Y a Juliette no era fácil convencerla. Aún así, MaryAnn encontraba que tanta testosterona era un poco desagradable. Los hermanos De La Cruz pedían una sumisión total en todos los aspectos; no los veía capaces de ceder en algunas cosas. Hasta su manera de hablar le ponía los pelos de punta. No se imaginaba a sí misma casada con un De La Cruz. Quizá fueran atractivos, pero era probable que ella acabara con una úlcera si intentaba vivir con alguno de ellos.

—Eso es admirable, Riordan, de verdad que lo es —dijo. Pero también podía ser sincera—. Sin embargo, no estoy segura de que aciertes al pensar que yo estoy destinada a ser la compañera de tu hermano. Si es él quien me ha dejado esta marca —dijo, intentando no sonrojarse al recordar el calor de su boca y su propia reacción—, lo ha hecho sin mi consentimiento. No sé por qué en vuestra sociedad pensáis que eso está bien, pero en la mía, está mal.

—Ya no vives en tu sociedad —dijo él, sin el menor asomo de remordimiento—. Nuestras reglas son reglas de supervivencia. Sólo tenemos una posibilidad de sobrevivir después de siglos de haber vivido lo más honorablemente posible. Esa posibilidad es la de encontrar a nuestras compañeras eternas. Sin nuestras mujeres, nuestra especie no puede existir y nuestros hombres deben suicidarse o convertirse en vampiros. No tenemos otra alternativa.

MaryAnn dejó escapar un suspiro. Sin el dolor y la desesperación acosándola, debería haber sido capaz de pensar con mucha más claridad, pero ahora la confusión reinaba por doquier. ¿Tenía que culpar a sus propias emociones o a Manolito? Y si era Manolito, ¿cómo podía sobrevivir en la selva sin saber lo que le estaba ocurriendo?

—¿Cómo me pongo en contacto con él? Jamás he intentado nada que se le parezca.

Riordan y Juliette intercambiaron una mirada larga, confundidos. Nunca habían tenido que explicar algo que para ellos era natural.

—Imagínatelo. Sírvete de los detalles, de lo más ínfimo que puedas recordar de él, incluyendo los olores y las emociones —le aconsejó Riordan.

Estupendo. MaryAnn recordaba haber pensado que era el hombre más sensual que jamás había conocido en su vida. Se sintió bañada por una ola de calor. ¿De verdad le había recorrido el cuello con la boca hasta llegar a sus pechos? ¿Había hincado los dientes en su piel para sacarle la sangre y bebérsela? La sola idea tendría que haberle provocado rechazo. Cualquier mujer en su sano juicio lo habría encontrado asqueroso. Cerró los ojos y pensó en él.

Tenía unos hombros anchos y brazos poderosos. Cintura y caderas delgadas, un pecho musculoso. Cuando se desplazaba, los músculos se movían bajo la piel como los de un gran felino predador. Y se movía en absoluto silencio. Su cara... MaryAnn respiró hondo. Sus rasgos eran exquisitos. Era el hombre más guapo que jamás había visto. Unos ojos oscuros y misteriosos, pelo oscuro y brillante que acentuaba los rasgos angulosos de su cara, una nariz recta y masculina y unos pómulos que envidiaría cualquier modelo. Una mandíbula fuerte, con apenas una sombra de barba. Sin embargo, lo que no había podido dejar de mirar era su boca. Sensual, con una insinuación de peligro. Suficiente para volver loca a una mujer.

Lo buscó mentalmente y, para su asombro, sintió que su mente se expandía, como si hubiera estado esperando, como si el camino le fuera familiar. Lo sintió, sólo un momento, tocándola, buscándola, pero luego... MaryAnn abrió desmesuradamente los ojos y lanzó las manos hacia adelante como para defenderse. Un felino enorme y feroz saltó hacia ellos con intención asesina. Aparecieron los colmillos en el hocico abierto, buscando el cuello de Manolito. Ella lanzó un grito y se adelantó para protegerlo y sintió el aliento fétido en la cara. *El jaguar.*

# *Capítulo* 3

Manolito se giró, todavía de rodillas, y levantó las manos instintivamente para protegerse del felino grande y pesado cuando éste saltó hacia su cabeza. La fuerza y el poder del jaguar eran portentosos y entonces cayó de espaldas. ¿Era real o era una ilusión como tenían que haberlo sido los vampiros de las sombras?

Hundió los dedos en un pelaje grueso. Unas garras le hirieron en el vientre, le rasgaron la piel y los músculos. Sintió un aliento caliente y fétido en la cara y unos colmillos letales le rasgaron el brazo ya que él impidió con la fuerza de sus brazos que la bestia le alcanzara el cuello y la cabeza. Por un momento, mientras luchaba en el suelo contra el felino, manteniendo a distancia la cabeza enorme de la bestia, sintió que alguien —su compañera eterna— se movía en su cerebro.

El grito de terror de MaryAnn reverberó en su mente como un eco, y el hambre y la confusión dieron lugar a una concentración que de otra manera no habría alcanzado. La vio lanzarse contra el felino, intentando ayudarlo. Manolito no quería poner su vida en peligro así que interrumpió la conexión telepática entre ellos y se disolvió. Su cuerpo se convirtió en una voluta de vapor, y giró alrededor del felino una vez antes de convertirse en un jaguar macho con una cabeza ancha y pesada y una envergadura superior a las sombras más oscuras. Cayeron unas gotas de sangre como si fueran rocío, salpicando hojas y raíces cuando él asumió la forma de un raro jaguar negro. Gruñó para lanzar una advertencia y dio un salto. Los dos felinos chocaron con un golpe sordo y rodaron entre las raíces y las ramas, turbando la paz de la noche con el fragor de la lucha.

Muchos felinos recurrían al estrangulamiento para matar, pero el jaguar, con sus mandíbulas excepcionalmente poderosas, mordía a su presa directamente en el cráneo y la mataba de un golpe. Ya que los De La Cruz habían vivido en el Amazonas tantos años, a menudo se habían cruzado con los felinos.

Los jaguares eran animales sumamente fuertes, de cuerpo compacto, musculoso y cabeza poderosa. Eran sigilosos y casi invisibles, y vivían una vida solitaria en el mundo de las sombras a la hora del crepúsculo y el alba. Con su aguda visión nocturna, sus garras retráctiles y letales, sus caninos capaces de romper huesos y su cuerpo musculoso hecho para la emboscada y el sigilo, eran los amos de la selva y, sin embargo, se mostraban recelosos a la hora de luchar con otros de su especie. La abundante humedad era un caldo de cultivo perfecto para las infecciones.

El primer pensamiento de Manolito fue matar para sobrevivir. Estaba debilitado por el hambre y ya había perdido sangre que le era muy preciada. El procedimiento más sensato y seguro sería poner fin a la lucha lo antes posible. Sin embargo, el respeto por el predador más grande de la selva lo retuvo. Él y sus hermanos siempre habían vivido en armonía con las criaturas del bosque. No segaría la vida de ese animal si había una alternativa.

Emitió un gruñido de advertencia. Husmeó el aire y supo que ninguna hembra había dejado olores que pudieran estimular al felino macho a luchar para dominar.

El jaguar se movió en un círculo alrededor del grueso cuerpo de Manolito, mostrando los colmillos y emitiendo un ruido sordo de desafío. Con la esperanza de dominar al felino, Manolito dio un salto. El jaguar se lanzó contra él y le asestó un golpe con sus garras afiladas como estiletes, mientras él intentaba penetrar en su mente. En la selva resonó la violencia del choque de los dos felinos.

Los pájaros chillaron y alzaron el vuelo hacia las copas de los árboles. Los monos aullaron para dar aviso y arrojaron trozos de ramas y hojas a los dos jaguares que rodaban por el suelo. Las ramas se quebraron bajo esos cuerpos pesados y el aire se llenó de una espesa nube de hojarasca. Manolito superó la furia ciega en la mente del animal e intentó encontrar su espíritu mientras evitaba que le hincara sus colmillos letales.

Los jaguares poseen un columna sumamente flexible que les permite doblarse y girarse, lanzar golpes de lado con las patas, e incluso cambiar de dirección en el aire. Gracias a sus poderosos músculos, poseen una fuerza asombrosa. Manolito encajó otro golpe de garra en un costado mientras intentaba concentrarse en calmar al felino.

Fue más allá, presionando contra una barrera de rabia y encontró... a un *hombre*. Aquello no era un jaguar. Era uno de los raros y solitarios hombres jaguar que habían hecho de la selva pluvial su hogar. Los carpatianos y los hombres jaguar siempre habían vivido en armonía evitándose mutuamente. Sin embargo, éste lo había atacado a conciencia.

Entonces se disolvió en el aire y adoptó su forma humana, esta vez guardando una cierta distancia de seguridad. Los jaguares podían salvar distancias prodigiosas de un solo salto, y los hombres jaguar poseían una astucia y una fuerza fuera de lo normal. Lo miró, respirando ruidosamente, atento a cualquier asomo de agresión, al tiempo que emitía un gruñido.

—Sé que eres un hombre. Si sigues, morirás aquí. No puedes valerte de mi respeto por el jaguar para vencerme. ¿Por qué has roto nuestro tratado tácito? —Manolito hablaba con voz deliberadamente tranquila y apaciguadora, esperando calmar la rabia del felino con su tono hipnótico.

El jaguar enseñó los colmillos, pero no se movió y mantuvo la mirada fija en él, como si esperara un momento de debilidad que le diera una ventaja. Y Manolito estaba débil. Mantenía a raya el dolor de sus heridas al tiempo que ignoraba el hambre rabiosa que lo consumía. El olor de la sangre pesaba en el aire. Los dos jaguares habían sufrido heridas, y las gotas teñían las hojas de un carmesí brillante. El jaguar lamió las gotas de sangre en la vegetación para recordar a Manolito que le había hecho daño.

Entonces, éste explotó en un arranque de ira ciega ante aquella mofa y se lanzó a la acción. Saltó sobre el lomo del animal, hincando las rodillas en sus músculos, casi aplastándolo entre las piernas al unir los pies a la altura de los tobillos por debajo del vientre de la bestia. Con un brazo, le cogió la cabeza y tiró de ella hacia atrás. Le hundió los dientes en la yugular y bebió. El animal se tensó para resistirse, pero el hombre que habitaba en el felino se obligó a quedarse quieto, sabiendo que Manolito le rasgaría el cuello.

La sangre caliente penetró en su organismo debilitado por el hambre, bañando los tejidos y las células y rejuveneciendo los músculos. Por un momento, se sintió eufórico con aquella sangre mezclada con adrenalina después de tanto tiempo sin probar nada y de haber estado tan cerca de convertirse.

*Qué bien. No pares. Siente la energía. No pares. No hay nada en el mundo que se le parezca. Únete a nosotros, hermano. Acompáñanos. Tómalo todo. Hasta la última gota.*

Manolito oyó varias voces susurrándole la tentación. El zumbido en su cabeza aumentó hasta que se volvió sitiendo casi dolor. *Está prohibido segar una vida.*

*Es sólo un felino. Nada que se parezca a ti. Te ha atacado. ¿Por qué habrías de perdonarle la vida cuando piensas que te habría matado?*

La tentación era grande. Sangre rica y caliente. Y él se moría de hambre. El felino había sido el primero en atacar. Y si volvía a tener la oportunidad, lo mataría, a pesar de que él le había perdonado la vida.

Aunque se percató de la diferencia en su organismo, volvió a sentirse enfermo, como si tuviera calambres en el estómago, lo cual no tenía sentido. Los insectos le zumbaban en los oídos, ruidosos y repugnantes, pero cuando él los espantaba, el ruido seguía. El suelo a su alrededor retumbó, como si se hubiera producido un terremoto en lo profundo de la tierra. Manolito sintió que también él se estremecía hasta las entrañas.

*Tienes que fortalecerte. El felino te ha herido. Necesitas sangre para sanar, y es tan buena. Bebe, hermano, bébetelo todo.* Los susurros no paraban.

Bajo su peso, el felino empezó a temblar. El hombre que habitaba en el jaguar gritó algo ininteligible, algo humano.

*Humano.* Le estaba prohibido matar mientras se alimentaba.

*No es un ser humano. Es un felino. Córtale el cuello. Regocíjate con tu poder. Siéntelo, hermano, siente el poder absoluto de una vida que se escapa bajo tus manos. Sé lo que desde siempre debías ser... aquello que eres.*

¿Qué era él? ¿Un asesino? Sí, sin duda había matado tantas veces que ya no podía recordar todas las caras. ¿Dónde estaba? Miró a su alrededor y, por un momento, la selva desapareció y se vio rodeado de formas, meras sombras, con sus dedos de muertos, huesudos y estirados, apuntando hacia él, acusadores. Unas ramas entrechocaron como frágiles huesos blanqueados, y Manolito sintió que un escalofrío le recorría la espalda.

Él mataba, sí. Pero no de esa manera. La defensa propia era una cosa. Y había un principio de justicia y de honor en el hecho de despachar a un hermano caído que había entregado su alma al mal, pero asesinar mientras se alimentaba iba en contra de todo lo que él creía. No. Fuera lo que fuera que intentaba acabar con él, no era ningún amigo.

Había que ser disciplinado para tomar sólo lo que necesitaba para sobrevivir, sólo lo necesario para superar las barreras de la bestia y desplegar la mente del hombre oculto en su interior. De un lengüetazo, selló los diminutos orificios y se disolvió en una voluta de vapor. Reapareció a cierta distancia y miró cautelosamente las sombras a su alrededor. ¿Acaso aquellas caras en la sombra lo observaban entre la vegetación y surgían de las entrañas de la tierra? ¿Lo acechaban los vampiros? Se mantuvo expectante, preparado para cualquier cosa. El jaguar rugió y atrajo su atención al peligro que tenía más cerca.

Manolito miró con una sonrisa indolente.

—Tienes el sabor de mi sangre en tu boca. Y yo tengo el tuyo en la mía. Tú tienes información que yo busco. Has intentado matarme y no tengo por qué darte tregua.

El felino permaneció quieto, sin mover ni un solo músculo, con la mirada fija en Manolito.

Los hombres jaguar eran tan esquivos y secretos como los grandes felinos y, al igual que su componente animal (o debido a ello) preferían el denso bosque lluvioso cerca de los ríos y sus márgenes. Rara vez se les veía y era probable que fueran lo bastante sigilosos y estuvieran demasiado familiarizados con la selva pluvial como para dejarse ver, a menos que lo desearan. Los hombres, como el animal, eran fornidos y sumamente fuertes. Tenían una excelente visión nocturna y un oído agudo. Trepaban a los árboles con facilidad y eran nadadores resistentes. Se sabía poco acerca de su vida en sociedad, aunque Manolito era conocedor de su mal genio cuando se les provocaba.

Antes de sondear profundamente en la mente del jaguar, el cazador volvió a mirar a su alrededor con cautela, barriendo visualmente el área circundante. Las voces no habían cesado del todo y le murmuraban al oído, instándolo a matar. Al parecer, aquellas sombras que él no alcanzaba a penetrar con la vista guardaban miles de secretos. Algo se deslizó justo por debajo de la superficie del suelo, desplazando la tierra a medida que avanzaba. Manolito sintió que se le secaba la boca.

El jaguar se movió y se agazapó aún más, apretando los músculos y atrayendo enseguida su atención. La experiencia de siglos cazando en situaciones peligrosas le permitía a éste conservar una expresión impasible, una mirada inexpresiva y fría y un rictus de crueldad asomando en la boca.

—Atrévete a atacar, hombre jaguar, y seré despiadado contigo. —Y así sería. No tendría contemplaciones, rodeado como estaba por los vampiros, que ahora estrechaban el cerco. Si quería vivir, no tendría tiempo para mostrarse clemente.

La sangre que Manolito había bebido del hombre jaguar le permitió entender su patrón cerebral y superar su última barrera para tener acceso a información. Descubrió en él un odio profundo y violento por los carpatianos, la necesidad imperiosa de encontrarlos y eliminarlos, un sentimiento de traición y de ira justiciera. Intrigado, Manolito buscó más profundamente. Las dos especies nunca habían sido grandes amigas, pero tampoco enemigas. Tenían diferentes valores, pero siempre habían respetado sus respectivas sociedades.

Algo surgió entre los recuerdos. Una mancha oscura. Manolito la examinó detenidamente. Era muy oscura en el centro y la rodeaban unos círculos de colores más claros que se extendían hasta abarcar el conjunto del cerebro del hombre jaguar. Cuando más se acercaba a la parte descolorida, más agitada y alterada se volvía la bestia.

En cuanto Manolito se fundió mentalmente con él, a pesar de la suavidad de su contacto, sintió que el mal se agitaba y se percataba de su presencia. A su alrededor, las sombras se hincharon y cobraron forma. En el cerebro del jaguar, la mancha se agitó, como si la hubieran molestado. Él retrocedió porque no quería despertar todavía más la ira del felino. El animal temblaba, tenía la piel oscura y mojada y respiraba agitadamente. El hombre empezaba a perder la batalla por el control de la bestia.

—Has sido tocado por el vampiro —dijo Manolito, con voz queda pero sincera—. Puedo intentar liberarte de la influencia venenosa, pero ésta se resistirá para seguir dominándote. —También lo haría vulnerable a los ataques, quizás hasta del mismo jaguar. Era un riesgo, y ni siquiera valía la pena, pero se sentía obligado a ayudarle. La especie del jaguar, tanto hombre como bestia, estaba perdiendo la batalla de la subsistencia, tal como les ocurría a los carpatianos. Y él tenía serias sospechas de que los hermanos De La Cruz habían desempeñado un importante papel, aunque sin saberlo, en la destrucción del hombre jaguar.

El hombre en el interior del jaguar permaneció quieto. Unido a él por la sangre, Manolito percibió su alarma. No era un joven engreído y bravucón, sino una criatura lo bastante vieja como para conocer el peligro del vampiro y preguntarse qué estaba ocurriendo en los últimos tiempos con su especie. El felino se agazapó y movió la poderosa cabeza, desplazando la mirada desde Manolito a lo que lo rodeaba, como si fuera tan consciente del peligro como el carpatiano.

En las copas de los árboles por encima de sus cabezas, las hojas se agitaron como una señal agorera. Unas nubes oscurecieron el cielo trayendo la promesa de nuevas lluvias. El aire ya estaba cargado de humedad y los arroyos y ríos fluían abundantes, inundando los márgenes. El agua corría por las rocas y se desbordaba, creando cascadas ahí donde antes no había nada. Era un agua blanca y burbujeante, si bien en el borde de las rocas adquiría un matiz de color tanino, un tono rojizo turbio y marrón.

Manolito respiró hondo y dejó de mirar el agua teñida de sangre. Espiró, concentrado sólo en la tarea que le esperaba. Tenía que desprenderse de su cuerpo físico, lo que lo volvería sumamente vulnerable ante ese enemigo potencial, ya dominado por el vampiro. Era mucho más difícil de lo que esperaba, ahora que sentía emociones y le importaba mantenerse con vida.

La mancha negra en el cerebro del jaguar retrocedió, y unas criaturas diminutas con aspecto de gusanos se retorcieron cuando Manolito penetró en el espíritu del hombre, bañándole el cerebro con una energía blanca incandescente. Oyó rugir al jaguar al tiempo que el hombre emitía un ruido sibilante de advertencia. Entonces vaciló, temeroso de herir al guerrero.

*Hazlo. No quiero esa cosa dentro de mí.*

Manolito atacó la mancha y abrió una brecha en los círculos exteriores, quemándolos con su luz sanadora. Los diminutos parásitos cavaron más profundamente en los pliegues del cerebro, intentando escapar. Al producirse la desbandada, Manolito vio hasta el fondo del hombre jaguar. Los parásitos intentaban mantener la luz fuera de sus recuerdos y ocultar lo que había hecho el vampiro. Pero de pronto, inesperadamente, el hombre jaguar unió sus fuerzas a las de Manolito, utilizando sus habilidades telepáticas y sirviéndose del vínculo sanguíneo recién creado.

Abrió sus recuerdos a Manolito y le transmitió toda la información que pudo. Se llamaba Luiz. Durante muchos años había trabajado para restaurar la fuerza de los de su especie, que se desvanecía. Eran demasiadas las mujeres que habían partido en busca de un compañero y un amor junto a los machos de la especie humana en lugar de quedarse a sufrir el abandono indolente de sus propios machos. Él había tratado de influir en los demás y convencerlos para que imitaran a los carpatianos y se unieran para toda la vida ofreciendo un hogar, una familia, un motivo para que las mujeres permanecieran junto a ellos. Al principio, muchos se habían plegado a sus ideas y empezado a renunciar a su forma solitaria de vida, pero en los últimos tiempos se habían observado divisiones en su manera de pensar, a medida que se producía un cambio lento y sutil.

Grupos de hombres habían comenzado a perpetrar crímenes horribles contra las mujeres. Un «nuevo tipo» de jaguar había empezado a buscar a las mujeres de su especie y a violarlas para tener hijos de su sangre. Durante los primeros años, Luiz no había sabido de los horrores más allá de ciertos rumores no confirmados. Pero ahora eran cada vez más numerosos los que se unían a las bandas de rebeldes que merodeaban por la selva. Temía por la suerte no sólo de las mujeres sino de toda la especie. ¿Qué mujer querría estar con hombres que perpetraban crímenes tan horribles? Había oído decir, incluso, que algunas de ellas ahora se dedicaban a liberar a las que estaban cautivas. El mundo se había vuelto del revés, y Luiz no había pensado en ningún momento que aquello pudiera ser obra de un vampiro. Ahora todo tenía sentido.

*El vampiro.* La criatura más odiosa del mundo. ¿Desde cuándo intentaban eliminar a toda una especie? Manolito lo sabía. Él y sus hermanos habían conocido a los hermanos Malinov. Sintió una punzada de tristeza. Los cinco hermanos Malinov habían sido los mejores amigos de su familia. Y, al parecer, los cinco se habían convertido en vampiros. Ahora que tenía emociones, le abrumaba la idea de perderlos a todos. Con los hermanos Malinov habían pasado muchas horas hablando de cómo reinarían sobre la comunidad de los carpatianos. La posibilidad de destruir toda una especie, aliados del príncipe, había sido un tema de conversación candente. En el debate intelectual habían elaborado diversas posibilidades, y una de ellas había sido la de influir en la conducta autodestructiva, aprovechándose de la debilidad de una especie. *Tal como ahora se observaba en la sociedad de los jaguares.*

Cuando su príncipe los había enviado al mundo, lejos de su tierra natal, para proteger a los humanos, habían vuelto a tratar el tema. Al final, los hermanos De La Cruz juraron servir a su príncipe y a su pueblo. Y una vez que dieron su palabra, ninguno de ellos se retractó, aunque surgieran oportunidades. Los hermanos Malinov habían hecho lo mismo.

Manolito se guardó bien de conservar esa información para sí. El sólo hecho de haber hablado de traicionar al príncipe ya había sido bastante perverso, y él se avergonzaba de ello. Nunca antes había sentido vergüenza y era una emoción incómoda.

*Tuviste razón en aquel entonces, hace tantos años.* Las voces volvían a susurrarle al oído. *Tú y tus hermanos deberíais haber seguido vuestro propio camino hasta el final. Habéis permitido que reine un hombre más débil, que ha conducido a nuestro pueblo por el camino de la destrucción. Si Zacarías hubiera reinado, los carpatianos hubieran progresado, no tendrían que enterrarse en las profundidades de la tierra ni ser odiados, temidos y cazados por aquellos que precisamente protegían.*

Manolito emitió un ruido sibilante de desafío. *Mostraros. No os ocultéis entre las sombras. Salid donde pueda veros.* No tendría la energía para permanecer mucho tiempo dentro del cuerpo del hombre jaguar. Tenía que librarlo de la mancha del vampiro y volver a su propio cuerpo vulnerable.

*No hay de qué avergonzarse. Era un plan brillante.*

Manolito volvió a respirar hondo y se concentró sólo en el asunto que lo ocupaba. Las voces de las sombras tendrían que esperar. El hombre jaguar hacía lo posible por retener a la bestia que habitaba en él e impedir así que se abalanzara sobre el cuerpo desprotegido de Manolito y lo despedazara.

Una luz blanca y caliente, energía pura, se derramó sobre el centro de la mancha oscura con un objetivo temible. Manolito concentró toda su atención en la tarea, arriesgándolo todo, no sólo porque eso era lo correcto, sino porque quería compensar, aunque fuera ínfimamente, por la parte que le tocaba, lo de la conspiración fraguada hacía tantos años. Aquello que había sido sólo un debate intelectual se había convertido en una posibilidad odiosa y real, aunque Manolito creía que habían abandonado toda idea de traición y sabotaje. Era evidente que, en algún momento, uno o más de los hermanos Malinov había decidido llevar a cabo el plan. Él había sido testigo de primera mano de los intentos de asesinar al príncipe y, después, de matar a las mujeres y a lo niños carpatianos. Al parecer, ahora el enemigo también había elaborado un plan para barrer de la faz de la Tierra a los hombres jaguar.

Manolito recurrió hasta el último gramo de energía para combatir los parásitos que se retorcían, quemándolos y obligándolos a abandonar sus escondites, siguiéndolos mientras recorrían el cerebro del hombre jaguar intentando escapar del ataque. Era una labor agotadora y consumía mucho tiempo.

Cuando acabó y se reintegró en su propio cuerpo, se tambaleó y casi se cayó al suelo. Su reciente necesidad de sangre apenas había sido saciada y después de gastar toda aquella energía, estaba agotado. Sólo una voluntad de hierro lo mantenía en pie.

A su lado, el jaguar se contorsionó. La piel cambió y los músculos se estiraron y alargaron. La transmutación de los hombres jaguar era diferente a la de los carpatianos. Apareció la piel y los músculos, un largo pelaje oscuro con tintes dorados cubría una cabeza noble. Había un hombre acurrucado en el suelo ahí donde antes estaba el felino.

Luiz se incorporó lentamente hasta que estuvo frente a Manolito. Como todos los hombres jaguar, se sentía cómodo con su desnudez. Su cuerpo era musculoso y tenía el pelo enmarañado.

—Me disculpo por haber querido segar tu vida —dijo, con gran dignidad, cruzando una mirada con Manolito sin pestañear, señalando la sangre que corría en hilillos por el cuerpo del cazador.

Entonces él se inclinó ligeramente como gesto de reconocimiento, mientras mantenía todos los sentidos alerta ante otro posible ataque.

—Ningún hombre es responsable de lo que hace bajo la influencia del vampiro.

—Tengo una gran deuda contigo por ayudarme a librarme de él.

Manolito no tenía por qué negarlo. Aunque el hombre jaguar estaba rígido, con una actitud de orgullo, en su rostro se percibía la culpa y la inquietud.

—Tiene que haber sido difícil vivir con esa cosa cuando has trabajado tanto para salvar a tu pueblo de aquello que precisamente te ha infectado.

—Conozco la diferencia entre el bien y el mal. La mayoría de los hombres que nos quedan también, pero el vampiro es como una enfermedad. No podemos detener aquello que no vemos. Si vuelvo e intento contárselo a los demás, no tendré pruebas. No tengo la habilidad tuya para encontrar la mancha del vampiro y expulsarla.

—Si no puedes, no habrá esperanza para tu especie —señaló Manolito—. Vuestras mujeres huyen, como debe ser. El vampiro os está destruyendo desde dentro hacia fuera.

Luiz asintió para mostrar que estaba de acuerdo.

—Sabía que había algo raro, pero el odio hacia los de tu especie es muy enconado. El vampiro tiene que haber plantado la semilla entre nosotros. Los carpatianos nos roban a nuestras mujeres. No recuerdo haber encontrado jamás a un vampiro, o a nadie, que haya dicho eso, pero desde hace tiempo sabía que lo que pensaba no era correcto.

—El vampiro subestimó tu fuerza. Tiene que haberte escogido porque eres el líder.

—Lo fui, en su tiempo. Ahora ya no tanto. Los hombres están desperdigados, y andan en manadas, buscando a mujeres de nuestra sangre —dijo Luiz, y frunció el ceño. Se frotó las sienes intentando recordar lo que le habían dicho—. Creo que el vampiro desea a una mujer concreta, una de sangre pura que pueda transmutar con la misma rapidez que un hombre, luchar igual de bien e incansablemente. Insistió en que si la encontrábamos, la lleváramos al Morrison Research Institute para que sus investigadores duplicasen el ADN —dijo, y suspiró—. En su momento, consiguió que todo aquello pareciera razonable, pero ahora no tiene ningún sentido.

Las hojas se agitaron y los dos se giraron hacia el ruido. El hombre jaguar se acercó a Manolito con movimientos fluidos y sigilosos, tan callado como cualquier felino. Quedaron espalda contra espalda. *Hay ojos en el bosque. Y oídos. Los de mi pueblo ya no son de fiar ahora que el vampiro los ha atrapado.*

Manolito buscó en sus recuerdos la información que se le resistía. No podía dar muestras de vulnerabilidad ni señalar que veía en dos planos diferentes, sin saber cuál era el real y cuál el imaginario. Tampoco sabía si esas sombras eran producto de una alucinación. ¿Era posible moverse en dos mundos a la vez?

*Me has librado de la mancha del vampiro. ¿Es posible hacer lo mismo con mis hermanos?*

Manolito sentía al hombre jaguar proyectando su mente, buscando con todos los sentidos la presencia del peligro. Husmeó el aire, escuchó, paseando la mirada de un lado a otro sin parar, inquieto.

—Sea lo que sea que hay por ahí, está lejos —dijo Luiz—, aunque hay otros que han penetrado en la selva.

A Manolito le dio un vuelco el corazón. Su compañera eterna. Estaba seguro. Venía hacia él. Tenía que ser ella. Ninguna compañera podía permanecer lejos de su hombre demasiado tiempo y sobrevivir, y lo mismo ocurría al revés. Eran dos mitades de un todo y se necesitaban mutuamente para completarse.

*Ven a mí...* Era una orden. Una imploración. Y, sin embargo, no sabía cómo se llamaba. No podía recordarla. Cerró los ojos para conservar los recuerdos. La piel. Recordaba su piel deliciosa, más suave que cualquier textura que hubiera tocado, como la seda quemándole los labios. Recordó su sabor, salvaje y aromático como ella misma. Se le aceleró el pulso y respiró a duras penas, inesperadamente tenso. Había olvidado cómo era aquella sensación del deseo. De la lujuria. Pensar en una mujer y querer hundirse para siempre en ella, convertirse en uno con ella. O quizá nunca había experimentado ese sentimiento. Quizá sólo había sondeado las mentes de otros machos y, hasta ese momento, sólo había sido una ilusión. Ahora, su cuerpo reconocía a la mujer que necesitaba, y pedía ser saciado en todos los sentidos.

—Carpatiano. Te tambaleas de lo cansado que estás. Lo que has hecho por mí, quitarme el vampiro del cuerpo, te ha costado lo suyo —dijo Luiz. No era una pregunta sino una afirmación.

—Sí. —Pero era más difícil mirar entre las hojas de los arbustos y los helechos, en las ramas caídas en el suelo y ver las caras del mal que lo escrutaban desde la sombra. En los numerosos saltos de agua y en los riachuelos, unos ojos miraban desde una tumba acuosa. Todo parecía ser translúcido, como si se hubiera corrido un velo gris y mustio sobre los brillantes colores de la selva pluvial.

El hombre jaguar se relajó y se desprendió de la tensión, pero Manolito estaba más alerta que nunca. En la distancia, otros habían penetrado en la selva, cierto, pero aquello que lo esperaba en el mundo de las sombras seguía ahí, agazapado y observando. El hombre jaguar no podía ver ni captar el otro mundo, pero él sabía que todavía corría peligro. O quizás el mundo de las sombras fuera una ilusión y él estuviera perdiendo la cabeza.

Cuando vio que sus piernas ya no lo sostenían, Manolito se dejó caer lentamente, cuidando de aparentar que dominaba la situación. Volvió a mirar lentamente a su alrededor, frunciendo levemente el ceño. ¿Por qué lo veía todo a través de un velo, como si estuviera a medias en este mundo y a medias en otro? Hundió la mano en la tierra donde había dormido, esperando que aquel gesto lo anclara y lo protegiera de las sombras.

Tal como esperaba, la tierra era *terra preta*, negra y fértil, que a veces se encontraba entre la arcilla roja, más pobre, o la arena blanca de la selva pluvial. A diferencia de otras tierras de la selva, la *terra preta* conservaba su fertilidad. El hallazgo de esa rica tierra había sido un elemento determinante en la decisión de su familia de comprar la isla.

Los hermanos De La Cruz habían entendido que la tierra era la clave de su supervivencia y su esperanza. Lejos de su tierra natal, sin su tierra nativa, buscaron en la selva y en la mayor parte de Brasil en los siglos anteriores, una tierra rica y rejuvenecedora que no sólo los ayudaría a curar las heridas y serviría de lecho para dormir, sino que también les daría la fuerza necesaria para mantener vivo su honor tan lejos de su príncipe y de su pueblo y sin compañeras eternas que los ayudaran. Cogió un puñado de la preciosa tierra y se aplicó un emplasto en las heridas del vientre y los costados para restañar la hemorragia.

A pesar de tener la tierra en sus manos, el color de la selva frondosa se oscureció y dejó de ser verde vibrante para transformarse en un gris apagado. Manolito se quedó sin aliento cuando un pensamiento le vino a la cabeza. ¿Si su compañera muriera, él dejaría de ver en color?

La selva pluvial causaba asombro entre los recién llegados por la intensidad de sus vivos y brillantes colores y su belleza natural. Y él se sentía en casa en un lugar que muchos veían como peligroso y opresivo. Ahora que su compañera eterna le había devuelto sus emociones y su visión en color, aquellos vivos colores deberían cegarlo, pero como el entorno variaba entre colores y sombras, ¿significaría aquello que ella había muerto? ¿Era por eso que no estaba junto a él? Por un momento, el tiempo se detuvo, y el corazón le retumbó en los oídos como un grito desesperado llamando a su otra mitad.

No. Manolito respiró. Ella estaba viva. Él la sentía. La había tocado mentalmente. Había sido breve, pero sintió la mente de ella presente. Cerca de él el hombre jaguar se movió, y enseguida atrajo su atención. Sintiéndose vulnerable, sin saber qué era real y qué era ilusión, se obligó nuevamente a ponerse de pie y a quedar frente a frente ante él.

—Déjame ayudarte —le ofreció Luiz, y frunció el ceño al ver el brillo en la piel de Manolito. Su voz siguió siendo grave y amistosa al percatarse de la mirada encendida del cazador carpatiano—. ¿Tan graves son tus heridas?

Manolito sacudió la cabeza. No podía permitirse vagar entre dos mundos. Sobre todo cuando no sabía distinguir entre amigos y enemigos. Aquello lo exponía a un peligro aún mayor, pero él nada podía hacer para evitarlo. En un momento el bosque se iluminaba con los colores brillantes y con los ruidos familiares y reconfortantes de la noche y, en el siguiente, se convertía en una versión apagada, de colores desteñidos y borrosos, y sombras vivas, con algo que no vivía pero que tampoco estaba muerto. Hizo un esfuerzo para obligarse a pensar en la situación y obtener la mayor cantidad de información posible en cuanto tuviera la oportunidad.

—¿Sabes quién es esa mujer a la que el vampiro ha enviado a buscar a tus hombres?

La expresión del hombre jaguar se volvió enseguida cauta.

—No estoy seguro. Quedan muy pocos individuos de sangre pura entre los machos. Y aún menos mujeres, y sólo una o dos son de sangre noble.

—Mi hermano menor ha encontrado a su compañera eterna. Ella es jaguar. Y de linaje aristocrático. ¿Te refieres a ella? —Manolito quería saber la verdad. Si se trataba de un plan muy elaborado para capturar a Juliette, la compañera de Riordan, los hombres jaguar tendrían que ir a la guerra porque los hermanos De La Cruz la protegerían con su vida y todos los demás carpatianos harían lo mismo.

—Nadie sería tan estúpido, carpatiano.

—Llámame Manolito.

Luiz inclinó la cabeza como reconocimiento de esa cortesía.

Los carpatianos no solían revelar sus nombres al enemigo. Manolito no había dado su nombre de nacimiento, porque era precavido, pero Luiz no tenía por qué saberlo.

—Esta otra mujer está en peligro. Quizá los míos puedan ayudar.

Luiz respiró hondo, vaciló y luego asintió con un gesto de la cabeza.

—Te pediría tu ayuda para salvar a los míos. Si te traigo uno, ¿considerarías la posibilidad de quitarle la mancha del vampiro?

Siguió un silencio roto sólo por el zumbido de los insectos de la noche. Manolito sabía lo que le pedía el hombre jaguar, un favor enorme, aunque también se trataba de una cuestión de confianza.

—Tendría que tomar su sangre para hacer algo como eso —advirtió—. Se trata de un vampiro maestro, un vampiro al que no se derrota tan fácilmente. Podría intentar curarlo sin el vínculo, pero si es tan difícil como lo ha sido contigo, no estoy seguro de que se pueda hacer. —Manolito había reconocido en él la marca de un vampiro, y estaba seguro de que se debía a uno de los hermanos Malinov. Él había crecido con ellos, habían corrido juntos como salvajes por los campos, había reído y luchado a su lado. Habían sido amigos.

—Quizá si somos discretos no alertaremos al vampiro acerca de lo que haces para ayudarnos.

—Si quieres que ayude a tu pueblo, tendrás que decirme quién es la mujer para que podamos ponerla bajo nuestra protección. Tú y yo sabemos que tus hombres están demasiado enajenados como para no entregarla al Laboratorio Morrison. Allí la maltratarán, la someterán y, a la larga, la matarán. Y, si por algún milagro no lo hicieran y se la entregaran al vampiro, de todas maneras moriría.

—Yo la protegeré.

—El vampiro ya penetró en ti una vez sin que te percataras. Se pasea entre vosotros sin que os deis cuenta. Dime cómo se llama.

—No se entregará fácilmente a ti.

—No pido que se entregue, sólo me preocupa su seguridad. —Manolito volvió a mirar a su alrededor. Las sombras se estiraban y seguían acercándose. Ahora veía las caras entre el follaje. Tenían la piel muy estirada sobre los huesos, unos agujeros negros en el lugar de los ojos, y los dientes rotos y manchados de un color marrón. Manolito repartió su peso entre los dos pies, pisando con la punta, preparándose para el inevitable ataque. Parpadeó y las imágenes se desvanecieron.

—Hace mucho tiempo que rescata a mujeres de nuestra raza y ha luchado contra nuestros guerreros. Detesta a los hombres. No aceptará venir para que la protejan. Ella no es así.

—Hablas de la prima de Juliette, Solange.

Luiz asintió con un gesto de la cabeza.

—Por lo que sabemos no hay ninguna otra como ella. Es casi tan fuerte y tan buena luchadora como cualquiera de nuestros guerreros. Proviene de un linaje antiguo y puro que se remonta a cientos de años atrás. Nosotros la vemos como el futuro de nuestra especie, pero ella no desea tener ninguna relación con nadie. He intentado convencer a los demás para que hablen con ella, que intenten construir una amistad y reciban sus consejos sobre lo que hay que hacer para que recuperemos a nuestras mujeres. Las mujeres le escuchan, pero yo ya no tengo voz, a menos que consigamos acabar con la influencia de los vampiros entre nosotros.

Manolito sabía que Solange y Jasmine, la hermana menor de Juliette, se negaban a acudir a la hacienda de los De La Cruz para visitar a Juliette, pero que habían accedido a pernoctar en el refugio que tenían en la isla privada. La isla era territorio salvaje y la casa estaba protegida en tres costados por el bosque selvático. Manolito se preguntaba qué hacía Luiz en su propiedad, si bien los hombres jaguar consideraban que sus dominios abarcaban toda la selva. Eran expertos nadadores y los ríos turbulentos no les planteaban mayor obstáculo.

—Tú has venido a por ella.

Luiz apartó la mirada un momento.

—Sí, pensamos que existía una posibilidad de que viniese aquí. Sabíamos que no iría a tu hacienda.

—Y sabíais que la mujer más joven estaba con ella. La que Juliette y Solange arrebataron a tus hombres.

—No son mis hombres. Yo no puedo controlarlos. Esperaba encontrarla antes que los demás.

—¿Y qué habrías hecho con ella? —inquirió Manolito, y sus ojos oscuros se tiñeron de un brillo peligroso.

—No lo sé —dijo Luiz, sacudiendo la cabeza—. Creí que había venido a hablar, pero luego olí tu presencia y me sentí muy confundido. —Se frotó la frente—. Empecé a pensar que habías venido para apoderarte de nuestras mujeres y deseé verte muerto.

—Viniste a la isla con buenas intenciones y entonces te ocurrió algo. Tiene que haberte sucedido aquí —dijo Manolito, alarmado. Eso significaba que el maestro vampiro estaba cerca, en alguna parte de la isla, y nadie lo sabía. Solange, Juliette, Jasmine, ni siquiera su hermano Riordan estaba a salvo—. ¿Con quién te encontraste?

—No era un vampiro sino un viejo amigo. Había venido a refugiarse aquí y pensaba marcharse cuando se enteró de que la casa estaba ocupada por la familia De La Cruz.

Manolito conservaba una expresión impasible, pero el corazón se le había acelerado y le retumbaba en el pecho. El miedo era una emoción increíble y, ahora que lo sentía, sabía que era por sus seres queridos más que por sí mismo.

—Tu viejo amigo hace ya tiempo que no está entre nosotros, Luiz. Evítalo a todo precio. Te has topado con un vampiro maestro y sólo porque tenía un plan para ti te ha dejado escapar ileso.

—¿Crees que mi amigo está muerto?

—Si no está muerto, seguro que está manchado.

—Gracias, Manolito, por tu ayuda —dijo Luiz, y por primera vez su expresión fue la de un hombre derrotado. Se agazapó con un movimiento rápido y elegante y su piel se estiró y agrandó el hocico para acomodar sus enormes dientes. En absoluto silencio, se deslizó entre la espesura y desapareció.

Para estar más seguro, Manolito se disolvió en una nebulosa y se mezcló con el vapor gris que flotaba en torno a los troncos de los árboles, a escasa distancia del suelo. Era preferible obrar con cautela cuando se trataba del hombre jaguar.

Volvió a recuperar su forma sobre una roca frente a una cascada rugiente de aguas blancas que caía entre las rocas y se derramaba sobre el poderoso río. Necesitaba a su compañera eterna. Necesitaba tocarla. Estrecharla. Saborearla. Volvía a tener hambre y, una vez más, empezó a sentirse presa de la confusión. Tenía que advertir a su familia del peligro que se cernía sobre la isla pero, sobre todo, necesitaba a su compañera eterna para que lo anclara a la realidad.

*¿Dónde estás?* El eco de su grito reverberó en su mente, un grito perdido y solitario.

# Capítulo 4

MaryAnn puso un pie fuera del vehículo todoterreno y vio cómo sus queridas botas Kors se hundían profundamente en el lodo. Se quedó mirando, horrorizada y boquiabierta. Encontrar aquellas botas había sido como hallar un tesoro. Cuero color marrón oscuro envejecido, punta afilada. Eran unas botas muy elegantes, con sus tacones altos y gruesos, pero cómodas, y muy a tono con la selva pluvial. Además, hacían juego con su chaqueta Forzieri, una prenda a la moda del mismo cuero y elegante color marrón, de talle corto, suave como la mantequilla. Incluso les había hecho un tratamiento impermeabilizante a las dos previendo cualquier paseo por el bosque. Había venido totalmente preparada y, sin haber salido del vehículo, ya estaba hasta los tobillos de lodo. Cómo *amaba* esas botas.

Cuando levantó la pierna, al ruido de la succión se sumó un olor desagradable de unas flores demasiado dulces mezclado con la vegetación podrida. Ella se echó atrás en el asiento para ver los daños y frunció la nariz como señal de disgusto. ¿Qué diablos estaba haciendo allí? Tendría que estar en un bar con la música de la calle sonando en sus oídos y rodeada del ajetreo de la gente por todas partes, no en ese mundo extrañamente silencioso de la... naturaleza.

—Date prisa, MaryAnn, a partir de aquí tenemos que caminar —le avisó Juliette.

MaryAnn echó mano de su mochila con gesto cauto y miró por la puerta abierta hacia el interior de la selva, sumida en un extraño silencio.

—Hay mucho barro, Juliette —dijo, valiéndose de cualquier excusa para permanecer en la seguridad relativa del interior del jeep. El bosque la aterraba de una manera que nunca podría explicarle a nadie. Sus temores tenían raíces profundas y nunca había sido capaz de superarlos. No podía sencillamente obligarse a caminar tranquilamente en medio de esa oscuridad opresiva como una víctima propiciatoria—. Tal vez puedas llamarlo y decirle que estamos aquí. Puedes hacer ese tipo de cosas, ¿no?

—No contestaría —respondió ella—. Creería que queremos hacerle daño.

—¿Te he contado alguna vez que nunca he ido de cámping? —dijo MaryAnn, buscando en el suelo el sitio más seco donde pisar.

—Tres veces —dijo Riordan, serio.

De pronto estaba junto a ella. La cogió por la cintura y la depositó a cierta distancia del vehículo. Había un asomo de impaciencia en su manera de cogerla. MaryAnn no se hundió en el suelo, pero una ola de insectos se abalanzó sobre ella. Se mordió los labios y se abstuvo heroicamente de hablar mientras miraba con cautela a su alrededor. Sacó el insecticida, los roció con un gesto muy ejecutivo, y consiguió, «accidentalmente», rociar también el cuello tieso de Riordan.

—Ay, lo siento. —Metió el spray limpiamente en una de las presillas del cinturón, ignorando la mirada indignada de éste. Dar rienda suelta a esas ganas infantiles le había procurado una pequeña satisfacción. Sabía que estaba perdiendo tiempo, pero lo haría a su manera, no quería que nadie le metiera prisas.

La selva no se parecía en nada a lo que se esperaba. Era oscura y daba un poco de miedo. El aire estaba cargado de humedad y a la vez parecía quieta, expectante, como si mil ojos la observaran. Lo único que oía era el zumbido de los insectos y el canto incesante de las aves.

MaryAnn tragó con dificultad y se quedó perfectamente inmóvil, temerosa de dar un paso en cualquier dirección. Por algún motivo, había pensado que la jungla sería ruidosa, con miles de monos chillando, además de los gritos de los pájaros y el zumbido de los mosquitos. Se le aceleró el corazón. En algún lugar en la distancia, rugió un jaguar. Sintió un escalofrío en la columna y se aclaró la garganta.

—Puede que me haya olvidado de contaros esta cosa extraña que tengo con los gatos. Los gatos domésticos. No conozco de ningún otro tipo, pero los gatos me asustan. Tienen esa manera concentrada de mirar y clavan las garras en las personas. —Lo suyo era puro parloteo, pero no podía parar. Era patético, y un poco vergonzoso, pero ella no se había apuntado voluntariamente a esa aventura—. Así que, por favor, no os convirtáis en un gato grande. Y si hay alguno que nos sigue, será mejor que no me lo digáis. Preferiría mil veces no saberlo.

—Con nosotros estarás a salvo —prometió Juliette.

—Creí que sabías que vendrías a la selva —dijo Riordan, intentando no sonar demasiado irritado. ¿Aquella mujer era de verdad la compañera eterna de su hermano? No estaba nada acostumbrada a su forma de vida. Manolito se la comería viva.

—*Hacienda ganadera* —corrigió MaryAnn—. Dijisteis una hacienda ganadera en los *márgenes* de la selva. —Aquello ya le había sentado bastante mal, cuando pensaba en los *hoteles de lujo de cinco estrellas de las cercanías*—. No habéis dicho ni una palabra sobre una isla *en medio* de la selva. Pensé que me llevaríais a ver a la hermana de Juliette. Ya os dejé claro que soy una chica de ciudad. Dadme un asaltante y un callejón cualquier día de la semana.

Como para asegurarse, MaryAnn se tocó las dos latas de aerosoles de gas paralizante que llevaba junto al insecticida, en las presillas por debajo de la chaqueta. Ella había venido preparada para ver hombres jaguar, no jaguares. Y no le costaba interpretar la expresión de Riordan, que tampoco se molestaba en disimularla. Su opinión de ella estaba alcanzando un punto álgido negativo, pero no le importaba. Él no era la razón por la que se había obligado a venir a un lugar que podía resultar muy peligroso. No tenía nada que demostrarle a nadie. Nunca.

Riordan la llamó con un gesto y MaryAnn se obligó a poner un pie delante del otro, siguiendo sus pasos de mala gana. Juliette iba detrás de ella, pequeña, compacta y alerta. Se movía con elegancia y facilidad a través del terreno sorprendentemente amplio del bosque. El aire estaba cargado de humedad y todo era muy oscuro y, aun así, ella veía colores que normalmente no habría podido ver. Estaba algo sorprendida por la gran variedad de tonos. Mientras caminaba, le extrañó la ausencia de animales. Siempre había creído que en la selva había criaturas por todas partes, esperando saltar sobre el visitante no precavido, pero ahí, caminando en fila india, sólo se oía el aleteo de un ave de vez en cuando.

También había creído que el bosque selvático era una maraña impenetrable, sin embargo aquello era un terreno abierto y no costaba caminar. Los árboles se alzaban por todas partes, gigantescos, troncos lisos que se elevaban sin ramas casi hasta la copa. Las raíces arrancaban de la base como serpientes y se escabullían por el suelo. Algunos parecían sostenerse sobre una miríada de zancos. Por todas partes colgaban plantas trepadoras y las lianas se entrelazaban como cuerdas, anudadas en torno a los troncos, elevándose por una vía oculta hasta la copa. Las enredaderas reptaban hacia arriba, buscando su camino entre orquídeas y por encima de los arbustos, de los helechos y del musgo que brotaba en las ramas. Ahora caminaba sobre un lecho de hojas muertas, semillas, ramas caídas y raíces torcidas que apuntaban en todas las direcciones como tentáculos que barrían el suelo de la selva.

MaryAnn estaba muy asustada. En realidad, estaba aterrada. No había estado tan aterrada desde que, en una ocasión, un hombre había entrado en su casa y casi la había matado. Si Destiny, su mejor amiga, la hubiera acompañado, lo hubiera dicho en voz alta, habría hablado de ello y quizás hasta se habría reído de sí misma.

Pero no conocía a esta gente, y allí se encontraba totalmente fuera de su elemento. Sólo su intensa necesidad de ayudar a otros la impulsaba a seguir.

Se había vestido con su ropa más cómoda intentando animarse. Su chaqueta Forzieri bordada de cuero marrón, corta y de elegante factura, hacía juego con sus botas y eso le daba confianza. El bordado de la espalda era demasiado bello para expresarlo en palabras y los volantes de lino le daban un fino aire renacentista. Con sus pantalones vaqueros Seven, de cinturilla ancha que le caía por debajo del ombligo y tan cómodos que apenas se daba cuenta de que los llevaba puestos, y con su camiseta con cuello en uve, de Vera Cristina, su preferida, la que se podía poner en cualquier sitio sin que perdiera ese *look* de un millón de dólares, y esos intrincados juegos de cuentas color turquesa, dorado y transparente, no podría haber tenido mejor aspecto. Eso, sin contar el pelo. Alzó una mano para palpárselo. La desesperación la había obligado a recogérselo en una trenza muy gruesa. No se había molestado en ponerse más que los pendientes pequeños porque cualquier otra cosa podría ser un estorbo. Cuando el tacón se le hundió en el barro, se dio cuenta de que estaba totalmente fuera de contexto y que su ropa era inadecuada. Parpadeó para reprimir las lágrimas y siguió caminando.

Si Manolito estaba vivo, ¿dónde se encontraba? ¿Por qué no podía comunicarse con él después de ese momento horrible en el que ella supo que un jaguar lo atacaba? Ella había intentado detenerlo, lanzando las manos hacia adelante, queriendo situarse en su camino y gritando para advertírselo, pero nadie la había entendido. ¿Y cómo podía explicarlo a alguien, sin que pareciera una loca, que por un momento había estado allí, en el bosque, entre Manolito y una muerte segura?

Riordan y Juliette tenían un aspecto grave, pero no habían dado respuesta a sus temerosas preguntas. La habían prácticamente lanzado dentro del jeep, y Riordan incluso había actuado con cierta rudeza. Su talante la intimidaba, como sus hermanos, pero nunca se había mostrado verdaderamente rudo, hasta ahora.

Como si le leyera los pensamientos, Juliette se le acercó por detrás.

—Lo siento, esto debe ser difícil para ti.

—No es lo mío —reconoció MaryAnn, que todavía tenía ganas de dar media vuelta y correr a la seguridad del jeep. Siguió caminando tras Riordan—. Pero puedo con ello. —Era lo que hacía cuando alguien necesitaba ayuda. Y no tenía intención de dejar a Manolito De La Cruz solo en la selva mientras los jaguares lo atacaban. Apenas podía respirar de las ganas que tenía de ver si se encontraba bien y estaba a salvo.

Le dolía el pecho y el corazón le pesaba como una piedra. Los ojos le quemaban por la necesidad de llorar su muerte. Necesitaba verlo, escucharlo, tocarlo. Aquello no tenía sentido, pero en ese momento no importaba. *Tenía* que estar con él o no sobreviviría. Aunque procuraba no mirar de frente a Juliette, era consciente de sus miradas, que tenían un dejo de ansiedad.

—Está vivo —le dijo ésta, con voz queda.

—Eso tú no lo sabes —contestó MaryAnn, agitada—. El jaguar... —dijo, e intentó serenarse antes de hablar—, lo estaba atacando. Sentí las garras que le desgarraban la carne —añadió, y se llevó las manos al vientre, como si estuviera herida.

—Riordan lo sabría. —Juliette lanzó una mirada furtiva a su compañero eterno mientras seguía los pasos de MaryAnn. No sabía por qué, pero empezaba a dudar de que Manolito estuviera vivo. Era absurdo, porque los hermanos De La Cruz lo sabrían si hubiera muerto y, a través de ellos, ella también—. Mi pueblo es jaguar. Si uno de ellos atacara a Manolito, me da miedo pensar en la venganza que Riordan y sus hermanos podrían llevar a cabo. Los hombres jaguar siempre han dejado estrictamente en paz a los carpatianos. Aquí, hay que saber escoger las batallas. Un simple rasguño puede convertirse en una infección que pondría en peligro tu vida.

*Riordan, ¿estás seguro de que Manolito está vivo? Siento tristeza, y una sensación terrible de opresión y terror.* Juliette necesitaba que su compañero eterno le diera seguridad. Ya no sabía discernir la verdad.

Riordan respiró. Él también sentía tristeza y un miedo irracional por la vida de su hermano. Se comunicó con Zacarías, el mayor de los hermanos, aquel en que siempre se podía confiar. *¿Sientes a Manolito? ¿Sabes si sigue vivo?*

Transcurrió un momento mientras Zacarías encontraba a Manolito. *Está vivo, pero se defiende. ¿Me necesitáis?*

Zacarías estaba en la hacienda con el resto de la familia, y Riordan quería que se quedara allí. Zacarias no permitiría que la hermana menor de Juliette ni su prima tuviesen libertad de movimiento. Insistiría en traerlas de vuelta a la hacienda para protegerlas, aunque ninguna de las dos quisiera ir voluntariamente. Pero aquello no lo detendría. Ese hombre reinaba enseñando sus colmillos y su enorme poder, esperando —y consiguiendo— que todos le obedecieran de inmediato.

*Será mejor que nadie esté presente cuando tomemos contacto con Jasmine y Solange. Jasmine necesita la ayuda de MaryAnn, pero ni ella ni su prima se mostrarán voluntariamente si tú y Nicolae estáis presentes.*

*No seas estúpido, Riordan. Entiendo que tengas que contentar a tu compañera eterna, pero no a expensas de poner en peligro a las mujeres, sobre todo si se trata de potenciales compañeras eternas.*

Sin más, Zacarías había desaparecido, después de dar su opinión, esperando que Riordan siguiera su consejo. No era tan fácil si había una compañera eterna de por medio. Solange lucharía hasta la muerte por su libertad, y si él le hacía siquiera un rasguño, Juliette no lo perdonaría.

Riordan dejó escapar un suspiro y volvió a intentar comunicarse con Manolito. Pero éste se escondía. Se había despertado, y lo más probable era que estuviera cerca del lecho de *terra preta*. Estaba gravemente herido, y necesitaría esa tierra para sobrevivir.

MaryAnn era muy consciente de la vigilancia de Riordan. No se giró para mirar a Juliette, pero supo que se comunicaban telepáticamente para hablar de ella. No se fiaba del todo. Al fin y al cabo, ¿qué sabía de ellos?

Juliette insistía en preguntarle a Riordan. *¿Por qué me siento tan mal?*

*Creo que es la influencia de esta mujer. Es posible que tenga poderes psíquicos mucho más complejos de lo que creíamos. Yo también siento sus emociones. ¿Crees que podría ser una hembra jaguar?*

Juliette olisqueó la esencia de MaryAnn y observó detenidamente los movimientos de su cuerpo. Casi corría con esas botas de tacón que llevaba, y las suelas apenas rozaban el suelo del bosque. Parecía totalmente fuera de contexto, pero...

*No hace ruido, Riordan, cuando se mueve. Nada de hojas que crujen ni de ramas rotas. Debería ser más bien torpe, y ella se siente torpe, pero se mueve como si hubiera nacido y se hubiera criado aquí. Pero no es jaguar.*

Riordan controló la respiración y ralentizó la marcha, sólo un poco, de manera que MaryAnn no se diera cuenta. ¿Acaso aquella mujer formaba parte de una trampa? Al fin y al cabo, ¿qué sabían de ella? Manolito nunca la había reclamado abiertamente, como lo habría hecho un verdadero compañero eterno. Tampoco les había pedido a sus hermanos que la protegieran, como también habría hecho un verdadero compañero eterno. Riordan la sondeó ligeramente, con un roce que pudiera parecer casual.

MaryAnn se frotó la cabeza mientras seguía caminando, y Riordan sintió la cachetada psíquica como si le hubiera dado en toda la cara. Dio un salto atrás y miró furtivamente a su compañera eterna, espantado.

*¿Quién es esta mujer, Juliette?*

MaryAnn contaba con la protección de tres poderosos cazadores carpatianos. Si fuera vampiro, seguro que la habrían detectado. Deliberadamente, para ponerse a salvo, Riordan giró en la dirección equivocada, alejándose del lugar donde sabía que su hermano había estado enterrado.

MaryAnn dio tres pasos y enseguida todo en ella cambió y quiso ir en la dirección contraria. Era una sensación tan fuerte que se detuvo.

—Te has equivocado. No está por ahí. Está... —dijo, gesticulando y con el corazón acelerado.

¿Qué hacía Riordan, llevándolos por el camino equivocado? ¿Acaso no querían encontrarlo? ¿Por qué se mantenían lejos de él? Empezaba a tener dudas y no podía remediarlo. Se apartó de la dirección a la que apuntaba Riordan, de pronto confundida. No lograba entender por qué sabía dónde estaba Manolito. Intentó llegar a él en varias ocasiones, conseguir que las mentes trabaran contacto, pero no podía, no lograba dar con él. Cuanto más lo intentaba, más se reafirmaba en su idea de que no tenía poderes psíquicos. No poseía ningún talento y ninguna habilidad para convertirse en la compañera eterna de nadie. Aún así, temía que aquel hombre estuviera en peligro, así que tenía que encontrarlo.

Confundida, se apartó un paso más de los carpatianos y tropezó con una raíz que se extendía por el suelo y sostenía uno de los árboles emergentes, un árbol enorme que se abría paso hacia las alturas por encima de los demás. Las raíces estaban torcidas de una manera que parecía un diseño artístico y elaborado, reptando por el suelo, buscando nutrientes con las extremidades. Una pequeña rana de color verde brillante dio un salto desde una raíz especialmente gruesa y aterrizó en el hombro de MaryAnn.

Ésta ahogó un grito y se quedó paralizada.

—Quitádmela enseguida —ordenó, tanteando el cinturón en busca del gas paralizante.

*¿Dónde estás? Te necesito. Por favor, que estés vivo.* MaryAnn no era una mujer acostumbrada ni a las ranas ni a los escarabajos, pero no pensaba abandonar la selva sin antes encontrar a Manolito, o al menos su cuerpo. Sabía cómo manejarse en la oscuridad de un callejón en la ciudad, pero detestaba caminar en el barro y sobre hojas podridas en medio de aquella oscuridad opresiva y del silencio que se cernía a su alrededor. Sentía que unos ojos invisibles seguían cada uno de sus pasos.

Juliette susurró unas palabras suaves, aunque sólo mentalmente, y pidió a la rana que bajara del hombro de MaryAnn. Juliette tenía cierta afinidad con los animales, e incluso le respondían los reptiles y anfibios. Pero en este caso la rana se acercó al cuello de MaryAnn, agarrándose con sus patas pegajosas.

*¡Quita!* MaryAnn gritó interiormente, sin esperar a que la rana obedeciera la orden de Juliette. *¡Ahora mismo!*

—¡Quita! —gritó.

Era evidente que la criatura ya había tenido suficiente contacto con los humanos, y dio un salto hacia el tronco más cercano, para aterrizar entre otras dos ranas diminutas. Más arriba, en la copa de los árboles, un mono pequeño lanzó unas hojas contra el trío de anfibios.

MaryAnn cerró los ojos, respiró hondo y comenzó a caminar. A pesar de los tacones altos, esta vez cogió el ritmo tan enérgicamente que casi corría. Pasó junto a Riordan, que parecía desconcertado. Cuando éste iba a lanzarse tras ella, Juliette lo cogió por el brazo y con un gesto le señaló los árboles a su alrededor. Había ranas pequeñas por todas partes, en los troncos y en las ramas, saltando de un árbol al siguiente, en la misma dirección que MaryAnn. Por arriba, en la copa de los árboles, los monos se servían de las vías que les procuraban las lianas para converger y seguir a la mujer mientras se abría camino por el bosque.

*¿Crees que el vampiro está aquí?*, preguntó Juliette.

Riordan realizó otro barrido del bosque circundante, una inspección más detenida y rigurosa.

*Si es así, es un maestro del camuflaje. Sé que se han vuelto mucho más listos con estas cosas, así que tendremos que estar muy vigilantes ante los peligros que la acechan. A ella la guía Manolito, y quizá pueda encontrarlo más rápidamente que nosotros, ya que a mí me oculta su presencia.*

Juliette frunció el ceño cuando empezaron a seguir a MaryAnn.

*Tu vínculo de sangre debería informarte sobre su paradero.*

Riordan la miró con un asomo de sonrisa.

*Somos antiguos, Juliette, y hemos estudiado muchas cosas a lo largo de los siglos. Manolito puede ocultarse hasta de nuestros me-*

*jores cazadores y no hay manera de detectar a Zacarías cuando no quiere que sepan de su presencia.*

MaryAnn se dio cuenta de que tenía el rostro bañado en lágrimas. La sensación de pavor era abrumadora.

*¿Dónde estás? Encuéntrame.* MaryAnn seguía intentando comunicarse mentalmente con Manolito, aunque era evidente que no poseía las facultades psíquicas que los otros le atribuían.

A medida que avanzaba hacia el interior de la selva, vio que los colores verdes ya no eran tan vívidos. Las hojas y los arbustos parecían cubiertos por un velo nebuloso que daba a los colores un tinte gris apagado. Asomaban sombras donde antes no había nada. Al principio, había visto colores brillantes en la oscuridad, en cambio, ahora, veía sombras ahí donde normalmente no hubiera visto nada. Sintió que le entraba el pánico, pero no podía detenerse. Empezó a oír susurros cuando empezó a trotar. Ella no solía trotar. Nunca salía a correr ni nada por el estilo, pero se dio cuenta de que ahora corría por el bosque con la sola intención de encontrar a Manolito.

Algo la empujaba a seguir, a pesar de que el bosque se hacía cada vez más oscuro y los ruidos por encima de su cabeza se volvían más sonoros. De pronto se arriesgó a mirar hacia arriba, pero vio unas criaturas pequeñas y peludas que se balanceaban por encima de su cabeza, lo cual la mareó y le provocó ligeras náuseas. Tropezó y estuvo a punto de caer, pero estiró el brazo para amortiguar la caída. Sus bellas uñas de manicura se hundieron en el musgo húmedo y una se le quebró. Una docena de ranas verdes se posaron sobre su brazo y se pegaron a él con sus pegajosas patas palmeadas.

MaryAnn se quedó paralizada. Las ranas la miraban con sus ojos negros y enormes, de párpados verdes. Eran brillantes y tenían pequeñas manchas en el vientre y unas uñas de color verde que hacían juego, como si estuvieran pintadas con esmalte. Pasaron velozmente la lengua por la chaqueta como si quisieran probar el cuero. Ella se estremeció y miró hacia atrás, donde estaba Juliette.

—¿Por qué hacen eso?

Juliette no tenía una respuesta. Nunca había visto tantas ranas juntas, a pesar de que había vivido la mayor parte de su vida en el bosque.

—No lo sé —reconoció—. Es un comportamiento anormal. —*Riordan, no hacen caso ni de mis mandatos más severos.* En su voz, como en su mente, se percibía una nota de alarma.

Riordan se plantó por delante de Juliette y lanzó una mirada de desconfianza a las ranas.

—Cuando las criaturas no actúan como debería ser, es preferible destruirlas

A MaryAnn se le hizo un nudo en la garganta. Sacudió la cabeza.

—No, no era mi intención que las mataras. Quizá sólo sientan curiosidad por mi chaqueta.

Hizo un gesto con la mano para ahuyentarlas.

—Vamos, ranitas. *Iros antes de que el gran carpatiano os fría a todas. Lo digo en serio. Tenéis que iros.* —Con un gesto silencioso, les pidió que cooperaran, mientras entornaba mentalmente los ojos. Por el amor de Dios, al fin y al cabo, ¿qué daño podía hacer una pobre ranita inocente—? Va, va, volved a vuestras casitas de rana.

Las ranas saltaron a los árboles, y su movimiento dejó una curiosa ola de color verde sobre la maraña de raíces, mientras por docenas saltaban buscando la seguridad de las ramas más altas. MaryAnn miró a Riordan con un mohín desdeñoso.

—¿Qué pensabas hacer? ¿Convertirlas en *shish kebab*? Pobres criaturas. Es probable que estén tan asustadas como yo.

*¿Has sentido eso, Juliette? ¿Esa ola de energía? Ha hecho que las ranas se fueran. Y se ha burlado de mí. Se ha burlado.* Riordan se dijo que tendría que revisar sus opiniones a propósito de la compañera eterna de su hermano.

—Esas ranas son venenosas. Los nativos las usan para recubrir las puntas de sus flechas —agregó, sin poder resistirse.

MaryAnn se incorporó lentamente y se miró enseguida la uña rota. Las uñas solían crecerle anormalmente rápido, siempre había sido así, pero ahora el esmalte le quedaría hecho un desastre. Y le estaba doliendo mucho. Siempre le dolía cuando se rompía una uña. El dedo le latía y quemaba mientras la uña se regeneraba.

Miró a Riordan frunciendo el ceño.

—No intentes asustarme con esas ranas. No me gustan, pero no soy tan urbanita como te crees. —Lo era, pero él no tenía por qué saberlo.

—Es verdad que son venenosas —confirmó Juliette—. Riordan dice la verdad. No es normal ver tantas ranas en un solo lugar y, desde luego, no tendrían por qué seguirnos.

MaryAnn miró a las ranas que estaban por todas partes.

—¿Nos siguen? —Aquella idea la puso nerviosa. No quería que las mataran, pero tampoco que los siguieran. Las quería lejos de su vista. Desde luego, podrían esconderse en el follaje y mirar con sus enormes ojos como, al parecer, hacían todas las criaturas del bosque en ese momento.

—Sí, y los monos también —dijo Riordan, cruzándose de brazos y señalando hacia lo alto de los árboles con un gesto de la cabeza.

MaryAnn no se atrevía a mirar. Las ranas eran una cosa (no quiso pensar en lo del veneno), pero los monos eran unas pequeñas criaturas peludas con manos casi humanas y grandes dientes. Lo sabía porque en una ocasión, sólo una, había ido al zoo y todos los monos se habían vuelto locos; de hecho, se habían puesto a dar saltos y a chillar, enseñándole los dientes con un gesto que podría confundirse con una sonrisa. Había sido un día horrible: no tanto como éste, aunque ella había jurado no volver a pisar un zoológico.

MaryAnn se cuadró de hombros y levantó ligeramente el mentón.

—¿Tienes una explicación de por qué el comportamiento de estas criaturas es anormal?

—Creía que sí la tenía —reconoció Riordan—. Creo que un vampiro puede estar sirviéndose de sus ojos para obtener información, pero ahora no estoy tan seguro.

A ella le dio un vuelco el corazón cuando oyó la palabra «vampiro». Se la había estado esperando desde que habían entrado en la oscuridad opresiva de la selva, pero todavía no estaba preparada. Cuánto añoraba la normalidad de las pandillas de jóvenes reunidas en las esquinas. Se veía capaz de mantener a raya a los tipos duros con una sola mirada, pero una bandada de monos o de ranas a las órdenes de unos vampiros... ¿Se decía bandada? Ni siquiera lo sabía. Ella no pertenecía al reino animal y quería desesperadamente volver a casa.

En cuanto pensó en eso sintió que la envolvía la tristeza. Más que pena, sentía necesidad, como una compulsión de seguir moviéndose, de darse prisa. Les dio la espalda a Juliette y Riordan y se giró hacia donde la atracción era más fuerte. No podía dejar ese horrible lugar sin antes encontrar a Manolito.

Giró la cabeza de un lado a otro, pero no vio nada. Sólo atinaba a pensar en él, imaginando su bello rostro marcado por arrugas de dolor y cansancio, sus hombros anchos y su pecho portentoso. Era un hombre alto, mucho más alto que ella, y ella no era lo que se dice baja. ¿Dónde estaba?

Ahora oía los chillidos agudos de los murciélagos llamándose unos a otros y, en algún lugar del turbulento río, una tortuga hizo señas a otra. Era como si el mundo se hubiera encogido, o quizá sus sentidos se expandían, afinándole el oído y la capacidad de procesar cada uno de los ruidos. El roce en las hojas eran los insectos, el batir de las alas eran los pájaros que se acomodaban para pasar la noche, los monos sacudían las ramas en lo alto de los árboles mientras los seguían. Oyó voces, las voces de dos hombres, a unos diez kilómetros, y reconoció el tono sensual de Manolito. Por un momento, su voz resonó en su mente y enseguida se le puso la piel de gallina y sintió un nudo en el estómago ante la perspectiva de verlo.

Empezó a caminar a grandes pasos, impulsada por esa urgencia. Manolito tenía problemas. Ella lo sabía. Ahora lo sentía cerca, a diferencia de antes, cuando no podía llegar a él. No intentó comunicarse mentalmente con él, no tenía esas facultades paranormales, pero no importaba. Oyó su orden como un susurro flotando en el aire. *Ven a mí.* Sabía que estaba herido. Confundido. Que la necesitaba. Una amalgama de olores llegó hasta ella, el rastro de hacía tres días de un tapir buscando raíces. Un margay oculto en la vegetación a más de un kilómetro a su izquierda. Tantas criaturas, incluso un... *jaguar*. Se quedó un momento sin aliento y luego echó a correr, levantando las rodillas, impulsándose con el balanceo de los brazos, hasta que cogió velocidad.

Cortó a través de una serie de laderas que corrían a lo largo de un riachuelo correntoso, sin importarle que las ramas de los arbustos le tiraran del pelo. El agua fluía desde los lugares más insospechados y creaba cascadas por todas partes. El ruido del agua reinaba en la quietud del bosque. Con una luna menguante y el techo de las copas de los árboles, la selva se veía oscura e inquietante. Una niebla baja tejía un manto de macabro vapor grisáceo entre los árboles, cubriendo la enorme maraña de raíces, de manera que cuando se acercaba, los gruesos nudos y las fibras extendidos como extremidades parecían oscuras fortalezas que guardaban algún secreto. Los troncos enormes se alzaban más altos que la niebla y daba la impresión de que flotaban por encima de las raíces que los mantenían anclados.

Juliette hincó las uñas en el brazo de Riordan mientras seguían a MaryAnn a paso rápido. *Mírala. Corre con tanta suavidad. No es jaguar, pero no sé qué es. Jamás he visto nada que se le parezca. ¿Y tú?*

Riordan buscó en sus recuerdos para saber si alguna vez había visto una transformación parecida. Le costaba ver a MaryAnn como algo más que la bella imagen de la moda que siempre parecía a sus ojos. Para ser humana, era inteligente y valiente, eso se lo había concedido siempre, pero su valentía no estaba a la altura para ser la compañera eterna de un cazador carpatiano como Manolito. Su hermano era duro y dominante, y no tenía los hábitos delicados que lo harían más apetecible a los ojos de una mujer como MaryAnn. Sin embargo, había en ella un núcleo de acero, y mucho más que lo meramente visible. Manejaba el poder y la energía sin una decisión consciente y, sin embargo, en cuanto pensaba en ello, se volvía torpe y temerosa.

*La pregunta más importante es si constituye un peligro para Manolito.*

*Creo que todo esto la tiene muy confundida, Riordan. Siento lástima por ella. El vínculo de sangre con Manolito es muy fuerte. Si sólo se trató de un intercambio, ¿cómo se explica que sepa más que tú del paradero de tu hermano? Porque, no te equivoques, sabe perfectamente dónde está y se dirige directamente hacia él. Manolito está a unos diez kilómetros, pero ella avanza rápido, a pesar de que en su vida ha pisado la selva.*

MaryAnn sentía un zumbido en la cabeza, como si el cráneo se le hubiera llenado de insectos. Los carpatianos volvían a hablar entre sí. Detestaba aquello. ¿Acaso se servían de ella para encontrar a Manolito? Si Riordan quería de verdad encontrar a su hermano, ¿por qué no lo buscaba directamente? ¿Por qué no se comunicaba con él ni le pedía que se mostrara? ¿Por qué no habían enterrado el cuerpo en la hacienda, donde Manolito se habría despertado entre los miembros de su familia, que le habrían ayudado? ¿Por qué no habían mencionado que había una segunda casa? ¿Y por qué la hermana y la prima de Juliette tenían demasiado miedo para entrar en la hacienda de la familia De La Cruz? Algo muy raro estaba ocurriendo.

Todo aquello debería asustarla (y la habría asustado) si la voz de Manolito no hubiera vuelto a colarse en su cabeza.

*¿Dónde estás?* Manolito sonaba perdido y solo. MaryAnn sintió que su corazón respondía, agitado, añorándolo.

Ella no era una corredora experta, pero fue cogiendo ritmo, suavemente y con facilidad, saltando por encima de los árboles caídos como si hubiera nacido con esos reflejos, pues algo en su interior la impulsaba a darse prisa. A medida que corría, su mente se apaciguaba, silenciosa y segura, evaluando todo lo que encontraba a su paso con una rapidez extraordinaria.

Había algo raro en su visión, como si los otros sentidos se hubieran agudizado tanto que la privaban de su visión normal. Los verdes y rojos vibrantes de las hojas y las flores se mezclaban y se apagaban hasta que le costó distinguir los colores. No obstante, a pesar del gris deslavado, era consciente del movimiento de los insectos y lagartos, los saltos de las ranas y de los monos que la seguían por encima de su cabeza. Su visión nocturna siempre había sido excelente pero ahora parecía aún más clara, sin colores que la deslumbraran y la cegaran. A medida que avanzaba, era capaz de distinguir un espectro más amplio de las cosas.

Qué emocionante tener unos sentidos tan agudos. Su oído era decididamente más fino. Oía el aire que penetraba en los pulmones de Juliette, el flujo y reflujo de la sangre en las venas. Y en su interior, se despertaba y desperezaba algo salvaje.

MaryAnn se detuvo, asustada. Tropezó y casi cayó tan bruscamente que Juliette y Riordan estuvieron a punto de chocar con ella. Se apartó de ellos y se llevó la mano a la marca en su pecho que latía y quemaba.

—¿Qué me ha hecho? —murmuró—. Me estoy convirtiendo en otra cosa.

Juliette cogió a Riordan por el brazo y apenas lo apretó para impedirle que dijera lo que no debía. Puede que Riordan no viera lo frágil y perdida que parecía MaryAnn, pero ella sí lo veía. Ahora había en sus ojos una mirada diferente, una mirada de miedo real, como de animal acorralado. No sabían cómo reaccionaría MaryAnn pero, más importante aún, ni ella misma lo sabía, y eso inquietaba a Juliette.

—No sabemos exactamente qué te hizo Manolito, aparte de intercambiar sangre contigo. —Juliette respiró hondo, quería decir toda la verdad—. Puede que lo haya hecho dos veces. No eres carpatiana, de modo que no te convirtió.

—Pero Nicolae tomó de mi sangre para proteger a Destiny.

*Y ella no lo temía.* Riordan leyó aquello en la mente de MaryAnn. *No como ahora, que tiene miedo. ¿Por qué no le asustó que Nicolae tomara de su sangre cuando eso habría sido lo más natural?*

MaryAnn se llevó una mano a la cabeza, como si quisiera espantar un insecto, y retrocedió un paso más, alejándose de ellos. El miedo le aumentaba cada vez que respiraba. Algo raro ocurría, ella lo sabía, lo sentía en lo más profundo. Cerró el puño y se hincó las uñas en la mano para probar. Empezaba a dudar de lo que era real y lo que podría ser una ilusión.

*Sabe que hablamos entre nosotros*, advirtió Riordan, *y eso le molesta.*

*¿Y te has preguntado cómo lo sabe? No debería. Ni siquiera cree que tenga facultades psíquicas paranormales.*

*Es más que eso, Juliette*, aseguró Riordan. *Tiene un gran poder sin siquiera proponérselo.*

*Ni es consciente de que lo tiene.*

—Esto es una locura, MaryAnn —agregó, en voz alta—. Ni Riordan ni yo lo entendemos.

—Quiero irme a casa. —En cuanto lo dijo, MaryAnn supo que era imposible, no hasta que encontrara a Manolito De La Cruz y se asegurara de que estaba sano y salvo y que no corría un gran peligro. Se maldijo por ese rasgo suyo, su necesidad de ayudar y consolar siempre a los demás. Alzó una mano temblorosa. La uña ya le había crecido, mucho más rápido de lo qu lee crecía normalmente—. ¿Qué creéis que me ha hecho? Algo tendréis que imaginar. ¿Y es reversible? Porque yo soy humana, mi familia es humana y a mí me gusta ser humana. Esto es lo que me pasa por tener una mejor amiga blanca, flacucha y chupasangre. —Tendría unas cuantas cosas que decirle a Destiny cuando volviera a verla... Si volvía a verla.

Juliette se volvió nuevamente hacia Riordan con una mirada de inquietud.

—Lo siento mucho, MaryAnn. Si supiera lo que está ocurriendo, te lo diría. Lo que sucede es que los humanos han convivido durante siglos con otras especies. A lo largo de todos esos años, tú y yo lo sabemos, las especies se mezclaron. Quizás hace muchos siglos ocurrió algo de lo que nada sabemos. Yo tengo sangre jaguar, y lo mismo ocurre con muchas mujeres que tienen poderes psíquicos.

MaryAnn negó con un gesto de la cabeza.

—Yo no. —Parecía raro. Ella conocía a sus padres y a sus abuelos y bisabuelos. No había manchas en su familia y nadie chupaba sangre.

*¿Podría tratarse de una maga?*, aventuró Juliette.

*Las magas tienen poder, de eso no hay duda, y la mayoría son buenas personas, pero en su caso estaría urdiendo algún hechizo, y no lo parece. MaryAnn acumula energía como nosotros y la utiliza, pero no es consciente de ello. Por eso es tan buena terapeuta. Sin saberlo, logra que sus pacientes se sientan mejor. Ella quiere que estén felices, y eso es lo que les ocurre. Intuye lo que hay que decir para que cada persona se sienta bien, y lo dice.*

A MaryAnn el corazón se le había desbocado. Estaba claro que volvían a hablar entre ellos. Se giró sobre los tacones demasiado altos y se lanzó directamente hacia la espesura, pensando que quizá pudiera perderlos, pero habiendo olvidado que, si querían, ellos podían volar, si lo deseaban. Y lo deseaban.

Sintió el soplo del aire desplazado a su alrededor y Riordan aterrizó del cielo, se plantó frente a ella y le cortó el paso.

MaryAnn gritó y retrocedió. Al hacerlo, tropezó con una de las muchas raíces que crecían en la superficie. Cayó sin más, sobre el trasero, y se lo quedó mirando cuan alto era.

—Eso es peligroso —le advirtió él, ofreciéndole una mano.

Ella le lanzó una patada, indignada, pero sobre todo enfadada consigo misma por encontrarse en una posición tan vulnerable. Cuántas veces había aconsejado a las mujeres que tuvieran precauciones al salir con desconocidos, con personas que habían conocido en Internet, o a través de amigos, pero que no conocían personalmente. Apretó con fuerza el spray de gas paralizante. ¿Funcionaría con los carpatianos? ¿Y con los vampiros? Nadie se lo había dicho en su clase sobre el manejo de estos aerosoles.

—MaryAnn —advirtió Riordan, frunciendo el ceño—. No seas tonta. Déjame ayudarte. Deja que te ayude a levantarte. Estás sentada en el suelo. ¿Sabías que en la selva hay un millón y medio de hormigas por cada media hectárea?

MaryAnn reprimió un grito de miedo y se incorporó sin ayuda de nadie, y volvió a retroceder, limpiándose la ropa, sintiendo los insectos en las piernas y los brazos. *¡Odio todo esto!* Lo gritó con tanta fuerza mental que sintió el eco a través de los dientes apretados. Los ojos volvieron a arderle a causa de las lágrimas.

El aire a su alrededor estaba cargado de electricidad, y se le erizaron los pelos de los brazos.

—¡Cúbrete! —gritó Riordan, y dio un salto hacia atrás.

Un trueno retumbó en el aire. La tierra se sacudió y los monos gritaron. Las aves chillaron y alzaron el vuelo. Un rayo chisporroteó y crepitó y se descargó contra la tierra en un despliegue de energía que casi los cegó. La niebla se arremolinó a su alrededor. MaryAnn sintió unos brazos fuertes que la cogían y una mano le aplastó la cara contra un pecho ancho y musculoso. De pronto había dejado el suelo y volaba por encima de las copas de los árboles, tan rápido que se mareó.

Riordan lanzó una imprecación y cogió a Juliette por el brazo cuando ésta iba a seguirla.

—Ha sido Manolito, dándonos un claro aviso para que retrocedamos. No nos queda otra alternativa que obedecerle. Ella es su compañera eterna y nosotros no tenemos por qué intervenir.

—Pero... —dijo Juliette, con expresión de impotencia—, no podemos sencillamente dejarla.

—No nos queda otra alternativa, a menos que queramos provocarlo en una batalla abierta. Él cuidará de ella —le aseguró Riordan—. Aquí ya no hay nada que podamos hacer.

# Capítulo 5

MaryAnn le echó los brazos al cuello a Manolito y hundió la cara en su hombro. El viento soplaba, inclemente, sobre la cara y el cuello, le tiraba maliciosamente del pelo y conseguía meterse bajo su chaqueta de cuero para tocarle la piel con sus dedos helados. Si creía que la selva pluvial era desagradable, volar sobre las copas de los árboles era mil veces peor. Se sentía mareada y enferma y el estómago le daba mil vueltas. Preferiría enfrentarse al millón de hormigas y a las ranas arbóreas antes que volver a volar.

*De niña, seguro que querías volar.*

MaryAnn estaba segura de que Manolito le leía el pensamiento con facilidad, y percibía su sentido del humor, típico del macho superior, lo cual le recordó que, en realidad, no le gustaban demasiado los hombres. Y ya que no tenía facultades psíquicas paranormales ni telepáticas, contestó en voz alta, aplastando los labios contra su cuello.

—*Nunca*. Ni una sola vez. Me gusta tener los pies en tierra firme. —Sin embargo, Manolito olía muy bien. Costaba abstenerse de olisquearlo e inhalar su fragancia.

Manolito aterrizó en una zona relativamente protegida, algo que MaryAnn agradeció porque enseguida comenzó a llover. No una llovizna ligera, ni siquiera una llovizna regular, sino una lluvia en toda regla, como si los cielos se hubieran abierto y dejado caer un océano sobre sus cabezas.

MaryAnn se apartó de él en cuanto tocó tierra firme. Todavía sentía náuseas, y habría jurado que torció la nariz para volver a olerlo, pero se reprimió y le lanzó una mirada enardecida. El problema era que él la miraba a ella. No sólo la miraba. Sintió que el estómago se le retorcía y también aquel aleteo, aunque más intenso. Y la entrepierna se le tensó y los pezones...

Se cerró la chaqueta con un gesto seco e intentó poner una cara de indignación que acompañara al ceño fruncido. Nadie tenía un aspecto tan fascinante, tan sensual, bajo la lluvia de la selva tropical. No sólo sensual, sino sensualísimo. Aquel era el hombre más sexy que había visto jamás, y él la miraba como si en cualquier momento fuera a devorarla con un único y exquisito mordisco. Sus ojos ardían con tal oscura sensualidad que le hicieron olvidar por completo las sanguijuelas y las hormigas y la volvieron plenamente consciente de su condición de mujer. Hacía tanto tiempo que no se había sentido así (o quizá nunca) que se puso nerviosa.

—Bueno —dijo Manolito, y sus ojos negros brillaban tan pecaminosamente que MaryAnn casi se derritió antes de moverse—. Por fin has venido.

Dios, volvió a sentir que el estómago y el corazón juntos le daban otro vuelco, y creyó tener el sabor del sexo en la boca. A él se le caía la baba.

—He venido a rescatarte —dijo ella. Pronunció aquellas palabras antes de que pudiera pensar en lo que decía. En realidad, no podía pensar mientras él la siguiera mirando y ella tuviera el cerebro completamente fundido, así que, por muy tonta que sonara la respuesta, no estaba tan mal teniendo en cuenta las circunstancias.

Él le sonrió. Una sonrisa lenta y sensual que chisporroteó y la deslumbró y le apretó aún más los rizos de su pelo ya rizado. Quizá fuera el arma secreta de los carpatianos contra las mujeres, porque con ella daba resultados. Aquel hombre era una amenaza.

De verdad. Y ella tenía que controlarse. Hizo chasquear los dedos.

—Date por salvado y salgamos de aquí —dijo, dado que sus ganas de hacérselo con él probablemente fueran consecuencia de la selva, sofocante y sudorosa. En su juventud había leído muchas historias de Tarzán. Ella estaba programada para gozar del sexo en la selva y cuanto más rápido saliera de ahí, más rápida sería su vuelta a la normalidad.

Él le hizo un gesto llamándola con el dedo.

—Ven aquí.

A MaryAnn se le secó la boca.

—Estoy perfectamente bien donde estoy, gracias. —Con sus botas preferidas hundiéndose en el barro, no se habría podido mover, aunque lo quisiera. El corazón le latía con fuerza y le entró el miedo, no de él sino de sí misma. Por sí misma.

Él paseó la mirada por su rostro, y ella adivinó una posesión oscura brillando en la profundidad de sus ojos negros. No era amor, sino posesión. Propiedad. Sensualidad al desnudo. Su cuerpo respondió, pero su cerebro lanzó un grito de advertencia. No estaba tratando con un macho humano que respondiera a las reglas de su sociedad. Estaba sola con un carpatiano que creía tener derechos absolutos sobre su persona. Que sabía que podía controlar su pensamiento y persuadirla para que hiciera lo que quisiera. Aquel hombre exigiría de su compañera sumisión y rendición total. Y ella era el tipo de mujer que no se sometía ni se rendía ante nadie. ¿Qué diablos había hecho para meterse en ese lío?

—He dicho ven aquí, a mí. —Manolito no alzó la voz, ni siquiera la endureció. Más bien, pronunció la orden en un tono más grave, y su voz le pareció como el roce aterciopelado de una lengua sobre su piel. Con sus ojos negros, la obligaba a obedecer.

MaryAnn se acercó unos pasos antes de detenerse, y unos brazos fuertes se cerraron a su alrededor, aplastándola contra él, encajando con ella como un guante. Manolito era duro y musculoso, y ella, toda curvas suaves, y era bien consciente de todas y cada una de ellas. Él murmuró algo en su lengua nativa, algo suave y sumamente sensual. *Te avio päläfertiilam.* Repitió aquellas palabras y su lengua bailó sobre el pulso que le latía frenéticamente en el cuello.

—Eres mi compañera eterna.

No podía ser verdad, porque ella sabía que había que tener poderes psíquicos, pero en ese preciso momento quería que fuera verdad. Quería experimentar el sentimiento de pertenecer a ese hombre. Nunca en su vida había tenido una reacción física como ésa ante nadie. *Entolam kuulua avio päläfertiilam.* Manolito le susurró algo junto al pulso, mientras la mordisqueaba suavemente y volvía a acariciarla con la lengua. MaryAnn creyó que de un momento a otro se inflamaría.

—Te reclamo como mi compañera eterna.

MaryAnn alzó la cabeza y abrió la boca para protestar, pero él pegó la suya a la de ella, quitándole el aliento e intercambiándolo con el de él. Le flaquearon las piernas y, para sujetarse, MaryAnn le enredó una pierna alrededor de los muslos, mientras su lengua jugaba con la de Manolito, una danza lenta de puro placer erótico. Las sensaciones la inundaron hasta que la sangre le martilleó y el corazón le retumbó en los oídos. Casi se perdió las suaves palabras que rozaron las paredes de su mente y luego quedaron como impresas.

*Ted kuuluak, kacad, kojed. Elidamet andam. Pesamet andam. Uskolfertiilamet andam. Sivamet andam. Sielamet andam. Ainamet andam. Sivamet kuuluak kaik etta a ted.*

—Te pertenezco. Te ofrezco mi vida. Te ofrezco mi protección, mi alianza, mi corazón, mi alma y mi cuerpo. Seré el guardián de todo aquello que tú atesores.

El beso se volvió más apasionado y MaryAnn empezó a caer, ardiendo, envolviéndose dentro de Manolito De La Cruz. Sintió que su corazón y su alma lo buscaban. Fundiéndose con él. Los pechos le dolían y se le volvieron pesados. Sintió la humedad expectante de su pliegue más íntimo y la mente se le nubló aún más bajo los efectos de la pasión que seguía aumentando.

Algo en ella, un reducto pequeño y sano, intentó venir a su recate, una parte no tocada de su cerebro que izaba una bandera roja. Pero la boca de Manolito no se parecía a nada que hubiera conocido, y ahora quería más porque su sabor era adictivo. Él deslizó la mano al interior de su chaqueta, le levantó la blusa y la deslizó hasta llegar a su pecho. Lo apretó y MaryAnn se quedó sin aire y le cogió la cabeza para atraerlo hacia ella, deseándolo. *Deseándolo.* No, en realidad, *necesitándolo.*

Él dejó vagar los labios por su cuello y le cogió el pelo con una mano, con las gruesas trenzas en el puño, anclándola a él mientras exploraba su piel suave y satinada. Encontró su generoso pecho, y la marca que le había dejado señalándola como suya.

*Ainaak olenszal sivambin.*

—Tu vida será venerada por mí hasta la eternidad. —Las palabras vibraron a través de ella, que se acercó más a él, presionando contra su muslo, aliviando aquel terrible y doloroso vacío, deseosa de llenarlo con él.

Dejó escapar un grito cuando él le buscó el pecho con la boca y se apoderó del pezón, excitado, a través del encaje de su sujetador. Chupó con fuerza, haciendo bailar la lengua y rozándola con los dientes. Durante todo aquel rato, no paraba de oírlo susurrando en su cabeza.

*Te elidet ainaak pide minam.*

—Tu vida estará por encima de la mía en todo momento.

Su lengua seguía bailando, húmeda, sobre su pecho. Manolito alzó la cabeza y en su mirada brilló una posesión oscura e hipnótica.

—Y tu placer. —Volvió a adueñarse de su boca, quitándole el aliento y encendiéndole las venas.

Su boca le dejó un rastro de llamas desde el cuello hasta los pechos, sin parar de mordisquearla y provocarla, y con cada mordisco hacía fluir un líquido caliente y acogedor en su entrepierna. MaryAnn empezaba a estar exhausta de tanto desearlo. Estuvo a punto de gemir cuando Manolito encontró el otro pecho con la boca y tiró de él, haciendo que dejara de pensar con claridad. Se arqueó hacia él, rodeándolo más firmemente con las piernas y haciendo casar un cuerpo con otro para quedar sujeta a él.

*Te avio päläfertiilam. Ainaak sivamet jutta oleny. Ainaak terad vigyazak.*

—Eres mi compañera. Permanecerás unida a mí para toda la eternidad y estarás siempre bajo mi protección.

Manolito levantó la cabeza y volvió a encontrar la marca que le había dejado. Hundió profundamente los dientes. Aquel fuego la quemó y el dolor la barrió como una tormenta. Enseguida experimentó un placer tan dulce y erótico que se abandonó a un suave movimiento, cogiéndole la cabeza, sosteniéndolo junto a ella mientras su pelo largo y oscuro se derramaba sobre sus brazos y ella dejaba reposar la cabeza en la sedosa cabellera. Tuvo la sensación de que se alejaba cada vez más de la mujer que era hacia una dimensión del todo desconocida.

Él murmuró alguna otra cosa en su idioma con su voz sensual. MaryAnn desechó la leve advertencia que se activó en su mente y mantuvo la cara hundida en su pelo porque nada en su vida le había parecido jamás tan en su lugar. Se sintió pertenecer a alguien. Había encontrado lo que buscaba desde siempre. Satisfecha como estaba con su vida, había pensado que envejecería y moriría tras haber vivido con cierta comodidad, por eso lo que tenía ahora le parecía un regalo. La pasión. La excitación. El sentimiento de pertenecer a alguien. Todo era suyo.

No había ni un ápice de timidez en ella. Había decidido abstenerse del sexo sencillamente porque no deseaba compartir su cuerpo con un hombre en quien no pudiera confiar, o que no amara, un hombre con quien no viviría el resto de sus días. Pero, en ese momento, supo que Manolito De La Cruz era su otra mitad. Lo compartiría todo con él, y estaba ansiosa por empezar.

Manolito le deslizó la lengua por el pecho y la hizo temblar de deseo. Volvió a susurrar unas palabras y ocurrió algo sumamente extraño: se vio a sí misma apartándose y observando mientras le metía las manos debajo de la camisa y se la levantaba, dejando a la vista sus músculos bien definidos y los zarpazos que el jaguar le había dejado en el vientre. Deslizó la mano por encima de las marcas de las garras y las cubrió con la palma, dándoles calor. Se vio a sí misma besándole el vientre y el pecho hasta llegar a un punto justo por encima del corazón.

Con la lengua encontró el pulso que buscaba, el latido fuerte y regular. Toda ella se tensó, expectante, palpitando y sollozando de deseo. La mano se detuvo en aquel punto y MaryAnn se quedó mirando su uña, la misma que se había roto antes. Ésta creció hasta convertirse en una garra aguda. Para su sorpresa, le abrió un tajo en el pecho y aplastó la boca contra el corte. Él gruñó y echó la cabeza hacia atrás, sacudido por la mezcla de éxtasis y pasión. Levantó la mano para sostenerla contra él, urgiéndola a tomar más. Y ella le obedeció. Al parecer, no había ningún rechazo, ninguna vacilación por su parte. MaryAnn se retorció contra él y los cuerpos se frotaron sensualmente, invitándolos a más, mucho más.

Y él respondió a la invitación, con sus manos duras, íntimas y posesivas. Tiró de su ropa, queriendo sentir la piel contra la piel. Cuando ella se frotó contra el bulto grande en la entrepierna de sus pantalones vaqueros, él se estremeció y murmuró una aprobación. Le cogió las nalgas y la levantó a medias para acomodar los cuerpos y quedar presionando contra su punto más íntimo.

Como si supiera exactamente qué hacer, cuánto podía gozar de aquel intercambio caliente y adictivo, MaryAnn le pasó la lengua por las heridas y levantó la cabeza para mirarlo a sus ojos hipnotizadores. Ahora parecía otra mujer, con sus ojos oscuros y seductores, los labios hinchados y voluptuosos, tan sensual que ni ella misma podía creerlo, tan dispuesta a complacer a Manolito en cualquier cosa que le pidiera. Quería darle placer y deseaba que él hiciera lo mismo por ella.

Manolito le sonrió y ella sintió que el corazón se le disparaba y reaccionaba con la misma intensidad que el resto de su cuerpo.

*Päläfertiil.*

—Esposa. —Entonces le besó la punta de la nariz, la comisura de los labios, y permaneció allí, a sólo un respiro, mirándola a los ojos. *Dime tu nombre para que tu* koje, *tu marido, pueda dirigirte la palabra.*

MaryAnn tragó saliva cuando acabó de asimilar aquella palabra. Manolito no podría haberlo hecho peor aunque le hubiera vaciado encima un cubo de agua fría. Ella parpadeó y sacudió la cabeza, como queriendo despejarse las ideas. ¿Qué diablos estaba haciendo en brazos de un hombre que ni siquiera sabía su nombre pero que decía ser su marido? ¿Y qué diablos le había ocurrido como para dejarse hipnotizar por alguien hasta el punto de hacer cosas que iban totalmente en contra de lo que ella creía? Manolito la debilitaba. Se había apoderado totalmente de su voluntad y ella se había prestado sin más, como si él pudiera gobernar su vida a través del sexo.

Se sintió sacudida por una ola de furia, una furia que sólo había sentido una vez, cuando un hombre entró en su casa y amenazó con matarla. La sacó de la cama, golpeándola salvajemente antes de que ella pudiera defenderse, la lanzó al suelo y la pateó. Entonces se inclinó y la hirió con un cuchillo y, cuando la hoja penetró en sus carnes, algo salvaje y abominable y descontrolado alzó la cabeza y rugió. En esa ocasión, MaryAnn sintió que sus músculos se estiraban y anudaban, al tiempo que adquiría una fuerza descomunal. Pero en ese momento llegó Destiny y mató al hombre. Con eso le salvó la vida y quizá también el alma, porque esa cosa que habitaba en lo profundo de ella la había asustado incluso más que el agresor.

Ella era una mujer que aborrecía tajantemente la violencia y nunca la perdonaba. Sin embargo, ahora tenía unas ganas irreprimibles de propinarle a aquella bonita cara una cachetada con todas sus fuerzas. Por contra, dio un salto hacia atrás, al tiempo que lanzaba interiormente un grito. Puso todo el miedo y todo el desprecio de sí misma y de sus actos en su grito porque nadie podía oírla y nadie sabía el terror que experimentaba intentando contener aquella bestia durmiente que habitaba en lo más profundo de ella.

*Apártate de mí.* Por un momento terrible, no sabía si le estaba gritando a Manolito o a esa cosa que se agitaba en su interior.

Manolito se tambaleó y cayó hacia atrás contra el tronco de un árbol. Se la quedó mirando fijo, alarmado. Nadie jamás le había propinado una cachetada psíquica, pero eso era lo que acababa de hacerle su compañera eterna. No había sido una cachetada cualquiera sino una lo bastante fuerte para tumbarlo. Nunca nadie había osado tratarlo de esa manera, en todos los siglos de su existencia.

Una ira oscura se le retorció en el vientre. Ella no tenía ningún derecho a negársele, ni a desafiarlo. Él tenía derecho al solaz de su cuerpo cuando lo deseara. Era suya. Su cuerpo le pertenecía. Sintió la sangre rugiéndole en las venas, y el miembro tan tieso que estaba a punto de explotar. Había esperado mil años, quizá más, y había sido fiel a esa mujer, y ahora ella lo repudiaba.

—Podría obligarte a arrastrarte y pedirme perdón por eso —le dijo, seco, con los ojos encendidos despidiendo un humo negro que lo delataba. Manolito sentía la atracción que ella ejercía sobre él, una atracción tan intensa que no conseguía poner fin a ese frenesí que se apoderaba de él. Duro y caliente y deseoso a más no poder, era una sensación mucho peor que el hambre. La miraba como bebiéndola con los ojos, aturdido por su belleza. Su piel parecía tan suave que ardía de ganas de acariciarla, de rozar su cuerpo con el suyo, dentro del suyo. MaryAnn era una mujer de formas voluptuosas y una boca que él no podía dejar de mirar, pecaminosa y perversa y tan tentadora que lo hizo endurecerse hasta que le dolió. Imaginó que ella lo tocaba, su boca, su cuerpo acoplándose con él, prieto y caliente y matándolo de placer.

Necesitaba hundir la cabeza en esa maraña de rizos color negro azabache, respirar su olor y guardarlo para siempre en los pulmones. Necesitaba el calor de sus brazos y el timbre de su risa. Pero, antes, necesitaba saciarse. No podía mirarla sin tener ganas de estar dentro de ella, de apoderarse de ella, de hacerla gozar y oírla gritar su nombre. La quería de rodillas delante suyo, quería que reconociera que le pertenecía a él y a nadie más, y que ella también quería, incluso necesitaba, darle el placer sublime de su cuerpo.

MaryAnn no estaba del todo segura de lo que había ocurrido. Él se había apartado, pero ella sólo le había gritado, al muy cabrón. En cualquier caso, lo de arrastrarse no figuraba en sus planes. E implorar perdón no era precisamente su estilo. Manolito parecía furioso y peligroso y era demasiado atractivo para su propio bien. Un hombre engreído y arrogante al que, por lo visto, todo el mundo había obedecido durante toda su vida. Las mujeres habrían hecho lo que él quisiera, cuando lo ordenara. Y ya se veía que se había pasado la vida dando órdenes.

Se mordió con fuerza los labios para no mandarlo al infierno porque... MaryAnn se puso las manos por delante.

—Escucha, tengo tanta culpa como tú. Al fin y al cabo, tenía una alternativa. —No pensaba echarle toda la culpa a él. Ella era una mujer madura y creía en la responsabilidad, aunque nada de lo que le había ocurrido desde que había llegado a la selva parecía normal—. Me he dejado llevar por toda esa historia de la compañera eterna porque... vale, porque eres... espectacular. ¿Qué mujer no te desearía? —MaryAnn ya había decidido que estaba del todo segura de que no volvería a experimentar el sexo con ese ardor que le arrancaba el alma, tórrido e inolvidable. Manolito parecía un hombre hecho para cumplir... y cumpliría. De modo que sí, ella también era culpable, pero él ya podía ir olvidándose de que ella se arrastraría para pedir perdón.

Manolito miró a su compañera eterna a la cara, al tiempo que sondeaba levemente sus pensamientos, buscando una clave para saber cómo se había iniciado su relación. Era evidente que la palabra era tormentosa. Se llamaba MaryAnn. MaryAnn Delaney. No veía bien los detalles, como dónde y cuándo habían estado juntos por primera vez, pero reconocía su sabor adictivo. Sentía una necesidad poderosa de dominarla, de escuchar sus imploraciones entrecortadas y de ver que el éxtasis le nublaba la mirada.

Había reconfirmado la unión de sus almas con el antiguo ritual porque su mente había insistido en ello. Pero MaryAnn era una mujer que necesitaba una mano firme. Arrancarle la ropa hasta desnudarla, ponerla sobre sus rodillas y darle una zurra en su trasero increíblemente atractivo era algo que le procuraría placer. Y luego la echaría en la cama y la saborearía, la comería, lamería hasta la última gota de crema femenina, memorizaría hasta la última exuberante curva de su cuerpo, sabría que la haría enloquecer hasta que, al final, ella se arrastraría, sí, para implorarle perdón. Y entonces él la llevaría una y otra vez al borde del éxtasis, hasta que ella supiera quién era, en verdad, su compañero eterno.

Dio un paso hacia ella y algo asomó en la expresión de MaryAnn: quizá miedo. Manolito no quería que le tuviera miedo, aunque, en realidad, un poco de miedo sano podría granjearle alguna cooperación de su parte. Y algo de confusión, desde luego. Se detuvo cuando la vio retroceder y mirar a su alrededor como si pensara escapar.

—Nunca podría hacerle daño a mi compañera eterna, eso tú lo sabes. A lo más, podría encontrar un castigo placentero, un castigo que al final disfrutarías.

MaryAnn lo miró frunciendo el ceño.

—No sé de qué hablas, pero ya te puedes olvidar. Soy demasiado mayor para que me castiguen. Escucha, hemos cometido un error. Los dos. Yo he venido hasta aquí con la intención de tratar a la hermana de Juliette, y entonces Riordan me dijo que tú tenías problemas. En realidad, nunca nos han presentado. Nunca nos hemos conocido. Te vi en los montes Cárpatos en la fiesta de Navidad, antes de que te atacaran, y unas cuantas veces a cierta distancia, pero nadie nos presentó. No tengo habilidades psíquicas paranormales. Soy un ser humano normal y corriente que trabaja con mujeres que tienen problemas.

Manolito sacudió la cabeza. ¿Era verdad lo que escuchaba?

—Imposible. Tú no eres ninguna extraña. Eres mi otra mitad. Mi alma reconoce la tuya. Estamos unidos como si fuéramos uno. Tú me perteneces y yo a ti. —Manolito se llevó una mano impaciente al pelo largo y sedoso, y luego se lo recogió con una tira de cuero que se sacó del bolsillo.

Una risa maniática resonó en su cabeza, y Manolito se giró

enseguida para barrer el área circundante, adoptando una actitud protectora y situando a MaryAnn detrás de él.

—¿Qué ocurre?

—¿No has oído nada? —Manolito sabía lo que había allá afuera. Eran los vampiros que salían lentamente de las sombras para mirar con ojos despiadados y con las fauces abiertas, señalándolo con sus dedos huesudos y acusadores.

MaryAnn aguzó el oído, pero sólo oyó el canto monótono de las cigarras y otros insectos. Quién diría que metían tanto ruido. Sacudió la cabeza, sintiendo que el corazón se le partía al mirarlo.

—Dime, Manolito. Pareces muy triste. Nunca deberías estar triste. —MaryAnn deseaba verlo feliz. Que volviera a estar furioso y provocativo en lugar de solo y perdido.

Él se giró, la cogió por los brazos y la atrajo hacia sí, mirándola a su cara inocente y sosteniéndole la mirada durante un minuto largo, interminable. Le deslizó la yema del dedo pulgar por un pómulo, con una expresión de arrepentimiento profundo en los ojos y en la boca.

—Acabo de encontrarte, MaryAnn, pero si no oyes las voces significa que no estoy del todo sano. No recuerdo ciertas cosas. No sé en quién puedo confiar. Pensé que tú... —dijo, y calló. Lanzó un gruñido por lo bajo y se tapó la cara con las manos—. Entonces, es verdad, estoy perdiendo la razón.

—Yo soy humana, Manolito, no carpatiana. No veo ni escucho las mismas cosas que tú.

Manolito deseaba que eso fuera verdad, pero la tierra se estremecía bajo sus pies y ella ni veía las caras en el follaje ni el suelo que ahora se torcía como una boca burlona. Se quedó muy quieto un momento antes de alzar la cabeza, mientras la lluvia caía con fuerza.

—Debes dejarme. Vuelve a donde te sientas más a salvo. Mantente alejada de mí. No sé por qué creo que me perteneces, pero temo por mi cordura, y por tu seguridad. Vete, rápido, antes de que cambie de parecer.

Manolito no soportaba la idea de que MaryAnn desapareciera

de su vista. Hasta ese momento no se había dado cuenta de lo mucho que la necesitaba. Pero sus necesidades ya no importaban. Ella tenía que ponerse a salvo, incluso a salvo de él, especialmente de él.

Ahí estaba su libertad. MaryAnn miró a su alrededor. La selva estaba oscura y sombría, excepto el agua, que discurría por todas partes, formando cascadas pequeñas y grandes, encontrando nuevos caminos y convergiendo en riachuelos anchos y correntosos. El agua fluía, implacable e incesante, sumándose a las cascadas que nacían de las rocas y la tierra. MaryAnn estaba completamente fuera de su elemento y no tenía ni la menor idea de lo que debía hacer.

Manolito daba la impresión de todo lo contrario, aunque fuera verdad que estaba perdiendo la razón. Se sentía a gusto en el mundo, seguro y poderoso, y ahora volvía a pasear la mirada por los alrededores, intentando evaluar el peligro que los acechaba. No, el peligro que la acechaba a ella.

MaryAnn respiró hondo y le cogió la mano.

—Podemos solucionarlo juntos. ¿Ahora mismo escuchas voces?

—Sí. Y risas burlonas. Y veo vampiros en el suelo, en los árboles, entre los arbustos. Nos rodean.

MaryAnn cerró los ojos brevemente. Estupendo. Y pensar que a ella le preocupaban los jaguares. Los vampiros eran mucho peor. Con la mano que tenía libre, cogió el spray de gas paralizante.

—De acuerdo, enséñame lo que ves. Puedes hacerlo, ¿no? Abre tu mente a la mía.

Manolito la sintió moviéndose en su mente, fundiéndose, buscándolo. Al parecer, MaryAnn no era consciente de ello, pero la fusión fue iniciativa suya. Su mente se deslizó fácil e imperceptiblemente en él. Entonces le apretó la mano, y un temblor la recorrió de pies a cabeza.

*Los ves.*

MaryAnn miró a su alrededor y vio las caras espantosas. No era de extrañar que Manolito no distinguiera entre la ilusión y la realidad. Los vampiros en su mente eran demasiado reales. Al menos eso pensó ella, que eran producto de su imaginación.

—¿Confías en mí? —le preguntó.

—Con toda mi alma —respondió él, sin vacilar. Manolito la veía como su compañera eterna y, por lo tanto, incapaz de traicionarlo, nada de mentiras entre ellos. Y si se equivocaba, que así fuera. Moriría protegiéndola.

—Despréndete de mi mente y yo te sacaré de aquí. —MaryAnn intentó situarse por delante de él, apretando el spray paralizante, preparada para luchar contra cualquiera que los atacara y deseando llevarlo a un lugar seguro.

Él la cogió por el mentón y la obligó a mirarlo.

—Yo no soy quien ha establecido la comunicación. Has sido tú. Yo no puedo desprenderme. Sólo tú puedes hacerlo.

Ella se le acercó, como buscando protección.

—Todo irá bien, *ainaak enyem.* Para siempre mía —tradujo él—. No permitiré que sufras ningún daño mientras estemos en *lamti ból jüti, kinta, ja szelem.*

—No hablo tu lengua —dijo ella. No entendía lo que Manolito había dicho, pero no auguraba nada bueno. Sonaba como una sentencia demoníaca. MaryAnn se preparó para la traducción.

—El sentido literal es el pantano de sombras, tinieblas y fantasmas. Al parecer, estamos parcialmente en nuestro mundo y, en cierto sentido, en el mundo del subsuelo. No estoy seguro de cómo ni por qué ha ocurrido esto, pero tenemos que encontrar un camino de salida.

—Ya temía que pudiera ser algo así. —Ella no pertenecía en absoluto a ese mundo. Ni siquiera le gustaban las pelis de terror—. Vale, dime qué debemos hacer, porque ese vampiro a mi izquierda se está acercando demasiado.

El mundo se había vuelto gris. Un gris velado y deslavado, con volutas de niebla que colgaban, como el musgo, de las ramas ennegrecidas de los árboles. Y había insectos por todas partes. Eran grandes y volaban cerca de su cara y de cada trozo de piel visible. MaryAnn sacó el insecticida y los roció con una descarga. La mezcla salió de la abertura convertida en un extraño vapor gris verdoso, flotó lentamente y se espesó a medida que se alejaba. El ruido que emitía era como un silbido animal, demasiado fuerte en la repentina quietud del mundo.

—No meten ruido —susurró al oído de Manolito—. Los mosquitos. Todo está muy silencioso.

Unas cabezas fantasmales se giraron y unos ojos demoníacos y brillantes la miraron. MaryAnn se quedó paralizada. Los vampiros se miraron unos a otros, y luego la miraron a ella. Se elevó un murmullo de regocijo, y uno de ellos se acercó aún más, con la jeta horrible y abierta, dejando ver los dientes manchados y afilados como navajas.

—Es un placer ver que te unes a nosotros —dijo el vampiro, con un silbido de voz, con su aliento asqueroso y caliente junto a su cara—. Hace tiempo que no he comido.

El vapor los rodeaba, envolviéndolos en una niebla espesa. Manolito la estrechó en sus brazos y le tapó la cara para que no viera a los monstruos a medida que éstos se acercaban, con los ojos despiadados fijos en su cuello con expresión hambrienta.

—Sería un buen momento para emprender el vuelo —dijo MaryAnn, con voz afligida.

—No puedo volar en este mundo. Estoy atado a las leyes del mundo de las tinieblas.

El suelo se removió y otras caras se sumaron a las que ya los miraban. El vampiro se acercó con movimientos estudiados. MaryAnn se tensó cuando un dedo largo y huesudo la señaló y la criatura encorvó los dedos, llamándola. Sopló hacia ella un aire nauseabundo y frío como el hielo. Antes de que pudiera llegarle a la cara, Manolito se giró para encajar la bocanada de espaldas e impedir que el vampiro le diera en la cara con su aliento venenoso. Aún así, MaryAnn sintió los dardos de hielo penetrando en el cuerpo de Manolito como si la hubieran tocado a ella.

—Olvídate de eso —dijo MaryAnn, seca—. Ya has volado antes. Mueve el culo y sácanos de aquí. —Ella deseó que se elevara por los aires. Se lo ordenó. Incluso le echó los brazos al cuello, hundió la cara en su pecho y se apretó contra él.

Quizá Manolito tuviera que obedecer los dictados del pantano de las tinieblas, pero era evidente que lo mismo no regía para ella. Él estaba encerrado en el mundo de las sombras, un habitante a medias, pero ella era mortal, se había aventurado en un lugar al que no pertenecía, atraída y cautivada por el alma que compartían. Sólo tenía que desear marcharse sin él y sería libre, pero se negaba a pensar en ello. Él empezaba a conocer los meandros de su mente y a entender que su compañera eterna tenía una voluntad de hierro. Se encontró en medio del aire con ella, alejándose rápidamente de las caras que los miraban, de los lamentos y de los miles de dientes rechinantes.

Manolito encontró abrigo entre unas rocas y descendió para dejarla en el suelo, esperando que ahí estarían a salvo. Sin embargo, con lo poco que sabía del mundo sobrenatural en que se encontraban, temía no encontrar un refugio. MaryAnn se aferró a él, temblando, cuando tocó tierra con los pies. Se deslizó entre sus brazos como si no tuviera esqueleto, se sentó con las piernas plegadas y empezó a mecerse.

—Puedes abandonar este mundo, MaryAnn —dijo él, con voz queda—. Sé que puedes.

—¿Cómo?

Ella lo miró y él sintió que el corazón se le encogía dolorosamente. MaryAnn estaba a punto de llorar. Él le apartó un mechón de pelo y se acercó al satén cálido de su piel.

—Sólo tienes que tomar la decisión consciente de dejarme aquí. Y condenarme por cualquier mal que te haya infligido.

Ella estaba auténticamente confundida.

—¿Qué mal me has infligido? —preguntó, e hizo un gesto con la mano para descartar la idea—. Aparte de ser tan atractivo y volverme un poco loca, no has hecho nada que me haya herido. Yo soy la responsable de mis hormonas cuando se disparan, no tú. No tienes la culpa de ser tan guapo.

Él se sentó a su lado, tan cerca que los muslos se tocaban, y le cogió la mano, que se llevó al pecho, junto al corazón.

—Al menos me encuentras atractivo. Es un buen comienzo.

Ella lo miró con una breve sonrisa traviesa.

—Cualquier mujer te encontraría atractivo. No tienes problemas en ese plano.

—De modo que lo que no te gusta es mi personalidad.

A MaryAnn le costaba pensar en lo que no le gustaba de él mientras le acariciaba el dorso de la mano con el dedo pulgar, una caricia hipnótica, y sintió que el muslo de él irradiaba suficiente calor para templar medio mundo. Tenía unos dientes blancos deslumbrantes y su sonrisa era tan sensual que ella ya se había puesto a cien antes de darse cuenta de que se había encendido. Al parecer, cuando estaba con él, no necesitaba gran cosa. Aquello debería haberla incomodado, pero en medio de ese mundo extraño en que se encontraba, esa potente química era la menor de sus preocupaciones.

—Todavía vives en la Edad Media, amigo mío —dijo MaryAnn, dándole una palmadita en la rodilla, intentando hablar como una tía vieja y sabia. Al contrario, tenía el corazón desbocado, el estómago hecho un nudo y lo único en que atinaba a pensar era en besarlo en la boca y ver si volvían a estallar esos fuegos de artificio. Desde luego, no quería quedarse sola cuando saliera el sol, y él se lo iba a mencionar en cualquier momento.

Manolito le cogió la mano, se la llevó a la boca y le mordisqueó los dedos, y con cada mordisco, MaryAnn sentía ligeras descargas de electricidad recorriéndole el torrente sanguíneo.

—¿La Edad Media? Creía que me había adaptado bastante bien a este siglo.

Ella fue incapaz de reprimir la risa al oír su genuina sorpresa.

—Supongo que tratándose de alguien tan antiguo como tú, te has adaptado. —Y quizá fuera verdad. Él había nacido en una época en que los machos dominaban a las mujeres. Vivía en un país donde a menudo todavía regían las mismas reglas sociales. Por lo tanto, pensaría que tenía derecho a ella si era su compañera eterna.

Marido. MaryAnn saboreó la palabra, consciente del aliento que salía de sus pulmones. Él era demasiado fantástico para ella, demasiado salvaje y demasiado dominante, pero podía soñar y tener fantasías. No podía imaginar que pertenecía de verdad a ese hombre, como Destiny pertenecía a Nicolae. Pero si él seguía mirándola con sus ojos oscuros y voraces, puede que se olvidara de todos sus recelos e intentara pasar una noche gloriosa junto a él.

—Sé lo que le conviene a mi mujer, cómo protegerla y cómo complacerla, y ella debería tener fe en mí para confiar en que yo me ocuparé de sus necesidades, así como de todos los placeres que ella... o yo, podamos imaginar.

Le mordisqueó suavemente la yema de los dedos. No tenía por qué ser un gesto erótico, pero lo era. Manolito hacía que todo fuera erótico, incluso su ridícula insinuación de castigo. Era el timbre aterciopelado de su voz, que se deslizaba sobre ella como una caricia. Si hubiera sido otro el que hablaba de esa manera, ella se habría reído, pero con Manolito, se sentía tentada de ceder a algunas de sus fantasías más descabelladas.

—Te estoy leyendo el pensamiento —dijo él, con voz queda—, y tendríamos que concentrarnos en cómo sacarte de aquí.

—Se trata tan sólo de fantasías. —MaryAnn no pensaba sonrojarse. Ser desnudada y atormentada hasta que implorara era, francamente, lo más sexy que podía imaginarse, aunque quizá la realidad no fuera lo mismo que sus fantasías.

—Te prometo que disfrutarás de cada momento que pases a mi lado —le aseguró Manolito, y le cogió un dedo para mordisqueárselo antes de introducirlo en su cálida boca para chuparlo.

Hizo bailar la lengua, provocadora, hasta que ella quiso gritar que se rendía. Y sólo le estaba besando el dedo. MaryAnn se abanicó la cara con una mano. Al fin y al cabo, quizá si estuviera a la altura de la realidad.

—¿Podrías considerar la posibilidad de tener en cuenta ciertas condiciones? Por ejemplo, ¿no darme órdenes? Puede que, en ese caso, decida entregarme a la aventura.

—Para entregarte a la aventura, tienes que estar dispuesta a entregarte a mis cuidados —replicó él.

Y ahí estaba otra vez, esa sonrisa lenta y sensual que le quemaba la piel y encontraba deseos ocultos y salvajes que ella no debería contemplar con un hombre que se obstinaba en que se rindiera a él total y absolutamente.

—Es tentador. Pero no. No soy una mujer que pueda entregar su vida a un completo desconocido.

Él le frotó el dorso de la mano con la barbilla. A ella le dolieron los pechos, como si su barbilla la hubiera tocado ahí.

—Sin embargo, rendirse en la cama no es lo mismo que rendirse fuera de ella.

—¿Piensas que eso podría ser una opción para ti?

—No hay opciones. Sólo hay lo que hay. Tú eres mi compañera eterna. Encontraremos una manera porque eso es lo que hacen los compañeros eternos —dijo Manolito, y se le borró la sonrisa de la cara. Le besó los nudillos y volvió a llevarse su mano al corazón—. No puedes quedarte aquí conmigo, MaryAnn. Es demasiado peligroso. Soy incapaz de distinguir entre la realidad y la ilusión. Y con nuestros cuerpos en un mundo y nuestros espíritus en otro, somos vulnerables en los dos lugares.

—No sé cómo irme, y no me iría aunque pudiera. No me marcharé sin ti. ¿Qué te parece si te perdono por cualquier cosa que me hayas hecho? —MaryAnn paseó la mirada por esa pátina gris que cubría el mundo a su alrededor. Parecía la selva pluvial, pero sin sus vibrantes colores ni sus ruidos. El agua brotaba de las rocas y fluía por la pendiente, pero en lugar de ser clara o blanca, tenía reflejos oscuros.

—No creo que sea tan sencillo. Antes tengo que averiguar qué he hecho para llegar a esta tierra de sombras y fantasmas.

# Capítulo 6

Sombras y fantasmas. A MaryAnn no le gustaba nada cómo sonaba aquello. Se frotó el mentón contra las rodillas plegadas. Siempre había una respuesta. Lo único que tenía que hacer era usar la cabeza.

Manolito se inclinó muy cerca, lo bastante para envolverla en su aroma masculino, para que entrara en calor y se sintiera femenina y protegida. Ella lo miró con un dejo de irritación. Intentaba pensar y no quería que le fallara la cabeza. Su sonrisa la hizo sentir una descarga crepitante que la tensó de arriba abajo.

—Dime qué daño te he hecho. No te haría daño por nada del mundo. Sé que nunca he sido infiel. Dímelo, *päläfertiil*, y haré lo que sea necesario para compensarte, no con la intención de salir de aquí sino porque nunca quisiera herir a mi compañera eterna en ningún sentido.

Había tanto dolor e inquietud en su voz que MaryAnn sintió una punzada en el corazón.

—Manolito, francamente, no sé qué está ocurriendo, pero no has tenido oportunidad de hacerme daño. Apenas te conozco. No soy carpatiana. Vivo en Seattle y trabajo con mujeres maltratadas. Así conocí a Destiny. Nos hicimos amigas y, a través de ella, acabé viajando a los montes Cárpatos.

Él frunció el ceño.

—No puede ser. Dices que eres humana, pero haces cosas que sólo puede hacer una carpatiana. Tienes un gran poder, MaryAnn. Lo intuyo bullendo en ti incluso cuando me hablas. Intentas aliviarme, hacer que me sienta mejor.

Ella sacudió la cabeza.

—Soy humana. Mi familia es humana. Todo en mí lo es. De verdad, sólo te conozco de hoy. Te he visto. *Y he pensado que eres tan bello que llega a doler.* —Cerró los ojos y apoyó la cabeza en su hombro—. Me has dado un susto de muerte. Todo en ti me asusta, en parte, o la mayoría de las veces, en un buen sentido.

Manolito la besó en el pómulo y fue como un leve susurro, aunque ella lo sintió en el fondo del corazón.

—¿Por qué habría de asustarte? Eres la otra mitad de mi alma —dijo él, confundido.

MaryAnn tuvo un deseo intenso de acariciarle el ceño fruncido, pero se resistió, crispando los dedos.

—No lo entenderías. —Porque ella no se sentía demasiado atraída por los hombres. No como para querer hacer todo o cualquier cosa que él le pidiera. No como para no poder respirar ni pensar en lo mucho que lo deseaba. MaryAnn se sentía satisfecha con su vida tranquila y controlada. No tenía nada de aventurera, ni en la cama ni fuera de ella. Desde luego, no en la cama. Manolito era exótico y misterioso y, ay, muy peligroso. Y ella era simplemente MaryAnn, siempre con los dos pies en la tierra. No solía entregarse a fantasías descabelladas. Ni a obsesiones. Y era evidente que a Manolito se le podía definir como una obsesión.

Él la rodeó con un brazo.

—Sólo tienes que hablar conmigo de tus temores, *ainaak sivamet jutta*, y yo encontraré una manera de tranquilizarte. Te sacaré de aquí. Tenemos que hacerlo pronto, pues el sol está a punto de salir. Cuando nuestros cuerpos se encuentran en el mundo de los vivos y nuestras almas están en el pantano de las tinieblas, nos cuesta protegernos en campo abierto.

—Entonces, vayamos a tu casa. Una vez que estemos allí, no

tendremos que preocuparnos de que aparezca algo enorme y nos ataque.

—Debemos bajar a las entrañas de la tierra. El suelo más fértil es la *terra preta.* Será mejor quedarnos donde la tierra pueda rejuvenecernos.

Ella sintió una punzada en el corazón.

—Yo no soy carpatiana. No duermo en las entrañas de la tierra. Moriría si me cubriera con tierra. Mi corazón no se detiene como el tuyo. Por favor, créeme cuando te digo que no soy carpatiana.

Manolito se frotó la nariz y la miró a los ojos, más allá de sus frondosas pestañas.

—Sé que sientes nuestra conexión. La mayor parte del tiempo, puedo leer tus pensamientos, no porque invada tu intimidad sino porque tú los proyectas —le explicó, con una media sonrisa—. Intentas consolarme. Siento tu energía que me envuelve en tus brazos cálidos, acariciándome, asegurándome que todo irá bien.

Manolito estaba tan cerca que ella sólo tenía que inclinarse para besarlo en su boca pecaminosamente sensual. Era la tentación en persona, en medio del peligro y el misterio, una tentación perversa e intensa. Y ella no podía resistirse. MaryAnn se apretó contra él y salvó los escasos centímetros hasta rozar su boca con los labios. Sólo una vez. Saboreándolo lentamente. Porque si iba a morir o a quedarse en el infierno, bien podía tener una idea de lo que era el cielo.

Él la rodeó con ambos brazos, y la tierra desapareció junto con el malestar de su estómago. Manolito sencillamente se apoderó de su boca. MaryAnn no tenía ni idea de que alguien pudiera besar así. Sintió el sabor de la adicción y el deseo, sintió el hambre y la arista mordiente del sexo descarnado, desnudo. Por un instante terrible, un instante de puro éxtasis, pensó que tendría un orgasmo sólo con un beso.

—No puedo respirar. —No le importaba que él supiera lo mucho que ella lo deseaba. Le dolía todo y en todas partes. No había ni una célula de su cuerpo que no fuera consciente de su presencia, consciente de desearlo, no, de *necesitarlo*. Supo, en ese mismo momento, que nunca nadie más la satisfaría. Añoraría el sabor de aquel hombre, su contacto, su cara y su cuerpo, incluso su sonrisa perversa. Soñaría con él y se quedaría despierta por la noche deseándolo. Era terrible llegar a la conclusión de que su vida ya no le pertenecía y que, cuando estaba junto a él, tenía escaso control de la situación.

—Tranquila, *sivamet*, estás en buenas manos.

Su voz la hipnotizaba, una voz tan sensual como su boca. Era curioso, pero Manolito no pretendía aprovecharse de ella. Al contrario, la estrechó más fuerte y la sostuvo con gesto protector, como sabiendo que a ella le asustaba su reacción desinhibida ante él.

—Contigo me siento desconcertada —reconoció ella. Intentó respirar, procurando no hiperventilarse, pero no conseguía que sus pulmones respondieran. Pensó que si aquello era posible, quizá le había entrado un ataque de pánico a causa de un beso. La MaryAnn fría e impasible había perdido el control debido a un hombre, y ni siquiera tenía cerca a una hermana con quien hablar. Estaba completamente fuera de su mundo en aquel lugar.

—No, no lo estás —dijo él, susurrando junto a su piel. Volvió a besarla y sopló aire en sus pulmones—. Los dos nos encontramos en una situación poco familiar.

MaryAnn tuvo ganas de reír con aquel eufemismo, aunque estaba a punto de echarse a llorar, no debido al peligro sino porque aquel hombre que tendría que haber estado con una estrella de cine o con una modelo glamurosa sólo tenía ojos para ella. No se atrevía. No se atrevía a seguir hablando de ello.

Alzó el mentón, rozó una última vez su boca sensual y respiró hondo.

—Vamos a la casa. Allí debería estar a salvo. Riordan y Juliette tienen que bajar a las entrañas de la tierra, como tú, pero Juliette me ha dicho que su hermana y su prima se quedan en la casa durante el día cuando no hay nadie. Si somos tres, estaremos a salvo. Los vampiros no andan por ahí durante el día, ¿no?

—No, pero suelen tener títeres que les hacen el trabajo sucio. Los hombres jaguar han sido contaminados con su maldad.

—¿Cómo lo sabes? —MaryAnn lanzó una mirada de cautela a su alrededor, sabiendo que mientras Manolito la había besado, estrechado y consolado, volviéndola loca, no había dejado de estar atento a la presencia de los enemigos. Ella no lo resistiría si hacían el amor, si es que llegaban tan lejos, pero tenía muchas ganas de que se les presentara la oportunidad de intentarlo.

—He conocido a uno de ellos, Luiz, no muy lejos de aquí. Me atacó. Cuando busqué en su mente para tranquilizarlo, me di cuenta de que había caído bajo la influencia del vampiro. No es un hombre malo, en absoluto. En otras circunstancias, quizás habríamos sido amigos.

—Sentí que te atacaba, e intenté detenerlo —reconoció ella—. ¿Te ha hecho mucho daño? —inquirió—. Quería matarte.

—Fuiste muy valiente al querer intervenir, aunque nunca debes situarte en el camino del mal. Confía en mí para cuidar de ti. —Él la había sentido, por un instante, situándose entre el felino y él, y había cerrado enseguida su mente para evitar que ella resultara herida. Sin embargo, se había sentido orgulloso de ella y, aún más, se había sentido parte de ella—. Sólo han sido unos cuantos rasguños.

Se levantó la camisa para dejar al descubierto su musculoso vientre. MaryAnn se pasó la lengua por los labios.

—Jamás creí que pudiera haber un hombre con un físico como el tuyo —murmuró, y enseguida se tapó la cara con una mano. Se habría tapado con las dos si él no le estuviera sosteniendo la otra.

Se sentía muy superficial. Ésa era la palabra. *Superficial.* Porque sólo atinaba a mirarle el vientre, los músculos poderosos y desgarrados. ¿Y cómo no reparar en ese impresionante bulto en su entrepierna? Él ni siquiera pretendía ocultarlo. Ella debería pensar en sus heridas y en un *oh, no* y *¿te encuentras bien?* Pero no, sólo pensaba en desnudarlo entero y hacérselo con él. No siempre había sido una mujer tan superficial, así que quizá se debiera a esa tierra de sombras en que se movían. Pero ya que estaba, podía aprovecharlo y llegar hasta el final. Se miró las botas que habían sido bonitas. Quizá necesitara unas más altas que le llegaran a los muslos y un buen látigo para controlarse, o controlarlo a él.

—Vuelvo a leerte el pensamiento —dijo él, con un dejo de humor masculino.

—Vale, de acuerdo. Intenta darle algún sentido porque yo no lo consigo. ¿Te encuentras bien? —Así estaba mejor, era más apropiado. Había tardado un poco, pero había conseguido decirlo.

A su alrededor, sólo había selva y el agua que seguía brotando de las rocas y se vertía en los ríos. Todo parecía estar igual, aunque diferente. Más sucio. Mucho más tétrico y curiosamente quieto. Al principio, al penetrar en la selva, había pensado que todo era más silencioso de lo que ella se había imaginado pero, mientras caminaba, empezó a oír a las cigarras y otros insectos, los graznidos de los pájaros y el viento y la lluvia en las copas de los árboles. Al cabo de un rato, el bosque le pareció un lugar ruidoso y lleno de criaturas, de modo que ya no se sintió tan sola. Pero ahora parecía menos vívido, más apagado y oscuro, no tan vivo, y reinaba un silencio de mal agüero.

Las serpientes reptaban por el suelo y se enroscaban en las ramas retorcidas. Los gusanos, las sanguijuelas y las garrapatas hacían que la vegetación se agitara como si estuviera viva. Los escarabajos eran enormes, con caparazones gruesos y duros, y los mosquitos no paraban de zumbar por todas partes, siempre buscando sangre. Las flores despedían un olor putrefacto y la descomposición de la muerte parecía permear el aire. Sin embargo, había momentos en que, al parpadear rápidamente o pensar en lo guapo que era Manolito, la selva recobraba todos sus colores. No tenía sentido, pero le transmitía a ella la esperanza de que si se tomaba el tiempo necesario, podría desvelar el secreto para que los dos salieran de ese mundo de tinieblas.

—Llévame de vuelta a la casa. ¿Puedes encontrar el camino?

—No quiero llevar el peligro a los demás.

—Si hay vampiros por aquí, yo diría que ya lo saben todo acerca de los otros. Estaremos más seguras si somos más, y, sobre todo, si tú no te quedas con nosotras. —La idea de que Manolito la dejara le provocó un repentino pánico. La garganta se le hinchó hasta que apenas pudo respirar, pero MaryAnn se negaba a ceder al miedo. Él era carpatiano y ella era humana...

De pronto, se puso rígida.

—Un momento. Espera un momento. —Alzó las dos manos con las palmas hacia fuera como si pudiera bloquear la información que llegaba hasta ella—. ¿Has tomado mi sangre?

—Desde luego.

Ahí estaba nuevamente esa confusión, como si quizá no fuera tan brillante como él había pensado.

—Y ahora piensas que soy la otra mitad de tu alma. Destiny me contó que en vuestra sociedad un hombre se puede llevar a la mujer sin su consentimiento y unirla a él en un vínculo. ¿Es verdad eso? ¿Es lo que has hecho conmigo?

—Desde luego.

MaryAnn se llevó una mano a la cara, y tuvo la sensación de que las rodillas le flaqueaban.

—¿Cuántas veces se necesitan para convertir a una persona en carpatiano?

—Se necesitan tres intercambios de sangre si no es un carpatiano.

Ella se mordió con fuerza el dedo pulgar, y los recuerdos le vinieron en tropel. Se miró la uña, la que se había roto antes en medio de la selva. Ya había crecido hasta alcanzar el largo de las demás, y aquello era asombroso. Todas sus uñas habían crecido. A veces, eso era un problema. Tenía que cortárselas, pero no todos los días. Quizá fuera la sangre carpatiana la que aceleraba el crecimiento.

—¿Cuántas veces has intercambiado sangre conmigo?

MaryAnn deslizó la mano hasta la marca en su pecho. Todavía latía y quemaba como si él tuviera la boca puesta allí. ¿Por qué de pronto se imaginaba eso? ¿Por qué estaba tan segura de que su boca había estado ahí? ¿Por qué sentía que su boca la quemaba, como un hierro al rojo vivo, cuando sus labios nunca deberían haberse posado ahí? No así, piel contra piel. Él la había besado, había deslizado los labios sobre su piel. Todavía tenía un punto caliente y húmedo en el encaje casi inexistente del sujetador. Aunque hubiera sido muy sensual, no era la boca de él en su piel, así que ¿por qué de pronto era tan vivo el recuerdo?

—Diría que muchas veces.

MaryAnn respiró hondo.

—En realidad, no lo sabes, ¿no? Y si tú no lo sabes, y yo no lo sé, puede que estemos metidos en un buen lío. Yo no soy carpatiana. Nací en Seattle. Fui al colegio allí y luego a la universidad de Berkeley, California. Si es verdad que has intercambiado sangre conmigo, sé que yo no he completado la conversión. Si tuviera que dormir en las entrañas de la tierra, lo sabría. Sigo siendo la de siempre.

—Eso no puede ser. Recuerdo haber tomado de tu sangre y habernos unido. Tú formas parte de mí. No puedo estar equivocado.

Ella le abrió su mente y sus recuerdos.

—Digo la verdad cuando afirmo que no te conocía. Es verdad que te vi en una fiesta en los montes Cárpatos, pero nadie nos presentó formalmente. Siento una atracción física, pero no te conozco de nada. —De acuerdo, era una atracción física desatada, pero aquello era un asunto serio y bien podía soslayar ese detalle, o al menos eso esperaba. Todo empezaba a encajar en su lugar. Las cosas que le habían dicho Juliette y Riordan empezaban a tener sentido. El corazón le latía con fuerza.

Él guardó silencio, revisando los recuerdos que ella tenía de él, demorándose algo más cuando vio a un hombre entrar en su casa y atacarla. Se le alargaron los dientes afilados y su demonio rugió pidiendo ser liberado. Discretamente, disimuló su reacción. MaryAnn ya tenía suficientes problemas con que lidiar, y si de alguna manera la había hecho entrar en su vida sin que ella —ni él— lo supieran, manifestar su ira porque no había estado protegida sólo empeoraría las cosas.

—Si lo que dices es verdad, MaryAnn, ¿cómo se explica que seamos compañeros eternos? Aunque se pronuncien las palabras rituales, éstas no unirán a dos personas que no constituyan una unidad. Yo se las podría decir a cualquier otra mujer y no me serviría de nada.

—Quizás hayas cometido un error —aventuró ella—. Puede que, en realidad, no estemos conectados.

—Veo en color. Tengo emociones. No puedo pensar en ninguna mujer excepto en ti. No quiero a ninguna otra mujer. Reconozco tu alma. Somos compañeros eternos —dijo, con voz firme, como si no admitiera que nada cuestionara esa verdad.

MaryAnn no encontraba ningún argumento contrario. Si bien era verdad que no lo sabía todo acerca de la vida de los carpatianos, sí conocía los suficientes detalles como para reconocer que había una posibilidad. A juzgar por su reacción ante Manolito, tenía que reconocer que era probable.

—De acuerdo, pongamos que somos compañeros eternos, Manolito. Dices que me has hecho daño de alguna manera y que por eso estás atascado aquí. ¿Por qué piensas eso?

Él le deslizó el pulgar por el dorso de la mano, con ligeras caricias en su piel suave y sedosa. Se inclinó para lamerle la yema del dedo pulgar mientras pensaba en ello, como un gesto mecánico, sensual, encendiéndola fácilmente.

—Tenía la sensación de que se me juzgaba por algo que te había hecho. Debería saber si te he hecho daño.

—Yo también debería saberlo —concedió ella, intentando no reaccionar a las sensaciones que despertaban en ella sus eróticos mordiscos en el pulgar. ¿Cómo era posible que algo tan leve le llegara hasta la boca del estómago? ¿O hiciera que se tensara su entrepierna? ¿O le hinchara los pechos hasta que le dolían? Jamás dejaría que aquel hombre la tocara estando en una habitación a solas. No sería capaz de superarlo.

—Vuelvo a leer tu pensamiento.

—Lo haces a menudo. —MaryAnn no pensaba disculparse—. Deja de ser tan sexy, intento pensar. Uno de los dos nos tiene que sacar de aquí —dijo, con una mirada provocativa, velada apenas por sus pestañas, pero él sólo le sonrió, una sonrisa que le despertó el deseo tanto como sus caricias. Estaba metida en un lío, un gran lío. Con un resoplido y la respiración entrecortada, MaryAnn apartó la mirada de sus ojos, decidida a encontrar una manera de liberarlos.

—Puede que ahí esté el mal, Manolito, porque habernos unido sin mi consentimiento y tomado mi sangre sin que yo lo supiera no debería ser correcto, según las normas de cualquiera.

—Podría decir que lamento haber reclamado a mi compañera eterna, pero no sería verdad.

Ella suspiró.

—Creo que no has captado el espíritu del asunto. Si queremos salir de este mundo de tinieblas y tú, de alguna manera, me has hecho daño, ¿no deberíamos intentar averiguar qué fue lo que me hiciste?

—El mal no puede estar en habernos unido. Eso es un acto natural en un macho carpatiano. Hubiera cometido un error si no lo hubiera hecho. Yo me convertiría en vampiro y tú acabarías muriendo porque eso te rompería el corazón.

Ella respondió con un bufido.

—¿Me rompería el corazón? Pero si ni siquiera te conozco. —Sin embargo, se había resentido de su ausencia, había llorado a causa de ella, y estado del todo deprimida. Sin embargo, ahora se sentía excitada y entusiasmada, a pesar de estar rodeada de demonios, de insectos y de arañas del tamaño de un plato. Quiso hacerle entender una vez más—. ¿Qué pasaría si estuviera casada? Ni siquiera esperaste a averiguarlo. Podría haberlo estado. —Porque muchos hombres pensaban que no estaba mal.

Él apretó los dedos con que la tenía cogida y unas llamas diminutas brotaron en sus ojos.

—Sólo hay un hombre para ti.

—Vale, pero y si hubieras llegado tarde. Lo importante es que podría haber estado casada. Tenía una vida antes de que tú aparecieras, una vida que amaba. Nadie tiene el derecho de poner patas arriba la vida de otra persona sin su consentimiento —dijo, y se obligó a mirarlo a los ojos—. Yo no te amo.

Los ojos de Manolito se oscurecieron, se convirtieron en calor líquido, lo cual la desconcertó y la privó no sólo de la capacidad de pensar sino también de respirar.

—Puede que así sea, *ainaak enyem*, pero eso no puede cambiar la realidad. Tú eres mi compañera eterna, la otra mitad de mi alma, así como yo la tuya. Nuestro destino es estar juntos. Debo encontrar una manera de hacer que te enamores de mí. —Se inclinó más cerca, como para que ella sintiera la calidez de su aliento en la piel, de modo que cuando le susurró, percibió el roce de sus labios, suaves, firmes y tentadores, en los suyos—. Puedes estar segura, *päläfertiil*, que concentraré toda mi atención en ese propósito.

A ella se le desbocó el corazón, y le latió con tanta fuerza que creyó que iba a tener un infarto.

—Eres letal y, además, lo sabes, ¿no? ¿Ha habido otras mujeres? Puede que ése sea tu gran error. —Aquella idea la puso de los nervios, aunque era una tontería. Él no la había conocido, todavía no la conocía pero, por lo visto, la razón no formaba parte de sus emociones. Aquella cosa extraña y salvaje que se ocultaba en su interior empezó a despertarse y a desperezarse, y con sus garras afiladas le rasguñó el interior del vientre.

Horrorizada, MaryAnn se incorporó de un salto y retiró bruscamente la mano de entre las de Manolito. Se estaba dejando llevar del todo por aquella situación. El mundo inexistente de las tinieblas. La compañera de un hombre que no conocía. Una especie que trataba con hechiceros y vampiros. Nada tenía sentido en ese mundo, y no quería estar ahí. Quería volver a Seattle, donde la lluvia caía y limpiaba el aire y el mundo estaba bien armado.

De pronto, sintió los dedos de Manolito que se cerraban en torno a su muñeca, y cuando le miró la mano, ésta estaba gris. MaryAnn parpadeó. Todo el bosque a su alrededor era vívido y brillante, con colores tan vivos que casi le herían los ojos. Entonces cayó en la cuenta del ruido, del zumbido constante de los insectos, del roce de las hojas y de los movimientos de animales que se movían entre los matorrales y en las copas de los árboles. Tragó con dificultad y miró hacia la selva. El agua era pura y limpia y bajaba con tanta fuerza que sonaba como el rugido de un trueno.

Se giró hacia Manolito, lo estrechó con fuerza, temiendo perderlo. Su forma parecía lo bastante sólida, pero había algo que no estaba bien en su respuesta, como si una parte de él estuviera ocupada.

—Creo que acabo de hacer algo.

—Estás de vuelta ahí donde perteneces —dijo Manolito, y en su voz se adivinaba su alivio—. Tenemos que llevarte a un lugar seguro antes de que salga el sol. Puede que no seas carpatiana, MaryAnn, pero con al menos dos intercambios de sangre, sufrirás los efectos de la luz solar.

—Dime qué está ocurriendo. —No le agradaba ese otro mundo, pero encontrarse sola en éste era aterrador—. No quiero separarme de ti.

La ansiedad en su voz lo enterneció.

—Nunca te dejaría, sobre todo si nos acecha algún peligro. Te puedo proteger cuanto sea necesario, aunque mi espíritu esté preso en este mundo.

—¿Qué pasará si yo no te puedo proteger a ti? —preguntó ella, con una mirada cargada de inquietud.

Manolito la estrechó para intentar consolarla. De pronto, el suelo bajo sus pies se sacudió y una planta enorme surgió de las entrañas de la tierra junto a ellos. Unos tentáculos se deslizaron por el suelo, buscando, mientras el bulbo se abría y dejaba ver una boca abierta y unos tubos largos con extremos cargados de veneno, unos nudos pegajosos que se agitaban en dirección a Manolito, que intentaban tocarlo.

—Cuidado con el suelo, MaryAnn —le advirtió él. La cogió en sus brazos y dio un salto atrás. Aterrizó a tres metros de la planta y barrió el terreno con la mirada en busca de señales del enemigo. Sus sentidos no funcionaban tan bien en el mundo de las sombras, pero temía que cualquier cosa que ocurriera allí, bien podría ser el reflejo de lo que ocurría en el otro.

—¿Qué pasa? —preguntó MaryAnn, mirando a su alrededor con ojo cauteloso, y su visión se aclaró del todo, hasta que sintió que ahora veía de una manera completamente diferente. Veía a Manolito, pero no podía concentrarse en aquello que lo atacaba. Veía sombras nebulosas, como la materia de la que estaban hechas las pesadillas, algo insustancial y tétrico. Los brazos empezaban a desdibujársele, como si estuvieran siendo arrastrados cada vez más hacia el otro mundo.

—¡No me sueltes! —MaryAnn intentó cogerlo por la camisa, pero sintió que él se separaba de ella mentalmente. Ni siquiera sabía que él había estado allí, en su cabeza, pero una vez que ya no estuvo, su figura se volvió casi transparente.

—No puedo permitir que permanezcas aquí, expuesta al peligro. No sabemos qué puede ocurrir en esta dimensión. Estarás más segura donde te encuentras ahora mientras yo me ocupo de esto.

—¿Qué es «esto»? —inquirió ella, llamándolo, implorando, pero él ya no estaba. Sólo quedaba una sombra trémula que a ratos se perfilaba entre los arbustos, hasta que incluso esa sombra se esfumó y ella se quedó sola.

Temerosa, con la boca seca y el corazón latiéndole con fuerza, MaryAnn miró a su alrededor. Por mucho que deseara que desapareciera, la selva la rodeaba. Tragó con dificultad y retrocedió unos pasos más, hasta que los tacones se le hundieron en el agua fangosa. Las hojas y la vegetación acuática ocultaban el canal poco profundo que había pisado. Había agua y barro por todas partes.

De pronto se descargó la lluvia y penetró a través del techo vegetal hasta caer a tierra en densos goterones. Las hojas se agitaron y algo se movió en el agua. MaryAnn apretó con fuerza el spray de gas paralizante y lo sacó de su presilla.

—El mejor momento para desaparecer —susurró a media voz, girando en círculos e intentado ver lo que la rodeaba.

La rama por encima de su cabeza se sacudió y ella alzó la cabeza para mirar. Vio a una serpiente que la observaba entre las hojas. Habría jurado que la sangre se le congeló en las venas. Por un momento no pudo moverse, hipnotizada por aquella criatura. Un fuerte tirón en el tobillo la devolvió a la realidad. Unos dientes la mordieron, le atravesaron la bota y se le hincaron en la piel. Se quedó boquiabierta y trató instintivamente de sacar el pie del agua, pero una serpiente de cabeza enorme la mantuvo clavada mientras enroscaba su cuerpo largo y grueso en sus piernas, impidiendo que se moviera.

MaryAnn dejó escapar un grito de puro terror, un gesto reflejo que no podría haber evitado aunque se lo hubiera propuesto. Ni en sus sueños más horribles jamás se había visto atacada por una anaconda de cincuenta kilos. Intentó frenéticamente llegar hasta la cabeza, esperando que si la rociaba con gas pimienta tendría una oportunidad, pero el cuerpo parecía interminable, como si no tuviera ni cola ni cabeza. Ya empezaba a sentir cómo le aplastaba los huesos. Estaba a punto de ceder al pánico y, en lo más profundo, aquella cosa salvaje encerrada en su interior empezó nuevamente a desperezarse.

—¡No te muevas! No te resistas. —Era una orden terminante, y la voz no le resultaba nada familiar.

MaryAnn apretó el spray de pimienta y se obligó a no resistirse. Apareció una mano sosteniendo un cuchillo siniestro. Entonces sintió que el dolor la clavaba cuando los colmillos buscaron un mejor asidero en su tobillo. Las anacondas no masticaban, pero mantenían a la presa inmovilizada mientras la comprimían con sus poderosos anillos. Y ésta no estaba dispuesta a ceder tan fácilmente.

MaryAnn vio una mano lanzar un corte y desaparecer. La serpiente cayó al suelo y ella se arrastró lejos del agua, torciéndose el tacón de la bota al apartarse de la serpiente. Se cogió al tronco de un árbol y lo apretó con fuerza, respirando hondo para calmar el pánico.

—¿Qué haces aquí? ¿Estás perdida?

Al instante se giró y vio a un hombre que sacaba tranquilamente unos pantalones vaqueros de una pequeña mochila que llevaba en torno al cuello. Estaba totalmente desnudo. Tenía un cuerpo fuerte y musculoso, con alguna cicatriz aquí y allá. MaryAnn se mordió con fuerza los labios, con unas ganas irreprimibles de echarse a reír o a llorar.

—Se podría decir que sí. —El hombre tenía una constitución sólida, y una cara de rasgos muy marcados. Y aunque se hubiera puesto los vaqueros, ella alcanzó a ver que estaba bien dotado—. ¿Suele andar desnudo por la selva?

—A veces —reconoció él, con una mirada seria que la escrutaba, sin dejar de mirar el spray de gas que ella tenía en la mano—. Te sugiero que te mantengas apartada de los ríos y canales. Hay anacondas y jaguares, además de otros predadores, rondando por aquí.

—Gracias por el consejo. No me había dado cuenta. Esas serpientes no son venenosas, ¿no? Porque me ha mordido una.

—No, el peligro son las infecciones. Déjame echarle una mirada.

MaryAnn respiró hondo porque todo en ella se resistía a que el hombre la tocara. Sacudió la cabeza y dio un paso atrás.

—Gracias, pero no. Tengo un poco de pomada antibiótica para ponerme.

Él se la quedó mirando un buen rato, cauta como se mostraba.

—Esta isla es propiedad privada. ¿Quién te ha traído hasta aquí?

—Estoy con la familia De La Cruz. Manolito anda por ahí. —No quería pensar que estaba sola.

Él frunció el ceño.

—No tiene sentido que te haya dejado sola, aunque sea por un minuto.

La preocupación que percibió en su voz le transmitió cierta seguridad.

—¿Conoces a Manolito?

—Lo he conocido esta noche. Está a punto de salir el sol, y muchos animales cazan a lo largo de los cursos de agua al amanecer. Deja que te acompañe de vuelta a casa, y Manolito seguirá cuando pueda.

MaryAnn buscó a Manolito entre las sombras. No podía llegar hasta su mente ni sentirlo; de hecho, ni siquiera podía verlo. *¿Dónde estás? No quiero perderte.* Buscó, pero sólo encontró un oscuro vacío.

Si su salvador andaba desnudo por la selva y había conocido a Manolito hacía poco, era muy probable que se tratara de un hombre jaguar. La hermana menor de Juliette había sido capturada y atacada brutalmente por los hombres jaguar, así que apretó con más fuerza el bote de spray que tenía en la mano. Nunca saldría de la selva, y le aterraba la idea de que la dejaran sola, pero no podía abandonar a Manolito, sobre todo porque sabía que algo le ocurría, y temía depositar su confianza en aquel hombre.

—Soy Luiz —dijo él, sin más, porque era evidente que percibía su inquietud—. Manolito me ha hecho un gran favor esta noche. Lo único que hago ahora es devolverle otro.

—No quiero que vuelva y vea que he desaparecido. Se preocuparía. —Tampoco quería que la única persona que estaba ahí, humana o no, la dejara sola. No se atrevía a mirar el cuerpo de la serpiente. No había querido hacerle daño, pero tampoco quería morir allí. Ser tragada por una anaconda figuraba en su lista de maneras menos preferidas de dejar este mundo.

—Los machos carpatianos se preocupan por muy pocas cosas —dijo Luiz—. Ven conmigo. No te puedes quedar sola. Si quieres, llévate el cuchillo.

MaryAnn suspiró. Llevar el cuchillo significaba acercarse lo suficiente a él para que se lo entregara. También significaba que ella lo podría apuñalar si él hacía un falso movimiento, aunque se oponía frontalmente a esa idea.

—Guárdatelo —dijo. Ya tenía el gas pimienta y no temía utilizarlo.

Él le sonrió.

—Eres una mujer muy valiente —le dijo.

Ella respondió con una breve risa.

—Me estoy cargando mi par de botas preferidas. No creo que valiente sea la palabra que yo usaría. Estúpida, sí. Estaría muy bien en mi casa en Seattle si no me hubiera portado como la imbécil que quiere salvar al mundo.

El hombre empezó a caminar por un sendero casi invisible. MaryAnn vio que por ahí había pasado algún animal. Respiró hondo y lo siguió, implorando en silencio que Manolito no tardara en encontrarlos. Quizá si llegaba hasta donde estaban Juliette y Riordan, ellos podrían volver a encontrarlo y salvarlo.

Luiz se giró para mirarla.

—¿Puedes caminar con el tacón de la bota roto? Si quieres, los puedo cortar.

Eso sería un sacrilegio. El hombre la había salvado de la serpiente, pero se merecía que lo rociara con gas pimienta sólo por haber pensado en cortarle los tacones a su par de botas preferido. No era demasiado tarde para salvarlas.

—No, gracias. —Lo dijo muy correctamente, porque el hombre tenía que estar un poco loco para pensar en algo tan horrible.

Caminaron en silencio unos minutos. MaryAnn procuraba no pensar en Manolito, lo cual no era fácil. Una parte de ella quería volver corriendo a donde lo habían dejado y esperar hasta que volviera. Otra parte, en cambio, estaba enfadada con él por haberla dejado, y una última, la más importante, aterrada por lo que podía ocurrirle.

—¿Por qué nos siguen las ranas arbóreas? —preguntó Luiz.

—¿Ranas arbóreas? —MaryAnn se mordió el labio y miró a su alrededor, mirando a través de sus pestañas, esperando que el hombre jaguar se equivocara—. No tengo ni la menor idea —dijo, y miró de reojo hacia los árboles. Era verdad, porque las ranas saltaban entre las ramas y de un tronco a otro.

—Parece que te siguen.

—¿Eso parece? —Intentó sonar inocente a la vez que espantaba a esos animales, gesticulando con los brazos—. Debes estar equivocado. Lo más probable es que estén migrando en la misma dirección que nosotros. —¿Las ranas migraban? Ésas eran las ocas. Las criaturas de la selva eran complicadas. Lanzó una mirada irritada hacia los batracios de vivos colores. Éstos seguían saltando alegremente a su lado.

—Estás reuniendo a toda una multitud. —El hombre parecía divertido cuando, con un gesto elegante, apartó los arbustos para que ella pudiera pasar sin problemas. No paraba de alzar la cabeza para husmear en todas las direcciones.

—Puede que les atraiga mi perfume. —*¿Cuál es la parte de «vete» que no entendéis? Me estáis haciendo quedar mal.* MaryAnn intentó comunicarse telepáticamente, esperando que Juliette o Riordan le hubieran transmitido de verdad alguna de sus facultades psíquicas. Pero las ranas ignoraron sus quejas.

—¿Puedes caminar más rápido? —le preguntó Luiz.

No parecía nervioso. De hecho, se le veía bastante entero. Sin embargo, MaryAnn tenía la sensación de que estaba atento al peligro, barriendo con la mirada las copas de los árboles y mirando hacia atrás. Los monos comenzaron a chillar y a arrojar hojas y ramas. Luiz alzó una mano y le indicó que guardara silencio.

Los mosquitos volaban alrededor de su cara. Entonces ella sacó tranquilamente el insecticida y roció generosamente el aire a su alrededor.

Luiz se giró y torció la nariz.

—No hagas eso.

—Los mosquitos me están comiendo viva.

—Ese mal olor me impide captar los demás olores. Tengo que saber a qué nos enfrentamos.

Vale. Aquello sonaba a desastre y, francamente, ella comenzaba a cansarse de estar asustada. Había un límite al miedo que se podía sentir si no había un amigo que te ayudara a seguir. Así que dejó escapar un suspiro y devolvió el spray a su presilla, decidida a espantar los mosquitos con una mano y a mantener la otra junto al gas paralizante.

Vaya, saldría de ese lugar en cuanto tuviera un teléfono a su alcance. En realidad, se iría después de cerciorarse de que Manolito se encontraba bien. Empezaba a sentirse enferma de inquietud, y eso la enfadaba aún más cuando pensaba en él. La marca en su pecho le quemaba y palpitaba; le dolía por él. Las lágrimas le nublaban la visión y tropezó en una raíz serpentina que casi la tiró al suelo, al tiempo que estiraba ambos brazos para amortiguar la caída y no caer de bruces en el fango. Y aquello le salvó la vida.

El jaguar falló y aterrizó en el suelo a centímetros de su cabeza. Con un gruñido, se volvió y le lanzó un zarpazo a la cara. Pero Luiz había llegado antes y ya se estaba transmutando, porque su cabeza se ensanchó y el hocico se estiró para acomodar los colmillos. Los dos felinos chocaron lanzando arañazos y zarpazos. La selva pluvial estalló en una amalgama de ruidos frenéticos.

Presionada más allá de su resistencia, MaryAnn se incorporó de un salto, dio dos pasos hacia el felino intruso y le lanzó un chorro de spray paralizante directamente a los ojos y el hocico. Fueron varias descargas breves y, a pesar de que la furia le hacía temblar el pulso, acertó de lleno.

—Ya basta. Estoy absolutamente hasta las narices de esta mierda de selva. Puede que sea una urbanita, maldita sea, pero me enfrentaré a cualquier cosa que se me aparezca. ¡Vete de aquí, ahora mismo! —chilló con todas sus fuerzas, y lanzó otro chorro de gas al hocico del animal, para estar segura. La orden resonó en su cerebro y quedó vibrando en el aire mientras lanzaba otras descargas.

El jaguar salió corriendo como si lo hubiera mordido. Luiz cayó de espaldas con los vaqueros rasgados.

—¿Qué diablos ha sido eso?

—Gas pimienta —dijo ella, y se sentó junto a él y rompió a llorar.

# Capítulo 7

Manolito evitó los tentáculos que lo buscaban mientras observaba los bulbos fibrosos. Su cuerpo estaba en la selva junto a MaryAnn. Él era inteligente y entendía la situación. Si se quedaba atrapado en el mundo de los espíritus, como sin duda ocurría ahora, sólo los espíritus podían habitar ese lugar. Carecía de un cuerpo, de modo que el ataque era una mera distracción. Seguro que tendría que ver con MaryAnn. No sólo estaba presente su espíritu, sino también toda su calidez y su vitalidad. Los vampiros habían intuido la sangre caliente y la luz en su alma, y él tenía que distraerlos para que no la atracaran, en caso de que ella volviera involuntariamente al mundo de las sombras donde él permanecía atrapado.

Se apartó lentamente de su lado. Las figuras oscuras que lo llamaban a unirse a ellas, que le lanzaban acusaciones y pretendían juzgarlo, no parecían capaces de mirar más allá del velo y ver en el mundo de los vivos. Quizá si se alejaba lo suficiente para que ellos no pudieran sentir su presencia, MaryAnn estaría a salvo. Podría dejar una pista falsa y volver a buscarla y acompañarla a un lugar seguro antes del amanecer. En ese momento no debería ser capaz de sentir nada, pero cuanto más se alejaba de MaryAnn, más frío sentía.

—Únete a nosotros. Compártela. Ella ya te ha condenado a una vida a medias. —La voz reverberaba en el aire, suave y persuasiva, y se volvía más estridente a medida que se alejaba de Mary-Ann—. Siempre has debido estar aquí, con nosotros, no con el rebaño que sigue a aquel que cuenta mentiras.

Maxim Malinov, muerto en la batalla de los montes Cárpatos, abatido por el propio príncipe, salió de las sombras y se mostró ante Manolito.

—¿Por qué habrías de sacrificar tu vida por el príncipe cuando ni tú ni tu familia le importáis para nada? Él sabe que estás en el pantano de las tinieblas y, sin embargo, ¿acaso cuida de tu compañera eterna? ¿Acaso cuida de tu cuerpo mientras tú te aventuras en este mundo? Es un hombre egoísta, y sólo piensa en su bienestar, no en el de su pueblo.

Manolito respiró hondo. Había pasado mucho tiempo desde la última vez que viera a su compañero de la infancia. Maxim parecía joven y fuerte, bello, como siempre lo había sido, y su mirada era inteligente. Cuando eran jóvenes, se habían pasado noches enteras discutiendo, hablando de lo que consideraban mejor para su pueblo. Y mientras buscaban la solución más conveniente, nadie había propuesto seguir a Mikhail, el príncipe gobernante.

—Estábamos equivocados, Maxim. Mikhail ha liberado a nuestro pueblo del peligro de la extinción. Los carpatianos vuelven a ser poderosos, y lo más importante es que vuelven a ser una sociedad llena de esperanza en lugar de abandono.

Del suelo surgió otra planta y las largas enredaderas se lanzaron hacia él como brazos vivos. De un salto, Manolito se plantó en el árbol más cercano, más por reflejo que por necesidad. Puede que sintiera el frío penetrante cuando empezaron a llover astillas de hielo, pero aquellas horribles heridas provocadas por los carámbanos que le caían encima no eran más reales que la planta. Se dio un momento para obligarse mentalmente a reconocer que todo era una ilusión. La planta volvió a desaparecer en la tierra pero las puntas de hielo siguieron cayendo.

Cuando volvió a saltar a tierra, Maxim sacudió la cabeza.

—En los viejos tiempos no te habrías conformado con un fragmento tan pequeño del cuadro de la realidad. Nos escondemos de quienes deberían servirnos. Nos ocultamos, temerosos, cuando son ellos los que deberían temblar ante nosotros.

—¿Y por qué deberían temblar, Maxim?

—Porque se comportan como un simple rebaño.

—Es por eso que tú no asumes el liderazgo, y yo no te seguiría si lo asumieras. Son gente buena y trabajadora, gente que lucha cada día para conseguir lo mejor para su familia. No son diferentes de nosotros.

Maxim lo miró con un dejo burlón.

—Te han lavado el cerebro. Has tomado a una mujer humana como compañera eterna y ella ya ha corrompido tu capacidad de entender el sentido de las cosas. Nosotros somos nobles, una raza superior, la raza que merece heredar este mundo. Podemos reinar, Manolito. Hemos elaborado nuestro plan. A la larga, lo conquistaremos todo y los humanos se inclinarán ante nosotros. —Maxim hablaba con una sonrisa maléfica, y las flamas rojas en sus ojos bailaban con un brillo demencial.

Manolito sacudió la cabeza.

—No quiero verlos inclinarse ante nosotros. Como todas las especies, muchos humanos se han mezclado a través de sus ancestros. Lo más probable es que los carpatianos, los hechiceros, los hombres jaguar, e incluso los hombres lobo, se hayan integrado en la sociedad humana.

Las llamas rojas bailaron y el vampiro lanzó un silbido rabioso para expresar su incredulidad.

—Es verdad que los hombres jaguar han manchado su linaje. Han renunciado a su herencia y su grandeza porque se negaban a cuidar de sus mujeres e hijos. Se merecen ser borrados de la faz de la Tierra. Tú mismo lo dijiste, tú y Zacarías.

Manolito mantuvo la compostura a pesar de que una lanza de hielo le penetró en el hombro. Por un momento, fue una sensación de fuego vivo que lo hizo estremecerse, pero que se desvaneció cuando él se negó a darle crédito.

—Por aquel entonces, yo era joven y estúpido, Maxim. Y estaba equivocado. Todos lo estábamos.

—No, teníamos razón.

—Los hombres jaguar cometieron errores, y esos errores les costaron caro, pero ellos no son carpatianos y sus necesidades son diferentes de las nuestras. Tú has decidido no esperar a tu compañera eterna, Maxim. Al hacer eso, has renunciado a toda posibilidad de tener mujer e hijos y a ayudar a crear una sociedad perdurable. Tú has visto el poder del linaje del príncipe. Él es quien guiará a nuestro pueblo.

—Su poder es falso, es una impostura. Mírate la cicatriz en el cuello, Manolito. ¿Cuántas veces estás dispuesto a morir por él? En dos ocasiones le has salvado la vida inmolándote, y lo mismo has hecho por la compañera eterna de su hermano. Estás aquí, en este mundo de sombras, para ser juzgado por tus hechos «oscuros». Pero ¿qué hechos oscuros son ésos? Tú has vivido con honor y has servido a tu pueblo y, sin embargo, estás aquí. —Aquella voz se volvió irrealmente agradable, llena de verdad y de convincente pasión—. Todas las antiguas razas ahora no son más que mitos, olvidadas por el mundo. La raza de los jaguares, antaño poderosa, ahora sólo figura en los libros. Se visten con los harapos de la vergüenza. Maltratan a sus mujeres. ¿Permitirías que eso le ocurra a nuestra especie?

—Si de verdad crees lo que dices, Maxim, habrías escogido otro camino. ¿Por qué convertirse en vampiro? ¿Por qué matar para tener poder? ¿Por qué no creas tu propio ejército y te enfrentas a Mikhail en campo abierto?

—Ése no era el plan.

—Convertirse en criaturas inertes tampoco fue nunca el plan. Nuestras familias vivían con un sentido del honor, Maxim. Nosotros cazábamos a los vampiros, no nos uníamos a ellos.

Maxim lo ignoró.

—Mis hermanos y yo hemos elaborado el plan para llegar al poder. Si nos enfrentáramos al príncipe directamente, seríamos derrotados. Ya sabes que la mayoría de los carpatianos creen en el antiguo sistema. Todos tienen mentalidad de rebaño.

Manolito torció los labios.

—Para ti, los humanos y los hombres jaguar actúan como un rebaño. Ahora dices lo mismo de los carpatianos. Desde luego, has llegado a tener una idea muy elevada de ti mismo, Maxim. Has caído en muchas contradicciones.

Maxim se cruzó de brazos.

—Pretendes enfurecerme, Manolito, pero no lo conseguirás. Antiguamente eras un gran carpatiano y pertenecías a una familia poderosa, pero has depositado tu lealtad en manos de la persona equivocada. Deberías haberte unido a nosotros. Todavía puedes hacerlo. Ya eres hombre perdido para el mundo que vendrá.

Por primera vez, Manolito sintió que el pulso se le aceleraba como respuesta a la lógica retorcida del vampiro. Los vampiros mentían, pero siempre había una dosis de verdad entremezclada en sus palabras. ¿Qué le había hecho a su compañera eterna? ¿Por qué no podía recordar su crimen? Al parecer, MaryAnn no estaba enfadada con él. De hecho, lo había protegido, o al menos lo había intentado.

La idea de su compañera eterna lo reconfortó con una ola de calidez, y derritió las astillas de hielo que tenía incrustadas en el cuerpo y que le habían congelado la sangre. Parpadeó y se miró las manos. Éstas se habían puesto casi transparentes, pero ahora adquirían un tono más oscuro, como si todo su cuerpo comenzara a recuperar su sustancia y su forma.

—Veo que, al fin y al cabo, aquí hay un peligro —dijo—. Maxim, siempre fuiste agudo, pero nunca has creído en las compañeras eternas ni en lo que representaban. Te equivocabas entonces y te equivocas todavía más ahora. No estoy perdido mientras tenga a mi compañera eterna.

—¿Y qué crees que hace tu compañera en este momento, mientras tú vagas por el mundo de las sombras? ¿Crees que vive sin estar en contacto con los hombres? Ansía estar con el hombre jaguar y yacerá con él.

Manolito sintió que se le retorcía el nudo en el estómago. Hasta que encontró a su compañera eterna, había ignorado que los celos fueran un sentimiento tan oscuro y malévolo.

—Ella no me traicionará. Ella es quien posee la otra mitad de mi alma. Nunca podrás traerme enteramente a este mundo, porque ella siempre me anclará en el otro.

Esta vez Maxim soltó un leve gruñido y sus ojos brillaron intensamente. Los colmillos le crecieron, afilados, al tiempo que manifestaba su contrariedad con un ruido sibilante.

—Es verdad que ella posee la otra mitad de tu alma. Sólo tenemos que apoderarnos de ella y nos pertenecerás. Eres un traidor, Manolito, un traidor a nuestra familia y a nuestra causa. El plan era idea tuya, tuya y de Zacarías, pero a la hora de la primera prueba nos has defraudado.

—Todos estábamos de acuerdo en que eran ideas infantiles y absurdas, eso de tomar el poder y gobernar el mundo. Tus hermanos, mis hermanos, todos hemos dicho muchas cosas absurdas que han acabado concretándose y se han convertido en un camino de destrucción para demasiadas especies. Hay compañeras eternas que nos esperan entre los humanos, Maxim. Piensa más allá de tu odio y entiende que los humanos son la salvación de nuestro pueblo.

—Mezcla de sangres —se burló Maxim—. ¿Crees que ésa es tu salvación?

Manolito suspiró como muestra de su pesar. Recordaba a Maxim cuando era su amigo, más que un amigo, un querido hermano, ahora perdido más allá de toda esperanza.

—Tengo mis emociones, Maxim, tengo mi honor y un futuro por delante. Tú tienes la muerte y la deshonra, y nada que te sostenga en la otra vida. Responderé de buena gana por cualquier error que haya cometido, pero no te ayudaré a destruir a nuestro príncipe. Aparte mi propio honor, jamás deshonraré a mi compañera eterna convirtiéndome en traidor de mi pueblo.

—A tu preciosa compañera eterna la mataremos. Y no sólo la mataremos, sino que lo haremos de forma brutal. Sufrirá mucho antes de que acabemos con ella. *Ése* es el mal que has infligido a tu compañera eterna. Ya la has traicionado al intercambiar su vida por la de tu príncipe.

El miedo que lo embargó casi lo pilló desprevenido, y sintió terror al pensar en lo que un monstruo podía hacerle a MaryAnn. Ella era luz y compasión, y nunca entendería el daño que un ser tan siniestro y despreciable como Maxim podía infligirle. Manolito se quedó sin aliento ante aquella aprehensión inesperada, presa del pánico. Nunca antes había sentido pánico, pero ahora, cuando pensaba en MaryAnn en manos de sus enemigos, éste lo consumía.

¿Acaso había caído en una trampa? ¿Acaso Maxim lo había separado de MaryAnn para que uno de sus hermanos pudiera matarla? Ella estaba sola en la selva pluvial. ¿Cuánto tiempo había pasado? ¿El tiempo en el reino de las sombras estaba hecho de la misma sustancia? ¿Era posible que alguien pudiera traspasar el velo para ayudar a tramar un asesinato o Maxim sólo intentaba intimidarlo? El miedo conducía al error. Y los errores conducían a la muerte. Y él sencillamente no aceptaría la muerte de su compañera eterna.

Manolito se mantuvo impasible exteriormente y en su mirada asomó un dejo de desprecio.

—Te regocijas con el mal que haces, Maxim, pero no vencerás. El mal no acabará desterrando al bien de este mundo, no mientras quede un solo cazador vivo. —Se disolvió en una voluta de niebla y flotó entre los árboles atormentados y retorcidos.

Una vez lejos de Maxim, voló por el aire para regresar al lugar donde había dejado a MaryAnn. La sangre le palpitaba en las sienes y le rugía en los oídos cuando recuperó su forma, incluso antes de tocar suelo. MaryAnn no estaba. El tiempo se detuvo y Manolito sintió que el corazón le flaqueaba. La bestia que habitaba en él rugió y lanzó zarpazos para ser liberada. Sus dientes se alargaron y se volvieron cortantes y de sus uñas nacieron unas garras afiladas como navajas.

*Ella te es infiel con el hombre jaguar.* Aquellas voces habían calado profundo en su pensamiento, y ahora la rabia y los celos le nublaban el razonamiento.

Alzó la cabeza y husmeó el aire. Su mujer había estado allí, y no había estado sola. Él conocía ese olor porque había probado la sangre del jaguar.

*Ella está bajo él, gimiendo y retorciéndose de placer y pronunciando su nombre. El nombre de él, no el tuyo. Él te la ha robado y ella sólo piensa en sus caricias.*

De su boca brotó un gruñido que le deformó la cara y en su mirada asomó un brillo amenazante. Estudió las huellas, y luego vio la serpiente muerta y las pisadas en el suelo. Luiz se había acercado a ella bajo la forma de jaguar, pero había mutado a su forma humana. Eso significaba que se había presentado desnudo ante MaryAnn. La furia casi lo cegó. Tendría que haber matado a ese demonio traicionero mientras tuvo la oportunidad. Los hombres jaguar eran conocidos por sus aventuras con las mujeres.

Luiz la había llamado con un dedo y ella lo había seguido, como una marioneta hipnotizada. Tanto los hombres como las mujeres jaguar eran seres de una sexualidad intensa. MaryAnn decía que no era jaguar, pero aunque no hubiera más que una gota de la sangre del jaguar en sus venas, ¿no la excitaría la presencia de Luiz? Quizás estuviera en celo y entonces necesitaría un hombre que la atendiera.

*Se ha marchado con él porque lo necesita para que le dé un hijo. Él derramará su semilla en ella. La llenará. La poseerá una y otra vez hasta tener la certeza de que MaryAnn lleva un hijo suyo en las entrañas.*

Aquel pensamiento le arrancó a Manolito un rugido de rabia. La idea de que otro hombre acariciara la suave piel de su compañera eterna desató la ira de la bestia. Nadie tocaba a su mujer y vivía para contarlo. Nadie la atraía para alejarla de él. O bien Luiz iba a la búsqueda de MaryAnn por razones personales o bien había sido enviado por el vampiro para matarla. En cualquiera de los dos casos, el hombre jaguar era hombre muerto.

*Mátalo. Mátala a ella.*

Manolito sacudió la cabeza. Aunque MaryAnn lo hubiera engañado con otro, jamás podría hacerle daño.

Se movió rápidamente y corrió por la selva, evitando chocar contra los árboles por escasos centímetros. Si Luiz osaba ponerle la mano encima, o hacerle daño en un solo pelo de la cabeza, le arrancaría las extremidades una por una. De pronto los vio, a MaryAnn en el suelo, llorando, y a Luiz, de pie a su lado. MaryAnn tenía tal aspecto de cansada, enfadada y temerosa, que al ver su aflicción Manolito sintió una punzada de dolor que le llegó al corazón. Aceleró y su figura se convirtió en una mancha borrosa. Emergió de los arbustos justo cuando Luiz se giraba.

Manolito arremetió con fuerza contra el hombre jaguar y lo lanzó hacia atrás. Dio con él en el suelo con tanto ímpetu que el perfil de su figura quedó impreso en la tierra. En algún lugar en la distancia, oyó gritar a MaryAnn. Golpeó a Luiz en la cara sin darle tiempo a mutar en jaguar. Lanzó el brazo hacia atrás para darse impulso y hundirle el puño en el pecho para arrancarle el corazón.

—¡Para! —Era MaryAnn que gritaba la orden. Y enseguida volvió a gritar, con una furia silenciosa que hizo volar a Manolito por los aires—. *¡He dicho que pares!*

Manolito se encontró despatarrado en el suelo y con los oídos zumbando debido a la fuerza de aquel mandato psíquico. MaryAnn lo había lanzado hacia atrás, apartándolo del hombre jaguar, que seguía tendido en el fango. Aquel golpe telepático había sido más fuerte que cualquier golpe físico que hubiera recibido en su vida. La miró parpadeando, y a su ira contra ella se sumó el asombro.

—¿Te has vuelto loco? —le preguntó MaryAnn, mirándolo desde arriba, con las manos en las caderas, con expresión enfurecida y los ojos brillando de una manera que a él le pareció peligrosa.

Y lo único en que atinó a pensar en esa fracción de segundo fue que la deseaba. Quería toda esa pasión y esa furia bajo su cuerpo, luchando contra él, sometiéndosele. MaryAnn era asombrosa, con sus curvas exuberantes y su rostro increíblemente bello. Exteriormente parecía una persona tranquila, pero por debajo era furia y garras, una criatura tan salvaje como la selva que los rodeaba.

Manolito se incorporó lentamente, con la mirada clavada en ella, sin parpadear y totalmente concentrado. Sin decir palabra, dio un par de grandes zancadas hacia ella pisando el accidentado terreno. Ella tuvo la sensatez de retroceder unos pasos, y su furia fue mitigada por la cautela y por su actitud desafiante. Él llegó hasta donde estaba y la obligó a mirarlo a través de sus largas pestañas. Con una mano le cogió la cabellera, obligándola a alzar aún más la cabeza, y con la otra la agarró por la cadera y la atrajo hacia sí, aplastando sus pechos contra su propio torso.

MaryAnn abrió la boca para protestar y él se apoderó de ella. Fue un beso duro, todavía teñido por esa amalgama de temor e ira. Introdujo la lengua profundamente, deslizándose en su boca y poseyéndola, sirviéndose de su propia naturaleza apasionada contra ella misma. MaryAnn había hecho lo que ningún hombre se había atrevido a hacerle jamás: lanzarlo de espaldas y derribarlo con sólo un pensamiento. *Un pensamiento.*

El deseo lo consumía. La lujuria se apoderó de él, lo cegó con el deseo de dominarla, de darle tanto placer que nunca se le ocurriría dejarlo y negarle nada. Le mordisqueó suavemente el labio inferior, lo cogió entre los dientes y tiró, le lamió el pulso y la besó en el cuello, bajando hasta la garganta. Ella respiró, un ruido áspero de deseo que provocó en él un nudo doloroso y duro. La sangre caliente que rugía en él lo llenó y cerró los ojos para concentrarse en el contacto y la textura de su piel. Suave y dúctil, moviéndose contra su cuerpo como la seda, llenando hasta el último vacío en su corazón y en su alma. Volvió a besar a aquel milagro llamado mujer.

Su calor y su aroma envolvieron a MaryAnn, que sintió la erección aplastada contra su vientre. Los labios de Manolito eran firmes y fuertes, y su beso duro y excitante. Ella siempre se había imaginado una relación sexual con el hombre de sus sueños como algo suave y lento, pero la pasión se volvió candente y viva dentro de ella, hasta que su excitación llegó a darle miedo. El corazón le latía como un martillo, fuerte y duro, golpeando contra el pecho de él. Sus músculos se contrajeron y apretaron, y toda ella se convirtió en calentura líquida y ardiente.

MaryAnn lo añoraba hasta el dolor. Era una necesidad tan imperiosa que le deslizó la mano por debajo de la camisa para tocarle la piel, para sentir su corazón latiendo, y acopló sus propios latidos a los suyos. La sangre le rugía en las venas y unas diminutas lenguas de fuego le lamían la piel.

Él se separó con los ojos encendidos y la miró.

—No vuelvas a intervenir.

Ella lo miró parpadeando, asombrada de la facilidad con que la controlaba.

—Maldito seas por lo que has hecho. —MaryAnn se limpió la boca, intentando eliminar aquel deseo desesperado y doloroso, la marca que él había dejado en ella. Pero su sabor y la sensación de sus labios permaneció. Entonces dio un paso atrás y le lanzó un manotazo cuando tropezó. Él la sostuvo—. Le debes a ese hombre una disculpa. Una gran disculpa. Me ha salvado la vida dos veces y, desde luego, no se merece que lo aporrees porque me estuviera acompañando de vuelta a la casa.

MaryAnn se quedó asombrada al oírse hablar. El cuerpo le quemaba desde adentro hacia fuera. Miró a Manolito de reojo. A él le pesaban los párpados, tenía la mirada empañada por el deseo y la excitación y su aspecto era el de un peligroso predador. Peligroso y hambriento, consumiéndose por poseerla y tocarla.

—¿Una disculpa? —Manolito miró a Luiz, que empezaba a incorporarse—. Él sabe que me perteneces.

—Yo no pertenezco a nadie excepto a mí misma. Y me salvó la vida. Tú no estabas para cumplir tu papel de héroe. —MaryAnn estaba horrorizada por el tono de acusación en su voz.

La mirada de Manolito se suavizó.

—Tenías miedo sin mí.

Ella temía por él, y eso empeoraba las cosas. Tragó con dificultad y extendió las manos por delante.

—Escucha, estoy acostumbrada a la idea de que soy yo quien controla mi vida. No sé qué hago aquí, ni entiendo que está ocurriendo. Siento cosas que nunca he sentido antes.

Ahora MaryAnn se sentía dependiente, algo que no solía ocurrir. Necesitaba tiempo para pensar, para estar tranquila y, aún así, no soportaba la idea de estar lejos de él. Y eso era lo más aterrador porque no estaba dispuesta a renunciar a su independencia.

Manolito se abstuvo de pronunciar las palabras que tenía en la punta de la lengua. Era verdad que ella le pertenecía, así como él a ella. Sin embargo, la confusión y el cansancio en su cara le reblandecieron el corazón. Ahí estaba MaryAnn, suave, adorable, pensando que era una mujer dura, pero él sólo añoraba abrazarla y consolarla.

Pero en lugar de hacerlo, se plantó junto a Luiz en un par de zancadas y le ayudó a incorporarse. El hombre jaguar se tambaleó y consiguió sonreír.

—Vaya golpe que me has dado.

—Tienes suerte de que no te haya matado.

—Sí, eso lo he entendido —dijo Luiz, asintiendo con un gesto de la cabeza. Miró más allá del hombro de Manolito hacia MaryAnn—. ¿Te encuentras bien?

Manolito emitió un suave gruñido de advertencia.

—No es necesario que te intereses por su estado cuando yo estoy presente.

—Yo creo que sí lo es —objetó Luiz.

—Eso es porque se comporta como es debido —intervino MaryAnn, seca—. Te agradezco mucho tu ayuda, Luiz. Sobre todo por haberme salvado la vida. —Se giró y se alejó de ellos. Aquel hombre de las cavernas podía seguirla o no, pero ahora estaba lo bastante cerca de la casa como para reconocer las huellas de las ruedas del jeep. Le bastaría con seguirlas.

Manolito se encogió de hombros cuando Luiz lo miró frunciendo el ceño.

—Es muy buena cuando se trata de reprenderme. —Por un momento, en sus ojos asomó un brillo de humor.

—Sospecho que tendrá que serlo —dijo Luiz, frotándose la barbilla—. Es una mujer asombrosa.

La expresión de Manolito se ensombreció y el breve asomo de diversión se desvaneció enseguida.

—No tienes por qué encontrarla asombrosa —avisó—. Y no te quites la ropa, jaguar.

Luiz respondió con una gran sonrisa.

—Las mujeres no pueden evitar que las impresionen.

—Dudo que sea agradable que a uno le arranquen el corazón del pecho, pero si quieres puedo hacer que lo experimentes en carne propia.

Luiz rió.

—Puede que ella te arranque el corazón a ti, carpatiano. Ten cuidado.

Manolito miró la sombra nebulosa que era su mano. Seguía viviendo entre dos mundos, pero veía con más claridad y su forma era más real de lo que jamás había sido. Luiz no había reparado en ello, y los hombres jaguar no sólo eran observadores sino que podían interpretar señales en la selva que muy pocos veían. Y eran capaces de reconocer a uno de su especie en cuanto lo veían...

Alcanzó a MaryAnn.

—No te ha llamado jaguar, y si portaras en ti la más mínima huella de su sangre, él lo sabría.

MaryAnn le lanzó una mirada furibunda. De modo que todavía no lo había perdonado. En lo profundo de sí mismo, Manolito sintió que la lujuria desplegaba sus garras y lo arañaba despiadadamente.

—No soy jaguar, ya te lo he dicho.

Él se quedó unos pasos atrás para echar una buena mirada a su trasero, envuelto primorosamente por la tela del pantalón. Su corazón estaba a punto de dejar de latir. Aquella mujer era como tenía que ser una mujer, toda ella curvas y tentación.

—Basta —dijo ella, seca, y se giró para lanzarle otra mirada devastadora por encima del hombro—. Estoy tan enfadada contigo en este momento que nada de lo que haces me parece encantador. —Ella sabía que no se trataba de su falta de educación ni de su comportamiento ridículo y arrogante, sino de su propia conducta. Le gustara o no, interiormente ella era diferente. Le gustara o no, o incluso lo reconociera o no, ardía y se dolía por ese hombre, Y sólo por ese hombre. Quería que la tocara, que la penetrara. Sus maneras odiosas y dominantes deberían despertar sólo repudio en ella pero, al contrario, lo encontraba fascinante, incluso hechizante. Y eso le parecía inaceptable.

—No puedo evitar encontrarte atractiva —protestó Manolito—. Mirarte me da ciertas ideas. Estaré más que contento de compartirlas contigo.

—Pues, no lo hagas. El sexo no es lo mismo que el amor, Manolito, y se supone que las parejas, los maridos y mujeres y los compañeros eternos se enamoran. Así es la realidad.

—Aprenderás a amarme —dijo él, y la confianza era patente en su rostro demasiado bello—. Vendrá con el tiempo.

—No cuentes con ello —farfulló MaryAnn, subiendo a grandes zancadas por el camino a pesar de llevar el tacón roto. Sí, porque todo giraba en torno a él. Se suponía que ella tenía que aprender a amarlo. Así funcionaban las cosas en su mundo, pero no en el de ella. Cuando tuviera una relación sexual, cruda y apasionada, quería que *él* la amara a *ella*.

MaryAnn casi había llegado a la puerta cuando se detuvo a mirar por primera vez el imponente palacio que Manolito y sus hermanos llamaban residencia de vacaciones. Lo llamaban refugio. Vaya. ¿Qué tipo de gente era ésa que se retiraba a un lugar del tamaño de un edificio de apartamentos? Se detuvo bruscamente ante la puerta. Aquello era un palacio impresionante. Suspiró y se frotó las sienes. Dios, cómo ansiaba estar en casa, de vuelta en el mundo real.

Manolito pasó a su lado para abrir las sólidas puertas y con un gesto la convidó a entrar.

—Por favor, te invito a entrar en mi casa.

MaryAnn respiró hondo y dio un paso atrás, sacudiendo la cabeza. Era imposible que alguien pudiera vivir en medio de tanta riqueza. Se paró en medio de la enorme entrada y se quedó mirando el reluciente suelo de mármol. Había olvidado cómo era la casa, o quizá no se había percatado al llegar, ensimismada como estaba en su dolor. Construido ahí, en medio de ninguna parte, aquello era un palacio de épocas antiguas.

—No pienso pisar este suelo —dijo, retrocediendo, a pesar de que tenía unas buenas botas, hechas para pisar suelos como ése. Unas buenas botas; eso era antes. Sus preciosas botas estaban hechas un desastre, manchadas de lodo, y con el tacón izquierdo roto. No quería arriesgarse a rayar ese espléndido suelo de mármol que se extendía hasta perderse de vista. Toda su casa en Seattle cabía en el vestíbulo.

Detrás de ella, Manolito la presionó en la espalda y le dio un pequeño empujón.

—Entra.

Aquello de empujarla no daría más resultados con ella que su manía de impartir órdenes. Sin embargo, aparte de subrayar el hecho de que Manolito era el imbécil más grande que había pisado la Tierra, cada vez que la rozaba con los dedos, MaryAnn sentía que todos los nervios en su sistema sencillamente se colapsaban. Su cuerpo se negaba a hacer caso de lo que le decía su cerebro, que había activado la alarma de alejarse de aquel macho.

Aunque no pudiera evitar un estremecimiento de emoción y el lento ardor que se extendía por sus venas como una droga cada vez que él la tocaba, Manolito no se saldría con la suya cuando le diera órdenes, que, por lo visto, creía tener el derecho de darle.

—Ya sé que no es sólo un empujón lo que me has dado —dijo, seca, apartándose la gruesa trenza cuando se giró para lanzarle una mirada fulminante.

Era un error mirarlo. Él paseó una mirada ardiente por su cuerpo, una mirada que penetró hasta sus entrañas. Nadie tenía ojos como ésos, ni tampoco una boca tan sensual, ni una casa como ésa. Ella no sentía atracción alguna por la decadencia y la opulencia. No le impresionaba ni se sentía cómoda con ella. Y, desde luego, no le iban los hombres arrogantes que daban órdenes con la misma naturalidad con que otra gente respiraba.

—Ha sido una delicada ayuda para que entres en mi casa, porque veo que tienes ciertos problemas para cruzar el umbral.

Su voz grave y áspera se le deslizaba bajo la piel y llenaba cada espacio vacío que había en ella; parecía envuelta en terciopelo y le acariciaba el cuerpo. MaryAnn apretó los dientes ante esa atracción del sexo puro y duro.

—No pienso entrar. Seguro que tienes otra casa. Una pequeña. Cualquier otra cosa. —Porque él ya pensaba en volver a dejarla. Una vez más. Primero la excitaba y la irritaba, le daba órdenes, se comportaba como un cretino, y luego la traía a ese... palacio, donde pensaba abandonarla. Lo veía en su cara. Así que al diablo con él. No pensaba entrar. Aquello de encontrarse sola en medio de la selva en una isla, con o sin palacio, no volvería a ocurrir.

Empujó, resistiéndose a la mano de Manolito. Quizá si se topara nuevamente con Luiz, éste podría ayudarla a encontrar la pista de aterrizaje, y ella convencería al piloto para que la devolviera a la civilización. Si es que había un piloto. O un avión. Ni siquiera lo sabía, pero quizá Luiz sí lo supiera.

Un destello de ira asomó en los ojos oscuros de Manolito. La cogió en vilo, la cargó sobre los hombros y entró en esa casa fría. Dejó atrás la entrada y la doble escalera y penetró en una sala enorme de mármol y vidrio.

El asombro la dejó muda, y enseguida una ira rotunda estalló en sus venas. MaryAnn, que nunca recurría a la violencia porque no creía en ella, de hecho la desaconsejaba, tuvo ganas de golpear a ese hombre y dejarlo hecho un guiñapo sangriento.

Era sumamente humillante verse acarreada sobre los hombros como un paquete, con los brazos y las piernas colgando como espaguetis. Lo golpeó en la ancha espalda y se enfureció todavía más cuando él ni se inmutó.

—Bájame, ahora mismo —dijo, con un silbido de voz, cogiéndolo por la camisa—. Lo digo en serio, Manolito. Si alguien me viera en esta postura, me enfadaría mucho. —La sola idea la mortificaba.

—No hay nadie en la casa —le aseguró él, contrariado por la aflicción en su voz. La rabia era comprensible, pero la aflicción era algo muy diferente—. Riordan y Juliette deben estar con su hermana y su prima en la selva. Y ya que lo pides tan correctamente... —Manolito la dejó en el suelo y se apartó con un movimiento suave y ágil, en caso de que ella quisiera asestarle un golpe.

MaryAnn se arregló la chaqueta y la blusa con un gesto de dignidad.

—¿De verdad hacía falta esta demostración de machismo? —preguntó, sarcástica. Si no le podía dar lo que se merecía, al menos podría tumbarlo con palabras. Era muy eficaz cuando se trataba de lanzar puñaladas verbales.

Manolito se quedó mirando su expresión furiosa. MaryAnn era tan perfectamente bella, con su tez color café con leche, tan suave, que él la rozaba cada vez que tenía la oportunidad. *Suya.* Saboreó la palabra, dejó que se asentara en su pensamiento. Ella le pertenecía. Había sido creada para él. Era sólo suya, y la tendría para toda la eternidad.

Ella le había devuelto los colores y las emociones después de siglos y siglos de espera. Y, sin embargo, MaryAnn no tenía ni idea de lo que significaba para él. Estaba ahí, frente a él, una pequeña fierecilla, con sus rizos brillantes y oscuros como la noche y sus ojos de chocolate, inocente y vulnerable. Manolito sintió que el deseo lo arañaba con sus garras despiadadas y salvajes, pero algo más se había abierto camino hasta su corazón, algo suave y gentil, a pesar de que había olvidado hacía tiempo la existencia de la ternura.

—Me parecía una manera expeditiva de escapar del sol de la madrugada.

—Ya se ve que tu madre no te enseñó nada en lo que se refiere a buenos modales, ¿no? —MaryAnn intentaba seguir enfadada, pero le resultaba casi imposible con Manolito mirándola de esa manera tan extraña, como si ella fuera... todo. Y empezaba a embargarla un miedo horrible y sólo tenía ganas de llorar, porque ya captaba en su pensamiento la decisión de irse, de desaparecer en las entrañas de la tierra. Y ella no se podía ir con él, lo que significaba que se quedaría sola.

Él avanzó un paso hacia ella, porque era evidente que había entendido su consternación.

MaryAnn alzó una mano para detenerlo porque si él la tocaba, no sabía cómo reaccionaría. Jamás en la vida había contemplado la idea de entregar su cuerpo a un hombre y dejarlo hacer lo que quisiera, pero ante Manolito le entraban ganas de hacer precisamente eso. Él podía despertar en ella el deseo de hacer cosas que ni siquiera se hubiera imaginado y eso la asustaba casi tanto como la idea de que la dejara sola.

—Mira mis botas —dijo, para no llorar y se dejó caer en la silla para quitárselas—. Adoraba esas botas, siempre han sido mis preferidas.

Él se arrodilló frente a ella y le retiró suavemente la mano para que lo dejara quitarle las botas. Ella lo miró desde arriba y observó su pelo negro y sedoso que le caía, hirsuto, por la cara y los hombros. No pudo reprimir el gesto de tocarlo cuando él le deslizó los dedos por la pantorrilla hacia arriba y, con ese contacto, la hizo estremecerse y sentir una descarga que le llegó hasta los muslos.

Él sólo pretendía ayudarle a quitarse las botas pero, de alguna manera, aquel leve gesto tenía un componente sexual. Ella intentó retirar el pie, pero le rodeó el tobillo con sus dedos gruesos y la inmovilizó.

—No hagas eso, MaryAnn, no me queda otra alternativa que bajar a las entrañas de la tierra. No quiero dejarte sola. Es lo último que quisiera hacer. Si sigues tan contrariada, no me dejarás otra opción que convertirte ahora mismo y llevarte conmigo.

Manolito alzó la cabeza y su mirada oscura se fijó en sus ojos. A MaryAnn el corazón le dio un vuelco cuando él se humedeció los labios con la lengua y bajó la mirada hasta fijarla en su boca.

—Ni te lo pienses —dijo. Porque ella ya pensaba en ello, y le daba un susto de muerte.

—Ve a darte una ducha. Yo me ocuparé de estas botas —dijo él—. El agua caliente te relajará y te ayudará a dormir.

MaryAnn tuvo que tragarse su protesta y lo dejó ahí arrodillado en el suelo con sus botas en la mano. No se giró para mirarlo, no se permitió mirar, aunque estaba segura de que ya no estaría cuando ella volviera.

Abrió el grifo del agua y la dejó fluir lo más caliente posible, dejándola correr sobre sus músculos magullados y cansados mientras lloraba. En realidad, era una tontería, pero no podía evitarlo, después de todo lo que había ocurrido. El llanto era una válvula de escape pero, aún así, sentía un gran pesar en el corazón. El champú le deshizo los rizos y el suavizante volvió a dejarle el pelo liso. Salió del baño sintiéndose cansada y perdida y deseando más que nunca a Manolito, aunque estaba decidida a dejar de llorar.

Se envolvió con una toalla y fue a la habitación para encontrar una cama donde dormir. Manolito estaba sentado en una silla junto a la ventana con las botas en la mano. Estaban limpias y brillantes y parecían nuevas. Por un momento, sólo atinó a mirar, desconcertada, apretando la toalla y embargada por una súbita alegría. Unas lágrimas le ardieron en los ojos, esta vez de felicidad, pero se las tragó y consiguió hacer un gesto moderado hacia las botas.

—Las has reparado.

—Por supuesto. Tú las adoras. —Dejó las botas en el suelo y le enseñó un par de zapatos rojos de tacones que acompañaban a un ligero vestido que se le ajustaba como una segunda piel a sus curvas—. Estos me gustan mucho.

—Tienes buen gusto.

—Póntelos para mí.

—¿Ahora? Estoy envuelta en una toalla y tengo el pelo empapado. —Se había cogido el cabello con un turbante y, de pronto, se sintió inhibida—. Quedarán perfectos con un vestido que tengo, pero no estoy demasiado segura de cómo se verán con una toalla.

—Ahora mismo —dijo él, con voz ronca, incitante, con ese matiz áspero, hipnótico y sensual que a ella le endurecía los pezones y la dejaba doliendo de deseo.

Se apoyó con una mano en el hombro de Manolito y deslizó un pie en un zapato, sin dejar de mirarlo. Él parecía hipnotizado. Hambriento. Se calzó el segundo zapato y se separó un poco, segura. Los tacones le daban un toque escultural a sus piernas.

¿Cómo no? Con o sin toalla, tenía una magnífica figura y era evidente que él sabía apreciarlo. Manolito la hacía sentirse como la mujer más sexy del mundo.

Él se incorporó con un movimiento fluido de todos sus músculos y se acercó como un felino hasta ella, que esperaba, casi sin aliento. Le cogió la cara con ambas manos y le acarició el pómulo con el dedo pulgar.

—Eres muy bella. No tengo ni idea de lo que he hecho para merecerte, pero me quitas el aliento.

Se inclinó y la besó. Fue un beso suave y largo, y su aliento era cálido y su boca seductora. Le dejó un reguero de besos bajando por el cuello, rozándola con la boca, mordisqueándola y jugando con la lengua. A MaryAnn le rugió la sangre en los oídos cuando Manolito acercó la boca caliente y seductora a su cuello, hasta llegar a la curva de su pecho. Un calor líquido palpitaba entre sus piernas.

Entonces, tiró de la toalla y ésta cayó al suelo, dejando hasta el último centímetro de su desnudez al alcance de su hambrienta mirada. Se apartó para mirarla de arriba abajo, con su piel satinada y plena, sus exuberantes curvas dolorosamente suaves e incitantes. Le rozó el pezón sensible con el pulgar y ella dio una especie de respingo. Él trazó una línea desde el mentón hasta el ombligo.

—Te juro, MaryAnn, que jamás en todos mis siglos de existencia he visto nada tan bello. —La lujuria le enronquecía la voz, pero la franqueza la volvía aterciopelada. Manolito se separó y le deslizó la mano por el brazo hasta entrelazar los dedos con los de ella. Y luego tiró para que MaryAnn diera un paso hacia él.

# Capítulo 8

Le deslizó la mano por la curva de la cadera, dejando que las yemas de los dedos se demoraran en su piel. A MaryAnn se le tensaron los músculos del vientre. Unas pequeñas llamas de excitación vacilaron en sus muslos, se extendieron por su vientre y jugaron con sus pechos. Los ojos de Manolito se habían vuelto calientes y posesivos, su boca era más sensual y las aristas del deseo, más agudas. MaryAnn apenas conseguía respirar y ansiaba tenerlo con todo su cuerpo. Ahí donde se posara su mirada, ella la sentía como si le dejara una marca.

¿Era ella quien lo seducía a él? ¿O él a ella? MaryAnn no lo sabía y no le importaba. Lo único que importaba era que él no podía quitarle los ojos de encima. Tenía el cuerpo endurecido y apretado, y el bulto en sus pantalones era impresionante. El calor se desprendía de él en sucesivas oleadas. Y su contacto era magia pura, como si con las caricias de sus dedos Manolito despertara en ella a una criatura salvaje, una criatura que exigía ser liberada y que respondía físicamente a todo lo que él despertaba en ella.

—Te he esperado a lo largo de varias vidas —confesó, y su mirada era caliente cuando se inclinó para besarle el cuello. Le lamió el lóbulo de la oreja y bailó sobre su pulso—. He pensado en ti. En lo que haría contigo. En todas las maneras de darte placer.

Manolito inhaló su esencia. Toda una mujer. Su mujer. Llegaba a sentir dolor por ella, y su erección era tan dura y gruesa que supo que no encontraría la paz hasta hundirse en lo profundo de ella. Poco le importaba que se acercara el alba a pesar de que, durante un tiempo, había sido incapaz de tolerar siquiera la luz del amanecer. Arriesgaría cualquier cosa para estar cerca de ella, para estar dentro de ella, para reclamarla como suya. A MaryAnn se le aceleró la respiración, lo cual atrajo la atención a sus pechos firmes y generosos que subían y bajaban. *Suyos*. Manolito pensaba aprovechar hasta el último segundo junto a ella y vivirlo al máximo.

Se obligó a soltarle el brazo. Caminaron hasta la cama junto a la chimenea y él se dejó caer en el colchón mullido.

—Quiero mirarte —dijo.

Ella se quedó de pie y se llevó una mano a la cadera, dejando que el pelo le cayera por la espalda, y Manolito quedó como atontado por su belleza. Entonces MaryAnn dio un solo paso con sus tacones rojos y el deseo lo golpeó brutalmente, un puñetazo que lo habría hecho caer de rodillas si hubiera estado de pie. Respiró hondo y dejó que la intensidad de la lujuria se apoderara de él. Estaba encendido, apretado, ardiendo del deseo de penetrarla. Por su cabeza desfilaban imágenes de ella abierta ante él como un festín.

Con cada paso que daba MaryAnn, el deseo iba en aumento, hasta que la sangre le martilleaba con su pulso y todas las células de su cuerpo la reclamaban a gritos. El sólo placer de desearla lo sacudió hasta los cimientos de su existencia. Jamás había deseado nada como la deseaba a ella. Jamás había necesitado nada pero, de pronto, su cuerpo lo era todo. La forma y la textura, su piel, reluciente en todos sus rincones, invitándolo, esperando ser explorada y acariciada por él. Cada secreta hendidura, cada sombra. Suyo. Todo para él. En los largos siglos de su existencia, Manolito jamás había poseído nada que realmente fuera sólo suyo, y por eso le costaba creer aquella visión de su compañera. Mirar no le bastaba. Tendría que tocarla, poseerla, o nada de eso sería realidad.

Por primera vez en su vida, MaryAnn se sentía total y absolutamente sensual, desinhibida, moviéndose por la habitación con sus tacones rojos, sabiendo que con cada paso que daba llevaba a Manolito al límite. Era excitante verlo respirar roncamente, ver cómo sus ojos se volvían del color del humo y luego negros, percibir el oscuro deseo marcándole profundamente el rostro. Era tan guapo que a ella le costaba respirar cuando lo contemplaba. Y la deseaba, ay, sí, cómo la deseaba. La lujuria estaba profundamente marcada en él. El deseo le encendía los ojos negros y esa intensidad alimentaba el deseo que ella misma sentía.

MaryAnn se sentía vivir con todas esas sensaciones, y su respiración se volvió entrecortada. Era consciente del hormigueo doloroso en sus pechos, de sus pezones endurecidos, del calor húmedo en su entrepierna, sólo porque él la miraba con ese dejo posesivo y feroz. Quería frotarse contra el, acariciarlo, complacerlo, hacer lo que fuera necesario para satisfacer esas lenguas de fuego del deseo en lo profundo de sus ojos.

Él la llamó con un gesto.

—Ven aquí —dijo, y dio unas palmaditas en la cama.

Ella se humedeció los labios. Si él la tocaba, ahora que lo deseaba tanto, ¿qué ocurriría? Lanzó hacia atrás su cabellera abundante y oscura y se acercó a él, observando satisfecha cómo brillaba el deseo en sus ojos al pasear la mirada sobre ella.

—Eres de verdad muy bella, MaryAnn.

Su voz era una mezcla de terciopelo y aspereza, pero esta vez acompañada de un gruñido ronco. Aquel matiz le quedó bailando sobre la piel, acariciándola como una mano. Sus entrañas se apretaron y sintió una leve sucesión de temblores. Él metió el pie por el interior de su pierna, subió y bajó por su pantorrilla y luego tiró suavemente hasta que se quedó con las piernas abiertas para él.

Manolito se inclinó para rodearle el tobillo con una mano. Muy lentamente, deslizó la palma por la pierna hacia arriba. Y cuando ella quiso moverse, su mano se cerró como una advertencia.

—No.

MaryAnn intentó quedarse muy quieta, pero el contacto de su mano activaba unas descargas eléctricas que le recorrían el torrente sanguíneo, hasta que no pudo parar de temblar. Con la palma de la mano, él siguió la curva de su pierna, subió por la rodilla, acariciándola, despertando diminutas lenguas de fuego que le lamían la pantorrilla y la pierna a medida que él subía, con los dedos apretándola, imprimiendo la forma y la textura de ella en su mente.

—No creo que pueda seguir de pie mucho rato. —¿Era ésa su voz, teñida de esa espesa sensualidad que imprimía a cada sílaba? ¿Cómo se explicaba que aquello fuera tan excitante, estarse de pie, quieta, completamente desnuda mientras él seguía vestido y sus manos exploraban cada centímetro de su cuerpo?—. No soy un juguete, Manolito. —Sin embargo, lo parecía. Su juguete, Su mujer. Su cuerpo, para tocar y jugar con él y adorarlo con sus manos grandes y cálidas. ¿Y por qué eso la excitaba? ¿Por qué se sentía como si estuviera exhibiéndose para él, observando sus reacciones y creyéndose más poderosa con cada minuto que pasaba?

—Sí que lo eres. Tu cuerpo es un bello terreno de juego y yo quiero conocerlo hasta el último palmo. Quiero saber exactamente qué te hace responder y qué te da más placer. —Frotó su pulgar en la entrada húmeda de su entrepierna y observó que los ojos se le volvían vidriosos—. Quiero saber qué te hace gritar de placer, qué te hace implorar. —Con las manos, dibujó círculos en el interior de los muslos, subió más allá de sus caderas calientes y luego bajó para acariciarle las nalgas—. Quiero comerte viva y oírte gemir pidiendo más. Es exactamente lo que pretendo hacer, MaryAnn, darme una fiesta saboreándote.

Se inclinó hacia delante y jugó lentamente con la lengua a lo largo de su hendidura, arrancándole un gemido.

—Mucho, mucho más.

—¿Más? ¿Estás seguro de que habrá más? —MaryAnn sabía que no podría aguantar desearlo más de lo que ya lo deseaba.

Él le cogió las nalgas con las dos manos y deslizó los dedos por el centro, ligeros como una pluma, acariciándola, dejándole un reguero de lengüetas de fuego por el cuerpo.

—Siempre hay más, MaryAnn, y el todo te procurará más placer de lo que jamás imaginaste.

En ese momento, ella ya podía imaginar un montón de cosas.

Respiró hondo, asombrada por las cosas que deseaba de él, sorprendida porque lo único que le importaba era que la tocara y la saboreara. Aquella naturaleza salvaje que latía en ella seguía creciendo y todas las inhibiciones habituales parecían desaparecer por arte de magia.

Manolito tuvo que reprimirse para no lanzarla al suelo y poseerla como su cuerpo se lo pedía, duro y rápido, embistiéndola una y otra vez hasta quedar saciado. El miembro le palpitaba y quemaba, crecido más allá de sus límites, pero él no pensaba darse prisas. La belleza de MaryAnn lo deslumbraba, con su cuerpo exuberante y sus suaves ojos de cervatillo brillando con una mezcla de miedo y excitación. MaryAnn era una mujer a la que le gustaba sentir al menos la ilusión de controlar. Él quería llevarla más allá de donde se sentía cómoda y conducirla a un espacio de puras sensaciones.

Tiró de ella hasta tenerla en sus brazos, sobre sus rodillas, para que su cuerpo casara con el suyo. El suave lino de sus pantalones frotó contra su piel cuando la abrazó y le alzó el mentón para que lo mirara a los ojos. Inhaló y sintió su aroma femenino en lo más profundo de los pulmones, oyó su corazón tronando en sus oídos, sintió la piel suave, su exuberante y sedosa textura, y tuvo que resistirse al impulso de tenderla bajo él. La necesidad de cubrirla y dominarla, de hundir los dientes en ella aumentaba con cada minuto que pasaba.

Ella se entregó a él, relajada, confiándole su cuerpo. Se sentía pequeña y suave, presa de temblores que la recorrían de arriba abajo, y se acurrucó contra él. Sus ojos parecían oscurecidos y llenos del misterio de una mujer.

Él se apoderó de su boca, suavemente al principio, saboreando ese matiz de especia cuando las lenguas se encontraron. Ella suspiró y se volvió dúctil, acoplándose a su cuerpo, invitándolo.

—Vaya tentación —murmuró él al cogerla en sus brazos y tenderla sobre sus rodillas, toda ella estirada, con los pechos apuntando hacia arriba, las piernas abiertas y unas gotas de humedad en su hendidura—. Estás tan mojada para mí, *sivamet*, tan dispuesta.

Le mordisqueó el labio inferior, jugando y tirando de él, fascinado con su forma, memorizándola.

—Amo tu boca. —Manolito amaba todo en ella, y ése era el problema. Cuanto más intentaba encontrar una manera de tenerla a su lado, de asegurarse de que ella nunca querría dejarlo, más la deseaba, como si nunca fuera a estar saciado de ella. Y su cuerpo tampoco sería suficiente para él. Manolito quería ver brillar en sus ojos algo más que la lujuria y el deseo.

Volvió a besarla, apoderándose lentamente de sus sentidos, deseando su corazón y su alma, sabiendo que sólo podía poseer una pequeña parte de ella. Aquello lo reafirmaba en su decisión de atarla a él sexualmente. Ella no era consciente de su propio atractivo, ignoraba lo endemoniadamente sensual que era. Creía que el sensual era él. Los besos de Manolito, largos, la atontaban, la sacudían deliberadamente, sin darle una oportunidad para pensar, sólo sentir. Los gemidos de ella eran leves y él bebía de cada uno de ellos, incorporándolos a su cuerpo para guardarlos eternamente.

A Manolito le fascinaba ver cómo se despertaba su excitación, sabiendo que era por él, sabiendo que era él quien le había arrancado esa mirada aturdida de deseo. MaryAnn se giró y acercó la boca a su mandíbula, le recorrió la piel con la aspereza caliente de su lengua y susurró su nombre.

—*Manolito.*

Aquella llamada suave y dicha sin aliento lo endureció aún más. Le mordisqueó el cuello hasta llegar a su garganta. Su piel era como la miel tibia. No pudo resistirse a mordisquearla, a rozarle el pulso suavemente con los dientes, al tiempo que con una ligera pasada de la lengua le aliviaba el dolor del breve pinchazo. MaryAnn reaccionó con otro gemido apagado y echó la cabeza hacia atrás para facilitarle el acceso a su cuello. Su larga cabellera era como una cascada que lo bañaba, deleitándose en el roce con su piel. Sus pechos subían y bajaban a medida que la respiración se le aceleraba.

—Eso te gusta, ¿no? —murmuró él, que volvía a mordisquearla y le hablaba con su voz hipnótica. Manolito sintió que el pulso le aumentaba, y luego la llamada de su olor que le decía que estaba húmeda y preparada. Todo su cuerpo despedía calor—. Sí, nena, no me cabe duda de que te gusta.

Manolito frunció el ceño, concentrado, y su ropa se disolvió en una voluta de niebla, dejándolo desnudo, de modo que ahora los cuerpos podían tocarse. La cascada de pelo de MaryAnn cayó sobre él sensualmente, hasta que su erección, dura y gruesa y deseosa, se aplastó contra su cuerpo suave. Esa mujer estaba entre él y el monstruo en que podía convertirse, entre él y la criatura inerte. Sólo ella tenía el poder para salvarlo y el milagro era que le ofrecía su cuerpo. No había nada más poderoso ni erótico.

Manolito siguió besándola, deseoso, y su piel café con leche era como la seda caliente. Oía y sentía su sangre que lo llamaba, rugiendo en sus venas con el flujo y reflujo de la vida. Por debajo de sus pechos generosos, el corazón de ella se había acompasado con el suyo. Trazó una línea a lo largo de la curva de sus pechos y siguió hasta el valle, con la lengua bailando sobre su pulso y provocándola con sus mordiscos mientras desplazaba su atención hacia la punta endurecida de sus pezones.

MaryAnn se arqueó cuando el sopló aire tibio sobre sus apretados brotes. Intentó moverse y levantar los brazos, pero él se detuvo y alzó la cabeza, observando la excitación que ardía en sus ojos.

—Quédate quieta, *sivamet*. Muy quieta. Quiero que sientas cada lametazo de mi lengua, cada vez que mis dedos te tocan.

—No puedo —dijo ella, con la respiración entrecortada. Toda ella estaba demasiado excitada y el deseo ganaba terreno, rápido, implacable. MaryAnn no estaba segura de que pudiera seguir. Jamás había experimentado algo así de intenso, presa de un deseo tan febril, deseando que él la tocara, deseando su boca, los pequeños mordiscos que parecían tirar de sus entrañas hasta que el fuego en su interior se extendió sin parar y ella se sintió al borde de la desesperación, a pesar de que nunca se mostraba así de desesperada. Lo necesitaba dentro de ella más que el aire que respiraba pero, en lugar de darle más, él siguió adelante con su lento asalto sensual hasta que MaryAnn pensó que moriría de deseo.

—Sí que puedes. Y lo harás. Sea lo que sea que te dé, tendrás más —dijo—. Déjame que te haga gritar, MaryAnn. Déjame volverte tan loca de placer que no conocerás otro nombre que el mío. —La voz de Manolito era seductora, mientras la seguía acariciando de esa manera. Ella se inclinó para besarle el pecho y, mientras hablaba, no paraba de rozarle el pezón—. Entrégate por completo a mí.

Le cogió el pecho firme en el cuenco de la mano y acercó la boca caliente a su pezón. La chupó, la lamió y la mordisqueó en un asalto a los sentidos, una y otra vez entre breves mordiscos que le producían a la vez un dolor sensual y un éxtasis sublime. Él también estaba acuciado por el deseo, y su control flaqueó cuando ella se retorció contra su entrepierna. Manolito volvió a acercar la lengua a su pezón al tiempo que su mano bajaba hasta el cruce ardiente de su entrepierna.

Ella dejó escapar un gritillo que parecía una plegaria, retorciéndose en sus brazos a pesar de que intentaba obedecer a su orden de estarse quieta. Sintió la descarga de los nervios cuando abrió más las piernas, retorciéndose contra su gruesa erección. El fuego se apoderó de Manolito y su miembro se sacudió. Volvió a emitir un gruñido y deslizó los dedos hasta los rizos oscuros justo por encima de su hendidura mojada. Respiró una vez más, caliente, sobre sus pezones y ella volvió a arquearse, buscándole la boca en medio de la agonía del deseo.

Entonces la lamió varias veces, demorándose, haciendo bailar la lengua, de pronto tirando suavemente con los dientes y despertando y avivando las lenguas de fuego por todo su cuerpo. Iba de lo rudo a lo suave y de lo lento a lo rápido, un mordisco de sensual dolor y un baile de su lengua que la aliviaba, sin dejar de acariciar aquella caldera brillante al rojo vivo. A MaryAnn se le endurecieron los músculos del vientre al tiempo que se arqueaba, desesperada, buscando la liberación que él no quería darle.

Cuando habló, fue como un leve sollozo.

—Tienes que hacer algo.

Un brillo de satisfacción asomó en la mirada de Manolito en forma de diminutos puntos de luces. Levantó la cabeza para mirarla con sus ojos posesivos, paseándolos por aquello que era suyo. Deliberadamente, volvió a hacerla cambiar de postura y la tendió sobre la cama, le recorrió todo el cuerpo con la lengua y sus mordiscos, saboreando el sexo y la lujuria, saboreando la realización de todas sus fantasías. Era un macho dominante en plena acción, deseando imprimir en ella su propio aroma, queriendo que ella (y todos los demás) supieran a quién pertenecía.

MaryAnn tembló, con la respiración acelerada y las piernas del todo abiertas mientras él viajaba por su cuerpo, reclamando hasta el último palmo de piel como suyo. Ella movía la cabeza de un lado a otro cuando él la provocaba mordisqueándole los pechos hipersensibles, siguiendo cada costilla, bajando por su vientre tembloroso y deteniéndose a jugar con su fascinante ombligo.

Ella murmuró algo caliente y erótico, y él respondió con una sacudida. Ahora Manolito estaba totalmente concentrado en ella, absorbiéndola en toda su belleza, rozando su piel sedosa. El aroma de su compañera lo envolvía, lo llamaba y poseía, y todo él se sacudía y se dolía con la necesidad de responder. La lujuria y el amor brotaron juntos, inseparables. Aquella mujer, aquella hembra lo bastante valiente para seguirlo a la tierra de las tinieblas y las sombras, lo bastante valiente para penetrar en la selva cuando todo le advertía que debía escapar, *era suya.*

Su larga cabellera le acarició el vientre y las curvas de las caderas cuando siguió bajando. Estaba en el centro mismo de su ardor y ella debajo de él, clavando las uñas en las sábanas, arqueándose, a la vez que le ofrecía el cuello echando la cabeza hacia atrás y levantando las caderas. Las miradas se encontraron, excitadas, desesperadas. La sonrisa de Manolito era de puro pecado cuando le cogió las piernas y las abrió todavía más. Su mirada se volvió más caliente, mucho más perversa y demasiado sensual. Inclinó la cabeza y bebió.

En el momento en que exploró más adentro con la lengua, ella soltó un grito y hundió las uñas en la cama, intentando no desvanecerse mientras el mundo a su alrededor estallaba en mil fragmentos. Sentía el cuerpo descoyuntado. Los bordes de su visión se nublaron cuando el fuego le recorrió la columna y los músculos de su apretada hendidura latieron. La garganta se le cerró, de modo que parecía imposible seguir respirando mientras era barrida por sucesivas olas de placer.

Él la lamió, la penetró con los dedos y la mordisqueó, dándose un banquete como si estuviera poseído. La mantuvo clavada a la cama con una fuerza que ella no había ni siquiera imaginado, la tenía indefensa y abierta a su erótico asalto, la lamía y la chupaba, entraba profundamente con la lengua y estimulaba la humedad de su entrepierna mientras ella se retorcía y gemía, sujeta a él.

—No puedo más —dijo MaryAnn, al borde del colapso, hundiendo los dedos en la cama, intentando desesperadamente encontrar algo de qué asirse—. Tienes que parar —dijo. Había perdido todo control.

Él había subido con la lengua hasta su clítoris y MaryAnn comenzaba a derretirse. Sintió el placer sacudiéndola como la erupción de un volcán, extendiéndose como lava al rojo vivo, hasta que los músculos se le agarrotaron, el vientre se le endureció y unas lanzas de fuego le recorrieron la columna y los pechos. Se sacudió contra su boca, incapaz de detenerse, porque el placer que le nublaba la razón la había lanzado en una espiral más allá de todo control.

Antes de que pudiera recuperar el aliento, él le dio la vuelta y la puso de rodillas y a cuatro patas, mientras ella seguía sacudiéndose con cada ola de placer. Él se alzó por encima de ella, le cogió las caderas y tiró de su trasero hacia él, presionándole la espalda para mantenerla en su lugar. Empujó la punta de su miembro contra su estrecha entrada.

—¿Esto es lo que quieres, *sivamet*? —murmuró, con voz ronca.

MaryAnn se percató de que había comenzado a cantar algo, como una encendida plegaria. Un rayo le recorrió el cuerpo, dejándole estelas de placer cuando Manolito empezó a poseerla. Estaba grueso y duro, como una lanza que se abría camino entre sus suaves pliegues, que se estiraban y le quemaban.

—Eres demasiado grande —dijo, con la respiración entrecortada, temiendo por primera vez que quizá no podría acomodarlo, no de esa manera, con él cogiéndole las caderas y con el culo apuntando hacia él, mientras él penetraba, implacable, imparable, en su apretada hendidura. Sin embargo, aunque protestaba, seguía arqueando las caderas, deseando más, necesitando más, casi llorando del placer que se apoderaba de ella. A pesar de la invasión demasiado apretada y de la quemazón que sentía mientras él la poseía (o quizá debido a ello), no paraba de sentir las olas de éxtasis que la barrían.

En la posición dominante, Manolito la tenía totalmente bajo su control, tomándose su tiempo mientras penetraba en el canal caliente, suave como el terciopelo, rodeándolo con sus paredes vivas y sedosas.

—Estás muy apretada, MaryAnn. —Su voz era ronca, casi un gruñido. Se inclinó hacia delante, hundiéndose más profundamente en ella, llenando y estirándola hasta lo imposible—. No te muevas, *meu amor*, no hagas eso.

Pero ella no podía impedir que sus músculos lo apresaran, apretando y masajeando, un movimiento que le disparaba dardos de fuego por todo el cuerpo. Lo sintió empujar, cada vez más adentro. Echó las caderas hacia atrás y él embistió, penetrando los suaves pliegues con una fricción caliente y salvaje, haciendo vibrar a MaryAnn de arriba abajo, hasta que sus pechos también sintieron las lengüetas de fuego y todo el cuerpo le latió, saturándolo con su fluido acogedor.

Él le clavó las manos en las caderas, manteniéndola quieta, mientras murmuraba unas frases con voz gutural, y luego volvió a hundirse en ella, una y otra vez, arrancándole unos gritos agudos con cada roce. Ella sintió un asomo de dolor cuando él se hinchó, encerrándose en su interior, tras lo cual dio comienzo a un ritmo duro y sostenido que seguía y seguía, provocando en ella espasmos como descargas de rayos por todo el cuerpo, pero sin aliviar el terrible dolor.

Manolito la llevó más allá de cualquier límite que hubiera conocido, aumentando su deseo sin darle tregua, hasta que empezó a sollozar, implorando su liberación. Quiso moverse, intentó arrastrarse de debajo de él, aterrada con la idea de perderse, pensando que quizá fuera demasiado intenso para controlarlo. Pero, de pronto, él soltó un gruñido animal y se inclinó hacia delante, estirando su largo cuerpo por encima de ella, cogiéndole las caderas con un brazo, y le hincó los dientes profundamente en el hombro.

Un dolor inesperado la barrió, un dolor mezclado con estrías candentes de placer, mientras él la montaba, respirando roncamente, poseído por una fuerza enorme, embistiéndola una y otra vez. MaryAnn oyó sus propios gritos, el ruido de la carne golpeando contra la carne, sus testículos dándole como una suave caricia en la entrepierna, mientras él seguía penetrando su estrecho canal una y otra vez. Se desató una tormenta de fuego, cada vez más ardiente y desenfrenada, y ella se retorció contra él, queriendo más, pero aterrada ante la idea de que él se lo diera.

Su abrazo se volvió más fuerte y tiró de sus caderas hacia arriba para que sus nalgas se aplastaran contra su cuerpo, y la penetró tan profundamente que alcanzó a tocar la matriz. Ella lo sintió hincharse, sintió tensarse sus propios músculos hasta que creyó que estallaría en mil fragmentos.

Manolito oyó su respiración entrecortada, las plegarias y sollozos y supo que MaryAnn estaba allí, en la cresta de la ola. *Así,* sivamet, *córrete para mí. Arde por mí.*

MaryAnn fue sacudida por una sucesión de orgasmos que la barrieron de pies a cabeza como un tsunami, cada uno más intenso que el anterior. Las sensaciones la desgarraban con potentes espasmos. Se arqueó, acercó las caderas para tener más, y los gritos roncos de Manolito se mezclaron con los suyos.

La liberación de él fue brutal, como si el fuego le arrasara la columna y se le enroscara en el vientre, mientras ella apretaba y lo empuñaba en su interior y lo ordeñaba arrancándole chorros de semen. Manolito sintió la explosión en los pies, subiéndole por las piernas hasta el vientre, pasando por el plexo solar y hasta el cráneo. Debería haberlo saciado, pero era como si su cuerpo no estuviera del todo satisfecho.

La sostuvo contra él, y el cuerpo más pequeño de MaryAnn estaba suave, abierto y vulnerable. Su erección seguía siendo gruesa y dolorosa, y los latidos de placer continuaban mientras las estrechas paredes que lo tenían cogido se estremecían con las réplicas, encerrándolo dentro de ella. Manolito no podía moverse y seguía respirando aceleradamente, procurando ralentizar los latidos del corazón, intentando no dejar que se le alargaran los incisivos, algo que, sorprendentemente, ya había ocurrido con sus caninos, y le hundió los dientes en el hombro.

Se sentía acosado por el impulso de tomar su sangre, de traerla definitivamente a su mundo. Pero se resistió, temiendo dejarla atrapada con él en aquel mundo de fantasmas y sombras. Aún así, ansiaba saborearla, así que la mantuvo bajo él, de rodillas, cubriéndola con su cuerpo mientras dejaba que se le pasaran las ganas. Se pasó la lengua por los caninos, degustando el sabor salvaje de MaryAnn mientras le acariciaba los pechos con una mano, disfrutando del chorro de líquido caliente que bañaba su miembro, cada vez que él le apretaba los delicados pezones.

—Podría tenerte aquí para siempre —murmuró, lamiéndole la columna.

Ella se mordió el labio e intentó calmar los latidos desaforados de su corazón. Jamás en su vida había imaginado que fuera capaz de entregar su cuerpo a otra persona de manera tan absoluta. Cuando él la tocaba, cuando estaba cerca de ella, no sentía ningún tipo de inhibición. Quizá miedo, pero no de lo que podía hacer él, sino miedo de perderse en la locura total del placer físico.

No había forma de volver atrás. Ni siquiera podía culpar a Manolito. Ella se había mostrado tan seductora como él, y su atracción era puramente física. Cerró los ojos e intentó no sentir el bombeo de la sangre en sus venas. Aquello era adictivo. Él era adictivo, y ella añoraría su contacto el resto de su vida. Nadie le haría sentir jamás lo mismo que él. Y nada jamás le parecería bien con ninguna otra persona. Pero no era amor.

—¿Cómo lo sabes, *sivamet*? ¿Cómo sabes lo que es el amor conmigo?

—Estás en mi pensamiento.

—Te has fundido mentalmente conmigo —dijo él, y le besó la suave línea de la espalda—. Cuidado, *csitri*, te voy a dejar en la cama—. MaryAnn temblaba tan violentamente que Manolito temió que se fuera a desplomar cuando él se retirara.

En cuanto se movió, ella cerró los músculos que lo apretaban, proporcionándoles a los dos una sensación nueva. Él siguió sosteniéndola con firmeza alrededor de la cintura cuando se separó de ella a regañadientes. La dejó tumbarse en la cama antes de tenderse a su lado, sin soltarla, de manera que quedó envuelta por él.

—No creo que pueda moverme —dijo Manolito. La verdad era que no quería moverse.

—Yo al menos no puedo —murmuró MaryAnn, incapaz siquiera de levantar la cabeza. Seguía temblando con las ligeras réplicas. Era imposible respirar aire suficiente, le quemaban los pulmones y le ardía todo el cuerpo. Permaneció tendida a su lado, escuchando el ritmo acompasado de los corazones.

—¿Qué has querido decir con eso de que no sé qué es el amor contigo?

—¿Cómo no amar a la mujer que se enfrenta a todo lo que teme para salvarme de un peligro desconocido? ¿Cómo no amarte cuando te encuentras entre la oscuridad y yo? ¿Cómo no amarte cuando me has dado más placer de lo que jamás soñé? —Manolito no le dijo que ella le transmitía paz, que en cuanto estaba con ella todo en él se apaciguaba y encontraba su justo lugar—. Eres tú la que todavía no me ama, pero ya aprenderás.

Le envolvió el cuerpo tembloroso con los brazos y la estrechó aún más, acomodando el mentón en su cuello y dándole su aliento cálido al oído. No había censura alguna en su voz, sólo una declaración de cómo eran las cosas.

A MaryAnn el cuerpo le palpitaba entero y le quemaba, porque ansiaba volver a tenerlo, y eso era muy inquietante. Manolito estaba seguro de sí mismo, convencido de que podía conseguir que ella se enamorara de él. Y aunque no se enamorara, ella sabía que sería casi imposible no desear estar con él, no cuando la podía incendiar de adentro hacia fuera.

—¿No crees que todo esto da un poco de miedo?

—Estás a salvo conmigo —le dijo, y hundió la cabeza en su rica cabellera—. Quiero quedarme aquí contigo y dormir el sueño de los humanos. —Nunca, en toda su existencia, había pensado que querría sentir ese sencillo placer, pero ahora no deseaba otra cosa que enroscarse alrededor de ella y quedarse dormido abrazándola.

—¿Por qué el sueño de los humanos? —inquirió ella, acurrucándose junto a él—. Eso parece una idea muy rara.

—Quiero soñar contigo. Quedarme dormido soñando contigo y despertarme contigo a mi lado.

Ella se frotó contra él como una gata.

—No te duermas, Manolito, debes bajar a las entrañas de la tierra. Hasta yo lo sé.

Él paseó la mirada por la habitación. La luz ya empezaba a colarse por las ventanas. Debería haberle quemado los ojos, pero sólo tenía ganas de estirarse y arquear el cuerpo, dejar que lo bañara el fulgor de la mañana.

—Quizá me pueda quedar aquí. Podemos cubrir las ventanas.

A ella le dio un vuelco el corazón.

—No es seguro. De ninguna manera, tienes que irte.

Manolito apoyó la cabeza en una mano y se la quedó mirando, y sus ojos volvieron a oscurecerse.

—No quieres que me quede, ¿es eso? —preguntó, con una repentina intuición—. Quieres que te deje.

Ella se tragó las ganas de negar su acusación. Sería una mentira.

—No puedo pensar con claridad cuando tú estás.

—¿No? —La agresiva crispación en su voz se suavizó hasta convertirse en un ronroneo profundo de satisfacción masculina. Le cogió un pecho y con el pulgar le acarició el pezón, hasta que ella se estremeció bajo ese contacto.

—No. ¿Crees que siempre actúo de forma tan... tan sumisa? —preguntó MaryAnn, casi escupiendo la palabra—. No soy aficionada al *bondage* ni a la sumisión.

—Puede que yo sepa más que tú acerca de lo que te gusta —dijo él—. Estoy en tu mente y busco aquello que más placer te provoca.

Ella cerró brevemente los ojos y se preguntó si Manolito decía la verdad. Le gustaba aquello que le había hecho. *Gustar* era una palabra tibia para definir lo que sentía. Ella no podía culparlo por sus propios actos. Lo había querido rápido y duro, casi brutal, cuando él la poseyó. Había querido, y todavía lo deseaba, pertenecerle por completo. Hacer todo lo que él le pidiera. Y eso la asustaba en un plano muy diferente. Era un cambio de personalidad de gran alcance y tenía que reflexionar sobre ello.

Manolito le escrutaba el rostro. MaryAnn se sentía intrigada por su comportamiento y, a su vez, él se preguntaba por qué se había mostrado tan dominante con ella. Él era un hombre dominante, tanto que no tenía que demostrarlo ante nadie y, aún así, algo en él había necesitado marcarla, dejar en ella su aroma, pruebas de su acoplamiento. Le apartó el pelo del hombro y tocó la pequeña herida que le había dejado. Los machos carpatianos hacían unos orificios diminutos, quizás una leve mancha, y él le había dejado esa marca en el pecho la primera vez que había tomado su sangre. La herida en el hombro era del todo diferente. Intrigado, se concentró en ella. Era una mordedura de los caninos.

MaryAnn también se giró para mirarse la marca y un ligero ceño asomó en su rostro. ¿Cómo era posible que hubiera encontrado excitante esa manera suya de agarrarla?

—Creo que me has embrujado.

—Creo que ha sido más bien al revés.

—¿Eso has hecho? —preguntó ella, desconfiada—. Porque Destiny puede hacer ese tipo de cosas. Penetrar en las mentes e influir en ellas.

—Vuelve a fundirte mentalmente conmigo y veré qué tipo de influencia tengo sobre ti. Esta vez, creo que te tendré de rodillas a mis pies, cogiéndome la polla en tu boca sensual, muy sensual. —Le acarició la garganta con sus dedos delicados. Su miembro volvió a endurecerse con sólo pensarlo, y se apretó contra ella, sacudido por la fantasía erótica—. Puede que no vivas para contarlo, pero estoy más que dispuesto a sacrificarme por el experimento.

Ella debería haberse alarmado, pero la idea de explorar su cuerpo, de llevarlo hasta el límite, y que él le ordenara que le diera ese tipo de placer, que fuera ella quien lo despojara del control, le hizo sentir un resorte de excitación por todas partes. Él le acariciaba el hombro con la lengua, mordisqueándola, y ella ya empezaba a reaccionar con esos ligeros temblores que iban desde el vientre hasta los pechos.

—Quizá sea yo la que influye en ti —dijo—. Siempre me dices que yo soy la que se funde mentalmente contigo.

—Desde luego que influyes en mí. Puedo ver todas tus fantasías y comparto las mías con las tuyas. —Le cogió los pechos y jugó con sus pezones antes de deslizar la mano por las curvas de su espalda hasta las nalgas. Empezó a masajearla con un movimiento lento y rítmico—. Cuando venga a buscarte mañana por la noche, te quiero ver vestida con algo muy femenino.

Ella se quedó boquiabierta, indignada.

—*Siempre* llevo ropa femenina. Me visto con mucha elegancia. No puedo creer que me hayas insultado de esa manera.

Un brillo de diversión masculina asomó en sus ojos.

—Lo siento, *meu amor*, si lo has interpretado mal. Siempre llevas ropa hermosa. Pero yo estoy chapado a la antigua y preferiría un vestido o una falda. —Deslizó la mano hasta su vientre, con los dedos abiertos, y la frotó con un movimiento suave y circular, bajando poco a poco—. Aparte de mostrar tu bello cuerpo y sacarle todo el partido posible —dijo, con voz ronca—, podría tocarte, así, tan fácilmente.

Sus dedos siguieron bajando, y encontró la humedad cálida y acogedora, esperándolo.

—Quiero que tu cuerpo esté disponible siempre que quiera tocarlo. Te miro y me dan ganas de acariciarte. No hay nada en este mundo que se le parezca.

Deslizó los dedos sobre su hendidura y ella se quedó sin aliento. Tensó los muslos y sintió un espasmo en lo profundo de su matriz. Y, sin más, se entregó a él. Había desaparecido todo vestigio de resistencia. Él la acariciaba y jugaba, y comenzó nuevamente una exploración íntima. Sus murmullos roncos al oído le exacerbaban los sentidos y excitaban las terminaciones nerviosas, aumentando el deseo que la embargaba.

Entraron los primeros rayos de sol por la ventana y la luz le iluminó el rostro a Manolito, encendido por el deseo. Entonces se tendió de espaldas y la levantó en vilo para ponerla a horcajadas sobre él. Ella se quedó asombrada al ver su erección. Parecía imposible que pudiera acogerlo, pero su cuerpo entero ardía, latía y sollozaba por él. A continuación, le colocó los muslos a ambos lados de las caderas y empujó con su grueso prepucio. Cuando ella se dejó penetrar, él la miró con una sonrisa genuina, con su blanca dentadura brillando y los ojos encendidos con algo parecido a la felicidad.

Manolito empujó a través de sus pliegues apretados, hasta quedar profundamente acogido en ella, ahí donde pertenecía. Le cogió las manos y las puso sobre sus hombros para que ella se sujetara cuando empezó a moverse, a llenarla, esta vez lenta y fácilmente, de modo que disfrutara hasta del último roce, con su sensibilidad a flor de piel.

MaryAnn se movió siguiendo el ritmo, mientras él la guiaba con sus manos diestras en una cabalgata lenta y llena de sensualidad. Manolito la hizo estirarse lentamente, como una vara de hierro forrada de terciopelo, moviéndose entre los músculos apretados, hasta que el roce le quitó el aliento, y luego la cordura. Era diferente de la salvaje posesión anterior, pero no menos placentera. Y había algo de decadente en esa postura, a horcajadas sobre su cuerpo mientras él seguía con los ojos el balanceo de sus pechos, sin dejar de mirarla con un brillo de ardiente lujuria y goce sensual.

MaryAnn estaba agotada cuando Manolito la dejó, pero el sol ya estaba en lo alto. Ella sabía que era peligroso para él exponerse a esa hora del día. Ella misma tenía el cuerpo molido, y apenas pudo responder a su beso y decir perezosamente adiós con la mano cuando la cubrió con la manta y la dejó sola. Tampoco se dio cuenta de la orden que le murmuró para que durmiera, porque ya cerraba los ojos.

# Capítulo 9

MaryAnn se despertó con el rostro bañado en lágrimas y el suave murmullo de voces femeninas al otro lado de la puerta. Se dio la vuelta en la cama con un gruñido. Tenía el cuerpo adolorido en partes que ni siquiera sabía que tenía.

—Solo ha sido sexo —dijo, en voz alta—. Él no te ama. El amor es importante, y él no te ama.

Puede que no la amara, pero era dueño de su cuerpo. MaryAnn habría hecho lo que él le pidiera, algo que hasta entonces no creía posible. Tenía la piel irritada por el roce con la barba de Manolito entre las piernas y en el mentón. Sintió el latido del deseo en cuanto pensó en él. Los pechos le dolían y le pesaban. No había ni un solo centímetro de su cuerpo que no le hubiera reclamado como suyo o que ella no le hubiera dado a voluntad.

Su pérdida de control la aterraba. ¿Cómo era posible que lo deseara hasta el punto de dejar que la arrastrara más allá de todo límite, real o imaginario, que ella creía tener? Lo más sensato que podía hacer sería marcharse, pero ya era demasiado tarde para eso. Ella era una mujer práctica que sabía razonar las cosas, pero en este caso no había manera de razonar.

Se sentó y se secó las lágrimas. No había llorado tanto desde que era una niña. La ducha no hizo más que aumentar la sensación de esos murmullos sobre su piel, los recuerdos de sus dedos siguiendo cada sombra y cada intersticio, cada curva y depresión, y de su boca, que la había hecho enloquecer de deseo.

—Esto no es normal —dijo, al mirarse en el espejo—. No es normal desearlo de esta manera y tener miedo de que vuelva a visitarme, y todavía más miedo de que no vuelva.

¿Podía marcharse? ¿Sería posible volver a su vida en Seattle? Manolito seguía atrapado entre dos mundos. ¿Sería capaz de dejarlo sabiendo que él no podría salir de allí si ella no lo ayudaba?

Se vistió utilizando la ropa como una armadura, como solía hacer cuando necesitaba seguridad y sentir que dominaba la situación. Él le había dicho que se pusiera un vestido, así que se enfundó un pantalón y una camiseta corta de seda. Estaba temblando, mirándose a sí misma, deseando ponerse un vestido porque eso a él le agradaría. Si lo hacía así, la miraría con esos ojos hambrientos y oscuros a los que ella no se podría resistir. Por un momento, sus manos tocaron los pequeños botones de madreperla de su blusa, pero se obligó a bajarlas. No cedería, ni ante sí misma ni ante él. Si no podía dejarlo, al menos podía enfrentarse a él.

Alzó el mentón y fue hacia el salón. Había una mujer acurrucada en un sillón junto a la ventana, y su pelo largo se derramaba por su espalda como una cascada. Levantó la mirada y sonrió tímidamente, una sonrisa que no era real, sin dejar de observarla atentamente con sus ojos color esmeralda.

—Tú debes ser Jasmine —dijo ella—. Yo soy MaryAnn Delaney. ¿Juliette te dijo que yo vendría? —Se acercó lentamente a la chica, con movimientos suaves y nada amenazantes. Era el motivo por el que había venido, por aquella mujer joven con mirada demasiado vieja y el dolor ya marcado en el rostro.

Jasmine sonrió y le tendió la mano.

—Es un placer conocerte, por fin. Juliette me ha hablado muy bien de ti.

—Apestas a macho carpatiano —dijo otra voz, con un tono que no ocultaba su desagrado.

MaryAnn se giró y vio a Solange. No podía ser nadie más. Era una mujer muy bella, pero de una manera salvaje e indomable. Tenía ojos de gata color ámbar y una mirada penetrante y cauta. En lugar de caminar, sus pasos eran un andar sigiloso y sus movimientos, rápidos y nerviosos, elegantes y ágiles. MaryAnn percibió la rabia en ella, profunda y contenida. Aquella mujer había visto demasiados horrores como para conservar la inocencia.

Llevaba unos pantalones holgados de tela gruesa y un cinturón a la altura de las caderas. Y en vez del spray de pimienta que portaba ella, unos cuchillos y armas que acarreaba con una soltura sorprendente. Tenía armas que MaryAnn nunca había visto, algunas pequeñas y afiladas que parecían mortíferas. Su pelo greñudo, se adecuaba a la forma de su cara. Y ahí donde Jasmine era de una belleza etérea, delgada y con una bonita figura, con sus curvas suaves y su cabellera suelta, Solange era terrenal, de curvas generosas, un fuerte temperamento en la mirada y una boca que hablaba de pasión.

—¿Ah, sí? Me he dado una ducha. —MaryAnn le sonrió, deseando transmitirle calma y procurando que se sintiera cómoda.

Solange se detuvo a medio camino, haciendo una mueca y arrugando la nariz.

—Lo siento. He sido una impertinente. Tengo un sentido del olfato muy agudo, y no debería haber dicho eso. Hemos andado por ahí transmutadas en jaguar, y eso me vuelve muy sensible.

—No importa, tienes derecho a decir lo que piensas —dijo MaryAnn, mirándola con una sonrisa de simpatía—. Aunque digas que huelo así.

—Oh, no —intervino Jasmine, incorporándose—, Solange no quería decir eso. —Lanzó a su prima una mirada de advertencia y se acercó para cogerle la mano a MaryAnn—. ¿Tienes hambre? Estábamos a punto de preparar la cena. Nos hemos levantado hace poco. Lo siento si te hemos despertado.

—Estabas llorando en tu sueño —dijo Solange—. También tengo un oído excepcional. ¿Te encuentras bien?

MaryAnn conservó una sonrisa serena. Jasmine le había cogido la mano y se la apretó ligeramente. Entonces vio que la joven temblaba.

—Soy una chica de ciudad. La selva me da un poco de miedo.

Supongo que a vosotras no os ocurre lo mismo. Aún así, anoche logré defenderme de un jaguar que me atacó usando el spray pimienta.

Solange se giró y contrajo en un ceño las cejas oscuras.

—¿Te atacó un jaguar? ¿Estás segura?

MaryAnn asintió con un gesto de la cabeza.

—Faltó poco —dijo.

—¿Llevaba un collar al cuello o una especie de paquete? —inquirió. Ya se había acercado a las ventanas e iba de una a otra, mirando hacia fuera.

—Ahora que lo dices, quizá sí. —MaryAnn no le había soltado la mano a Jasmine. La chica tembló, pero siguió caminando y cruzó el ancho salón hacia una cocina americana—. No lo recuerdo. Todo ocurrió muy rápido.

Solange volvió a alzar la cabeza y a husmear el aire.

—¿Has estado cerca de un jaguar macho? ¿Alguien aparte del carpatiano?

Jasmine abrió la boca, asustada, y enseguida se la tapó, mirando con grandes ojos asustados.

—¿Están aquí? ¿En la isla?

—No pasará nada —le aseguró Solange—. Yo te puedo proteger, y Juliette ha montado defensas alrededor de la casa. Si nos quedamos aquí dentro, todo irá bien. Sólo voy a subir a echar una mirada, y a asegurarme de que las ventanas estén cerradas y con el cerrojo echado. Ya sabes que las ventanas tienen barrotes, Jazz.

Jasmine fue hacia ella y le cogió el brazo.

—No vuelvas a dejarme sola. No quiero quedarme sola —dijo.

En su expresión se adivinaba que algo la perseguía y, por un momento, MaryAnn vio la angustia pintada en los ojos color ámbar de Solange. Ésta abrazó a su prima y la estrechó.

—MaryAnn está aquí, cariño. Yo iré un momento arriba, ella se quedará contigo y yo volveré enseguida. ¿Por qué no le das algo de comer a MaryAnn? Recuerda que tiene hambre.

Jasmine tragó saliva y asintió con un gesto de la cabeza.

—Sí, lo siento, por supuesto. Te traeré algo de comer. ¿Te gusta el té? —Vio que Solange abandonaba el salón—. Volverá enseguida, no te preocupes —agregó.

—Desde luego que volverá —dijo MaryAnn con voz queda, y abrazó con un gesto cálido a Jasmine, que había palidecido—. Una taza de té estaría muy bien.

A Jasmine le temblaban tanto las manos que las tazas tintineaban sobre los platillos. Sin embargo, logró servir una taza de té para las dos, añadió leche y se dejó caer en una silla al otro lado de la mesa, de cara a la puerta, esperando a su prima.

—Debe ser difícil para Solange perderte de vista —le dijo MaryAnn. Se concentró para que la chica se relajara, reconfortándola, queriendo que supiera que tenía a alguien con quien hablar.

*Ya estoy aquí. Todo irá bien. Ya verás que me las arreglaré para que todo vaya bien. Tú eres fuerte y podemos lidiar con esto.* Jasmine era poco más que una adolescente y, sin embargo, su mundo ya había sido marcado por la violencia y el miedo. A MaryAnn le entraron ganas de estrecharla en sus brazos y mecerla como a un bebé, de reparar de alguna manera el mundo a sus ojos.

Jasmine asintió con un gesto de la cabeza.

—Procuro no ser una carga para ella, pero la mayoría de las veces no puedo dormir y ella tiene que quedarse conmigo.

—Estoy segura de que no le importa, Jasmine. Es evidente que te quiere.

Puede que Solange fuera dura como el hierro, pero era una mujer fiel y amaba a su familia. Lucharía hasta la muerte por esa chica, y daría hasta el último aliento para consolarla. MaryAnn se había dado cuenta al menos de eso, y también de que Jasmine estaba algo más que asustada después de su horrible experiencia. De hecho, guardaba alguna otra cosa, algún secreto oscuro que no había compartido ni con Juliette ni con Solange. La acarició mentalmente como lo haría con una niña, cálida y acogedora. Deseaba reparar las cosas para Jasmine, quitarle ese dolor de la mirada y acabar de una vez con su miedo y su ansiedad.

Jasmine respiró hondo.

—Me alegro mucho de que hayas venido. Te lo agradezco. Juliette me ha dicho que vienes de la ciudad y que todo esto ha sido muy duro para ti.

MaryAnn se encogió de hombros, deseando que la chica dejara de hablar de banalidades y dijera lo que estaba a punto de decir. Era algo que la asustaba, y quería contárselo a ella sin que Solange estuviera presente.

—He venido para que tengas a alguien con quien hablar. A veces es más fácil cuando ese alguien no pertenece a la familia. *Está bien, cariño, ya he venido. No te defraudaré. He venido desde muy lejos para ayudarte. Confía en mí y háblame de ese peso que llevas encima, y entre las dos encontraremos una solución.*

—¿Y has hablado con otras chicas, chicas como yo? —le preguntó Jasmine, bajando la voz y mirando hacia la puerta para asegurarse de que Solange seguía arriba.

—Lo que te ocurrió fue particularmente horrible —dijo MaryAnn—. Tienes que darte tiempo. *Venga, cariño. Comparte conmigo aquello que te aflige. Te está royendo por dentro. Sea lo que sea, podemos lidiar con ello. Sé lo que hago. Puedes confiar en mí.* Deseaba encontrar una manera de transmitirle a Jasmine que ella la ayudaría, que nunca traicionaría su confianza.

—No tengo tiempo —susurró Jasmine. Agachó la cabeza y dejó la taza—. Será más fácil si te explico lo que ocurrió. Todavía no se lo he contado a nadie, pero tendré que hacerlo pronto.

MaryAnn aguantó la respiración y el corazón se le aceleró. Tenía ganas de llorar por aquella chica, que apenas era más que una adolescente y ya tenía la vida destrozada. Le cogió la mano para conectar con ella, empeñada en calmarla y consolarla.

—Estás embarazada.

Jasmine se tapó la cara con las manos.

—Hay una planta que se puede usar después para... ya sabes, para asegurarse, y Solange me la dio, pero yo no pude... —dijo, sin acabar la frase, y miró a MaryAnn a través de los dedos—. Yo ya lo sabía. En el momento en que ocurrió. Lo sabía y no pude hacerlo.

—No has hecho nada malo, Jasmine. Esos hombres te negaron

la posibilidad de elegir y tú te has levantado y has tomado tu propia decisión. ¿Temes haber hecho algo malo?

—Es complicado. Vivimos una vida complicada, y yo lo he empeorado todo. Ahora ya no pararán. Esos hombres. Vendrán a por nosotros sin que importe dónde estemos. —Volvió a mirar hacia la puerta—. Solange... —dijo, y calló—. Ha sido muy duro para ella.

—¿Te arrepientes de tu decisión?

A Jasmine se le encendieron los ojos como si fueran a arder y, por primera vez, MaryAnn vio el parecido entre ella y su prima.

—Jamás les entregaría mi bebé. *Jamás*. Si Solange quiere que me vaya, me iré, pero no les entregaré el niño aunque sea varón.

—No, claro que no. Lo que esos hombres hicieron es un crimen, Jasmine. —MaryAnn tomó un poco de té y miró a la joven. Escogió cuidadosamente sus palabras.

—Manolito me ha dicho que conoció a uno de los hombres jaguar, el mismo que me salvó la vida ayer cuando el jaguar me atacó. Me contó que un vampiro lo había manchado, y que había obligado a los hombres jaguar a volverse contra sus propias mujeres. Si eso es verdad, en cierto sentido ellos también son víctimas.

—¿Qué le estás contando? —preguntó Solange.

MaryAnn se giró cuando la vio entrar en la habitación. Solange se movía en absoluto silencio por el frío suelo de mármol, con su cuerpo perfectamente equilibrado, descalza y sigilosa. Se acercó a Jasmine y la rodeó con un brazo, al tiempo que le lanzaba a ella una mirada furiosa.

Jasmine se puso rígida y una mueca de alarma asomó en su expresión. Miró a MaryAnn sacudiendo rápida e imperceptiblemente la cabeza, porque no quería que se revelara su secreto.

Pero ella sospechaba que Solange ya lo sabía. Era una mujer jaguar pura sangre, con todos los sentidos del animal, por lo que Jasmine no podría ocultarle algo así. A pesar de eso, no estaba dispuesta a traicionar su confianza, pensara lo que pensara.

—Sólo he dicho que si hay un vampiro que puede influir en los hombres para que cacen a sus mujeres, es una tragedia terrible para todos —dijo, con voz calmada y neutra—. Si lo que Manolito ha descubierto es verdad, el vampiro está exterminando deliberadamente a toda una especie.

Solange se mordió los labios y se sirvió una taza de té.

—Puede que el vampiro no se equivoque. Si nuestros hombres son capaces de hacer lo que están haciendo, la especie no merece sobrevivir.

—¡Solange! —protestó Jasmine.

MaryAnn se percató de su mirada de dolor y deseó poder consolarla. *No ha querido decir lo que ha dicho. Ha visto demasiadas cosas, ha vivido episodios demasiado duros y está traumatizada. Estaría dispuesta a aceptar el bebé.* No se lo podía asegurar a Jasmine, aunque pensaba que era la verdad. Solange nunca le volvería la espalda a Jasmine o a un bebé. Era contrario a su naturaleza.

Solange se encogió de hombros.

—Tú ya sabes lo que pienso, Jasmine. Nunca he ocultado mi desprecio por los hombres.

—¿Nunca has querido tener una familia? —le preguntó MaryAnn.

—Sí. A veces. Cuando estoy sola por la noche, o cuando estoy en celo —dijo, y le apoyó una mano en el hombro a Jasmine—. No hay otra manera de decirlo. Sufrimos de las ganas de aparearnos un poco más que la mayoría de las mujeres, creo, pero no estoy dispuesta a soportar el tipo de vida que llevan las mujeres para tener una familia.

—¿Qué tipo de vida es ésa? —le preguntó MaryAnn, sirviéndose una cucharada de miel en el té. Por algún motivo, le estaba costando bebérselo. La comida de la mesa le daba náuseas, y ni siquiera la fruta le abría el apetito.

—Renunciar a la libertad. Vivir bajo los dictados de un hombre.

—¿Así crees que son la mayoría de los matrimonios? ¿Es así el matrimonio de Juliette? ¿Acaso está obligada a hacer todo lo que dice Riordan?

Solange abrió la boca, respiró hondo y calló. Dejó escapar un suspiro y se acomodó en una silla.

—Para ser justas, puede que no. Así lo parece superficialmente, pero por su manera de cuidarla, las cosas que Riordan hace por ella, no. Creo que ella tiene tanto que decir como él. Juliette desea hacerlo feliz. —Había un dejo de curiosidad en su voz—. Yo no me puedo imaginar haciendo nada por un hombre.

—Es curioso, Solange, pero durante mucho tiempo, yo pensé igual que tú. En mi trabajo, veo el aspecto más horrible de los hombres como, supongo, te ocurre a ti. Pero la muestra que vemos es muy pequeña. Hay muchos hombres buenos en el mundo que están con mujeres a las que aman y las tratan con amor y respeto.

MaryAnn quería hacerle entender y ver lo que le decía, porque Solange estaba amargada, y la amargura acababa por arruinar las vidas. *Eres una mujer demasiado buena para vivir tu vida de esa manera, cariño.* Deseaba poder acabar con todos esos recuerdos horribles, todas las tragedias que las dos habían vivido. Solange llevaba un tiempo rescatando a mujeres cautivas de manos de los hombres jaguar, y había sido testigo de demasiadas muertes y demasiada brutalidad. Allí no había policías en las esquinas que una pudiera llamar. En la selva la lucha era a vida o muerte, y Solange no sólo había conseguido sobrevivir sino también salvar a otras mujeres.

—Puede que tengas razón —convino ella—. No paro de pensar que Jasmine y yo deberíamos marcharnos de aquí. Es mi hogar y lo amo, pero si seguimos adelante con esta lucha, con el tiempo nos matarán. Ya saben quienes somos y conocen nuestra reputación.

Era lógico pensar así pero, más que eso, la realidad era que la lucha contra los hombres jaguar regía todos los aspectos de su vida.

—No es el mejor lugar para Jasmine —convino MaryAnn.

Solange asintió con un gesto de la cabeza.

—Lo sé. Hace tiempo que sabemos que deberíamos encontrar

otro sitio donde vivir, ¿no es cierto, Jazz? —le preguntó, y le despeinó el pelo a su prima.

Había demasiado dolor en Solange, como si un enorme peso descansara sobre sus espaldas. Era más joven que ella, y eso la sorprendía, porque parecía mayor, su rostro era más serio, más de mujer que de chica inocente. Sin embargo, sólo podía ser unos años mayor que Jasmine.

—Hemos hablado de ello —reconoció Jasmine—, pero ¿a dónde iríamos? Ninguna de las dos podríamos vivir en una ciudad, tan cerca de otras personas.

—Juliette me ha dicho que Riordan se ha hecho construir una casa en su propiedad —intervino Solange, con tono indolente—. Puede que lo intentemos.

Jasmine se puso rígida y sacudió la cabeza sin decir palabra.

MaryAnn, que era demasiado experta interpretando a las personas, comprendió que Solange no quería ir a la hacienda. Confiaba muy poco en los hombres y la residencia principal de la familia De La Cruz era una hacienda llena de hombres. Sin embargo, las dos mujeres estarían bajo la protección y vigilancia de los hermanos De La Cruz, que se tomaban su papel muy en serio. A Solange le preocupaba Jasmine. Si estaba enterada del embarazo, como sospechaba MaryAnn, querría llevarla a la seguridad relativa de la casa de la hacienda.

—¿Has conocido a Rafael y a Colby? —le preguntó MaryAnn—. El hermano menor de Colby, Paul, y su hermana Ginny viven en la hacienda. Por lo visto, les encanta el lugar. A Ginny le gustan especialmente los caballos.

Solange la miró con una sonrisa de agradecimiento.

—Ginny todavía es joven, ¿no? He oído a Juliette hablar de ella. Tendrá unos once o doce años.

—No saldrá bien, Solange —le dijo Jasmine—. No iré a la hacienda sin ti.

—¿Acaso he dicho que no iría? Iría si tú vas —contestó ella—. Y lo que estás comiendo no daría ni para mantener vivo a un pájaro. Come.

Jasmine hizo una mueca y cogió un plátano.

—Irías a la hacienda, Solange, pero no te quedarías, y lo sabes. Me dejarías con Juliette y volverías a la selva para intentar trabajar sola.

Solange se reclinó en su silla y miró a Juliette con semblante serio.

—He dicho que iría contigo y eso haré. Intentaré quedarme. Es lo único que puedo decir. Creí que estaríamos a salvo aquí, pero si los hombres jaguar se enteran de la existencia de esta casa y saben que los hermanos De La Cruz casi no la usan, vendrán a por nosotras. Quizá debiéramos volver con Juliette y Riordan cuando se marchen.

MaryAnn captó la ansiedad latente en sus palabras. Solange no creía ni por un momento que fuera capaz de quedarse en la hacienda, pero lo intentaría por Jasmine.

—¿Qué es lo que más temes de la hacienda? —MaryAnn apoyó el mentón en la palma de la mano y se quedó mirando a Solange. Jasmine nunca se quedaría si su prima se marchaba.

Solange guardó un silencio tan largo que creyó que no le contestaría.

—No se me da bien la gente. Sobre todo los hombres. En los lugares cerrados siento claustrofobia. Nadie me ha dicho lo que tengo que hacer desde que tengo doce años, y no me imagino viviendo en un lugar donde haya reglas dictadas por otras personas. Me las he arreglado sola demasiado tiempo y no pertenezco a ningún lugar —dijo, y miró a Jasmine—. No quiero eso para ti, Jazz. Tú te mereces una vida.

—Y tú también —dijo MaryAnn, con voz firme.

—No soy una persona tan agradable —afirmó Solange, y sus ojos color ámbar se volvieron fríos y duros—. He hecho ciertas cosas y ya no puedo remediarlo.

Jasmine le cogió la mano.

—Has salvado vidas —dijo.

—Y las he segado.

No había huella de arrepentimiento en su voz, ni en su rostro, pero MaryAnn sentía la tristeza que emanaba de ella. Solange era una guerrera, y no quedaba ningún lugar en el mundo donde una mujer como ella pudiera encajar.

—No sientas lástima por mí —le dijo—, ya he tomado mis decisiones.

—Y yo siempre he tomado las mías —afirmó Jasmine—. Me quedo contigo. Aquí, en la hacienda o donde sea. Somos familia y no nos separaremos. Juliette piensa igual. No puede estar con nosotras durante el día, pero nos acompaña cuando puede.

*Me alegro por ti.* MaryAnn miró a Jasmine con una sonrisa de aprobación. Al fin y al cabo, aquella chica tenía agallas. No pensaba abandonar a Solange.

Jasmine la miró fugazmente con una sonrisa de complicidad y MaryAnn se dio cuenta de que se alegraba de haber venido. Las dos mujeres la necesitaban. Ella era una terapeuta nata; ayudaba a las personas a encontrar su camino y lo hacía bien. Estaba orgullosa de su habilidad. Solange parecía más perdida que Jasmine porque había renunciado a la vida, a las personas, a todo.

De pronto, ésta levantó la cabeza, se incorporó y se quedó quieta. Jasmine se llevó la mano a la boca para ahogar un grito de alarma.

—No pasa nada, cariño —le aseguró.

—Están aquí —susurró Jasmine—. Fuera de la casa. Y todavía faltan un par de horas para que se ponga el sol.

—Lleva a MaryAnn al cuarto de seguridad —dijo Solange—. Esperadme allí.

—No tengo ningún problema en ayudarte —dijo MaryAnn—. No pienso esconderme de esos hombres. Si se atreven a venir aquí a hacerte daño...

—Violan y matan. Eso es lo que hacen —dijo Solange, con voz dura—. Aquí vivimos según la ley de la selva, matar o dejarse matar, y tienes que estar preparada para hacer precisamente eso. Vete con Jasmine.

Jasmine retiró la silla y buscó debajo de la mesa para sacar el arma que estaba pegada bajo el tablero con cinta adhesiva. Mary-

Ann se quedó boquiabierta. Era evidente que se habían preparado para un ataque.

—Yo iré arriba —dijo Jasmine—. Tú, defiende lo de aquí abajo, Solange. MaryAnn, no conseguirán penetrar en el cuarto de seguridad. Si tenemos problemas, nos replegaremos hacia allí, así que déjalo abierto todo lo que puedas.

—Me quedaré con vosotras —dijo MaryAnn—. Sé disparar un arma.

—Riordan y Juliette han montado barreras en torno a la casa —dijo Solange, que no quería perder tiempo discutiendo con ellas—. Jasmine, ocúpate de las ventanas. No dejes que te vean. Si te ven y te reconocen, puede que intenten alguna locura para entrar, pero si consiguen entrar por la ventana, dispara a matar. ¿Me entiendes? No vaciles.

—No vacilaré —afirmó Jasmine.

—Yo estaré con ella —dijo MaryAnn. Jasmine parecía tan joven y asustada. Su embarazo la hacía aún más vulnerable.

Solange abrazó a Jasmine y la miró a los ojos.

—Mantente a buen resguardo, prima.

—Tú también. —Jasmine le rozó la mejilla con un beso y luego se giró y corrió escalera arriba.

MaryAnn la siguió, pero se detuvo y vio a Solange cruzando la enorme cocina en dirección al salón. Aquella mujer parecía un felino de la selva, ágil, poderosa y mortífera. Era imposible no sentir admiración por ella, no creer en ella.

—Solange nos sacará de ésta —le aseguró Jasmine.

—No tengo niguna duda de que lo hará. —Aún así, siempre era preferible tener un plan alternativo. Tenían que aguantar hasta que Manolito, Riordan y Juliette despertaran y acudieran a ellos. Miró el reloj. Faltaba poco menos de dos horas. Las barreras deberían aguantar.

—Ay, ay —dijo Jasmine, mirando por la ventana y aplastándose enseguida contra la pared—. Han venido con alguien, y por lo visto sabe lo que hace.

MaryAnn se arriesgó a echar una mirada. Aquel hombre no era

un jaguar, pues su constitución era muy diferente. Bajo y delgado; llevaba el pelo rubio muy corto. Estaba frente a la casa y gesticulaba con las manos en el aire, como si tejiera un elegante dibujo. Sólo había visto algo así una vez en su vida, y aquello la dejó helada.

—Un hechicero —susurró.

—Lo parece.

Solange soltó una imprecación. Había vuelto a acercarse por detrás sin que se dieran cuenta.

—He contado cuatro hombres jaguar. Conozco a uno de ellos. Es un luchador empedernido, Jazz. Conoce nuestro olor. Y al que habéis identificado como hechicero no lo he visto nunca. Seguro que lo han traído especialmente para que pueda neutralizar las barreras de los carpatianos.

—Y eso significa que han venido por un motivo —dijo Jasmine, con la voz temblorosa—. Han venido aquí especialmente a por nosotras, ¿no, Solange? A por mí.

—Cálmate, cariño —dijo ésta—. Ya sabes que cazan a cualquier mujer que tenga sangre de jaguar, sobre todo aquellas que pueden transmutar. Las dos estamos en edad de tener hijos, pertenecemos a un linaje puro y podemos transmutar.

Jasmine sacudió la cabeza.

—Yo no. Yo no puedo.

—No quieres, que no es lo mismo. Dame la pistola, Jasmine —pidió Solange, y le tendió la mano.

—No, la necesito —contestó ésta, negando esta vez con más firmeza.

—Lo digo en serio. Dámela.

MaryAnn hizo una mueca al percibir ese timbre acerado en la voz de Solange.

—Jasmine, no debes ceder al pánico. El hechicero tardará en desmontar las barreras. Después de que Juliette y Riordan las montaran, Manolito me acompañó en las primeras horas de la mañana y las reforzó. Dale la pistola a Solange y vámonos a tomar algo refrescante; esperamos abajo, cerca del cuarto de seguridad. Si bloqueamos la escalera y montamos algún tipo de alarma, no tendremos que vigilarlas. Podremos concentrarnos en defender la parte de abajo, que es un espacio más pequeño. Será más fácil y dejaremos una vía abierta hasta el cuarto de seguridad. Pase lo que pase, estaremos a salvo hasta que lleguen los carpatianos.

MaryAnn habló con voz calmada y actitud serena, lo cual mitigó la tensión que reinaba en la sala.

Solange le sonrió.

—Eso. Dejémoslos que se dediquen a sus juegos a pleno sol. Nosotras estamos adentro, tenemos comida y agua y estamos resguardadas de la lluvia. Ahora ha vuelto a llover. El pobre hechicero parece un perro mojado.

Jasmine apenas sonrió cuando depositó la pistola en manos de su prima.

—¿Qué es exactamente un hechicero? ¿Y por qué ha venido aquí?

Las dos mujeres miraron a MaryAnn. Ella se mordió el labio y se encogió de hombros.

—No estoy del todo segura. Sólo os puedo contar lo que he oído aquí y allá cuando estuve en los montes Cárpatos. Juliette o Riordan os lo explicarán mejor que yo. Creo que los hechiceros se parecen mucho a los humanos, pero poseen poderes psíquicos y una gran habilidad para generar energía. Tenían estrechas relaciones con los carpatianos y compartían muchos conocimientos. Algo ocurrió y se desató una guerra entre ellos y los carpatianos.

—Todo esto sucedió hace años —dijo Solange—. Yo ya escuchaba a los que contaban estos cuentos cuando era niña, pero creía que habían desaparecido hacía tiempo de este mundo.

—Por lo visto, no —dijo MaryAnn.

—¿Y todos están contra la especie de los carpatianos? —preguntó Jasmine—. ¿Los hombres jaguar también?

—Por lo que he podido observar, Jasmine —dijo MaryAnn—, no hay ninguna raza de seres que sea completamente buena o completamente mala. La mayoría no odia porque los otros odien. Yo he conocido a un hombre jaguar que me he salvado la vida y que se mostró muy preocupado por lo que estaba ocurriendo con los suyos. Estoy segura de que hay hechiceros que no aprueban lo que está ocurriendo aquí. Es probable que muchos no lo sepan. Los vampiros son intrínsecamente perversos, y si se infiltran o influyen en alguien, distorsionan todo el equilibrio de la naturaleza.

—Así que los vampiros utilizaban las tendencias violentas de nuestros machos para corromperlos y poner fin a nuestra especie —dijo Solange, con un dejo de sarcasmo.

—No todos los machos son malos, Solange, y repetir una y otra vez ante jasmine que sí lo son, sólo hace que se muestre aprehensiva a llevar una vida normal, y no mejora las cosas.

—Tú no has visto lo que hacen esos hombres.

—Sinceramente, ¿acaso no son sólo unos pocos, un grupo reducido? Creo que los otros hombres jaguar han intentado detenerlos. Y si así es, estás condenando a unos hombres que procuran poner fin a esto.

—Jamás he conocido a esos hombres míticos —dijo Solange, y lanzó una mirada a Jasmine—. Pero puede que exista alguno.

—Muchos hombres se sacrifican por el bien común —inquirió MaryAnn—. Yo vi a Manolito interponerse ante una mujer embarazada y caer víctima del puñal que le estaba destinado. Murió, o estuvo a punto de morir. —Las emociones se habían apoderado de ella y la abrumaron antes de que pudiera evitarlo. No estaba preparada para ese dolor y esa tristeza que la embargaban y le nublaban la razón y la lógica.

Se giró y unas lágrimas asomaron a sus ojos, mientras miraba al hechicero por la ventana. Sus manos dibujaron algo en el aire y el hombre adoptó un aire triunfador, como si supiera exactamente qué defensa habían utilizado y cómo neutralizarla.

*Sí tan sólo se hartara de estar ahí parado bajo la lluvia. Cansado y mojado, con los brazos que le pesan como plomo. Tan cansado que no pudiera ver con claridad ni pensar para recordar las antiguas palabras y la fluidez de los movimientos.*

MaryAnn observaba al hechicero por la ventana, imaginando su cansancio, esperando que se agotara ahí parado, con la lluvia cayéndole sobre la cabeza desprotegida. *Se sentía débil y agotado y necesitaba desesperadamente salir de ahí.* Con un poco de suerte, el hechicero acabaría teniendo miedo de los hombres jaguar y visualizaría el momento en que ellos lo atacarían y lo despedazarían con sus poderosos colmillos, para aplastarle el cráneo de un solo mordisco.

El hechicero se tambaleó hacia atrás, se llevó una mano a la cabeza y miró hacia ella al otro lado de la ventana. La señaló y dijo algo que ella no pudo oír, pero que a todas luces parecía una acusación.

—Allá, en los árboles —anunció Solange—, los has atraído.

MaryAnn miró hacia las densas copas de los árboles, allí donde el bosque limitaba con el ancho prado. Un hombre jaguar se movía entre las ramas. Era grande, fornido, con el pelo hecho unas greñas y la crueldad marcada en la cara.

Jasmine se refugió en los brazos de Solange.

—Ése es al que llaman Sergio. Es un hombre horrible. Todos le obedecen.

—Lo recuerdo —dijo Solange, asintiendo con un gesto de la cabeza—. Es un luchador poderoso. Podría haberme matado, pero sabía que yo podía mutar de forma, así que no quiso correr riesgos. —Miró a Jasmine con una sonrisa ligera y desganada—. Eso nos da una pequeña ventaja.

—¿Por qué has dicho que los he atraído? —le preguntó MaryAnn, y se llevó la mano al cuello, como en un gesto defensivo. El hechicero la miraba y, una vez más, movió las manos de una manera extraña. Tuvo la sensación de que no desmontaba las defensas sino que intentaba hacerle algo a ella.

Solange la apartó de la ventana.

—Sabe que lo has neutralizado. Deberíamos bajar.

—No lo he neutralizado. Sólo estaba deseando que se cansara un poco.

—Pues tu deseo lo ha distraído, pero no por mucho tiempo. Quiero que tú y Jasmine vayáis al cuarto de seguridad —dijo, y empezó a bajar las escaleras—. Si no, serás un blanco seguro. Sergio sabrá que no eres jaguar y que eres peligrosa.

—Yo no soy peligrosa.

—Si puedes interceptar la concentración de un hechicero, eres peligrosa. Querrá matarte. Quédate junto a Jasmine.

Era lo último que MaryAnn tenía intención de hacer. Jasmine parecía decidida, pero muy asustada. Tuvo ganas de abrazarla y mecerla en sus brazos.

—También tengo un par de armas —dijo, y le enseñó el spray de pimienta—. No se lo esperarán.

—No dejaré que me lleven, esta vez no —dijo Jasmine—. Otra vez, no, Solange.

—Tendrán que matarme a mí si quieren llegar a ti, cariño —le aseguró Solange, con voz serena—. Créeme, no dejaré que eso ocurra. Con suerte, MaryAnn ha ganado tiempo suficiente para que el sol se ponga y Juliette llegue a tiempo para ayudarnos.

MaryAnn se percató de que Solange no mencionaba a ninguno de los dos machos carpatianos, como si no pudiera (o no quisiera) contar con su apoyo. Estaba mucho más tocada de lo que parecía estarlo Jasmine. MaryAnn le sonrió a ésta.

—No te preocupes, Manolito vendrá a ayudarnos, y también vendrá Riordan, aunque tú lo conoces mejor que yo y sabes que nunca dejaría que nada te ocurriera si él puede impedirlo.

Jasmine se miró las manos.

—No he tenido tiempo de conocerlo. Me ha costado mucho volver a la normalidad después del ataque.

—Nos valemos solas —dijo Solange. Cruzó una mirada con MaryAnn y entendió el reproche; lo aceptó con un leve gesto de la cabeza y con un suspiro—. Sin embargo, es probable que ésa no haya sido la mejor manera de lidiar con las cosas. Creo que tendremos que marcharnos a la hacienda para intentar llevar una vida nueva y muy diferente para nosotras.

—¿De verdad piensas eso, Solange? —le preguntó Jasmine. Se llevó una mano al vientre, con el miedo pintado en la mirada.

MaryAnn sabía que Jasmine temía ver la decepción en la cara de Solange por haber decidido tener un bebé, un hijo jaguar casi completamente puro. Había sido testigo de demasiados episodios terribles para mirar a los hombres jaguar sin prejuicios, y ella lo sabía. Aún así, había sido lo bastante fuerte para tomar sus propias decisiones, y eso era buena señal.

—Claro que sí. No podemos vivir en el bosque para siempre, y los hombres jaguar ahora saben quiénes somos y nos quieren dar caza. Creo que es indudable que ha llegado el momento de marcharse.

Solange cogió a Jasmine por el brazo y le dio un leve empujón.

—Ahora, muévete. En cualquier momento, entrarán. MaryAnn, iros. —Se deslizó hasta la ventana con pasos ligeros, el puñal en una mano y la pistola en la otra.

Se giró y lanzó una imprecación.

—Ahí vienen. ¡Preparaos!

Las puertas de la entrada se abrieron de golpe y entró una criatura enorme, mitad hombre, mitad jaguar y se lanzó a toda carrera por el suelo de mármol hacia ellas. Dio un salto en el aire hacia Solange, con el hocico abierto en un rugido, enseñando unos colmillos siniestros y las manos convertidas en zarpas afiladas como una navaja.

# Capítulo 10

Jasmine dejó escapar un grito, y enseguida se tapó la boca para ahogarlo. Dio unos pasos tambaleantes hacia atrás, buscando la puerta del cuarto de seguridad a sus espaldas.

Solange se lanzó hacia el jaguar sin vacilar, empuñando la pistola, y empezó a disparar en dirección a la bestia. Un segundo jaguar, el que Juliette había identificado como Sergio, golpeó por detrás a Solange, a quien se había acercado sin ser visto ni oído. Ésta se desplomó y, al caer, soltó el arma. Se produjo un estruendo horrible cuando los muebles y las lámparas cayeron al suelo.

Rodaron por el mármol, y Solange transmutó parcialmente para valerse de la fuerza del jaguar, y le asestó a Sergio un golpe con sus garras afiladas, pero él se valió de su envergadura para clavarla bajo su peso. Era evidente que había sido un ataque planeado después de que los intrusos estudiaran las habilidades de Solange. El primer jaguar se tambaleó, jadeando y sangrando por las dos heridas de bala de los costados. Se fue directo hacia Solange para ayudar a Sergio a neutralizarla.

MaryAnn lo roció con un chorro del spray pimienta, con descargas breves, dándole en los ojos y en el morro varias veces. Jasmine la siguió en la lucha y le dio con una lámpara en la cabeza, y el jaguar cayó hacia atrás tambaleándose.

El primer hombre jaguar cayó pesadamente y aterrizó entre

MaryAnn y Solange. Se arañó la cara, aullando, rodando de un lado a otro y dejando el suelo de mármol manchado de sangre.

Solange golpeó con fuerza a Sergio en la garganta, sirviéndose del peso y de su fuerza felina. Le lanzó un zarpazo al hocico y le rasgó el vientre. El peso del jaguar la mantenía clavada y, con un movimiento certero, le hundió los colmillos en el cuello. Sólo entonces se quedó inmóvil, jadeando, mirándolo con sus ojos color ámbar, desafiante, toda ella rígida y tensa.

Jasmine dio un salto hacia el otro lado de la sala para coger la pistola que había caído de las manos de Solange. Pero antes de que pudiera echar mano de ella, apareció el hechicero en su camino y, de una patada, la lanzó lejos y aplastó a Jasmine contra la pared con tal fuerza que la dejó sin aire.

Jasmine había saltado por encima de los enormes machos justo en el momento en que otro macho irrumpía en el vestíbulo, completamente transmutado, de aspecto feroz y ojos centelleantes. Se giró junto a Jasmine y, de un zarpazo, tumbó a Sergio y liberó a Solange. Los dos machos se lanzaron uno contra otro y el choque fue tan brutal que hizo temblar los muros.

El jaguar herido lanzó un rugido rabioso y le asestó a MaryAnn un zarpazo en la pierna, un golpe que le quitó el aire de los pulmones. Una garra le abrió el pantalón y le rasgó la pantorrilla, abriéndole un surco en la piel y los músculos hasta casi llegar al hueso. A ella le flaquearon las piernas y cayó como un peso muerto sobre el suelo de mármol, dando patadas con los tacones para empujarse hacia atrás y escapar de las garras asesinas. Pero el jaguar le propinó un segundo zarpazo en el tobillo y le hundió las garras como puntas afiladas. Con un rugido victorioso, el jaguar la atrajo hacia sí y abrió las fauces para aplastarle el cráneo. MaryAnn le descargó un golpe en la garganta empuñando el spray de pimienta, por lo que el golpe fue seco; aún así, la bestia siguió avanzando. Un frenesí asesino se apoderó de él, y empezó a dar zarpazos hacia los lados, buscando su presa a ciegas. Aunque tenía el morro bañado en lágrimas y echaba moco por la nariz, seguía siendo peligroso y no paraba de girar, buscando a su atacante.

Solange le saltó sobre el lomo, ahora completamente mutada en jaguar, salvaje y furiosa y, con un mordisco poderoso, le hundió los colmillos en el ancho cráneo. El jaguar se olvidó de MaryAnn y rodó sobre sí mismo intentando deshacerse de Solange. Ésta le rasgó despiadadamente el vientre mientras le hincaba los colmillos en el hocico.

MaryAnn se alejó de la refriega a rastras intentando retirar la pierna. Cuatro jaguares rodaban por el suelo, luchando para exterminarse los unos a los otros. En ese momento, e grito de Jasmine la sacó de su nebulosa de terror y dolor. El hechicero la tenía cogida por su larga cabellera y la arrastraba hacia el exterior de la casa.

MaryAnn se sintió presa de una furia desatada. Furia y algo oscuro, salvaje y peligroso. Lo sintió muy dentro de ella, retorciéndose en su interior para liberarse. Le dolieron los huesos, la boca y los dientes. Sus manos se cerraron hasta convertirse en puños, pero le habían crecido las uñas y al cerrar las manos se cortó las palmas.

—¡Basta! *¡Para. Ahora mismo!* —MaryAnn se incorporó de un salto—. *Ya basta.*

Para su asombro, los cuatro jaguares se quedaron quietos, jadeando; con las cabezas gachas, y la lengua colgando fuera del hocico. Sólo el hechicero se movía, aunque ahora sudaba y temblaba, con la mirada fija en MaryAnn mientras arrastraba a Jasmine fuera de la casa y cerraba las puertas de una patada.

El ruido de los portazos sacó a los jaguares de su compás de espera y volvieron encarnizadamente a la lucha. Solange volvió a hincarle los colmillos a su rival y le desgarró el cuello. Los dos machos chocaron en una amalgama de colmillos y garras. MaryAnn se incorporó, pasó junto a los felinos y relegando mentalmente su dolor a un compartimento estanco, salió tambaleándose en busca de Jasmine y el hechicero.

En lo profundo de la tierra, Manolito se despertó con una descarga de dolor y miedo. El corazón comenzó a latirle con un galope intenso y regular, y el pulso le tronó en el oído. Sabía, como sabían todos los suyos, que el sol aún no se había puesto, pero que empezaba lentamente a hundirse en el horizonte. No podía esperar. MaryAnn corría un enorme peligro. Se abrió paso en la tierra oscura y fértil, tapándose los ojos con un brazo al transmutar y convertirse en una voluta de vapor, al tiempo que ordenaba a las nubes que bloquearan el sol. El denso techo de las copas de los árboles lo beneficiaba pero, aún así, se vio expuesto durante un microsegundo a los rayos. Todo el cuerpo debería habérsele inflamado, convirtiéndolo en un infierno abrasador. Debería haber quedado reducido a una masa de ampollas y el humo se habría mezclado con el vapor al mutar. Pero sólo le ardieron los ojos.

Ignoró el dolor y se lanzó hacia la casa como un rayo, volando bajo las copas de los árboles. *MaryAnn. Contacta conmigo, ahora.* A pesar de que había tomado su sangre y supiera perfectamente dónde se encontraba, tenía unas sólidas defensas mentales. En ese momento, las había levantado, un muro de acero que él no podía penetrar. Si pudiera tener acceso a su visión, podría ayudarla a distancia.

La había dejado con la orden de dormir, pero había algo, un ligero bloqueo de su mente que no conseguía identificar, y quizá fuera eso lo que había impedido que su orden se cumpliera como debía ser. Tenía que encontrar una manera de burlar ese escudo mental para llegar a su pensamiento. No era que ella lo rechazara conscientemente, pero le estaba vedada la entrada. *MaryAnn. Puedo ayudarte. Déjame ayudarte.*

Estaban conectados y, sin embargo, no lo estaban. El pensamiento de MaryAnn debería abrirse respondiendo a su voluntad, pero Manolito era incapaz de penetrar más allá del muro compacto, por mucho que lo intentara. Aquella conexión que se activaba y desactivaba no tenía sentido. Él era un guerrero antiguo, capaz de someter a seres poderosos a su voluntad, y, aún así, incapaz de hacer lo mismo con su compañera eterna.

Percibió a la distancia el temor de MaryAnn por la suerte de Jasmine. Y también percibió su determinación. Algo le causaba un enorme dolor, pero ella lo ignoraba, relegándolo en su mente mientras intentaba idear un plan para rescatar a Jasmine de manos del hechicero. Manolito sentía todo aquello y más. Sentía las emociones de Jasmine a través de MaryAnn, como si la conexión con ella fuera igual de intensa que el vínculo de sangre de los carpatianos. Percibió el terror, la aflicción que la embargaba, y una determinación absoluta para huir o morir. Jasmine no se sometería. MaryAnn era muy consciente de esa determinación, y eso la hacía redoblar sus esfuerzos para encontrar una manera de salvar a la joven.

Al conservar ese lejano contacto con la mente de MaryAnn, Manolito de pronto sintió una acumulación de energía, un repentino despertar de su cerebro. El aire a su alrededor cambió, el viento aulló y lo zarandeó con una ventisca que levantó las hojas y las ramas del suelo y las lanzó al aire como misiles en medio de un torbellino. En el cielo restallaron rayos como venas entre las nubes. La electricidad chisporroteó y crepitó en el ambiente. Por debajo de él, una rama se rompió y cayó al vacío entre las copas de los árboles. Un poder descontrolado, inestable y muy peligroso latía en toda la zona.

MaryAnn entrecerró los ojos cuando el hechicero se giró para enfrentarse a ella. Le clavó a Jasmine los dedos en el cuello.

—Detente, o la mataré.

MaryAnn se detuvo en seco, con un nudo en el estómago, un nudo alimentado por una rabia ciega y desatada. Había venido a la selva a ayudar a esa chica, y no le fallaría. Jasmine ya había sufrido demasiado, y aquello tenía que parar *¡ahora!* MaryAnn ansiaba tener las facultades de una carpatiana, una manera de dejar que el viento se la llevara por el aire y la depositara en la copa del árbol más alto. La furia le ardía en las venas como un estigma, y la marca en su pecho latía acompasada con su corazón. Se llevó la mano al pecho. *Manolito, no puedo detenerlo.*

¿Se refería al hechicero, o a aquella cosa que se agitaba en su interior? No lo sabía. Le dolían las manos y los pies, los huesos se le estaban estirando y la mandíbula ensanchando. La pierna herida le ardía. Sentía un hormigueo en todo el cuerpo que le escocía y le mordía la piel. Aunque la selva a su alrededor oscilaba y perdía sus colores brillantes, su sentido del olfato se agudizaba, y por eso olió el miedo que exudaba el hechicero. Mantenía a Jasmine firmemente por delante, como si aquel cuerpo frágil pudiera protegerlo de ella.

Jasmine se retorcía como poseída. El hechicero le hundió las uñas en el cuello hasta ahogarla.

—¡Basta, Solange! —amenazó el brujo, con un silbido de voz—. Tendrás que cooperar. —Hablaba con un sonsonete, mientras tejía un hechizo que le impidiera atacarlo.

MaryAnn sintió las palabras como un zumbido que le presionaba la cabeza.

—Para —dijo, seca. *¡Para, ya!* Estaba tan furiosa que lo rechazó extendiendo las palmas de las manos, queriendo instintivamente empujar aquella intensa energía hacia él. Si el hechicero las atacaba con su mente, ella no podría hacer gran cosa. No sabía nada de aquellos brujos y sus habilidades, pero le enfurecía ver que ahogaba a Jasmine sin importarle ni un ápice su vida.

El hechicero se tambaleó hacia atrás, arrastrando a Jasmine, y empezó a toser como si tuviera algo alojado en la garganta. Quizá tendrían suerte y le saldría el tiro por la culata y su perverso hechizo le provocaría un bulto en la tráquea que le cortaría la respiración.

El hechicero se llevó las manos a la garganta, horrorizado, como si pudiera leerle el pensamiento. ¿Y por qué habría de pensar que ella le podía infligir daño alguno? MaryAnn tenía su spray de pimienta, pero estaba casi vacío. Y dudaba que al segundo bote le quedara mucho más. Pero si el hechicero no le quitaba a Jasmine la garra de la garganta, ella lo despedazaría. *No quedaría ni un trozo de su cadáver para los buitres.* Entonces alzó la mirada y los vio, volando por encima de ellos en perezosos círculos, esperando.

El hechicero siguió su mirada, vio a las aves que empezaban a reunirse y palideció.

—Saben que eres hombre muerto. —MaryAnn temblaba, no de miedo sino de otra cosa: de la adrenalina que se incorporaba a su torrente sanguíneo, del escozor que sentía en todas partes y del hormigueo en el cuero cabelludo y en los dedos de los pies, que habían crecido hasta que las botas le quedaron demasiado estrechas.

Se le nubló la visión, y empezó a ver al brujo a través de un velo amarillo. Fijó la mirada en él, como para que supiera que estaba dispuesta a luchar hasta la muerte por Jasmine.

—Suéltala.

Entonces sintió la tormenta que se acumulaba en ella, clamando por ser liberada. El viento ululó y unos rayos surcaron el cielo, los truenos se descargaron y los árboles temblaron ante la fuerza que amenazaba con desatarse. El aire se había vuelto pesado con la energía que chisporroteaba. Crepitaron unas chispas diminutas, flamas amarillas y ámbar que restallaron en el aire a su alrededor.

—Sus ojos —dijo el hechicero, con voz ahogada—. Mira sus ojos.

Jasmine le propinó al hechicero un formidable codazo en el vientre e invocó al felino que habitaba en su interior, algo inhabitual en ella, pero la bestia le respondió y le prestó su enorme fuerza. Su raptor se quedó sin aire en los pulmones. De un salto, se plantó junto a MaryAnn, con el rostro bañado en lágrimas que le nublaban la visión. Ésta la cogió por el brazo y la situó detrás suyo, preparándose para hacer frente al ataque.

El hechicero retrocedió dos pasos y alzó las manos. Antes de que pudiera urdir un hechizo, una rama enorme se desprendió de las alturas y le cayó encima como una piedra. El brujo quedó sepultado en la tierra mullida, y Jasmine lanzó un grito y hundió la cara en el hombro de MaryAnn. Ella la arropó en sus brazos y la estrechó con fuerza.

—No podemos dejar a Solange luchando sola con los jaguares —murmuró—. Tengo que volver a ayudarla.

Jasmine asintió con un gesto de la cabeza, se enderezó y se apartó de MaryAnn. Miró hacia la enorme rama que había caído. Las hojas tapaban casi todo el cuerpo del hechicero.

—¿Crees que de verdad está muerto?

—En este momento no me importa demasiado —dijo MaryAnn, y se sorprendió al darse cuenta de que era verdad. Cogió a Jasmine de la mano y las dos echaron a correr hacia la casa, MaryAnn intentando pensar en cómo poner a Jasmine a salvo con los dos jaguares que les esperaban dentro. Estaba casi segura de que el jaguar que había atacado a Sergio era Luiz, pero si se equivocaba, quizá en ese momento Solange estuviera luchando por su vida en solitario.

Corrieron entre los árboles por el sendero que conducía a la casa. Mientras lo hacían, saltando por encima de las ramas caídas y la maraña de raíces, los monos empezaron a lanzar chillidos de advertencia. Jasmine se detuvo en seco y miró de un lado a otro, buscando en la copa de los árboles. Cientos de monos lanzaban hojas y ramas y saltaban, agitados por algo, enseñando los dientes hacia una mancha de árboles cerca de la casa.

—Ahí hay otro, susurró Jasmine.

—Claro: sería demasiado fácil que sólo nos persiguieran tres. —MaryAnn respiró hondo—. Nos sigue, ¿no?

—Sí —dijo Jasmine—. Ahí, en el árbol, veo una parte de la piel. Me quieren viva, así que si nos separamos quizá me persigan a mí.

—Ya te puedes olvidar —dijo MaryAnn—. Hemos tenido suerte con el hechicero, y puede que volvamos a tenerla, pero hagamos lo que hagamos, no nos separaremos.

Jasmine abrió desmesuradamente los ojos.

—¿A eso le llamas suerte? Y yo que creía que tenías una puntería excelente.

—No he sido yo. Habrá sido un rayo, o el viento, lo que la hizo caer. En cualquiera de los dos casos, nos favoreció, y eso es lo que importa.

El aire de pronto se cargó de electricidad y a las dos se les erizaron los pelos. Las nubes se ennegrecieron y los rayos iluminaron su perfil. MaryAnn cogió a Jasmine y la tiró al suelo, cubriendo su cuerpo con el suyo todo lo que pudo. El estruendo del rayo que dio en el árbol fue ensordecedor, y se oyó el aullido del jaguar cuando éste se partió en dos. El rugido acabó súbitamente, y sólo quedó un olor de carne y piel chamuscada.

Jasmine no paraba de temblar. MaryAnn la estrechó con fuerza.

—Ése es Manolito —dijo, deseando que Jasmine se sintiera a salvo.

—Sabía que tenía que ser un carpatiano —reconoció ella—. Pensé que podrían ser Riordan o Juliette.

—Es una buena noticia. Tenemos ayuda. Hay que ayudar a Solange a salir de ahí, Jasmine. Él nos ayudará.

Jasmine tragó con dificultad y se sentó lentamente. Parpadeó al ver al enorme carpatiano que se acercaba a ellas. Lo tapaba la niebla y el sol acababa de ponerse, lo cual le permitía moverse con más libertad. Parecía un guerrero de tiempos antiguos avanzando rápidamente entre el humo y las ruinas de un campo de batalla. Tenía un rostro anguloso y su expresión era decidida. Su larga cabellera flotaba en el aire a sus espaldas. Los músculos se adivinaban bajo su piel dorada y sus ojos, fríos como el hielo, eran sombríos y oscuros, conocedores de demasiados secretos.

Su mirada pasó sobre Jasmine, buscando a MaryAnn. La calidez deshizo el hielo gélido y su mirada se volvió ardiente cuando MaryAnn se giró y se sentó, pestañeando al verlo. Él se movió rápido y se inclinó para ayudarla a levantarse, al tiempo que cogía a Jasmine por el brazo y también le ayudaba a incorporarse. Tocarla fue para él un gesto impersonal, y Manolito apenas la miró; sólo le lanzó una mirada de reojo para cerciorarse de que se encontraba bien. Se percató de las marcas de las uñas en su cuello, pero enseguida pasó a inspeccionarla detenidamente.

Le rozó la piel con la punta de los dedos, absorbiendo las sensaciones, la textura de su piel. Podía volver a respirar ahora que sabía que estaba viva. En sus ojos asomó una furia tormentosa al ver las heridas abiertas en su pierna.

—MaryAnn. —Pronunció su nombre. Lo respiró. Apenas un

hilo de voz, pero él lo convirtió en poesía, como si ella fuera todo su mundo.

Ella intentó no reaccionar. Manolito era tan intenso que costaba no responder a la atención que le prestaba. MaryAnn se tragó el dolor punzante de la pierna e intentó sonreír.

—Gracias por llegar tan rápido. Solange está en la casa y lucha contra otros dos. Creo que Luiz también está adentro, ayudándola.

Él se inclinó para examinar los cortes en las piernas.

MaryAnn lo cogió por el brazo y lo sacudió.

—Tienes que ir a ayudarle.

—No te puedo dejar así.

—Yo vendré contigo, así que no importa. —MaryAnn no pensaba discutir, no al ver que Manolito apretaba con fuerza la mandíbula. Pasó a su lado y se alejó trotando como pudo hacia la casa, segura de que él la seguiría.

Él la cogió en brazos y corrió, estrechándola contra su pecho. Cubrió la distancia a una velocidad sobrenatural. En el último momento, la dejó a un lado, se convirtió en una voluta de vapor y se deslizó por debajo de la ranura de la puerta, dejándola a ella ahí fuera.

Había sangre y pelos por todas partes, los muebles estaban por el suelo, los vidrios hechos trizas, las sillas reducidas a astillas. Vio a una mujer jaguar tendida en el suelo, su pelaje salpicado de sangre y saliva. Respiraba con dificultad y, con cada movimiento de su pecho, brotaba un chorro de sangre, mientras intentaba valientemente ayudar al otro macho que luchaba contra las dos bestias. Lo habían arrinconado y tenía todo el cuerpo surcado por heridas y zarpazos, pero era demasiado rápido para dejarse tumbar. Uno de los machos atacantes estaba casi ciego y los ojos le quemaban y lagrimeaban.

Cuando Manolito entró, Sergio dio un salto y cogió a Luiz por el cuello, cerró las fauces y le desgarró la piel. El segundo macho se lanzó sobre el lomo de Luiz pero, antes de que aterrizara, el cazador lo cogió por el cuello y lo lanzó hacia atrás. Manolito apretó con fuerza las mandíbulas, con el rostro endurecido y surcado por unas arrugas despiadadas, sin un atisbo de emoción en la mirada. Se oyó un crujido y el atacante se desplomó con la lengua fuera de la boca; dejó de respirar enseguida.

Manolito alzó la cabeza y miró a Sergio, y en el fondo de sus ojos oscuros y profundos brilló una amenaza de muerte. Éste dejó caer a Luiz y dio un salto, echó abajo la puerta y corrió a la seguridad de la selva.

Jasmine apenas tuvo tiempo de apartarse de su camino cuando él pasó a su lado y huyó. Se quedó en la entrada, con un brazo alrededor de la cintura de MaryAnn para sostenerla mientras entraban. Dejó escapar un grito al ver a Solange y corrió a su lado. Cayó de rodillas y apretó con fuerza la mano contra la herida para restañar la hemorragia.

—Haz algo. ¡Va a morir! —exclamó.

Manolito había dado un par de pasos hacia la puerta para seguir a Sergio, pero el grito de Jasmine lo detuvo. Se giró y volvió sobre sus pasos. El olor de la sangre lo permeaba todo, y eso no sólo le despertó el hambre sino también el instinto agresivo.

—MaryAnn, siéntate antes de que te caigas. Te ayudaré en un momento. Déjame mirar las heridas y ver qué puedo hacer.

—¿Dónde está Juliette? —preguntó Jasmine—. Creí que vendría.

—No lo sé, pero vendrán —dijo Manolito. Se arrodilló junto al jaguar y pasó la mano sobre el lomo del tembloroso felino.

Solange le enseñó los colmillos y giró la cabeza. Aquel gesto acabó con sus últimas fuerzas, y la sangre brotó como un géiser de la herida del cuello.

—¿Puedes hacer algo? —le preguntó Jasmine, angustiada.

—Tendré que cerrarle las heridas y darle mi sangre. Se resiste a que la toque, y no está dispuesta a alimentarse de mí —dijo Manolito, sacudiendo la cabeza—. Lo siento, hermanita, no hay nada que pueda hacer por ella.

—¡Solange! —Jasmine se tendió junto al felino—. Por favor, no me dejes. Deja que te ayude.

Manolito suspiró.

—Piensa que no tiene nada por qué vivir, que sus días en la selva han acabado. No podrá adaptarse a la vida en otra parte, y no quiere la sangre carpatiana.

La sala se volvió fría y los muros latieron cuando penetró la energía. MaryAnn se agachó junto a Luiz, intentando restañar la hemorragia con la mano. Había sangre por todas partes, y el jaguar yacía inmóvil como si ya estuviera muerto.

*Manolito. Escúchame ahora.*

MaryAnn oyó nítidamente la voz. Era una voz dura, como si enseñara los colmillos y los hiciera entrechocar con fuerza. Era una orden clara que no dejaba lugar a discusión. *Cúrala y dale sangre. La compañera de Riordan está muy afligida. No hay otra alternativa.*

MaryAnn percibió un peligro latente en el aire, una fuerza e inteligencia que ella no conocía ni quería conocer. Se dio cuenta de que aguantaba la respiración mientras observaba a Manolito. Éste parecía inmutable ante el alcance de esa fuerza y se limitó a encogerse de hombros con actitud desenfadada.

—Zacarías ha dado una orden y ésta será cumplida. —Fue un impacto duro y rápido, y Manolito penetró mentalmente en Solange sin darle tiempo a que erigiera sus defensas para detenerlo.

*¿Quién es?* MaryAnn pensó la pregunta en lugar de transmitírsela a Manolito pero, para su sorpresa, conectó con él.

*Ahora me hablas a la manera de una compañera eterna. No hay por qué acariciarle la piel. Se está muriendo.* En su voz había un claro reproche.

MaryAnn también oyó el borboteo de la muerte en la garganta del felino.

—Pues no morirá, porque tú lo salvarás.

Había en su voz una convicción absoluta. Una confianza absoluta. Cuando él la miró fugazmente, vio que los ojos de MaryAnn brillaban con una emoción que le derritió el corazón. No recordaba haber visto jamás una mirada como ésa, en todos los siglos de su existencia. Quiso que ella estuviera orgullosa de él. Quería conservar esa mirada para toda la eternidad.

—Entonces, mantenlo vivo —dijo—. Concéntrate en darle vida. Al parecer, consigues que la gente haga casi cualquier cosa.

MaryAnn lo miró con una ligera sonrisa en los labios. La pierna le dolía tanto que creyó que quizá desmayarse sería una buena idea, pero cuando vio la carnicería a su alrededor, decidió que, en comparación, sus heridas eran muy leves. Manolito tenía que curar a Solange, luego a Luiz y, finalmente, a ella. Acababa de salir de las entrañas de la tierra y, por lo que sabía, los carpatianos se despertaban con hambre y necesitaban toda su energía para curar, por lo que necesitaban sangre.

—Yo estoy bien. Tú haz lo que tienes que hacer.

Manolito volvió su atención a Solange. Ella se resistía mentalmente, quería expulsarlo, pero estaba demasiado débil. Así que la sujetó al suelo, e impidió que su espíritu se escabullera mientras él se desprendía de su cuerpo físico y se deslizaba en ella. Manolito era un cazador antiguo y poderoso, pero si Solange no hubiera estado tan gravemente herida, probablemente hubiera tenido que recurrir a métodos más peligrosos y violentos para mantener su mente cautiva dentro de su propio pensamiento. Solange tenía una voluntad de hierro y se resistía enconadamente para mantenerlo alejado.

Al principio creyó que era su falta de confianza en los hombres, pero cuando se fundió mentalmente con ella, vio que lo que temía era que Juliette y Jasmine vieran en ella a una asesina más allá de toda salvación, de toda esperanza. No conocía otra manera de vivir, y no sabía si sería capaz de detenerse. En algún momento, había cruzado una línea y ya no había manera de volver atrás.

Y entonces la sintió, una calidez suave que fluía serenamente en la mente de Solange. Enseguida reconoció el toque de MaryAnn, tan ligero que era casi imperceptible, pero firme y tranquilizador, una sensación de serenidad y esperanza, bañándola en su calidez y transmitiéndole la idea de que la vida era buena y estaba llena de belleza, aventuras y amor.

Casi se olvidó de sí mismo, de dónde estaba, de qué hacía, asombrado por aquella mujer, su compañera eterna. MaryAnn se fundió sutil y suavemente con Solange, de manera que era imposible saber que había penetrado en ella. Él no lo habría sabido de no haber intercambiado sangre con ella, tan sutil era su contacto, pero llenando de esperanza y fe el pensamiento de la chica. Bajo la influencia de MaryAnn, Solange se volvió más amable y cooperadora, relajada en aquella reconfortante calidez que la arropaba. A Manolito le costó alejarse de aquellas ondas que la aliviaban y concentrarse en buscar los órganos dañados y sangrantes para curarlos.

Entonces dejó a regañadientes que su espíritu viajara por el cuerpo del felino. No había sido intención de Sergio matarla, pero ella había luchado encarnizadamente. Y cuando el segundo jaguar la atacó, no había tenido tanto cuidado. Solange tenía la arteria casi despedazada y sangraba por todas partes. Él sabía lo que aquello significaba, sabía qué hacer para salvarle la vida. Dejó ir todo su ente físico y se convirtió en energía sanadora. Reparó todas las heridas con suma rapidez, confiando en que MaryAnn la ayudara a cooperar.

MaryAnn tenía la cabeza del jaguar macho en el regazo y le acariciaba la piel aterciopelada, murmurando suavemente para que permaneciera quieto. Luiz luchaba por cada aliento, pues tenía los pulmones encharcados en sangre. Al mismo tiempo, le seguía hablando a Solange, temiendo que si se descuidaba, el felino le rasgaría el cuello a Manolito. Era una situación aterradora, con dos seres a punto de expirar y con Manolito como única salvación. Con el rostro bañado en lágrimas, Jasmine apretaba unas toallas contra las heridas de Solange, temiendo perder a su prima.

*No nos dejes, Solange.* MaryAnn rezó en silencio, intentando llegar a la otra mujer, hacerle saber que por muy oscuras que parecieran las cosas en ese momento, todo podría mejorar. Todo mejoraría. Ella se había tomado como una misión en la vida ayudar a Solange y Jasmine después de los grandes sacrificios que éstas habían hecho para rescatar a las mujeres y llevarlas a un lugar seguro.

Luiz se estaba muriendo. MaryAnn sentía cómo se le iba la vida, la chispa que se apagaba en su mirada, y lo único que podía hacer era mirar, impotente. Lo empujaba a vivir, igual que empujaba a Solange a tener esperanzas y a creer en el futuro, pero no podía hacer lo mismo que Manolito, es decir, curar las heridas desde adentro hacia afuera. ¿Cómo se desprendía uno de lo que era y se convertía en un instrumento de curación? Había visto a Manolito sacrificar su vida por una mujer y por una criatura aún no nacida. Había oído que esa cicatriz que tenía en el cuello databa de aquellos tiempos en que los carpatianos guardaban la impronta de las cicatrices, en este caso, por salvar a su príncipe. Y ahora se desprendía de sí mismo para salvar una vida.

Sólo unos pocos sabían lo que eso traería consigo, pero ella estaba con él, conectada con él, y entendió que debía renunciar a algo para convertirse en espíritu. El cuerpo era vulnerable a cualquier ataque pero, mucho más que eso, Manolito también se había desprendido de su personalidad, de su ego, de las esperanzas y sueños, de sus propias necesidades, de *todo*, y lo había hecho voluntariamente.

Ella estaba con él en su pensamiento cuando él se desprendió de sus opiniones e ideas, de su propia personalidad, y se esforzó por salvar desinteresadamente a Solange. MaryAnn no podía sino admirarlo. Manolito tenía un carácter fuerte, con unas ideas fijas acerca de las mujeres y, aún así, se había apartado de inmediato. ¿Cuál era el verdadero carácter que ocultaba tras esa arrogancia? ¿Y acaso sus maneras aparentemente dominantes con las mujeres eran en verdad un afán de protegerlas? Los de su especie sin duda veneraban a sus mujeres y a sus hijos. A todos. No parecía importar que Shea fuera la compañera eterna de Jacques, porque Manolito se había plantado por delante y, sin dudarlo ni un instante, se había situado en la trayectoria del puñal para caer abatido.

*Vive, Luiz. Tienes que aguantar hasta que pueda ayudarte. Él te salvará.* MaryAnn le hablaba en clave positiva. Estaba en su mente y veía su absoluta determinación de mantener viva a Solange. Manolito estaba muy concentrado, completamente absorto en su labor de curación, apartando de sí cualquier otro pensamiento. Vio la bondad en él, un rasgo que podría haber pasado por alto si no hubiera estado conectada con su persona por el intercambio de sangre y, por primera vez, vio en ese intercambio algo bueno. Podría haber descartado al carpatiano como un ser intratable si no hubiera conocido ese otro aspecto, mucho más amable.

Siguió acariciándole el pelaje a Luiz, con un gesto ausente, mientras observaba a Manolito. El tiempo pareció detenerse. Todo a su alrededor se nubló hasta que sólo quedó el carpatiano, y sus ojos, oscuros y ensombrecidos por unas pestañas absurdamente largas. Debería haber sido un rasgo femenino, pero era un rostro muy masculino, con una fuerte mandíbula y una nariz aguileña. MaryAnn sentía su aliento entrando y saliendo de su cuerpo. Sentía latir su corazón, fuerte y regular. Su propio corazón. El de Manolito. El de Luiz. Y el de Solange. Estaban todos atados por un solo hombre, un hombre asombroso.

Entonces abandonó el cuerpo de Solange tambaleándose de debilidad y buscando a su compañera eterna con la mirada. Ella los había mantenido a todos conectados, compartiendo su energía, sosteniendo un flujo regular de convicción absoluta en la vida, en el amor y en la completitud. Solange seguía viva porque MaryAnn le había dado un motivo para aferrarse a la vida. Luiz seguía vivo porque ella lo mantenía enraizado, negándose de plano a dejarlo ir.

Ella creía que todo se debía a Manolito. Él no sabía si reír o sencillamente cogerla y salir de ahí antes de que ella descubriera que él era un fraude. Tenía que darle sangre a Solange, y se necesitaría fuerza para doblegarla. A todo esto, él estaba muerto de hambre, y los colores brillantes se apagaban en un espectro mucho más estrecho, como si no pudiera evitar que su mente volviera a la tierra de las sombras.

MaryAnn cruzó una mirada con él y, por un momento, no pudo moverse ni respirar. Ella no podía dejar de mirarlo de esa manera. La confianza y la fe absoluta que brillaba en sus ojos era un regalo que nunca olvidaría. Las sombras retrocedieron.

—Tengo que darle sangre a Solange. A ver si consigues que acepte lo que le ofrezco. Le ayudará a sanar más rápido y le dará fuerzas. No intercambiaré sangre con ella, sólo le daré suficiente para sobrevivir.

Manolito sonaba muy cansado y las arrugas en su rostro se habían acentuado. MaryAnn tuvo ganas de abrazarlo y estrecharlo, reconfortarlo, darle lo que él necesitara para seguir. Había visto la determinación en su mirada.

—Date prisa, Manolito. Sé que estás cansado, pero Luiz no podrá aguantar mucho más.

Él fijó la mirada en la mano que acariciaba la cabeza del jaguar. Por un momento, lo cegó un destello de celos viscerales. Sintió un sabor a ceniza en la boca y las sombras volvieron a acercarse. Escuchó que unas voces lo llamaban en la distancia. *Únete a nosotros, únete a nosotros.* Sacudido, contactó mentalmente con MaryAnn y enseguida supo que esos dedos, en realidad, lo acariciaban a él en la cabeza. Era Manolito el que ocupaba sus pensamientos. La miró con una sonrisa fugaz antes de hacerse un corte en la muñeca y obligar a la mujer jaguar a tragar su ofrenda.

Jasmine emitió un leve gemido de aflicción y giró la cabeza para no mirar.

—Todo irá bien, hermanita. Ella no se convertirá en nada. Una vez que tenga suficiente sangre mía mezclada con la suya, sobrevivirá y volverá a estar fuerte —le aseguró él, con voz pausada.

—Lo sé, de verdad que lo sé. Sólo me siento un poco mareada. Te agradezco lo que has hecho. No debe de ser nada fácil. Puede que ella no se muestre agradecida, pero lo que has hecho es de vital importancia —afirmó Jasmine.

—No necesito su agradecimiento. Se encuentra bajo la protección de nuestra familia, igual que tú, pequeña hermanita, y nunca la dejaríamos morir si pudiéramos salvarla.

Manolito hablaba como si no le importara el precio que tendría que pagar. Se preocupaba más por lo que significaría para MaryAnn. Ella tendría que proveer para él y la fe inocente que veía en sus ojos quizá se apagaría para siempre. No podía permitirse pensar en eso ni decaer en su tarea sólo para facilitarse las cosas a sí mismo.

Solange pertenecía a la familia y, como tal, era objeto de todos los cuidados necesarios, quisiéralo o no. Después de ver el alcance de ese desastre, Zacarías emitiría un decreto para las mujeres y ellas se verían obligadas a obedecer. Las querría tener cerca, donde todos los hermanos De La Cruz y los suyos pudieran protegerlas.

Entonces se cerró la herida que se había abierto en la muñeca y se volvió hacia Luiz. Le costó un poco más desprenderse de su cuerpo porque alimentarse se había convertido en una necesidad impostergable. Apenas conseguía controlar sus incisivos, y el olor de la sangre era un tormento incesante. El cuerpo del hombre jaguar había quedado hecho pedazos, destrozado por unas mandíbulas que le habían desgarrado tejidos y huesos. La sangre se le acumulaba en los pulmones y Luiz empezaba a morir. Aunque sanara las heridas y le diera sangre, no habría manera de salvarlo.

Manolito se reintegró a su propio cuerpo y sacudió la cabeza, apesadumbrado. Sentía respeto por Luiz.

—Lo siento, *päläfertiil*, no puedo salvarlo. Es una gran pérdida para el pueblo jaguar.

—Claro que puedes salvarlo. Hablé mucho con Gabrielle cuando estuve en los montes Cárpatos. ¿Te acuerdas de ella? Trabajaba para el príncipe con el fin de encontrar una solución al problema de la alta mortalidad en los partos. Ella era humana. Cuando sus heridas pusieron en peligro su vida, uno de los hombres la salvó convirtiéndola. Tú habrías convertido a Solange, si hubiera sido necesario. Lo vi en tu pensamiento.

—Eso era diferente. —Manolito se tambaleó de lo débil que estaba. Pestañeó un par de veces para ver con claridad, pero la visión se le nubló. Los colores perdieron enseguida su intensidad.

—¿En qué sentido es diferente? Si Luiz es jaguar, debe tener facultades psíquicas. ¿Acaso no está en los jaguares el origen de muchas facultades psíquicas paranormales?

—No lo entiendes.

—Lo que entiendo es que si Luiz fuera una mujer con facultades psíquicas paranormales, removerías el cielo y la tierra para salvarle la vida. Pero es un hombre, y ya no lo consideras igual de valioso.

El jaguar hundió el morro en la mano de MaryAnn. *Está bien. Estoy cansado.*

—No —dijo de pronto Jasmine—. Sálvalo. Has salvado a Solange. Si no hubieras aparecido, ahora ella estaría muerta, o en manos de esos seres horribles. Te lo ruego, si de verdad eres mi hermano, como dices ser, te pido este favor.

Manolito entrecerró los ojos.

—No conoces el corazón de este hombre.

—Pero tú sí —dijo MaryAnn—. Tú extirpaste al demonio de su cabeza. Tú viste sus recuerdos, lo conociste. ¿Merece la pena salvarlo?

# Capítulo 11

No sabes lo que me pides, MaryAnn. La longevidad no siempre es una buena cosa. La vida de los machos carpatianos es sumamente difícil. Puede que estés pidiendo algo que él no desea.

—Entonces pregúntaselo. Pero no lo dejes morir sólo porque es un hombre.

Manolito suspiró. MaryAnn tenía razón pero, aún así, ella no podía saber qué significaba para un macho carpatiano saber las escasas probabilidades que existían de que encontrara a su compañera eterna. Ella no había vivido siglos enteros de soledad.

—Tendré que alimentarme, MaryAnn. ¿Vosotras dos estáis dispuestas a contribuir? Porque sólo puedo hacerlo por la vía de la sangre. —Manolito estaba desesperado por alimentarse. El mundo a su alrededor comenzaba a nublarse rápidamente, y él mismo se estaba desvaneciendo. Al mirarse las manos, vio que eran grises y que empezaban a volverse transparentes.

MaryAnn miró a los ojos brillantes de Manolito, vio las flamas diminutas y sintió que el corazón le daba un vuelco. Siempre olvidaba que él no era humano, incluso cuando ella le pedía que hiciera cosas que no tenían nada de humanas. Respiró hondo y asintió con un gesto de la cabeza.

Él volvió su atención a Jasmine. La joven estaba sentada en el suelo, acariciando el lomo del jaguar más para consolarse a sí misma que para calmar a Solange.

—Creo que puedo hacerlo —dijo, sin mirarlo—. Dime qué tengo que hacer.

—Dame la mano.

Jasmine le obedeció con un gesto lento. La mano de Manolito se cerró alrededor de la suya como un grillete. En su cabeza oyó susurros. Suaves, insidiosos. La tentación lo llamaba.

Jasmine intentó retirarla bruscamente.

—Espera, espera. Olvidaba decirte que estoy embarazada. ¿Esto podría hacerle daño a mi bebé?

Manolito le soltó la mano como si lo hubiera quemado. Su mirada se oscureció hasta cobrar un brillo de obsidiana y su boca se cerró en una línea firme.

—No tienes por qué ofrecer tu sangre ni dedicarte a luchar contra jaguares. No, no tomaré tu sangre. Debes hacer todo lo posible para cuidar de la criatura.

Antes de que Jasmine respondiera, Luiz soltó un resuello y el jaguar transmutó y los huesos le crujieron, haciéndolo contorsionarse cuando la muerte quiso apoderarse de él

MaryAnn dejó escapar un grito apagado de alarma y se inclinó junto al pecho de Luiz buscando el latido del corazón. Enseguida comenzó a intentar reanimarlo.

—Haz algo, Manolito. No puedes dejarlo morir sin más.

MaryAnn no tenía ni idea de lo que le pedía. El otro mundo estaba muy cerca. Y él estaba afamado. Agotado. Las sombras se movían por todas partes en la sala. Ella lo miró con sus ojos grandes y oscuros, llenos de confianza. Tenía mucha fe en él. Más que él mismo, mientras oía los susurros en alguna parte de su pensamiento, al riempo que su cuerpo físico se desvanecía. Parpadeó y se obligó a concentrarse.

*Escúchame, hombre jaguar. Puedo convertirte en carpatiano. No volverás a ser jaguar, aunque vivirás y podrás mutar de forma. Debes saber que es un regalo peligroso. Si no encuentras la otra mitad de tu alma, con el tiempo perderás las emociones y el color y*

*sólo vivirás de los recuerdos. Necesitarás sangre para sobrevivir. Tendrás que vivir bajo el gobierno de nuestro príncipe y jurarle fidelidad y protección, hasta tu vida misma, a él y a nuestro pueblo. Tendré tu vida en mis manos. Podré penetrar en tu pensamiento cuando quiera y encontrarte donde sea que estés. Si nos traicionas, te mataré sin contemplaciones y lo haré lo más rápido posible. Puedes elegir ir a otro lugar y buscar la paz o permanecer en este mundo y continuar tu lucha.*

No era un asunto banal. Él sería para siempre responsable de las decisiones que tomara Luiz. Era una obligación que pocos machos deseaban asumir. Conocían los riesgos, y sabían lo difícil que era ir a la caza de viejos amigos para darles muerte. Permitió a Luiz entrar en sus recuerdos, en aquel pasillo largo y oscuro, casi interminable. No había manera de describirle al hombre jaguar cómo sería aquello. Él sólo podía mostrarle las emociones que se desvanecían, los siglos que llevaba cazando y acechando, dependiendo sólo del honor y de los recuerdos del honor. Estaba actuando con toda la honestidad de que era capaz.

*Aún no he acabado mi lucha para salvar a mi pueblo.*

Luiz estaba lejos, pero se aferraba a la vida. Curiosamente, cuanto más se alejaba el espíritu de Luiz, más nebuloso se volvía el mundo en torno a Manolito. Las voces se volvieron más sonoras y la sala quedó como inmovilizada. Unas sombras con la piel estirada y las bocas abiertas, con colmillos afilados como estacas, se arrastraban por las paredes y el suelo. El hambre lo quemaba y arañaba, hiriéndolo hasta en la última célula y órgano de su cuerpo. Se sintió delgado y estirado más allá de lo soportable.

Hizo un esfuerzo para concentrarse sólo en Luiz. *Ellos ya no serán tu pueblo. Tu sangre será carpatiana, y los jaguares evitarán tu compañía. Tienes que estar muy seguro de lo que aceptas antes de elegir.*

*No puedo permitir que el vampiro siga hostigando a mi pueblo, sea mi sangre carpatiana, humana o del jaguar. Todos somos iguales, luchamos para vivir una vida mejor. Elijo la vida.*

*Será doloroso. Muy doloroso.*

Y MaryAnn sería testigo. ¿Cómo evitar darle un susto de muerte? Todo en Manolito le decía que lo dejara, que cogiera a su compañera eterna y se marcharan de allí. Pero ya no podía, no después de haberse fundido tan profundamente con Luiz, sabiendo qué tipo de hombre era y lo duro que había luchado para salvar a su pueblo y honrar a sus mujeres. Manolito no podía abandonarlo al *Lahti ból jüti, kinta, ja szelem*, el pantano de sombras, tinieblas y fantasmas. Tampoco podía seguir esperando, o Luiz se encontraría en tierra de nadie, donde él ya creía que estaba.

*Elijo la vida.*

Manolito le puso una mano en los hombros a MaryAnn para que dejara de intentar reanimarlo. Sencillamente tomó el relevo mentalmente y mantuvo latiendo el corazón y los pulmones de Luiz.

—No puedo hacer esto sin sangre.

MaryAnn vio que Manolito estaba débil y pálido y que su piel había cobrado un tinte ceniciento. Se tambaleaba de agotamiento. Fue un gesto que le infundió un miedo profundo, pero estiró el brazo y le ofreció la muñeca, confiando en él. A pesar de las flamas que asomaban en la profundidad de sus ojos oscuros, puso su vida en sus manos.

Él ignoró su brazo, la cogió por la cintura y la estrechó.

—Yo nunca podría hacerte daño, *sivamet.*

Su manera de pronunciar esa última palabra fue sensual e incitante. Más que eso, MaryAnn captó el sentido en su pensamiento. *Mi amor.* ¿Acaso ella era su amor? ¿Acaso Manolito sentía una necesidad de ella más allá de lo físico? Después de haber trabado contacto mental con él, se dio cuenta de que compartir los recuerdos y la imposibilidad de esconderse uno del otro volvía la relación mucho más íntima de lo que se había imaginado. Si lo que Manolito hacía era cortejarla, lo hacía muy bien sencillamente siendo él mismo.

MaryAnn se entregó de buena gana a su abrazo y le acercó la cara al cuello. Él le hizo levantar el mentón hasta que se quedaron mirando a los ojos, ella cautivada por él, hipnotizada y perdida en la oscura profundidad de sus ojos, perdida en la seducción del deseo puro y el hambre más cruda. El carpatiano nunca intentaba ocultar ni mitigar lo que sentía por ella. MaryAnn sintió un nudo en la garganta, al tiempo que el corazón se le derretía, sentía un vacío en el estómago y un nudo en las entrañas.

Aquel hombre podía ser suyo, era suyo. Ella no lo había reclamado a su manera. Ni siquiera sabía si podría vivir sabiendo qué y quién era, pero lo admiraba y respetaba. Sentía el hambre y el agotamiento que lo consumían. Manolito se encontraba dividido entre dos mundos, y permanecer en el de ella le agotaba la energía. Y su sentido del honor hacia Solange y hacia ella sólo había sido un peso añadido a esa carga.

—Toma lo que necesites —susurró junto a sus labios.

*La tentación.* Oh, Dios, ella le ofrecía la tentación sin darse cuenta. Pasó la áspera lengua de terciopelo sobre su pulso. En sus brazos, MaryAnn era seda cálida y viva. Nadie tenía una piel más suave. Durante tiempos inmemoriales había sepultado sus emociones en algún lugar recóndito de sí mismo, tan recóndito que llegó a pensar que era imposible saborear, sentir o conocer el placer que una forma femenina podía brindarle a un hombre. Su contacto, su voz, hasta su aliento lo habían encendido. Pero ella había vuelto a darle vida. Ahora, él la quería para toda la eternidad y quería asegurarse de que la tendría siempre a su lado.

*La tentación.* Ahora sabía qué se sentía y qué sabor tenía. Sabía que la tentación era una mujer y que tendría que recurrir a todo su autocontrol para abstenerse de cogerla en sus brazos y llevársela a un lugar donde pudieran estar a solas.

Le hundió profundamente los dientes y el sabor y la esencia fluyeron de ella a él, completándolo en cuerpo y alma. Un sabor sensual y ahumado, tan propio de ella. La estrechó con fuerza y cerró los ojos para saborearla mejor. Al mismo tiempo, deslizó una mano siguiendo sus curvas hasta llegar a la pierna. Ella estaba acurrucada en sus brazos con las piernas apoyadas en sus rodillas, y él encontró las heridas en su carne.

Nadie, ni hombre ni mujer, era capaz de mitigar el dolor y conseguir lo que se proponía, no sólo sentada, como hacía ella, sino también mientras corría, como lo había hecho antes en la selva. El dolor debería haberle nublado el pensamiento y afectado su manera de manipular la energía. El dolor estaba ahí, en su mente; MaryAnn lo sentía. Pero ella lo había recluido una zona de su cerebro que él desconocía, mediante un patrón que Manolito nunca había visto. Él era un guerrero antiguo. Había recurrido al hechicero, al jaguar y al humano como sustento en diferentes momentos y, a medida que las especies se mezclaban, los patrones perdían nitidez a lo largo del tiempo. Le acarició el muslo en una exploración íntima. Ella tembló en sus brazos y se agitó sensualmente contra su torso.

*Ella te pertenece.*

Sí, era suya. Hecha para él. Modelada para él. Su otra mitad.

*Ha sido hecha para ti.*

Desde luego que sí, con su cuerpo y sus particulares curvas, suaves y dúctiles, seda caliente que se movía en sus brazos para que él conociera la experiencia de hundirse en lo más profundo de ella, llevarlos a los dos al límite, al éxtasis.

*Es tu derecho.*

Tenía todo el derecho sobre su cuerpo. Él era su dueño, en cuerpo y alma, así como ella era dueña de él. Podía tomar el placer cuando y donde se le antojara. Le deslizó la mano por el muslo, fue hacia el calor, su propio calor. MaryAnn le pertenecía. Sabía perfectamente qué cosas le complacerían, cómo llevarla al frenesí desatado del deseo sexual.

*¿Por qué salvar al hombre jaguar? Se convertirá en vampiro y te verás obligado a cazarlo y matarlo como has hecho con tantos otros.*

Era una locura traer a otro macho a su mundo cuando era tan grande la escasez de compañeras eternas. Puede que incluso intentara secuestrar a MaryAnn.

*Estaba a solas con ella. Desnudo. Enseñándole su cuerpo para alejarla de ti. Él la desea. Hará lo que sea para arrebatártela.*

Ya se sabía que todos los hombres jaguar eran unos embusteros. Era verdad que ataban a las mujeres para luego tenerlas cautivas y maltratarlas brutalmente.

*Él la tocó. Tocó a tu mujer. Vio tu marca, olió tu esencia en todo su cuerpo y, aún así, la tocó. Tú lo viste encima de ella. Estaba completamente desnudo. ¿Qué crees que intentaba obligarla a hacer?*

Ella lo defendió. Dijo que él le había salvado la vida.

*Ella lo desea. Hazla tuya. Poséela ahora. Toma lo que te corresponde. Tráela a tu lado para toda la eternidad.*

Manolito no podía parar. Estaba muerto de hambre y necesitaba alimentarse. *Desfallecía de hambre.* Un hambre que lo desquiciaba. Nada podía saciarlo excepto su compañera eterna. Aquella sangre espesa y caliente se derramó en su organismo como el efecto de la droga más poderosa.

Necesitaba sentir su cuerpo que se sometía a él, todo calor y fuego, saciando el deseo que lo había endurecido y que le hacía desdeñar cualquier cosa que no fuera hundirse en lo profundo de ella. Quería oír cómo gritaba su nombre en medio de una tormenta de deseo. Quería ver sus ojos vidriosos de pasión. Quería oírla implorar para que él los uniera a ambos en su abrazo. Él había esperado una eternidad a través de la oscuridad y el infierno, y ahora ella estaba ahí, en sus brazos, su cuerpo preparado y dispuesto para él, mezclando su sangre con la suya.

*Tómala. Es tu derecho. Ella no se puede negar. Ella debe darte cualquier cosa que desees. Es tuya. Tómala ahora antes de que la reclame el jaguar. No puedes parar ahora que estás tan cerca. Toma lo suficiente para convertirla y no te podrá dejar. Saboréala.* Los susurros se hicieron más audibles. Se unieron otras voces.

Por un momento, Manolito la estrechó con gesto posesivo y la hizo doblarse hacia atrás. ¿Para qué? ¿Acaso la poseería mientras Luiz moría a su lado? ¿Con Solange y Jasmine como testigos de su locura?

*Sí. Sí. Tómala ahora antes de que sea demasiado tarde y la pierdas.*

Sintió que el miedo se apoderaba de él. Miedo de no poder controlar la adicción a probar de ella, de no... poder... parar. Estaba perdiendo la cordura y a punto de hacerle daño a la persona que había jurado cuidar. No debía escuchar, pero las voces eran insidiosas, se colaban en su mente y se cebaban con sus peores temores y sus peores cualidades.

Sus peores cualidades. La necesidad de dominar. La necesidad de que ella lo viera sólo a él y a nadie más. La terrible necesidad de imponerle su voluntad, de manera que MaryAnn no sólo quisiera sino *necesitara* hacer todo lo que él quisiera. La quería según sus términos y sabía que podía controlarla a través de una relación sexual. Conocía sus deseos y fantasías, sabía cómo despertar cada respuesta erótica. No en aras del placer —de ella o suyo— sino del control.

No sólo se deshonraría a sí mismo y todo lo que representaba si tomaba su sangre y su cuerpo, si la llevaba a su mundo, sino que arruinaría cualquier posibilidad que tuviera de ganarse su afecto. Las compañeras eternas no eran eso. Él era su compañero eterno y lo sería en todo el sentido de la palabra.

Las voces se hicieron más sonoras y persuasivas. Las sombras a su alrededor se estiraron y agrandaron. Cogió a MaryAnn por los brazos, preparado para separarla de él, pero ella penetró en su mente con una grata calidez y una sensación de bienestar.

*Eso no es verdad, Manolito. Los escucho y dicen falsedades. Desde luego que piensas que soy tuya. Soy tu compañera eterna, la otra mitad de tu alma.*

MaryAnn estaba agradecida de que Destiny se hubiera tomado la molestia de intentar explicarle el vínculo entre los compañeros eternos carpatianos. *Es natural que me quieras completamente en tu mundo. Ellos te acechan a través de tus instintos, pero tú eres más fuerte que ellos. Nosotros somos más fuertes que ellos.*

*¿Puedes oírlos?* Manolito estaba desesperado por que MaryAnn supiera que él se movía en dos mundos. Parecía tan poco plausible. Y, sin embargo, estaba rodeado por las sombras, las voces y un frío que lo hacía temblar y del que no podía desprenderse, a pesar de que los carpatianos controlaban su temperatura corporal.

*Desde luego que los oigo.* Ella no dejaría que se lo llevaran. No sabía qué estaba pasando, pero era real, no imaginario. Ella era una mujer de la jungla urbana y capaz de lidiar con cualquier basura que le lanzaran a ella o a su hombre.

MaryAnn volvió a sentir el aleteo en el vientre. Ya pensaba en él como su hombre. Pasara lo que pasara, no iba a abandonarlo hasta que estuviera a salvo en la tierra de los vivos, sin vampiros ni demonios.

Manolito intentó calmar su corazón galopante y el flujo de sangre caliente que le recorría el cuerpo y le llegaba a la entrepierna. Lo bueno era que con su calor corporal, su piel suave y su aceptación total, ella había acallado las voces lo suficiente como para que él calmara al demonio que surgía en su interior, reclamándola, y recuperara la razón.

MaryAnn era consciente de sus pensamientos, pero no se había resistido ni se había apartado. Había esperado a que él lo solucionara solo, creyendo en él todo el tiempo que duró el intercambio. Su fe lo aterraba. ¿Qué pasaría si Manolito la decepcionaba? ¿Qué pasaría si el hombre que ella imaginaba no existía? Su confianza en él era una lección de humildad.

Manolito se pasó la lengua por los diminutos orificios, esta vez cuidándose de no dejar su marca. Una vez era suficiente, y se cercioró de que la marca seguía ahí para recordarle, en ausencia suya, la conexión de sus almas. La sostuvo en sus brazos un momento, con el corazón desbocado. ¿Las voces eran algo más que una tentación para hacerle daño? ¿Acaso los que habitaban en el mundo de las sombras intuían que estaba conectada con él y Maxim pretendía atraerla hacia el pantano de las tinieblas, donde pudiera matarla?

—Déjame sanarte la pierna. —No soportaba ver esas marcas en ella, y MaryAnn ya había sufrido bastante mientras él ayudaba a los demás. Deslizó los dedos sobre los cortes en la pantorrilla, la carne desgarrada y el músculo visible a través de la herida abierta.

—Pero Luiz...

—Lo mantengo vivo. Permíteme hacerlo.

MaryAnn apretó los labios para no protestar y miró fugazmente a Jasmine y Solange, esperando que no fueran testigos de su reacción ante las atenciones de Manolito. Porque, para decirlo con franqueza, aquello tenía un tinte sexual. En medio de la sangre y el caos, su cuerpo estaba haciendo y pensando cosas que no debería. Solange no se movía, tenía los ojos cerrados y acaparaba toda la atención de Jasmine.

—Ve, adelante, pero date prisa —dijo, con la voz ahogada. Le costaba pensar, y todavía más hablar, mientras él le acariciaba el muslo arriba y abajo.

Manolito inclinó la cabeza hacia su pantorrilla, cogiéndole el tobillo para inmovilizarlo. Ella sintió un nudo en la garganta al ver su cabellera sedosa caerle como una cascada sobre los hombros. Veía su perfil, sus pestañas largas y el perfil de sus labios. Manolito era demasiado atractivo para ser verdad. MaryAnn levantó una mano para cogerse el pelo enredado. Aunque lo tenía recogido en una trenza, amenazaba con convertirse en una maraña salvaje. Aquel movimiento atrajo su atención hacia las manchas de sangre en su blusa de seda.

Miró, consternada, sus elegantes pantalones negros. Una pernera estaba rasgada y rota, y de la bastilla sólo quedaban hilachas. Más abajo, tenía unas profundas marcas de un zarpazo en la pierna, tan profundas que el músculo se derramaba fuera de la herida. El dolor era insoportable, le quitaba el aliento y, por un momento, creyó que iba a vomitar.

—Manolito —dijo, con un hilo de voz, asombrada por la intensidad del dolor que la quemaba. En sus ojos aparecieron lágrimas—. Me duele.

—Ya lo sé, *sivamet*, también me ocuparé de eso. —A él le pareció interesante que en cuanto MaryAnn había tomado conciencia de la herida, él había sentido el impacto del intenso dolor. Ya no lo tenía apartado en un rincón del cerebro, desvinculado de su yo consciente.

Manolito mantuvo a raya el dolor y comenzó la tarea de curar las heridas desde dentro hacia fuera. Cuando las hubo cerrado y eliminado las infecciones, volvió a su cuerpo y se inclinó para inspeccionarle la pierna. MaryAnn cerró los ojos al sentir la lengua raspándole la herida como el cálido roce del terciopelo.

Sabía que él tenía un agente curativo en la saliva, y que debería sentir cierto rechazo, pero no fue así. Al contrario, un millón de alas de mariposa le rozaron las paredes del estómago y se le tensaron los músculos. El calor latió en su entrepierna. Manolito hacía algo con las yemas de los dedos, más arriba, en el interior del muslo, algo que amenazaba con privarla de la cordura, pero antes de que perdiera la cabeza del todo, él levantó la cabeza y ella vio en sus párpados pesados la mirada brumosa del deseo.

—Tenemos que concentrarnos en Luiz. —La voz ronca de Manolito estaba cargada de emoción.

Ella asintió con un gesto de la cabeza, incapaz de hablar.

—Dime que debo hacer para ayudarte.

Los hombres carpatianos no compartían a sus mujeres, y Manolito era decididamente del tipo celoso, pero su corazón se volcó con Luiz cuando sintió su aprehensión al inclinarse sobre su cuello.

*Intenta sujetarlo en tus brazos, MaryAnn, hacer que la transición le sea más leve. Temo que el felino en él es fuerte y no lo abandonará sin oponer resistencia.* No era fácil obligarse a pedírselo, pero él ya había empezado a fundirse con el hombre jaguar y, para un hombre que había luchado tantas batallas y sufrido tanto por su pueblo, el sabor del miedo era amargo. Manolito no quería que Luiz se desplazara de una vida a la otra en un estado de ansiedad. Se fundió completamente con él para calmarlo, pero el felino intuyó lo que estaba a punto de ocurrir y se desató su furia.

*Vivirás. ¿Cómo no habrías de vivir? Has sido parte de Luiz durante muchos años. Vosotros dos sois uno. Esto os permitirá vivir a los dos. Él ha elegido salvarte para que tú salves a tu pueblo.* Entretanto, MaryAnn le acariciaba el pelo, y sus dedos se demoraron en su cabellera.

*Está tocando a otro hombre.*

*El mismo hombre que estaba con ella antes.*

Eran las voces de unos demonios repugnantes dispuestos a minar su confianza en ella. Manolito prefirió mirar la mano de MaryAnn, sentir su intención, confiar en ella en lugar de confiar en las voces. Los dedos de su compañera tenían algo de hipnótico, y Manolito sintió el contacto en su propio pelo, su propio cuero cabelludo. Los tres estaban estrechamente unidos a través de ella, pero él estaba seguro de que no era consciente de lo que hacía.

Empezaba a comprender cómo lo conseguía. Sus habilidades no tenían parangón con nada de lo que hubiera visto. MaryAnn acumulaba energía y la utilizaba como quien respiraba. La irradiaba hacia los que la rodeaban, hacia cualquiera que sufriera o necesitara consuelo, y los entendía sin siquiera darse cuenta. Después de recoger y procesar la información sobre la persona y la aflicción que sufría, usaba su energía para darle lo que fuera que necesitaba, ya fuera esperanza o consuelo.

Por eso le transmitió a Luiz su compasión, le alivió el dolor y lo calmó, aunque a Manolito le dio algo muy diferente. La compañía. No lo seguía como él creía que debía hacerlo una mujer. Estaba a su lado, elaborando la energía necesaria para protegerlo y salvarlo del mundo de las sombras que habitaba, así como él la protegía a ella. Era sencillamente una energía y una perspectiva diferente.

Manolito le quitó a Luiz la vida, la sangre y el espíritu y los guardó bajo su custodia. Se hizo un corte en la muñeca y le ordenó beber. Éste, profundamente entregado, no opuso resistencia. El jaguar lanzó un rugido de protesta y luego se dejó calmar por MaryAnn.

Ella se mordió los labios y siguió acariciándole el pelaje, intentando cooperar de la mejor manera posible. No sabía qué esperar, pero no quería que Jasmine estuviera presente si algo salía mal.

—¿Puedes llevar a Solange a la habitación? —le pidió, sin saber si el jaguar estaba inconsciente o si simplemente no se movía.

La puerta se abrió de golpe y entró Riordan a grandes zancadas, con Juliette siguiéndolo a sólo unos pasos. Estaba a todas luces alterada, y lo empujó a un lado para llegar junto a su hermana y su prima. Riordan tenía marcas de quemaduras en los brazos y en la mejilla, y un corte a lo largo del muslo. Juliette parecía estar sana y salva, pero sí vapuleada. Dejó escapar un grito ahogado al ver la sangre en el suelo y las paredes, pero Riordan se plantó delante para protegerla de cualquier peligro potencial mientras contemplaba la escena.

—¿Solange todavía necesita ayuda? —preguntó a Jasmine. Se apartó para dejar que su compañera eterna fuera a ocuparse de su prima.

—Tenemos que llevarla a una habitación y permitir que recupere su forma humana —dijo Jasmine—. Ahora está tranquila, pero adolorida.

—Lo siento. —Juliette estaba a punto de echarse a llorar—. Intentamos llegar, pero nuestros enemigos se encontraban en las cercanías. Tienen que haber adivinado dónde estaba nuestro lugar de descanso y, cuando intentamos levantarnos, nos atacaron.

Manolito lanzó una mirada somera a su hermano para cerciorarse de que no sufría heridas que requirieran atención inmediata. Riordan negó con un gesto de la cabeza para asegurarle que no.

—Jasmine y yo podemos llevar a Solange a su habitación —dijo Juliette—, mientras tú ayudas a Manolito.

—¿Qué haces? —le preguntó Riordan, aunque ya sabía la respuesta. Aún así, no quería que fuera verdad—. ¿Has perdido la cabeza? No podemos traer aquí a un hombre jaguar.

—¿Por qué? —preguntó MaryAnn, desafiante—. No tenéis problemas para convertir a las mujeres. ¿Acaso Juliette no era humana con una pizca de sangre de jaguar?

Riordan la miró a la cara y luego siguió hasta su pierna herida.

—¿Riordan? —Era Jasmine que requería nuevamente su atención.

—¿Qué hay, hermanita? —dijo, con la expresión más relajada.

—Yo le pedí a Manolito que salvara al jaguar. Si no hubiera estado para ayudar a Solange, la habrían capturado o matado.

—Venían con un hechicero —avisó Manolito, y su rostro se volvió grave. Hizo que Luiz dejara de alimentarse—. El hechicero desmontó las defensas en torno a la casa y luego entró con ellos y se apoderó de Jasmine.

Juliette se giró, pálida.

—Al final, era una trampa. Fue lo que temimos cuando vimos a un jaguar observando la batalla. Jasmine, ¿te encuentras bien?

Ésta asintió con un gesto de la cabeza.

—Pero no era a mí a quien buscaba. Creyó que yo era Solange. De hecho, me llamó por su nombre. Yo no reaccioné ni lo negué, pero era evidente que había venido a por ella.

Manolito se sentó después de apartarse de Luiz y se limpió el dorso de la mano en la frente, dejándose una mancha de sangre.

—Luiz había sido manchado por un vampiro. Los hermanos Malinov utilizan ese plan para hacerse con el control. Están destruyendo a la raza de los jaguares desde dentro, tal como lo planeábamos nosotros de jóvenes. Buscan sangre real, pero ignoro por qué. Al principio, creí que el blanco eran Juliette o Jasmine, pero Luiz me ha dicho que era Solange. Un vampiro ha ordenado a los hombres jaguar que la capturen y se la entreguen —dijo, y le transmitió mentalmente a su hermano un resumen de lo ocurrido.

Juliette sacudió la cabeza.

—Solange es una pura sangre y proviene de un linaje real.

—No se puede quedar en esta isla —dijo Riordan—. Tenemos que llevarla a la hacienda en cuanto pueda viajar.

—No quiere irse —intervino Juliette.

—Ha hablado de marcharse —corrigió Jasmine—. Creo que podemos persuadirla.

—Llevadla a su habitación —ordenó Riordan—. Yo me ocuparé de los estropicios y limpiaré todo esto. Esta vez usaremos defensas que jamás han urdido los hechiceros.

—Quema al jaguar que he matado —le aconsejó Manolito—. Estaba manchado por el vampiro y es probable que lo hubieran vuelto a usar. No quiero que caiga en manos de nuestros enemigos.

—¿Qué plan? —inquirió MaryAnn, escrutando el rostro de Manolito.

Él no dijo palabra, pero cruzó una fugaz mirada con su hermano. Fue Riordan el que contestó.

—Éramos muy jóvenes y nos creíamos unos intelectuales. Creíamos que podíamos crear un mundo mejor.

—Nos creíamos superiores a todos los que nos rodeaban —le corrigió Manolito—. Todos teníamos mentes rápidas y reflejos excelentes, y eran pocos los cazadores que nos superaban. Cuando nos sentábamos en el consejo, siempre era Zacarías el que inventaba las estrategias para las batallas. Siempre había alguien entre nosotros que tenía ideas para evitar que nuestro pueblo se encaminara al desastre.

—¿Qué ocurrió? —preguntó MaryAnn.

Manolito suspiró y se pasó las dos manos por el pelo.

—Ahora entiendo que el pensamiento de todos confluía y nos daba toda esa información. Nuestro don consistía en tener una mente ágil capaz de elaborar respuestas con la rapidez necesaria. Ésa era nuestra contribución a las reuniones del consejo, y todos los demás contribuían con algo de valor. Pero por aquel entonces creíamos saber cuál era el derrotero que debía seguir nuestro pueblo, y no coincidía con lo que decía Vlad Dubrinsky. Por aquel entonces, él era el príncipe y teníamos muy pocas mujeres.

Riordan sacudió la cabeza.

—En aquellos tiempos eran muy escasas las probabilidades de encontrar a la compañera eterna. Sobrevivían pocos niños y, entre ellos, ninguna hembra. Todos nos dábamos cuenta de que nuestra especie estaba al borde de la extinción, que sólo era una cuestión de tiempo. Muchos no veían con buenos ojos que aquellos que decidían nuestro futuro fueran todos ancianos y gentes antiguas. Empezábamos a convertirnos en un mito, como los otros, los hechiceros, el hombre lobo y el jaguar. Había muchas especies que podían transmutar, pero la mayoría había muerto, y lo mismo ocurría por donde miráramos.

—Nuestra intención era salvar a nuestro pueblo, así que nos reuníamos entre amigos y elaborábamos planes para tomar el poder. Teníamos que sacar al pueblo *karpatii* de las sombras agonizantes y devolverlo al mundo. Cualquiera que se declarara seguidor de los Dubrinsky y luchara de su lado, debía ser eliminado. Así que jugábamos con ideas acerca de cómo llevarlo a cabo.

—Eran debates intelectuales muy estimulantes —añadió Riordan—. No teníamos intenciones de ir más allá. —Extendió las manos por delante y se las miró, como si pudiera ver en ellas la sangre de su pueblo.

—Sin que ahora importe lo que pensáramos en aquel entonces —dijo Manolito—, los hermanos Malinov están llevando a cabo el mismo plan.

—¿Quiénes son los hermanos Malinov? —preguntó MaryAnn.

Luiz se movió y abrió de golpe los ojos, al tiempo que dejaba ir una bocanada de aire. Se le contrajeron los músculos de todo el cuerpo, y se le quedaron como bloqueados. De pronto, empezó a retorcerse.

MaryAnn se inclinó sobre él y dejó escapar un pequeño gemido de aflicción.

—No está teniendo efecto, Manolito.

Éste cogió a MaryAnn y la separó del hombre jaguar.

—Esto será duro, *ainaak enyem*. No quiero que seas testigo de su conversión.

Ella alzó el mentón y miró de un hermano al otro.

—No queréis que sea testigo de la conversión porque no queréis que sepa qué ocurre —aventuró.

—Eso también —concedió Manolito—. Pero su cuerpo tendrá que liberarse de toxinas mientras el felino lucha por conservar la supremacía.

—La conversión de Juliette fue muy complicada —añadió Riordan.

MaryAnn no apartaba la vista de Manolito.

—Creo sinceramente que puedo ayudar en la transición.

Riordan negó con un gesto de la cabeza.

—Nadie puede ayudar. Si pudiéramos, sufriríamos la mayor parte del dolor, pero no podemos, ni siquiera por nuestra *avio päläfertiil*, la otra mitad de nuestra alma.

MaryAnn le tendió la mano a Manolito. Él la cogió enseguida y entrelazó los dedos.

—Puedo ayudarle, lo sé. Mi trabajo es aliviar a la gente de su dolor.

—Lo siento, amada —dijo él, con la voz más suave posible—. Es un riesgo demasiado grande. No conoces tus dones y te fundes mentalmente con las personas sin siquiera darte cuenta. No puedo permitir que te quedes encerrada en él y que su cuerpo capitule antes de haber acabado la batalla. No me arriesgaré a ello.

—No eres tú quien corre el riesgo.

Algo oscuro y peligroso brilló en el fondo de sus ojos. Un músculo le tembló en la mandíbula, pero su rostro permaneció totalmente impasible.

—He dicho que no.

MaryAnn le devolvió una mirada furiosa.

—Manolito, no puedes decirme lo que puedo y no puedo hacer.

Él se movió más rápido de lo que ella habría esperado, y su cuerpo, una mancha borrosa, la cogió en sus brazos, con tanta fuerza que no tenía sentido resistirse. Antes de que ella pudiera protestar, él ya se la llevaba a cuestas a grandes zancadas. En toda su vida, MaryAnn jamás se había visto reducida físicamente. Indignada, empezó a propinarle patadas, pero la fuerza de Manolito era enorme y su voluntad de hierro. No había manera de pararlo.

—Lo siento, *ainaak sivamet jutta.*

*Para siempre conectada con mi corazón.* Fue lo que ella leyó en su mente mientras él atravesaba la casa hasta su habitación y la depositaba en la cama. Manolito le rozó el pelo con los labios, la dejó y salió de la habitación tras dejar la puerta firmemente cerrada.

Entonces se paró un momento ante la puerta y murmuró un hechizo para mantenerla cerrada por si ella intentaba sacarla de las bisagras. Si había una mujer capaz de hacerlo, era ella. Se pondría hecha una furia contra él, pero por su bien y el de Luiz, Manolito prefería que no fuera testigo de lo que iba a ocurrir. Oyó que daba un zapatazo en la puerta, y luego otro. No cabía duda de que estaba furiosa.

—Manolito, date prisa —llamó Riordan—. Esto pinta mal.

MaryAnn oyó la llamada del hermano de Manolito. Cogió una almohada y se la apretó contra el vientre, presa de las náuseas. Ella había sido la que lo había presionado para que salvara a Luiz, pero ahora los había abandonado a todos. Luiz estaba solo, y se enfrentaba a una experiencia horrible. Ella ignoraba qué era, pero intuía algo traumático para Luiz y para los dos machos carpatianos.

¿Alguna vez habían convertido a un macho? Si nunca se había hecho, quizás hubiera un motivo, un buen motivo, y quizás ella se hubiera precipitado al presionarlos. Hundió la cabeza en la almohada con ojos lacrimosos. Luiz iba a sufrir y, de alguna manera, ella sabía que Manolito sufriría con él. Quería dominar la ira que sentía ante el gesto arbitrario de Manolito de encerrarla en su habitación, prohibiéndole ser testigo del cambio, como si se tratara de una niña pequeña. Sin embargo, ya que una parte de ella todavía estaba ahí, con Luiz y con Manolito, y sentía su agonía, no pudo mantener su actitud de furia.

Fue al baño y dejó correr el agua caliente en la bañera para relajar sus músculos cansados y agarrotados. Tenía el estómago hecho un nudo. Captó impresiones de unas convulsiones, de Luiz retorciéndose, lanzado al aire y luego cayendo con fuerza. Sólo tenía atisbos de la escena, y se percató de que Manolito bloqueaba toda posibilidad de que se fundiera mentalmente con él. Había tardado en cogerle el truco a la conexión, y la mayoría de sus intentos no acababan bien y demostraban su impericia. Pero ahora le parecía algo imposible.

Respiró hondo y espiró. No pensaba abandonar a Luiz en ese momento, no cuando más lo necesitaba. Manolito intentaba levantar un escudo para protegerla pero, aunque no lo supiera, él también la necesitaba. MaryAnn se concentró en él, en el roce y la textura de su piel, en los compartimentos de su mente. La intimidad de la vía que habían abierto entre los dos era un regalo inesperado. Por muy arrogante que ella lo viera, ahora sabía que él era mejor, conocía aquella gentileza que le ocultaba al mundo. Sintió su compasión mientras sostenía a Luiz, y supo que se ocupaba de tranquilizarlo.

El felino que habitaba en él lanzó zarpazos y se defendió, luchando por sobrevivir, y luego aquella sensación se desvaneció. MaryAnn respiró lentamente y conservó la imagen de Manolito sosteniendo al hombre jaguar. Captó una leve ola de compasión de Riordan y Manolito y luego, nuevamente, al felino. Su alarma se convirtió en pánico, y luchó y lanzó mordiscos mientras se defendía de la agresión de la sangre carpatiana.

MaryAnn cayó de rodillas, respirando a duras penas. Quedó a cuatro patas sobre el suelo del cuarto de baño, boqueando por respirar cuando la descarga de dolor la recorrió de arriba abajo. Entendió que Manolito se daba cuenta, sorprendido, de que ella lo acompañaba y que volvía a apartarla de su mente con firmeza.

Padecía la agonía de encontrarse a solas, sabiendo que Luiz sufría y que su compañero la necesitaba a su lado. Ella percibía la necesidad, pero nada podía hacer por ninguno de los dos. Manolito se había mostrado intransigente y no se había dado cuenta (o quizá sí) de que le pedía que actuara contra su naturaleza. Volvió a apartar el miedo y se concentró en él porque acababa de conectar con su mente y ahora sentía en carne propia su lucha contra el mundo de las sombras. Quizá no pudiera llegar hasta Luiz, pero sí podía llegar a Manolito. La conexión entre los dos era sumamente fuerte.

Y, de pronto, se encontró firmemente anclada en su pensamiento, y en el de Luiz, y vio con sus propios ojos los horrores de la conversión, la agonía que padecía el hombre jaguar con la llamada de la muerte, mientras el felino se defendía. Manolito asumió una parte demasiado grande de ese dolor, aguantando todo lo que le permitía su naturaleza. Los dos hombres eran unos estoicos, cada uno plenamente consciente del otro, y mientras Luiz procuraba soportarlo con gran dignidad, Manolito procuraba mostrarse compasivo y acogedor, al tiempo que le permitía a él conservar su dignidad. En ese momento, con las lágrimas corriéndole por las mejillas y retorciéndose de dolor por los dos, MaryAnn supo que podía amar a Manolito plenamente, con todo su ser.

Quizá la atracción hubiera comenzado mediante un antiguo ritual. Quizás estuviera físicamente obsesionada con él pero, a la larga, había visto su verdadero carácter. Manolito se abrió a ella y, sin darse un respiro, procuró ayudar a Luiz a penetrar del todo en su mundo, y ella respondió de la única manera que sabía, es decir, dándose en cuerpo y alma.

# Capítulo 12

La conversión era lo más espantoso que MaryAnn hubiera podido imaginar, una muerte oscura y dolorosa y un renacimiento. Sabía que ella misma tendría que vivirlo y que, al ver lo que había sufrido Luiz, Manolito ya no estaba tan seguro de que quisiera correr el mismo riesgo con ella. Curiosamente, por primera vez MaryAnn contempló la posibilidad de arriesgarlo todo, porque aquel día acababa de aprender que Manolito De La Cruz era mucho más que un hombre fascinante con una actitud demasiado arrogante, y que ella ya estaba más que enamorada de él.

Se hizo unas trenzas francesas mientras estaba en la bañera, con manos ágiles en aquella tarea que le era familiar, reconfortándola en un momento en que habría querido llorar por lo que Manolito había tenido que vivir. Sus hermanos creían que se había vuelto loco. Él también lo pensaba, y aun así se había ocupado del hombre jaguar con mucho cuidado y un gran respeto y había sufrido enormemente por ello. Sabía que ella había estado presente, ayudando a Luiz y calmándolo lo mejor que podía, y habría hecho lo que fuera para ahorrarle ese trance, pero con aquello sólo logró que aún se sintiera más cerca de él.

MaryAnn se vistió con fina lencería de encaje azul y un tanga con una delgada cadena dorada a cada lado, algo que la hacía sentirse sensual y valiente en las peores circunstancias. Se puso una falda que le llegaba hasta las pantorrillas, de un azul marino intenso que era pura dinamita, con sus botas de color crema hasta las rodillas. Se ajustaban a sus pies como unas zapatillas y susurraban al caminar. La falda resaltaba halagüeñamente su trasero bien delineado y es que MaryAnn sabía que tendría que echar mano de cualquier ventaja cuando discutieran con Manolito de los pros y contras de su relación. Porque había decidido que se darían una oportunidad.

Su sujetador wonder-bra hacía juego con las bragas, oscuro y erótico, dando a sus curvas un bello perfil y destacando la caída de la blusa corta color azul marino con pequeños botones de perla. Los complementos lo eran todo, y ella tenía de sobras. Se puso unas pulseras en la muñeca y conjuró su imagen.

Su manera de sonreír. Su cabellera negra y espesa, incluso más sedosa de lo que había visto la noche anterior. Sus ojos, oh, Dios, Manolito tenía esos ojos calientes y exigentes y esa boca endemoniadamente sensual. ¿Y para qué diablos se proponía seducirlo vestida así? MaryAnn intentaba controlar sus emociones, y era evidente que se había vestido para que él se detuviera y tomara nota. Estaba jugando con fuego, y tenía experiencia suficiente para saber que si hacía eso, no podría llorar si se quemaba.

La tensión en la casa había desaparecido. MaryAnn respiró tranquilamente y se dejó caer en la cama para esperarlo. Oía el tictac del reloj, interminable y sonoro. Manolito vendría. Pronto. Enseguida. Esperó, pero pasaron los minutos y la sonrisa se desvaneció de sus labios. Cerró los dientes de golpe y los hizo *rechinar*, una palabra que no se atrevía a usar. Él no la dejaría encerrada en su habitación como una adolescente rebelde. Más le convenía venir. Ahora. Antes de que su carácter compasivo se desvaneciera para siempre.

Dio unos pasos por la estancia y al llegar a la puerta lanzó un sonoro puñetazo.

—Venga, ya, hombre de la jungla. Esto es demasiado. Sácame de aquí.

El silencio fue la única respuesta. Lo mataría con sus propias manos. Sus creencias sobre la no violencia se habían perdido en la selva y vuelto decididamente obsoletas ante ese hombre de las cavernas.

—¡Retiro todo lo bueno que he pensado acerca de ti! —exclamó frente a la puerta, y le dio un golpe con la mano abierta, justo donde tendría que estar su cara—. Necesitas a alguien que te dé una buena paliza en esa cabezota tuya.

Y una sola cachetada no bastaría. Quizá tuviera que pensar en otros castigos, mucho más crueles, aunque ese tipo de imaginación le fuera un tanto ajena. Látigos y cadenas. Aquello invocaba la imagen de unas botas negras con tacones de estilete, medias de rejilla y un corsé de cuero. Y eso sí que no sucedería, porque él no se lo merecía. Lo que se merecía era la madre de todas las palizas, como en esos horribles programas de la tele con esos hombres que luchaban dentro de jaulas y uno le atizaba al otro que era un gusto; ése tendría que ser el método, nada de botas y tacones.

La puerta se abrió de golpe y el ancho torso de Manolito ocupó el espacio del umbral. Se quedó ahí, mirándola desde su altura, frotándose el mentón con ademán grave y una mirada intrigante pintada en la cara.

—Creo que más te valdrá pensar sólo en cosas buenas cuando pienses en mí.

Ella abrió la boca para soltarle una andanada verbal, pero enseguida la cerró. Manolito parecía exhausto. Completamente agotado, vacío después de su lucha para salvar dos vidas, sanarla a ella y mantener separados los dos mundos en que habitaba. MaryAnn sintió el cansancio como un gran peso sobre los hombros de él, y sobre los suyos. Entendió lo que había vivido y sabía por qué había querido ahorrarle a ella ese trance. Se lo quedó mirando de arriba abajo con los brazos en jarras.

—Has conseguido quedar exhausto —dijo—. ¿Tu hermano te ha dado más sangre? —Se sintió como una valiente por hacer esa pregunta, obligándose a enfrentarse a quién era él sin desatender sus necesidades.

Una leve sonrisa asomó en la cara de Manolito, suavizándole las comisuras de los labios y borrándole las oscuras ojeras.

—Es verdad que estoy agotado. Estás muy bella, MaryAnn. Con sólo mirarte, todo lo demás se desvanece —dijo él, y le tendió la mano—. Ven conmigo.

Ella tenía tantas ganas de estar a solas con él que retrocedió un paso.

—¿Adónde?

—Tengo una sorpresa para ti. —Manolito seguía con el brazo estirado hacia ella, mirándola fijo.

Ella dejó escapar un suspiro y le entregó su mano. Él la apresó entre sus dedos enseguida y la atrajo hacia el calor de su cuerpo. MaryAnn sintió el súbito renacimiento del deseo y la atracción de su contacto la embargó de pies a cabeza.

—¿Y Luiz?

—Descansa en la tierra y está bien custodiado. Esta vez hemos utilizado unas defensas que ningún hechicero podría burlar. Ha pasado mucho tiempo sin que hayamos tratado con esa especie y a lo largo de los siglos nos hemos descuidado. Esta reciente batalla contra ellos debería habernos enseñado a tenerlos siempre en cuenta cuando protejamos nuestros hogares y los sitios donde nos retiramos a descansar. Ese error no volverá a producirse.

—Te agradezco lo que has hecho por él.

Se inclinó hasta rozarle la boca con sus labios, un contacto suave y largo, no agresivo, como si sólo la estuviera saboreando.

—No hay de qué. Ya veremos qué piensa el interesado cuando se despierte.

Manolito tendría que controlar el instinto natural de Luiz para alimentarse. Aquel instinto de jaguar era natural en él desde hacía muchos años y por eso se despertaría con un hambre feroz. Si cedía al instinto de matar a su presa, él tendría que despacharlo rápida y eficazmente, pero en ese momento no quería pensar en ello. Sólo quería llenar su pensamiento con imágenes de MaryAnn. No quería pensar más en el mundo de las sombras, ni en el mundo real, ni en el problema en que se había metido sólo para ver una mirada de gratitud en la cara de una mujer.

—No siente dolor, ¿no?

Manolito le cogió el mentón y la acarició lentamente con el dedo pulgar.

—No. Está a salvo. Descansará unas dos o tres noches antes de levantarse, y yo estaré ahí para ayudarlo todo lo posible cuando llegue ese momento.

—¿Y Solange?

—Juliette y Riordan están con ella. —Le cogió la mano y la frotó contra su barbilla—. La casa está limpia y protegida. Todo está en silencio. Quiero sacarte de aquí y tenerte para mí durante un rato.

MaryAnn sintió que el corazón se le aceleraba ligeramente. Más que nada, ella quería estar con él. Se había vestido para lucir su belleza deseando tener el valor para enfrentarse a él y a lo que hubiera entre ellos, pero ahora que Manolito estaba frente a ella, más guapo de lo que era soportable en cualquier hombre, no estaba segura de que quedarse a solas con él fuera la mejor idea. Era demasiado sensual y atractivo, y ella no quería relacionarse con él sólo por una atracción física, ya que aquellos sentimientos que acababa de descubrir en sí misma la hacían sentirse más vulnerable que nunca.

—Encuentro que, como compañera eterna, eres absolutamente fascinante y tengo muchas ganas de conocerte mejor —añadió él. No había ninguna presión para que ella viera las cosas a su manera, ninguna orden ni exigencia. Su sola frase tenía el retintín de la verdad y abatía todas sus defensas.

—¿Estás seguro de que no debería cuidar de Jasmine y Solange? Al fin y al cabo, he venido para ayudarlas, y no se puede decir que les haya servido de mucho.

—Has ayudado a salvarles la vida —dijo él, y la estrechó suavemente contra su pecho—. Solange está descansando y Juliette acompaña a su hermana. —Manolito respiró hondo, como inhalando su perfume—. Te necesito —dijo, con la voz enronquecida por el hambre. En sus ojos ardía una lujuria humeante.

Ella asintió con un gesto de la cabeza y con el corazón acelerado. Sentía el pulso como un martilleo en todo el cuerpo, estirándole los músculos y endureciéndole los pezones hasta que le dolieron. Se le secó la boca y se humedeció los labios con la lengua, respirando con dificultad mientras él seguía aquel movimiento con la mirada fija.

—No estoy segura de que sea conveniente.

—No sufrirás daño alguno —le aseguró él. Con la yema del dedo, siguió el recorrido de su lengua, dejándole en los labios una estela de calor—. No mientras yo esté contigo.

—Tú. —MaryAnn casi no podía respirar, y menos hablar—. Tú no eres seguro. Tengo una actitud desquiciada contigo. —Era preferible ser sincera y hacérselo saber—. Lo que pasa es que yo me he impuesto mis propias reglas hace mucho tiempo.

—¿Reglas? —Manolito arqueó las cejas como una pregunta, aunque con la mirada fija en sus labios.

—Para mí. Para los hombres. Sencillamente no duermo con nadie. —Aquello estaba saliendo descaradamente mal porque la verdad era que mientras él la mirara de esa manera, ella era incapaz de pensar.

—Te agradezco tus reglas.

La boca le tembló ligeramente, algo que no hacía sino aumentar su atractivo. ¿Cómo explicarle que el respeto de sí misma y sus años de restricciones estaban a punto de irse al garete? Si se quedaba a solas con él, haría lo posible por seducirlo, o simplemente implorarle que la clavara contra la pared más próxima e hiciera lo que quisiera con ella.

Nunca había deseado una relación con un hombre que se instalara en la comodidad. Deseaba una pasión que lo consumiera todo o nada. Y se había conformado con nada. Había tenido fantasías de una relación con un hombre que inspirara en ella un erotismo de descargas eléctricas en toda la columna. Y en esa fantasía, ella lo conocía en una tienda de comestibles y él sólo llevaba puesto un impermeable y nada más, o bailaba con él en una fiesta, rodeada de un halo de sensualidad, él acariciándola, sabiendo, *de-*

*seando*, que no llegarían a casa porque antes sucumbirían al deseo. Y ahí tenían, en ese momento, todas las fantasías que había soñado reunidas en un solo hombre.

MaryAnn estaba segura de que Manolito De La Cruz era el hombre más atractivo jamás visto. Irradiaba sensualidad. Con cada mirada y cada gesto, con sus hombros anchos y su pecho robusto, sus caderas delgadas y el bulto impresionante que se adivinaba en su entrepierna. Tenía los párpados caídos y los ojos vidriosos de deseo por ella. Si bien esa mirada le aceleraba el corazón y la hacía derretirse por dentro, la verdad era que, en todas esas fantasías suyas el hombre había estado locamente enamorado de ella. Una cosa sin la otra no le parecía aceptable.

—Si vuelvo a irme contigo ahora, Manolito, no estoy segura de que pueda seguir viviendo conmigo misma.

—No haré nada con lo que no puedas vivir.

Por su voz, se diría que Manolito esperaba hacer cosas sin las cuales ella no podría vivir, y eso era exactamente lo que se temía. Porque ella tenía muchas ganas de esas cosas. Quería que él le enseñara todo aquello con lo que había soñado, quería pertenecerle, quería que le hiciera el amor, que le enseñara que esas fantasías podían hacerse realidad, y no quedarse sólo en el terreno de lo imaginario.

—No me dejas penetrar en tu pensamiento.

¿Había un dejo de pesar en su voz? Lo último que ella quería era hacerle daño.

—No sé cómo dejarte entrar o salir de mi pensamiento. De verdad que no tengo ni idea de por qué todos pensáis que tengo facultades psíquicas especiales. Jasmine cree que fui yo quien la salvó del hechicero. Había un viento muy fuerte, la rama se desprendió y le cayó encima. Yo no hice nada. ¿Cómo iba a hacerlo?

En cierto sentido, MaryAnn agradecía que él no penetrara en su mente. Si podía impedirlo, Manolito nunca lo haría, pues en cuanto él viera sus fantasías, ella estaría metida en un lío peor de lo que podía imaginar, ya que en materia de sexo, éstas eran demasiado vívidas.

Manolito paseó una mirada oscura y posesiva por su cara.

—Ven conmigo, MaryAnn, deja que te enseñe mi mundo.

No debería ir. Si lo hacía, se estaría buscando problemas, pensó, y suspiró. Pero desde luego que iría con él. Iría con él porque había perdido la razón, porque todavía tenía su sabor en la boca y sentía sus caricias, y lo deseaba dolorosamente, por dentro y por fuera.

—Llevaré el spray de pimienta.

Con su asomo de sonrisa, MaryAnn sintió diminutas lengüetas de fuego en los pechos, un deseo que bajó hasta el vientre y bailó entre sus piernas hasta que sintió un calor abrasador en los pliegues de su intimidad. Tuvo que abrir la boca para respirar, como si acabara de lanzarse al vacío desde un precipicio.

—No esperaría nada menos de tí —dijo él, con un dejo de humor en la voz.

Esa pequeña nota de humor, un bien que ella consideraba escaso en él, no hizo más que añadirle atractivo. MaryAnn levantó la mirada hacia él y se perdió en la absoluta intensidad que vio en sus ojos... por ella. Nada ni nadie existía para él en ese momento excepto ella.

Con un gesto de exquisita ternura, Manolito la estrechó en sus brazos y la alzó lentamente hacia él. Tenía la piel caliente, estaba duro y exhalaba un olor masculino. Su pelo oscuro le rozó la cara cuando la levantó, deslizándola hacia arriba hasta que ella sintió el grosor y el largo de su erección presionándola en la entrepierna, más suave.

—Pónme los brazos alrededor del cuello y las piernas alrededor de la cintura. Si todavía te da miedo volar, oculta la cara en mi hombro. Confía, que yo cuidaré de ti, MaryAnn.

Ella captó una nota íntima en su voz ronca y aterciopelada, un matiz que prometía y hasta la asustaba, como si el pecado viviera y respirara en él y se proyectara hacia ella para envolverla en una pasión absoluta. Ese doble significado hizo nacer en ella un estremecimiento de deseo que ascendió en espiral por todo su cuerpo. MaryAnn era la esencia misma del control, pero aquel hombre se lo arrebataba por completo. Su pulso se acompasaba con el de él y el corazón le martilleaba con la misma intensidad. La tentación de saborear lo prohibido era tan fuerte que por un momento le hundió las manos en el pelo sedoso, palpando su textura y sacudiéndose por dentro.

Cerró los ojos cuando sus pies dejaron el suelo. Manolito le arrebataba el aliento con tanta facilidad, la sacudía de tal manera que ella olvidó que era MaryAnn la terapeuta y se convirtió, total e irremisiblemente, en MaryAnn la mujer. El hueco de su cuello era cálido y acogedor, y ella le apartó la camisa con un movimiento de la cara para apoyarla en su pecho desnudo. Lo rozó con los labios, saboreándolo, porque podía hacerlo. Porque cuando lo hacía, él se sacudía con un estremecimiento de placer.

La noche era sorprendentemente cálida. Mientras la llevaba volando por encima de la selva, se dio cuenta de que cesaban los ruidos en cuanto los animales, incluso los pájaros y los insectos, se percataban de su presencia. Sintió un escalofrío en la espalda al darse cuenta de que éstos intuían la presencia de un predador. Era imposible no sentirse viva junto a él. Manolito irradiaba energía, sensual y excitante, sobre todo peligrosa, y la envolvía en aquel apetito voraz que tenía de ella, de tal manera que su deseo encendía el suyo.

A pesar de aquellas miradas y de la sensualidad, no estaban en peligro sus virtudes, porque él era un buen hombre y porque el corazón de ella respondía con la misma pasión que su cuerpo. El mayor riesgo de todos había sido dejarlo entrar en su corazón. Manolito se daba fácilmente a los demás, sin pensar en las consecuencias que entrañaba para él, y ningún otro rasgo en un hombre podía atraerla tanto. Era completamente sincero, y eso también le parecía atractivo. Manolito le había enseñado su vulnerabilidad al contarle que veía y oía cosas de otro mundo. La había dejado entrar en él sin reservas.

*Y así, sin más, me abres tu mente.*

MaryAnn se sentía abrigada, como si la hubiera envuelto en una manta de terciopelo.

—¿Eso he hecho?

Sí eso había hecho, y no había pensado en los peligros que eso suponía. Sólo había pensado en los peligros del corazón. Seguía con la cabeza hundida en el hueco de su hombro, sintiéndose segura mientras surcaban los cielos.

*Mira, ahora, MaryAnn.*

—Tengo miedo a las alturas.

Temía que le fascinara lo que él iba a enseñarle. Temía amar a ese hombre y cambiar para siempre su vida, una vida por la que había trabajado tanto. Sencillamente disfrutaba de su pequeño espacio. Sabía que ayudaba a otros, que era una buena profesional y que gozaba de su independencia. Sin embargo, también existía esa cosa horrible en su interior, algo que la aterraba y que ella mantenía encerrada, pero que se sentía atraída por aquel hombre. En la ciudad, sumida en el ajetreo diario, estaba quieta y bajo control. Aquí, junto a él, MaryAnn la sentía despertarse y agitarse en ella, ansiando la libertad. Y no se atrevía a liberarla.

Manolito le rozó la frente con los labios. *No tendrás miedo, te lo aseguro. Verás mi mundo tal como yo lo veo.*

Ella cerró brevemente los ojos y se apretó contra él. Eso era *precisamente* lo que temía. No quería ver la belleza de la selva. Quería ver los insectos. Montones de insectos molestosos que picaban. Y sanguijuelas. Había sanguijuelas, ella lo sabía. Al mirar, pensaría sobre todo en eso. Era la única manera de mantenerse a salvo. Armada con una imagen de enormes bichos que chupaban sangre, levantó la cabeza con cautela y miró a su alrededor.

Se encontraban en lo alto de un árbol enorme, y las lianas se enroscaron rápidamente por debajo de ellos para formar un suelo sólido. Las enredaderas siguieron retorciéndose y trepando hasta conformar una sólida barandilla para que ella pudiera caminar sobre las copas de los árboles como si estuviera en los tejados de su ciudad natal. Él la soltó lentamente y la observó mientras ella volvía la cara hacia el cielo.

MaryAnn se quedó sin aliento al mirar a su alrededor. La niebla era un manto de diamantes blancos que se desplegaba a lo ancho del cielo nocturno. Las estrellas titilaban como cristales diminutos brillando por donde ella mirara. Contempló el cielo y creyó que podía tocar la luna. Faltaba mucho para que estuviera llena pero era una visión mágica. Cruzó hacia la barandilla, se cogió firmemente con las dos manos y miró hacia abajo. Vio las copas de los árboles: las hojas eran plateadas en lugar de verdes, y las ramas conformaban una gran vía por donde circulaban los animales de la selva. Oyó el roce de unas alas y los rayos de la luna iluminaron el plumaje de las aves que se preparaban para pasar la noche. Volutas de niebla envolvían los troncos de los árboles, resaltando el misterio y la belleza.

Se giró hacia él y se apoyó en la barandilla mientras lo devoraba con la mirada. Manolito pertenecía a la noche. Un señor o un príncipe. Los rasgos angulosos le daban a su rostro un aspecto noble, viril, y en su boca bien formada se adivinaba una mezcla de sensualidad y crueldad, peligro y pasión. MaryAnn se llevó la mano al vientre para mitigar el aleteo que sentía.

—Es muy bello, Manolito. Te agradezco que me hayas traído.

No había olores de sangre ni de muerte. No había mujeres de mirada horrorizada. Sólo estaba la noche. Y él.

MaryAnn le sonrió.

—Siento la niebla y, sin embargo, no hace frío y mi ropa no está húmeda.

—Soy carpatiano. Puedo controlar esas cosas. —Con un gesto de la mano, Manolito hizo brotar flores entre las hojas, formando un lecho grueso y sólido, suave y acogedor.

A MaryAnn se le aceleró el corazón con la emoción.

—¿Por qué te recoges el pelo en una trenza tan apretada? Es muy bello, con sus rizos y sus ondas y sus colores brillando a la luz de la luna. Suéltatelo. —Manolito alargó la mano hacia el broche con que se sujetaba el pelo, un gesto con que daba a entender su pretensión de controlar la situación.

Ella se la cogió para detenerlo.

—Tengo el pelo rizado natural, Manolito. Con este tiempo, se pondría enorme y enmarañado y, sin una estilista por aquí cerca, tendría graves problemas.

—Es salvaje y bello. —Él seguía ocupado en quitarle la cinta del pelo.

—No lo entiendes. Ya lo creo que es salvaje. Podría utilizar toneladas de productos para mantenerlo liso, pero la niebla haría que me chorrearan por la cara y me picarían los ojos. También haría que se me corriera el maquillaje y sería un desastre. Así que déjalo. —Intentó que sonara terminante, pero era imposible ser terminante mientras sentía sus dedos deshaciéndole el moño. Sólo consiguió emitir un gemido ahogado.

—Me gusta el vestido. Gracias por acordarte de mí.

Se lo había puesto por él. Daba a conocer demasiadas cosas de sí misma, pero no sería menos sincera que él. El vestido y la blusa no sólo eran prendas muy femeninas sino que también la hacían sentirse sensual y deseable. Quería sentirse así para él. Quería que la viera de esa manera.

—Es uno de mis preferidos. —¿Aquella era su voz? Sonaba más seductora que él, y no pretendía que así fuera. Quería conocerlo. Quería tener una oportunidad para... todo.

Ahora se había soltado el pelo, que le caía alrededor de la cara y sobre los hombros. Él metió la mano por debajo para acariciarle la nuca con el dedo pulgar, como si saboreara su piel. Había una ternura inesperada en su contacto, y MaryAnn sintió una ola de calor que le llegó hasta los pies. De pronto le costaba respirar.

—¿Te duele la pierna?

El recuerdo de la boca de él en su pierna, la sensación de su lengua raspándole la piel despertó otra ola de calor que la barrió de arriba abajo. Sacudió la cabeza, sin atreverse a hablar, cuando el pulgar de Manolito llegó a su oreja y, con su caricia, la hizo estremecerse.

—Ven a tenderte conmigo y a mirar las estrellas mientras conversamos.

MaryAnn no estaba segura de que pudiera hablar cuando llegara el momento, y temía que se pondría a parlotear, o peor aún, a implorarle que la acariciara.

Se sentó en el lecho de flores y hojas con cierta cautela, intentando conservar en su mente la imagen de las sanguijuelas, pero las flores la bañaban en una exquisita fragancia y la cama era tan suave como el mejor colchón que jamás hubiera probado. El miedo que sentía la obligó a permanecer sentada.

Manolito le cogió una pantorrilla, le bajó la cremallera de la bota y se la quitó.

—Será mejor que te pongas cómoda, MaryAnn.

Había una orden latente en el firme contacto de sus dedos, aunque hablara con voz suave. Ella no se resistió y le permitió quitarle las botas y dejarlas a un lado para que pudiera doblar las rodillas. Manolito la miró con una leve sonrisa burlona y se tendió con las manos detrás de la cabeza.

—Creía que tendría miedo aquí arriba —dijo ella, deseosa de romper el silencio y hablar de un tema inocuo.

—Tienes miedo.

—Es una situación poco habitual —dijo ella, lanzándole una mirada por encima del hombro. Manolito estaba tendido como una ofrenda, relajado, perezoso y engañoso, pues ella sintió el calor de su cuerpo, y vio sus músculos y el bulto que él no se molestaba en disimular. En sus rasgos se adivinaba la impronta del deseo en estado puro, mientras la devoraba con la mirada.

Entonces estiró un brazo por un lado, crispó los dedos al llegar al muslo y frotó la delgada tela de seda azul arriba y abajo.

—Soy tu compañero eterno, MaryAnn, tu marido. No tienes por qué tener miedo de las cosas que quiero de ti. Como tu pelo y tu piel y todo lo que hay en ti, lo que hay entre nosotros es tan natural como respirar.

—No te conozco lo suficiente como para darte ese tipo de confianza. Una mujer como yo necesita confiar en un hombre plenamente para darse a él como tú pides.

—Yo no pido. —Había un asomo de sonrisa en su voz.

Por un momento, ella pensó que él quería decir que no la quería, pero luego entendió que hablaba en serio cuando decía que pediría lo que quería de ella. Se frotó el mentón contra las rodillas, considerando seriamente la idea de instruirlo a propósito de las leyes de los humanos.

Él apretó la mano que había posado en su muslo, y siguió deslizándola arriba y abajo con un ritmo hipnotizador.

—Yo no soy humano, *sivamet* y, más que nada en el mundo, quiero darle placer a mi mujer. ¿Qué hay de malo en eso? —preguntó. Parecía auténticamente intrigado.

—Quizá no sea eso lo que quiera.

Él respondió con una risa ronca y sensual, y MaryAnn la sintió en todo el cuerpo como la caricia hipnótica de sus dedos.

—Pero lo quieres. Es lo que más temes, pero también es lo que más deseas. Y sé que conmigo estás segura, no hay motivo para negarte lo que quieres, o necesitas.

—Temo que eso pueda tardar un tiempo. —El contacto era ligero, pero aquella sensación de seda caliente en su piel la hicieron tensar los músculos.

—Yo no lo creo, MaryAnn. Cuando estás debajo mío, cuando mi cuerpo está dentro del tuyo, confías en mí más que cuando estamos separados.

El rubor asomó en su cuello y le subió hacia el rostro antes de que pudiera controlarlo. No podía negarlo, estaba dispuesta a hacer cualquier cosa que él le pidiera. Ya lo había hecho, y con creces. Pero era demasiado pronto. Se humedeció los labios secos con la lengua.

—Todavía no estoy preparada.

—Me parece justo.

Su respuesta fue tan inesperada que ella se giró para mirarlo. Aquello fue un error. Sus ojos negros brillaban, posesivos, llenos de lujuria en estado puro.

Él dio unas palmaditas en el colchón de flores.

—Tiéndete conmigo y conversaremos.

No había ni asomo de orden en su voz, o al menos eso pensó ella, pero aún así, de pronto se dio cuenta de que se había tendido a su lado, muslo contra muslo, cadera contra cadera. MaryAnn miró hacia el cielo y vio la niebla brillando por encima de ellos y buscó mentalmente un tema que llevara a una verdadera conversación, que quizá le revelara más acerca de quién era él.

—¿Te agrada vivir aquí?

—He llegado a tener esta tierra por hogar. Me fascina todo lo que hay en ella. La selva pluvial, la hacienda ganadera, la gente, incluso los caballos. No era el jinete más diestro cuando llegamos a la hacienda —dijo, y el recuerdo le arrancó una risa suave—. Hacía años que no recordaba esos tiempos. No sabíamos nada, pero queríamos parecer humanos. Por suerte, contábamos con la familia Chavez, que nos ayudó. Nosotros teníamos el dinero y ellos los conocimientos. Desde entonces hemos trabajado juntos estrechamente.

—Me hubiera gustado verte montar la primera vez.

—No duraba mucho tiempo sentado. Quería ser un macho, como los hermanos Chavez, así que decidí no controlar mentalmente al caballo.

MaryAnn se relajó ligeramente y ahogó una risa.

—Me hubiera gustado estar ahí para verlo.

Él siguió la línea de su muslo con la yema de los dedos.

—Me alegro mucho de que no estuvieras. A menos que hubieras controlado el animal por mí.

—Habría sido interesante, y muy tentador, aunque no tengo ni idea de por qué crees que tengo habilidades psíquicas.

—Porque las tienes.

—Si las tengo, ¿cómo se explica que no sea consciente de ello y todos los demás sí? ¿Qué puedo hacer, psíquicamente?

Él volvió a comenzar esa lenta caricia a través de la seda de su vestido.

—De hecho, eres bastante poderosa. Acumulas energía y la utilizas cuando tienes necesidad de ella. Creo que lo has hecho toda tu vida, probablemente desde pequeña, así que lo consideras normal. Totalmente natural. Como tu pelo —dijo, y deslizó la mano por sus rizos. Tiró de él ligeramente, lo justo para que ella sintiera el tirón en el cuero cabelludo.

Y ella lo sintió en todo el cuerpo, una descarga de deseo que no podía negar ni controlar.

—Yo no hago eso. —Así lo creía—. ¿Cómo podría hacer algo de lo que ni siquiera soy consciente? ¿Cómo funciona?

Él deslizó la mano desde su pelo hasta el brazo y luego por la muñeca. La rodeó con los dedos, como una pulsera viva.

—Si lo supieras, *päräfertiil*, no me preocuparía de que me lanzaras de espaldas y me hicieras caer.

—Yo no he hecho eso.

—Sí, lo hiciste. —Se llevó la mano de ella a la boca para mordisquearla—. Fue una buena descarga, además. Me sentí orgulloso de ti, después de haberme repuesto del hecho de ser fulminado por una mujer. —Hizo bailar la lengua en el centro exacto de la palma de la mano, aliviándole el escozor de la sutil mordedura.

—Eres una persona muy oral, ¿no? —dijo ella, retirando la mano. Él no la dejó ir y la sensación de su boca, caliente y húmeda, cerrándose sobre sus dedos, encendió en ella unas flamas que le recorrieron todo el cuerpo, hasta llegar a su entrepierna.

—Muy oral —reconoció Manolito, con voz grave. Tenía la oscura y ardiente mirada fija en la delgada tela de su blusa, como si viera sus generosos pechos subiendo y bajando con la respiración entrecortada.

Ella volvió a humedecerse los labios y ahogó un gemido cuando la mirada de Manolito se detuvo en su boca.

—No te desvíes del tema, Manolito. De verdad quiero saber si tengo habilidades psíquicas —dijo, porque empezaba a perder rápidamente la capacidad de pensar con el cerebro.

—Desde luego que la tienes. Puedes leer la mente de las personas, y sabes exactamente lo que tienes que decirles para ayudarles a encontrar una solución.

MaryAnn rió a gusto.

—Yo pensaba en una verdadera revelación, no en fantasías. Estudié muchos años en la universidad para ser terapeuta. Que sea buena o no nada tiene que ver con que tenga habilidades psíquicas. He tenido una formación y tengo mucha experiencia.

—Eres capaz de penetrar en los pensamientos. Crees que es intuición, y quizás ésa sea otra palabra para definir tu talento. Actúas mucho a partir de los instintos. —Manolito le giró la mano y le mordisqueó tiernamente los nudillos—. Ahora mismo nos vendría bien un poco de instinto.

—No creo que las habilidades psíquicas sirvan de nada si no sabes cómo utilizarlas —protestó ella. Si de verdad tenía algún talento, le parecía bien, pero no si no sabía usarlo adecuadamente—. Puedo conectar contigo por eso que has explicado de la sangre, pero la verdad es que no sé hacer gran cosa más.

—Haces mucho bien con el poder que tienes. Sacas a las personas de tu cabeza como quieres. Son muy pocos los que pueden hacer eso, MaryAnn. Es una habilidad muy intrigante. —Dejó nuevamente caer la mano entre los dos, y cerró los dedos sobre su vestido.

—¿De dónde proviene?

—De muchas fuentes. Creo que en todas las sociedades había unos cuantos que poseían alguna habilidad para manipular la energía. Algunas especies eran más fuertes que otras, pero cuando empezaron a mezclarse, con los años, en unos quedaron talentos asombrosos y en otros ninguno.

Tenía sentido. MaryAnn sentía sus dedos acariciándola, al tiempo que él le levantaba la falda para dejar a la vista una parte de la pierna que tenía más cerca. Se quedó tendido junto a ella, mirando las estrellas, pero deslizó la mano por debajo del sedoso material para subir por la pierna hasta las caderas, siguiendo sus curvas.

Toda ella se quedó quieta. Se le tensaron todos los músculos como respuesta a ese ligero contacto.

—¿Qué haces?

—Te estoy memorizando. Tienes una piel muy suave, y cuesta no tocarte.

No se estaba aplicando con demasiado celo, por lo que ella veía. MaryAnn volvió a humedecerse los labios e intentó concentrarse en la conversación.

—¿Conocías a los hombres jaguar cuando todavía eran numerosos?

—Los mutantes, sobre todo los hombres lobo y los hombres jaguar, siempre fueron sociedades secretas. No alternaban con el exterior. Todos teníamos una filosofía de «vive y deja vivir», así que no nos veíamos, a menos que alguien cometiera un crimen en nuestros territorios. *Karpatii*, hechiceros y humanos tenían relaciones estrechas. Los demás se mantenían lejos de nosotros y se evitaban los unos a los otros. El resto de los mutantes desaparecieron tan rápido que ya no son más que un recuerdo. Era evidente que si la sociedad no cuidaba de sus mujeres e hijos, era imposible que esa especie sobreviviera. Sin embargo, el jaguar se negó a reconocer o a aprender de los errores de otras especies. Querían conservar su instinto animal y vivir libres.

MaryAnn guardó silencio un buen rato, observando la niebla que brillaba y los vuelos circulares y el baile de los murciélagos cazando insectos en la noche. Había una especie de belleza y paz en aquel extraño ballet que llevaban a cabo. Tendida ahí, entendió por qué algunas personas preferían la selva a la ciudad, sobre todo si estaban con carpatianos capaces de impedir que los insectos y la lluvia las molestaran.

—¿Ha sido difícil vivir tantos cambios? —Manolito tenía que haber visto muchas cosas. Aprendido muchas más. Y sufrido mucho.

—La longevidad es a la vez una maldición y una bendición. Uno ve que las personas que ama aparecen y desaparecen mientras tú permaneces eternamente. Las guerras son las mismas. La pobreza también. Y la ambición y la avaricia. Pero hay maravillas, MaryAnn, que valen más que todo lo demás. —Manolito se giró y su mirada oscura era líquida a la luz de la luna. Eso era ella para él. Una maravilla. Un milagro. Y no tenía ni idea. Él cogía trozos de sus pensamientos cuando ella le abría su mente. Y MaryAnn no entendía por qué un hombre como él se fijaría en ella, y mucho menos querría pasar una eternidad en su compañía. No tenía ni idea de su propio atractivo. La luz en ella brillaba como en un faro.

Todo en ella le seducía. MaryAnn era una mujer valiente y, sin embargo, no se veía a sí misma de esa manera. Había más compasión en ella que en cualquier otra persona que él hubiera conocido. A menudo, corría grandes riesgos por ayudar a los demás. Había cierta inocencia en su persona y, sin embargo, sus ojos tenían algo de antiguo. MaryAnn había visto la vida en sus peores facetas, pero se negaba a renunciar a la esperanza.

—¿Qué es lo que buscas? —dijo, e inclinó ligeramente el mentón hacia él.

—Aceptación. —Él no quería ocultarse ante ella. Eso nunca se hacía, al menos con la compañera eterna. Necesitaba eso de ella. Que lo viera tal cual era. Quería plantarse ante ella con todos sus defectos y saber que lo aceptaba por lo que era. Antes nunca le había importado. Ahora, la aceptación lo era todo.

Le rozó la piel encendida con la yema de los dedos. Nada le había parecido jamás tan suave e incitante a MaryAnn. Parecía un milagro —otra maravilla de la vida— que alguien la tocara como él lo hacía. Tenderse a su lado con las estrellas sobre sus cabezas y conversar tranquilamente.

—Dime cuál es tu peor defecto.

Manolito sonrió y sus dientes brillaron a la luz de la luna.

—Creo que deberíamos empezar con algo positivo.

—Si empezamos por lo malo, nos desembarazaremos de ello rápidamente. Sabremos qué es y así podremos lidiar con ello. Yo soy una testaruda. No sólo un poco, soy muy testaruda. No me gusta que nadie me dé órdenes.

—Yo siempre tengo razón.

La suave risa de MaryAnn le llegó directamente a la entrepierna como unos dedos que lo acariciaran. Había olvidado, o quizá nunca lo había vivido, el goce tan perfecto de estar con una mujer que podía excitarlo de esa manera. Sería capaz de escuchar su risa durante una eternidad y nunca se cansaría.

—Eso es lo que tú piensas.

—Es lo que sé.

—¿Y esperas que todos hagan lo que tú dices porque tienes razón?

—Desde luego.

Ella se enroscó un mechón de pelo de Manolito en un dedo.

—Ya que estamos contando secretos, ¿te molesta que te llamen Manolito en lugar de Manuel? Sé que en algunos países el diminutivo se usa para llamar a los niños.

—Es un nombre cariñoso que me han puesto mis hermanos. No me importa, y nunca me ha importado lo que piensen los demás, sólo que me acepten las personas que quiero. ¿Te molesta?

—En otros países Manolito es un nombre muy común. Yo crecí pensando que era un nombre estupendo y que sonaba bien. Es agradable ver que tus hermanos te provocan con ese cariño.

Una sombra apareció en lo profundo de sus ojos.

—Nicolas y Zacarías no han encontrado a su compañera eterna. Sólo conservan el recuerdo de las emociones, y con cada noche que pasa cuesta más conservarlos.

—Lo siento, Manolito —dijo ella, que percibía su inquietud.

—Aguantarán porque deben —dijo, y le acarició la cara—. Dime qué ocurre, MaryAnn. Veo que estás muy alterada.

Ella vaciló, apretó los labios y dejó escapar un suspiro.

—Aquello que vive en mi interior me da mucho miedo.

Por encima de sus cabezas, las ramas se agitaron, pero no debido al viento. MaryAnn vio que unas criaturas pequeñas y peludas se disponían a pasar la noche en los árboles. La mayoría se reunió en un lado del árbol, justo frente a ella, mientras unos cuantos monos se instalaron en las ramas del lado de Manolito.

—No puedes ser otra cosa que lo que eres, *ainaak enyem*. Nunca tengas miedo de aquello que habita en ti. Yo no le tengo miedo.

Ella buscó su mirada.

—Pues, deberías tenerle miedo.

# Capítulo 13

Manolito captó la repentina tensión en ella. Le tocó el mentón con dedos suaves.

—¿Por qué habría de temer lo que habita en ti? Veo tu luz brillando con tanta fuerza que nunca debería tenerle miedo a aquello que vive en ti.

Ella hundió la cabeza y la masa de pelo rizado le tapó la cara.

—Quizá no me veas tan bien como crees verme.

—Entonces, dímelo.

—No sé qué decirte. Cómo decírtelo. No puedo verlo. Sólo lo siento y me da un miedo horrible.

Él guardó silencio un momento, intentando encontrar una manera de ayudarle a confiar en él. Ella lo deseaba. MaryAnn no ocultaba nada intencionalmente, pero luchaba para asumir algo que sabía o sospechaba y no estaba del todo preparada.

—Háblame de tu infancia —dijo Manolito, con voz queda y mirándola fijo con sus ojos negros.

Ella pareció sentirse incómoda, y se separó ligeramente de él.

—Tuve una infancia normal. A ti te parecería aburrida, pero yo la disfruté. Mis padres son personas estupendas. Mi madre es médico y mi padre tiene una pequeña panadería. Crecí trabajando ahí y me gané la mayor parte del dinero que necesitaba para ir a la universidad. No tengo hermanos ni hermanas, de modo que era un poco solitaria, pero tenía muchos amigos en el colegio.

Manolito paseó la mirada por su rostro y se fijó en sus ojos, en el pulso que le latía aceleradamente en el cuello.

—Ocurrieron ciertas cosas. Cosas que no tenían explicación. Cuéntame algo acerca de ellas.

El corazón comenzó a palpitarle en los oídos y MaryAnn sintió que le faltaba el aliento. No quería pensar en esos momentos. Y sí, habían ocurrido no pocos incidentes para los que no tenía una explicación. MaryAnn se separó para que no se tocaran, en caso de que él pudiera leer su pensamiento. Sintió que algo en ella se agitaba, algo que se movía y la rozaba, casi como si quisiera preguntar alguna cosa. *¿Me necesitas? ¿Qué pasa?*

Ella se quedó desconcertada, se mordió el labio e intentó sepultar la verdad en el oscuro abismo donde nunca tenía que enfrentarse a sí misma. Allí en la selva, donde todo era salvaje y donde se trataba de matar o perecer, enfrentándose a enemigos desconocidos en su mundo estanco y seguro, ya no podía seguir conteniendo a aquel otro ser que se despertaba en ella.

Manolito permaneció quieto, sin mover un músculo, sintiendo la repentina inhibición de MaryAnn, no sólo ante él sino ante algo que había estado lo bastante cerca como para que ella lo viera. MaryAnn había vuelto a levantar esa barrera impenetrable entre ellos para que él no viera. Y en cuanto se apartó mentalmente de él, tuvo conciencia de ese otro mundo en que todavía habitaba.

Los colores a su alrededor se volvieron opacos y los ruidos de la selva pluvial desaparecieron hasta que el silencio lo envolvió. Curiosamente, su sentido del olfato se había agudizado, al igual que su oído. No sólo detectaba la presencia de los animales y aves a su alrededor, sino que sabía cuál era su posición exacta. No tenía que buscar mentalmente para encontrar a aquellos que lo rodeaban, porque su olfato y su oído le transmitían la información. Cuanto más tiempo permanecía en el territorio de las sombras, más se despertaban todos sus sentidos, o casi todos. Su visión era diferente, familiar en cuanto era la visión que adquiría al transmutar a un estado animal pero, aún así, detectaba enseguida cualquier movimiento. Sin embargo, no le gustaba aquella pátina gris en el color porque le recordaba demasiado los siglos de oscuridad.

Entrelazó los dedos con ella y los apretó. Se había percatado vagamente de que el mundo de las tinieblas se introducía en su mente y en su visión desde que había enviado a Luiz a descansar en las entrañas de la tierra, aunque ahora era más distante, como si se hubiera acercado al mundo en que vivía MaryAnn. Ahora que su mente no se fundía con la suya, por donde mirara el gris empezaba a neutralizar los colores.

Manolito le apretó la mano como para darle confianza, aunque no estaba del todo seguro de quién daba confianza a quién.

—Aquí estás segura conmigo. Sea lo que sea que te asusta, compártelo conmigo. El peso con que cargamos se hace más ligero cuando lo compartimos con alguien.

En ese momento, Manolito estaba pendiente de cada detalle en ella, pues MaryAnn parecía muy asustada. Oía los latidos de su corazón y veía el pulso que latía con fuerza en su cuello. MaryAnn había insistido en quedarse junto a él, se había negado a dejarlo solo en el pantano de las tinieblas, aún cuando no estuviera del todo segura de quién era, y ahora quería que supiera que él no haría menos por ella.

MaryAnn sacudió la cabeza cuando empezó a hablar, a todas luces reacia a recordar el incidente, o a expresarlo con palabras y, aún así, se sentía casi obligada a compartirlo porque necesitaba por lo menos que alguien supiera que no estaba loca.

—En una ocasión, cuando iba al instituto, salí a correr. Mis padres querían que yo hiciera deporte, pero yo no tenía ningún interés. Siempre he estado muy pendiente de la moda, así ha sido, pero mi padre pensaba que si practicaba un deporte renunciaría a mi obsesión por seguir las últimas tendencias.

Él guardó silencio, viendo cómo las sombras se proyectaban en su rostro, esperando que ella se decidiera a contarle toda la historia, no la versión deslavada.

—Me presenté a un entrenamiento y empecé a correr. Al comienzo, sólo atinaba a pensar que caería de bruces, o que tropezaría y me sentiría humillada. Pero luego me olvidé de mí misma y de lo incómodo que era correr y me sentí... *libre.* —MaryAnn dejó ir una bocanada de aire, sin duda recordando aquella sensación—. No era para nada consciente de lo que hacía, pero dejé atrás a todos y corrí sin pensar. No sentía ningún dolor, sólo una especie de euforia.

Él le cogió la mano, se la llevó a los labios y le besó la punta de los dedos.

—No pares, *sivamet.* ¿Qué más sentiste? Es evidente que eso dejó una impresión grabada en ti.

—Al principio fue maravilloso. Pero luego empecé a sentir que pasaban cosas. —Retiró la mano, como si no pudiera desnudar su alma mientras él la tocara—. Me empezaron a doler los huesos, me crujieron las articulaciones y sentí que algo cambiaba. Me dolían hasta los nudillos —dijo, y se los frotó, recordando nítidamente la sensación—. Me temblaba la mandíbula y tuve la sensación de que me iba haciendo cada vez más delgada. Oía el chasquido de los tendones y ligamentos. Corría tan de prisa que todo se volvió borroso. Cambió mi sentido de la vista, y mi oído y mi olfato se volvieron tan agudos que supe exactamente a qué distancia estaba cada uno de los corredores a mis espaldas. Sabía *exactamente* dónde, sin mirar. Oía su respiración, el aire que entraba y salía de sus pulmones. Olía el sudor de los cuerpos y el latido de sus corazones.

¿Cómo explicarle a Manolito lo que había ocurrido aquel día? Cómo había sentido que algo cambiaba y crecía e intentaba salir a la luz, algo que deseaba ser reconocido. Aquella cosa quería salir. MaryAnn se humedeció los labios y le apretó la mano con fuerza.

—En ese momento, me sentí completamente diferente y, sin embargo, era la misma. Podía salvar los obstáculos sin siquiera reducir la velocidad. Todos los sentidos se habían despertado en mí, y de pronto fue como si mi cuerpo... cantara, como si hubiera nacido a la vida por primera vez. Es muy difícil explicar lo que experimenté, con todos los sentidos tan vivos y captando tanta información. Y luego empecé a tener visiones en mi mente, visiones que no podía detener ni entender.

Él le cogió la mano y se la llevó al pecho para transmitirle serenidad. Al parecer, MaryAnn no se había dado cuenta de su propia agitación y no veía que su estado mental empezaba a afectar a los monos de los árboles circundantes. Las aves, posadas en las ramas de más arriba, sacudieron las alas y agitaron el aire, en medio de un coro de graznidos y gorjeos de ansiedad. Manolito deslizó la yema del pulgar por el dorso de su mano y sintió unos nudos duros bajo la piel a medida que aumentaba su tensión.

—¿Qué viste? —Fuera lo que fuera, aquello la había aterrorizado.

—Vi a un hombre que llamaba a una mujer y le decía que cogiera al bebé y corriera. El bebé era... yo. Estaba en una cuna y la mujer me envolvió en una manta, le dio un beso al hombre y se aferró a él. Yo oía voces y por la ventana vi unas sombras que se agitaban afuera. El hombre también me besó a mí y luego a la mujer por última vez, abrió una trampilla disimulada en el suelo. Yo sentía pavor. No quería que él se fuera, y la mujer tampoco. Creo que todos sabíamos que era la última vez que nos veríamos.

MaryAnn se humedeció los labios resecos.

—La niña estaba en medio del bosque mientras yo corría y oía los latidos de mi corazón y mis pisadas, olía a los demás, y recuerdo que veía estrellas por todas partes a mi alrededor. Pero no estaban verdaderamente ahí, en el colegio. Los destellos de unas luces nos iluminaron, a la mujer y a mí, el bebé, en el bosque. Oí que algo pasaba junto a nosotros con un silbido y luego la mujer se sacudió y tropezó. Y entonces, al tiempo que yo corría por la pista de atletismo, la mujer lo hacía entre los árboles conmigo... el bebé.

—¿La mujer era tu madre?

—¡No! —MaryAnn iba a gritar para enfatizar su negación, pero se controló, aunque con la respiración acelerada, intentando mitigar el impacto de lo que aquello implicaría—. No, no sé quién era, pero no era mi madre.

Él estiró el brazo para cogerla y atraerla hacia sí hasta que ella apoyó la cabeza en su hombro.

—No te alteres, *sivamet* —dijo él, con voz suave, con ese tono sedoso e hipnótico que le acariciaba la piel—. Cálmate. Es una noche muy bella y sólo estamos hablando, aprendiendo a conocernos. Me interesa mucho esta doble carrera de la que hablas. ¿Crees que sucedió de verdad? ¿Qué edad crees que tenías cuando ocurrió lo de la huída por el bosque? ¿Y dónde estabas? ¿En Estados Unidos? ¿En Europa? ¿Qué lengua hablaban?

MaryAnn aguantó la respiración y se quedó muy quieta, absorbiendo su calidez y su fuerza. Sintió que se derramaba en ella, como si Manolito compartiera con su persona la esencia de su ser. No sondeó su mente, pero le transmitió toda su comprensión y aceptación. Él aceptaba algo en ella que ella misma no conseguía aceptar.

—No hablaban en inglés. No lo sé. Tenía miedo. Mucho miedo. —Y cada vez que entraba en un bosque, ese miedo casi la ahogaba—. Querían matarnos. Yo lo sabía, aunque fuera un bebé. Quien fuera que había prendido fuego a la casa quería vernos a todos muertos, incluyéndome a mí.

Apenas podía respirar y la presión en el pecho se le hacía insoportable. El corazón le latía con fuerza.

—La mujer no paraba de correr, pero yo sabía que algo le ocurría. Su paso era vacilante y le costaba respirar. Las dos supimos en qué momento exactamente asesinaron al hombre que se había quedado en la casa. Yo oí el grito silencioso de ella, que se hizo eco del mío. El dolor la consumía, y a mí también, casi como si compartiéramos las mismas emociones. Yo sabía que ella estaba desesperada por cruzar el bosque y llegar a casa de unos vecinos. La casa solía estar vacía, pero ellos habían venido de vacaciones.

MaryAnn se estremeció y Manolito la estrechó con fuerza. Estaba fría como el hielo y él se giró para arroparla con todo el cuerpo.

—No tienes que contarme nada más, MaryAnn, si es demasiado doloroso. —Manolito estaba bastante seguro de que conocía el resto de la historia. Quería que ella confiara en él lo suficiente como para darle detalles, pero su aflicción aumentaba y, como resultado de ello, según había advertido, los animales de los árboles circundantes se agitaban cada vez más.

Pero MaryAnn jamás se lo había contado a nadie y quería contárselo a él. Sentía que la presión en el pecho iba en aumento, y la sensación de que algo tiraba de ella desde dentro era aterradora, casi como si su esencia misma fuera arrastrada hacia un lugar estrecho y oscuro para confinarla allí. Tenía ganas de estirar los brazos y dar patadas para demostrarse a sí misma que seguía dentro de su propio cuerpo y no encerrada en un cajón.

—Intenté contárselo a mi madre y ella me dijo que fue un sueño, quizás una pesadilla, algo que había recordado mientras corría. Dijo que no quería que volviera a correr y a mí tampoco me quedaron ganas. Nunca volví a hacerlo. Y, después de eso, nunca volví a entrar en un bosque. —Por eso mismo había tenido que armarse de valor para venir a ayudar a Solange y Jasmine, e ir en busca de Manolito para ayudarle a salir de donde fuera que su mente lo había encerrado. Su valor empezaba a flaquear y ahora añoraba las comodidades del hogar.

—¿Porque despertaba ese recuerdo?

—Estaba aterrorizada y no podía respirar. Tenía miedo de que me encerraran y nunca más pudiera salir. —MaryAnn se humedeció los labios secos y le acarició el cuello a Manolito, siguió y enredó los dedos en el pelo de su nuca. Necesitaba sentir la fuerza de su envergadura, el calor de su cuerpo y el latido regular de su corazón.

Manolito guardó silencio y se limitó a abrazarla mientras ella miraba las estrellas en el cielo e ignoraba los animales de los alrededores. Sorprendentemente, no sentía que fueran una amenaza, sino más bien una especie de semejantes que manifestaban simpatía e inquietud por ella. Respiró profundo y espiró. Le contaría todo lo ocurrido porque estaba segura de que aquello no era sólo un recuerdo, y sí la única manera de enfrentarse a ello.

—La mujer se abrió paso entre los arbustos a arañazos. Nos perseguían y ella sollozaba. Yo sabía que estaba herida, pero se aferraba a mí. Se obligó a caminar esos kilómetros hasta que llegamos a una casa, la residencia de vacaciones de una pareja, viejos amigos de la mujer que me llevaba. La recibió su amiga. Recuerdo su expresión, asustada, preocupada, espantada cuando vio sangre por todas partes. Entonces me entregó a ella y le dijo que querían matarnos, que me matarían a mí. Les rogó que me salvaran.

MaryAnn tuvo que hacer un alto porque volvía a tener un nudo en la garganta y esa insoportable presión en el pecho que seguía aumentando. Hundió la cabeza en el regazo de Manolito y un estremecimiento la sacudió entera.

—MaryAnn —le dijo él, y le acarició el pelo y le frotó la espalda para aliviarla—. ¿Reconociste a la mujer? ¿A la vecina? ¿Te era familiar?

No lo sabía. ¿Cómo iba a saberlo? El corazón le latía con fuerza y el aliento le venía en jadeos roncos. La verdad brotó de sus labios sin su consentimiento, sin su permiso, y la asustó.

—Era mi abuela. —MaryAnn se ahogaba, respiraba a duras penas, y le hundió las uñas en la piel—. La vecina que me cogió era... es... mi abuela.

Él la envolvió en sus brazos y la estrechó con gesto protector, acariciándole la cabeza con una mano, masajeándole suavemente la nuca. Manolito no se había esperado los sentimientos, las emociones que lo embargaban. Se sentía sacudido por la pura intensidad de la sensación que fluía no por su cuerpo sino por su corazón y su mente. Murmuró algo suavemente en una mezcla de carpatiano y portugués mientras ella lloraba en sus brazos.

A él le pareció pequeña y perdida, demasiado vulnerable. MaryAnn era una mujer segura de sí misma, no ese bulto suave aplastado y arropado en sus brazos, que se enroscaba en él sin ni siquiera darse cuenta. Su aflicción era tan profunda que la angustia llegó hasta lo más hondo y se diseminó por el bosque, alertando a todas las criaturas.

—¿Cómo pudieron hacerme eso?

Él esperó. Ella seguía con la barrera firmemente emplazada, sin permitirle acceder a su mente, a su dolor o a sus recuerdos. Pero sospechaba que había más.

—Mis padres deberían habérmelo dicho. Esa mujer... la conozco. La siento aquí —dijo, y se llevó una mano temblorosa al corazón—. Me duele con sólo pensar en ella. Sacrificó su vida para salvarme, y lo mismo hizo el hombre.

—La mayoría de los padres sacrificarían su vida por sus hijos, MaryAnn. No hay amor que sea más fuerte. —Manolito seguía hablando con voz tranquila, hipnótica, aunque se cuidaba de no empujarla ni de que sus palabras sonaran como una orden. La mantenía envuelta en su calidez y le daba seguridad de la única manera que podía, exteriormente, cuando todo en él lo impulsaba a seguir, a calmarla y a aliviarla de sus problemas. Le costaba reprimir su impulso de apoderarse de ella. MaryAnn no era una mujer de la que uno pudiera apoderarse.

Manolito le acarició la cabeza con la barbilla y le dejó un reguero de besos en el pelo. MaryAnn sintió que nacía en ella una mezcla de emociones. Dolor. Rabia. Sentimientos de haber sido traicionada. Culpa por pensar aunque no fuera más que por un momento, que quizá su madre era otra.

—Amo a mis padres. Somos una familia normal.

MaryAnn volvió a abrirle su mente y las imágenes de su infancia se proyectaron en su cerebro. Ella intentaba demostrarle a él, y también a sí misma, que sus recuerdos de haber crecido con su familia eran verdaderos y reales, y que todo lo demás era sencillamente una ilusión, o una pesadilla. Veía a sus padres sosteniéndola y besándola, columpiándola, riendo, felices con ella. Toda su vida había estado rodeada de amor y felicidad.

—Ellos me aman.

Había un dejo de satisfacción en su voz, pero le sostenía la mano a Manolito y le hincó con fuerza las uñas. Él miró los dedos entrelazados y observó los duros nudos bajo su piel, la curva de sus uñas, gruesas y compactas, una de ellas sin esmalte.

—Es evidente que te aman —convino él y le cogió la mano para llevársela a la boca, besarle los nudos en el dorso, aliviándola, tirando levemente con los dientes hasta que ella aflojó un poco la presión de la uña que le había clavado.

—No sé qué se supone que debo pensar —dijo ella, y sonaba vulnerable y perdida.

Su corazón fue hacia ella instintivamente.

—Sin que tu pasado importe, MaryAnn, sigues siendo tú. Tus padres te amaban y te criaron en un ambiente de amor. Aunque no sean tus padres biológicos, ese hecho no cambia.

—Sabes que hay mucho más. —MaryAnn retiró bruscamente la mano y se sentó, dándole la espalda y mirando hacia las copas de los árboles. Vio el camino que Manolito había abierto en lo alto, con las ramas entrelazadas formando una larga franja entre los árboles por donde podrían transitar fácilmente animales grandes.

Se tragó el nudo en la garganta que amenazaba con ahogarla.

—Toda mi vida se basa en una mentira, Manolito. No tengo ese pasado que mis padres me han dado. No hay estabilidad en toda esa estructura que creía tener. No sé quién soy. Ni qué soy. Cuando era niña, a veces tenía destellos de recuerdos y cada vez mis padres les restaban importancia cuando, en realidad, tenían una gran importancia.

—Quizá tuvieran sus motivos, *sivamet*. No los juzgues tan gravemente si todavía no conoces todos los hechos.

—No es a ti a quien le ocurre esto. A ti la vida no se te está desmontando de arriba abajo. —MaryAnn le lanzó una mirada fulminante por encima del hombro y volvió a girarse—. Y luego vienes tú y, para empeorar las cosas, me reclamas y nos unes a través de un ritual en el que no he tenido ni voz ni voto. Y ahora me estoy transformando en otra cosa. ¿Cómo te sentirías si te estuviera ocurriendo a ti?

—No lo sé, pero ¿acaso es tan horrible convertirse en carpatiana? —Manolito se pasó la mano por el pelo, deseando recuperar totalmente la memoria—. Podrás hacer muchas cosas que no puedes hacer ahora. Con el tiempo verás que no hay motivos para preocuparse. —La vida de MaryAnn como su compañera eterna sería perfecta. Él la haría perfecta—. No tiene sentido enfadarse por algo que no puedes cambiar.

Hablaba con una voz tan tranquila que MaryAnn se puso de los nervios. Era como si estuvieran sosteniendo una discusión filosófica, y no reflexionando sobre los drásticos e irreversibles cambios en su vida. Se sintió barrida por la furia.

—¿No tiene sentido? ¿Acaso no debería preocuparme el hecho de verme expulsada de mi propio cuerpo? Tú te estás apoderando de mí, me dices lo que tengo que hacer ¿y yo debería plegarme a ello sólo porque lo dices tú? Qué bien te debes sentir, cómodo en tu propia piel sabiendo quién eres y qué eres. Reclamarme no te cambia para nada la vida, ¿no es verdad?

—Lo cambia todo —dijo él, con una voz matizada por la emoción, una emoción que él sentía porque ella le había dado ese regalo.

Manolito no comprendía el alcance de lo que había hecho al sellar la unión con MaryAnn. Al parecer, no entendía cómo aquello afectaría su vida. Ella se vería obligada a ver morir a toda su familia. Dejaría de ser la persona que siempre había sido, y hasta la química de su organismo se modificaría. Todo en ella cambiaría, y ni siquiera había podido elegir. Él seguiría siendo el de siempre, salvo que habría recuperado la visión en color y las emociones. Quizá pensara que todo vendría con el tiempo, pero no era él quien sufriría el cambio.

La adrenalina fluía por las venas de MaryAnn y, con ello, la ira. ¿Cómo podía decidir otra persona arbitrariamente un giro en su vida sin pedir su consentimiento? ¿Sin preguntárselo? Manolito. Sus padres. Incluso sus queridos abuelos. ¿Cómo habían podido decidir lo que más le convenía marginándola de la decisión y sin siquiera informarle de ello?

Se incorporó de un salto antes de que Manolito sospechara que se movería. No hubo ningún gesto suyo que permitiera adivinar el cambio. Se movió bruscamente, se puso de pie y dio un salto por encima de la barandilla antes de que él adivinara sus intenciones. Con el corazón en la boca, él saltó detrás de ella. Estaban a cincuenta metros del suelo. La caída la mataría.

*¡MaryAnn!* La llamó mientras volaba en picado, enviando aire

para mantenerla flotando mientras él volaba como una flecha, pero ella ya había tocado tierra y esperaba, agazapada. Había adoptado una postura de combate.

Él ralentizó su vuelo para observarla. Su cabellera gruesa, larga y ondulada, brillando con un tono negro azulado, le caía por los hombros como una cascada. Las manos se le crisparon hasta convertirse en garras y la asombrosa estructura ósea de su cráneo asomó por debajo de su piel tirante. Retrocedió cuando aterrizó a su lado.

—Quiero irme a casa.

Él sabía que MaryAnn estaba en buenas manos, sus manos. Sin embargo, la voz le temblaba y parecía tan asustada que se sintió muy abatido.

—Ya lo sé, MaryAnn. Te llevaré de vuelta a casa en cuanto pueda. —Y ella supo que era verdad. Por primera vez, él se dio cuenta de que quizá necesitaba volver a Seattle, esa ciudad fría y lluviosa, tanto como él necesitaba la selva pluvial—. Te lo prometo, *csitri*, en cuanto pueda abandonar el territorio de las sombras, te escoltaré de vuelta a tu casa.

—¿Me lo prometes? —preguntó ella, con un suspiro tembloroso.

—Absolutamente. Te doy mi palabra, que jamás he dejado de cumplir en todos los siglos de mi existencia —le aseguró, y le tendió la mano—. Lamento no entender lo que estás viviendo. —Si ella le abriera su mente, él podría sentir sus emociones, no sólo verlas, pero MaryAnn se aferraba a sus defensas.

Entonces miró a su alrededor.

—No sé cómo he llegado hasta aquí —dijo, mirando hacia la copa de los árboles. Ni siquiera alcanzaba a ver la plataforma que él había construido—. ¿Cómo lo he hecho, Manolito?

Él seguía con la mano tendida hacia ella. El follaje a su alrededor se agitaba. Unas sombras se movían en los alrededores, así que dio un paso hacia ella. MaryAnn le cogió la mano y él la estrechó en sus brazos y alzó el vuelo hacia la protección de la plataforma que había construido. Una vez arriba, ella le echó los brazos al cuello y ocultó la cara en su hombro, temblando ante la verdad que había descubierto.

—La verdad —murmuró él, con voz queda.

Entonces se separó bruscamente de él. Sabía que era la verdad. Ella era esa niña que alguien había querido matar en el bosque y casi lo había conseguido. Sus padres le habían ocultado la verdad durante años. Los cimientos de ese mundo que ella tenía por sólido se habían sacudido, y ahora tenía que encontrar una manera de apaciguar aquella cosa que crecía en su interior para asumir lo que le ocurría. Aún así, no quería que Manolito le lanzara a la cara aquella verdad sobre su vida.

Él miró la diversidad del follaje a su alrededor. Algunas hojas eran anchas, otras onduladas, algunas pequeñas y otras grandes, y todas tenían esa pátina plateada mate en lugar de brillar con su color natural. Había activado las defensas, con lo cual mantenía fuera de aquel espacio a cualquier enemigo para poder pasar un rato con ella, intentando introducirla poco a poco en su mundo. Su intención había sido convertirla totalmente para que ella también fuera una carpatiana. Pero, por el contrario, la había obligado a desnudar su alma ante él, a arriesgarlo todo por él, y ahora tenía que devolverle el favor, y hacerlo con algo que tuviera el mismo valor. Ella le había dado la verdad, y su ofrenda no podía ser menos.

Dio unos pasos nerviosos en el estrecho espacio.

—Me has contado la verdad, MaryAnn, aún cuando te ha costado hacerlo. Pero yo también tengo que contarte algo. Algo que me avergüenza no sólo a mí sino a toda mi familia. Lo que habita en tu interior es noble y fuerte y no creo que debas temerlo. No tengo ningún secreto tan importante que compartir contigo, pero me gustaría que así fuera.

MaryAnn reprimió unas lágrimas y pestañeó. Se lo quedó mirando, con una expresión que podía ser de asombro. Él parecía nervioso. Era lo último que ella esperaba en un hombre tan seguro de sí mismo como Manolito. Su compasión natural le vino como un reflejo y le puso una mano en el brazo, un gesto que a él le transmitió calidez y valor.

—No me ayudes —protestó, sacudiendo la cabeza, pero ella había vuelto a abrirle su mente, y ahora él veía nuevamente los brillantes colores y sentía la calidez de ella—. No me lo merezco.

No se merecía esa actitud presumida por haberla reclamado, pero MaryAnn apartó ese pensamiento y lo miró para transmitirle su apoyo. Manolito seguía paseando de un lado a otro, así que ella se sentó en el lecho de flores. Se sorprendió al notar que éstas despedían nuevamente su fragancia y llenaban el aire con una esencia balsámica. Plegó las rodillas, las rodeó con los brazos y apoyó el mentón en ellas, esperando a que él continuara.

Manolito miró a su alrededor lenta y cautelosamente y tejió otras barreras, encerrándolos dentro de una especie de burbuja para procurarles más intimidad.

—A veces, el bosque tiene oídos.

Ella asintió con un gesto de la cabeza, pero en la boca del estómago empezaba a tener la sensación de que iba a contarle algo de máxima importancia para los dos.

Manolito apoyó los codos en la barandilla y miró hacia el suelo del bosque, allá abajo.

—Mi familia siempre fue un poco diferente de la mayoría de los guerreros. Para empezar, casi ninguna tiene hijos con intervalos menores a cincuenta o cien años. Desde luego, ocurre, pero muy rara vez. Mis padres nos tuvieron a los cinco sin que transcurrieran más de quince años entre uno y otro, con la excepción de Zacarías, que tiene casi cien años más, pero que se crió junto con nosotros.

Ella vio enseguida los problemas que podrían originarse a partir de esa proximidad, sobre todo en unos chicos jóvenes que tenían una primera noción del poder.

—Teníais mentalidad de pandilla.

Manolito guardó silencio un momento mientras pensaba en su comentario.

—Supongo que se podría decir así. Teníamos una inteligencia por encima de lo normal y todos lo sabíamos. Lo habíamos escuchado en boca de nuestro padre y de otros hombres. Éramos rápidos y aprendíamos fácilmente, y eso también lo habíamos escuchado, además de que no dejaban de repetirnos cuál sería nuestro deber.

MaryAnn frunció el ceño. Nunca había pensado en Manolito o sus hermanos como niños, criaturas que crecían en medio de tiempos inciertos.

—¿En aquel entonces ya nacían más machos que hembras?

Él asintió con un gesto de la cabeza.

—El príncipe estaba preocupado y todos lo sabíamos. Muchos niños morían. Las mujeres empezaban a tener que salir a la superficie para dar a luz, y algunos niños no toleraban las entrañas de la tierra al principio de sus vidas. Otros sí. Se producían cambios y la tensión aumentaba. Nos entrenaban como guerreros pero recibíamos toda la formación posible en todas las demás artes. Empezó a crecer el resentimiento cuando vinieron otros, no tan inteligentes, a quienes se les ofreció la posibilidad de una educación superior mientras nosotros debíamos templar nuestras habilidades en el campo de batalla.

—Mirado retrospectivamente, ¿crees que teníais motivos para estar resentidos? —preguntó ella.

Él se encogió de hombros y los músculos de la espalda se le flexionaron y tensaron.

—Quizá. Sí. En aquella época, sí. Por otro lado, como guerrero y viendo lo que le había ocurrido a nuestro pueblo, era evidente que el príncipe nos necesitaba para combatir. Los vampiros aumentaban en número y para proteger a nuestra especie y a las demás, quizá nuestras habilidades guerreras eran más necesarias que nuestros cerebros.

Manolito suspiró mientras miraba hacia abajo.

—Cuando llegamos aquí, debes recordar, había muy pocas personas, casi nadie. Estábamos solos, y rara vez poníamos a prueba nuestras destrezas contra un enemigo. Éramos cinco, nuestras emociones se volvían difusas y los recuerdos de nuestro pueblo y nuestra tierra natal se empezaron a desvanecer como los colores a nuestro alrededor. Pensábamos que aquello era malo para nosotros. Y entonces empezamos a enfrentarnos cada vez más a los viejos amigos que se habían transformado. Nuestras vidas como carpatianos, tal como las habíamos conocido, ya no existían.

MaryAnn se mordió el labio inferior.

—¿Vuestro príncipe os dio la oportunidad de dejar los montes Cárpatos? ¿O sencillamente os lo ordenó?

—Nos dieron la posibilidad de elegir. A todos los guerreros se les advirtió de lo que vendría y cuánto nos necesitaban. Podríamos habernos quedado, pero el sentido del honor jamás nos lo habría permitido. Se consideraba que nuestra familia poseía grandes destrezas en el campo de batalla.

—Pero os podríais haber quedado —insistió ella—. Vuestras destrezas de guerreros también eran necesarias en casa.

—En vista de lo que ocurrió, sí —convino él.

Por primera vez, Manolito tuvo un amargo sabor de boca. Habían acordado marchar cuando el príncipe lanzó su llamada a los guerreros más antiguos porque creían que el príncipe conocía el futuro y sabía qué era lo que más convenía a su pueblo. Cuando sus filas menguaron y sus enemigos penetraron, el príncipe decidió aliarse con los humanos. Pero todo se había perdido cuando intentaron proteger a sus aliados humanos.

Siglos más tarde, en el presente, en cuanto volvía a tener emociones, aún se enfadaba por aquella decisión, todavía en desacuerdo e incapaz de entender cómo Vlad había cometido un error de ese calibre. ¿Acaso el sentimiento pasó por encima de la razón? Si así fue, ningún De La Cruz volvería a cometer jamás ese error.

—Estás enfadado —dijo ella, sintiendo la ola de antagonismo que emanaba de él.

Él se giró y apoyó la cadera contra la barandilla.

—Sí. No tenía ni idea de que estaba enfadado con él, pero sí, lo estoy. Después de cientos de años, todavía le reprocho al príncipe haber aceptado una batalla que no podían ganar.

—Sabes que no fue eso lo que diezmó a tu pueblo —señaló ella, con voz tranquila—. Tú mismo has dicho que al ser tan joven, sólo con el pasar de los años reparaste en la falta de mujeres, y que los bebés ya en aquel entonces no sobrevivían. Eso quiere decir que los cambios ya se estaban produciendo.

—A nadie le agrada pensar que su especie ha sido destinada a la extinción por la naturaleza, o por Dios.

—¿Eso es lo que piensas?

—No sé lo que pienso, sólo sé lo que habría hecho. Y no habría conducido a mi pueblo a esa batalla.

—¿En qué habría sido diferente el resultado?

—Vlad todavía estaría vivo —afirmó Manolito—. No se hallaría entre los caídos. No habríamos quedado a la deriva con tan pocas mujeres y niños de manera que, a la larga, nuestro pueblo no podrá subsistir. Añádele a eso todos nuestros enemigos, y estamos perdidos.

—Si eso es lo que crees, ¿por qué le salvaste la vida a Mikhail? He oído hablar de ello, desde luego. Todo el mundo habla de lo que hiciste por él en las cuevas cuando lo atacaron. Si crees que no es capaz de dirigir a los carpatianos, ¿por qué arriesgar la vida por él? ¿Por qué morir por él? Sobre todo si ya me habías visto y sabías que tenías una compañera eterna. ¿Por qué habrías de molestarte?

Él se cruzó de brazos y la miró desde su altura superior, frunciendo el ceño.

—Es mi deber.

—Manolito, eso es ridículo. No eres un hombre que seguiría ciegamente a alguien en quien no cree. Puede que hayas cuestionado la decisión de tu príncipe, pero creías en él, y debías creer en su hijo o nunca lo habrías seguido a la batalla, no habrías forjado una alianza con él ni habrías entregado tu vida por él.

—Hice mucho más que cuestionar las decisiones de mi príncipe —dijo él.

Ella vio las sombras en su rostro, el destello del tormento en el fondo de su mirada. Ahora ya podían sacar alguna conclusión. Ahora le iba a confesar su culpa más profunda. MaryAnn sabía lo que iba a decir antes de que lo dijera, porque él seguía mentalmente fundido con ella y vio la culpa y el temor de que hubiera traicionado a un príncipe al que admiraba, al que respetaba profundamente y al que incluso amaba.

Él no lo veía de esa manera, y eso la fascinó. Manolito no era consciente de cuánto admiraba a Vlad Dubrinsky y lo abatido que se había sentido al enterarse de la derrota final y muerte del príncipe a manos de sus enemigos. Más importante aún, no se daba cuenta de que la rabia se volvía contra él mismo por haberse marchado, por haber escogido luchar en una tierra por un pueblo al que nada le importaba la suerte de los carpatianos.

—Traicioné a Vlad cada vez que me sentaba con mis hermanos y cuestionaba sus decisiones y juicios. Con Riordan ya te hemos contado algo, pero eso ha sido una versión deslavada de nuestras conversaciones. Lo habíamos convertido en un arte. Coger cada orden del príncipe y estudiarla desde todos los ángulos. Creíamos que debía escucharnos, que sabíamos más que él.

—Eras joven, aún no te habías convertido en un hombre maduro y todavía sentías emociones. —Ella lo sabía porque las emociones de Manolito por aquel entonces habían sido muy intensas. Él se había sentido superior, física e intelectualmente, a muchos de los otros combatientes. Sus hermanos eran todos iguales y disfrutaban de sus discusiones sobre cómo ayudar a los suyos, para conducir al pueblo carpatiano a través de los peligros de cada nuevo siglo—. ¿Fue una traición, Manolito, en vuestros corazones y mentes, cuando discutíais, o sencillamente una discusión sobre cómo mejorar la vida de tu pueblo?

—Puede que comenzara así —dijo él, y se llevó las manos a la cabeza—. Sé que veíamos con claridad el destino de nuestro pueblo cuando eran muy pocos los que veían el futuro. Nosotros no necesitábamos ver el futuro, nos bastaba nuestro cerebro, y era irritante comprender que los demás no veían lo mismo que nosotros.

—¿El príncipe os escuchó? Fuisteis a verlo.

—Como jefe de nuestra familia, fue Zacarías. Desde luego que lo escuchó. Vlad nos escuchaba a todos. Él nos dirigía, pero siempre permitía que los guerreros se expresaran en el consejo.

MaryAnn vio las emociones que se adueñaban de su expresión. Manolito se enfrentaba estoicamente a vampiros y hechiceros con dagas envenenadas, con el rostro impasible. Pero ahora estaba alterado, sintiendo ese pasado demasiado cerca de la superficie. Ella quería que él entendiera que ese recuerdo de su infancia no era un recuerdo de traición. Buscaba las palabras adecuadas, los sentimientos adecuados...

*¡No!* La orden fue vibrante e intensa y la presionó en las paredes de su mente.

—No merezco la calidez con que quieres envolverme. Ni merezco los sentimientos que intentas plantar en mis recuerdos.

Ella miró y pestañeó, alarmada de que él pensara que ella pudiera plantar algo en la mente de alguien.

—Urdimos un plan, MaryAnn. En nuestra arrogancia y sentimiento de superioridad, creyendo que sabíamos más que cualquier otro. Urdimos un plan para destruir no sólo a la familia Dubrinsky sino a todos los enemigos del pueblo carpatiano. Los carpatianos gobernaríamos al resto de las especies. Y el plan no sólo fue brillante y plausible, sino, que, además, está siendo usado en este mismo momento contra nuestro príncipe.

Su voz se quebró al pronunciar la última palabra y Manolito inclinó la cabeza, avergonzado.

# *Capítulo* 14

MaryAnn respiró varias veces, incapaz de ver en el pensamiento de Manolito. No sabía si era ella la que se había separado mentalmente o si lo había hecho él, pero sólo atinaba a mirarlo, incrédula. Manolito De La Cruz era leal a Mikhail Dubrinsky. Ella había sido testigo de su heroísmo. Veía la cicatriz en el cuello de cuando casi lo habían matado. No era fácil matar a un carpatiano, pero alguien había conseguido hacerlo mientras él protegía al príncipe. Ella no creía ni por un momento que estuviera implicado en un complot para destruir a la familia Dubrinsky.

—No entiendo tu manera de pensar. Mis amigos y yo siempre hablamos de política y a menudo no estamos de acuerdo con nuestro gobierno, pero eso no significa que traicionemos a nuestro país o a nuestro pueblo.

Encerrada como estaba dentro de la burbuja que impedía que el ruido saliera, MaryAnn no oía las aves ni los insectos. El silencio era ensordecedor, y Manolito estaba abrumado por el dolor. Era raro que ella no pudiera leerle el pensamiento, aunque sentía sus emociones, fuertes y profundas. La vergüenza. La ira. La culpa. Incluso un sentimiento de traición.

—Cuéntame. —Esta vez MaryAnn lo dijo como una orden. Si era su compañera eterna, como el sostenía, entonces tendría que compartirlo con ella. Aquello se lo estaba comiendo vivo, y empezó a darse cuenta, mientras lo observaba mirarse las manos, como maravillado, que en ese momento estaba más en la dimensión del otro mundo que con ella.

Le cogió la mano y tiró de ella hasta que él se dejó caer a su lado en el lecho de flores.

—Manolito, esto te está destruyendo. Tienes que solucionarlo.

—¿Cómo se puede remediar una traición?

Ella cerró los dedos en torno a su mano.

—¿Te propusiste elaborar un plan para destronar a tu príncipe?

—No. —Su negación fue inmediata y rotunda.

Y era verdad. Ella oía la sinceridad en sus palabras.

—Mis hermanos no lo hicieron y yo, desde luego, tampoco. Sólo hablábamos, quizá protestábamos, y siempre debatíamos. Pero no había más. —Se llevó las manos a la cabeza y se frotó las sienes, como si le dolieran—. Francamente, no sé cómo empezamos a planear los detalles. No sé cómo ni por qué se empezó a elaborar un plan para destronar a nuestro príncipe pero, más tarde, siempre que nos enfadábamos por algo, hablábamos de ello como una realidad.

Desde que su hermano Rafael había matado a Kirja Malinov, él había intentado recordar. Todos sus hermanos habían intentado recordar. Al principio, se sentaban alrededor de una fogata y discutían de lo bueno y lo malo de todas las decisiones que Vlad había tomado.

—Sólo había una familia con hijos nacidos a intervalos tan seguidos como nosotros, los Malinov. Cuando nuestra madre daba a luz, la de ellos también. Crecimos juntos, mis hermanos y los Malinov. Jugábamos juntos cuando éramos niños, luchamos juntos como hombres. Los lazos entre nuestras familias eran muy sólidos. Éramos diferentes de los demás carpatianos. Todos lo éramos. Quizá porque nacimos con breves intervalos entre uno y otro. La mayoría de los niños carpatianos nacen con diferencias de al menos cincuenta años. Quizás haya un motivo que lo explique.

—¿Diferentes en qué sentido?

Él sacudió la cabeza.

—Éramos más morenos. Más rápidos. Más fuertes. Adquirimos la destreza para matar demasiado rápido, mucho antes de que hubiéramos dejado de ser niños. Nos rebelábamos. —Manolito suspiró y se inclinó para frotarse la barbilla en el pelo de MaryAnn, necesitado de su cercanía—. Los hermanos Malinov tuvieron suerte. Nació una bella niña unos cincuenta años después de Maxim, el más joven de ellos. Por desgracia, su madre no vivió mucho tiempo después de dar a luz y su padre la siguió al otro mundo. Nosotros diez nos convertimos en sus padres.

MaryAnn sentía el dolor en él, un dolor que no había menguado a lo largo de los siglos, a pesar de los años intermedios, cuando ya había dejado de sentir emociones. Seguía ahí, royéndolo, apretándole el pecho, agitándose en sus entrañas, ahogándolo hasta que ya casi no podía respirar. Vio a una niña, alta, de pelo negro reluciente, liso y espeso que le caía como el agua hasta la cintura. Unos ojos brillantes y enormes, color esmeralda, que destacaban en un rostro simpático. Una boca hecha para la risa, y nobleza en todos los rasgos de su cuerpo.

—Ivory. —Manolito dijo su nombre en un susurro—. Era tanto nuestra como de ellos. Brillante y feliz, lo aprendía todo muy rápido. Sabía luchar como un guerrero, pero también sabía usar la cabeza. Ningún alumno era capaz de superarla.

—¿Qué le ocurrió? —Eso era, al fin y al cabo, lo que había conducido a esa amargura que ella intuía en los sentimientos encontrados de Manolito hacia su príncipe.

—Ivory quería ir a la escuela de hechiceros. Sin duda, estaba cualificada para ello. Era lo bastante lista y capaz de tejer hechizos que muy pocos podían deshacer. Sin embargo, ninguno de nosotros, sus hermanos y mis hermanos, la dejaba ir sola a ningún sitio. Era una chica joven y le irritaba tener a diez hermanos diciéndole lo que tenía que hacer. A nosotros no nos importaba. Queríamos velar por su seguridad, y deberíamos haber velado por ella. Luchábamos por su belleza, y la queríamos proteger. Su risa era tan contagiosa que hasta los cazadores que hacía tiempo habían perdido sus emociones sonreían cuando ella andaba por ahí.

Manolito le cogió la mano a MaryAnn y se la llevó a la altura del corazón con tanta fuerza que ella lo sintió latir.

—Le prohibimos asistir a la escuela y estudiar con los hechiceros hasta que nosotros pudiéramos acompañarla y ocuparnos de su seguridad. Todos conocían nuestros deseos y nunca deberían haber intervenido. Sin embargo, mientras estábamos ausentes en el campo de batalla, ella decidió llevar el caso ante el príncipe.

Un estremecimiento sacudió a Manolito. Se removió en su sitio, como si quisiera acomodarse, pero MaryAnn sabía que la herida del dolor era más profunda de lo que muchos habrían imaginado. Era evidente que el tiempo no había sanado la herida. Ella se preguntó si a pesar de la pérdida de las emociones durante esos años, el dolor aún se mantenía vivo, de modo que cuando los machos volvían a sentir, esas emociones pasadas volvían a adquirir relieve y a cobrar vida para ellos.

—El príncipe no tenía ningún derecho a usurpar nuestra autoridad, pero lo hizo. Aún sabiendo que lo habíamos prohibido, le dijo a Ivory que podía ir. —Su voz se quebró hacia el final y le apretó a MaryAnn con más fuerza la mano que tenía apoyada en su pecho, como si quisiera aliviar un gran dolor.

—¿Por qué haría eso?

—Creemos que su hijo mayor, al que nunca nombramos, ya mostraba ciertas señales de su enfermedad. El linaje de los Dubrinsky es capaz de reunir un gran poder, pero entonces se requiere un poder aún más fuerte para controlarlo. Si no hay disciplina, reina el caos. El hijo mayor de Vlad ya miraba a Ivory, aunque no fuera su compañero eterno. Lo habríamos matado si la hubiera tocado. La tensión se había vuelto muy palpable cada vez que venía a nuestra aldea. Yo mismo llegué a desenvainar mi espada en dos ocasiones al ver que él le hacía una encerrona cerca del mercado. Estaba estrictamente prohibido tocar a una mujer que no era tu compañera eterna, aunque no teníamos dudas de que ésa era precisamente su intención en cuanto tuviera la oportunidad.

—Creía que los hombres carpatianos ni siquiera miraban a una mujer que no fuera su compañera eterna.

—Cuando son jóvenes, algunos todavía las miran, y en otros es como una enfermedad, una necesidad de ejercer su poder sobre el otro sexo, algo que los mancha. Es un tipo de locura que a menudo se ceba con los que detentan un gran poder. Nuestra especie no deja de tener sus anomalías, MaryAnn.

—¿Por qué no lo detuvieron?

—Creo que muchos no querían creer que un hijo del príncipe pudiera portar la enfermedad en sus venas, pero nosotros lo sabíamos. Zacarías, mi hermano mayor, y Rusla, el mayor de los Malinov, fueron a ver a Vlad y le hablaron del peligro que corría Ivory. Entonces, el príncipe lo envío lejos y, durante un tiempo, tuvimos paz. Después, cuando estaba a punto de regresar, y Ivory le pidió permiso a Vlad para asistir a la escuela, para éste fue una manera fácil de deshacerse de un problema inmediato. Pensó que si ella se marchaba, su hijo estaría tranquilo.

Manolito se mesó los cabellos.

—Pero en realidad, sabía lo que ocurría. Vlad debería haber asumido la enfermedad de su hijo y haber dado la orden de que lo mataran. Sin Ivory, tuvo más tiempo para pensar en aquel asunto y quizás encontrar otra manera de resolverlo.

—Así que la dejó ir.

—Sí. Dejó que se marchara sin que ninguno de nosotros pudiera protegerla. Tampoco nos envió noticias de ello porque sabía que no tardaríamos en volver.

MaryAnn se movió para acercarse y lo abrazó.

—¿Qué ocurrió?

Por un momento, él dejó caer la cabeza en los hombros de ella y acercó la boca a su piel cálida. Estaba frío y, al parecer, no lograba entrar en calor. Con un leve suspiro de resignación, se obligó a levantar la cabeza para mirarla a los ojos.

—Tú eres mi compañera eterna. El destino ha decidido lo que

hay entre nosotros. Yo soy muchas cosas, MaryAnn, y me conozco bien. No te dejaré ir. Tendrás que aprender a vivir con mis pecados, y es mi deber contarte lo peor.

Ella mantenía la mirada fija en la suya, donde veía más dolor que traición. Manolito había sentido un gran amor por Ivory, como todos los hombres en las dos familias, según sospechaba MaryAnn. Con tan pocas mujeres, esos hombres fuertes y protectores pensarían que era su deber, y un placer, proteger y servir a aquella niña pequeña. Haberle fallado tuvo que representar para ellos un dolor insoportable.

—Cuando supimos que un vampiro la había atacado y matado, nos quedamos destrozados. Peor aún, cedimos a un frenesí asesino. Por primera vez, Ruslan y Zacarías perdieron la entereza que siempre habían tenido. Querían matar al príncipe. Todos lo queríamos. Lo teníamos por culpable por haber contravenido nuestras órdenes y, por eso, lo considerábamos responsable de la muerte de Ivory. —Manolito sacudió lentamente la cabeza—. No pudimos encontrar su cuerpo para intentar recuperarla del mundo de las sombras, aunque cualquiera de nosotros la habría seguido hasta allí sin vacilar para traerla de vuelta.

A MaryAnn le dio un vuelco el corazón. El mundo de las sombras y las tinieblas, el lugar donde los carpatianos iban después de la muerte. El lugar donde todavía habitaba una parte de Manolito.

—¿Cómo puedes seguir a alguien a un lugar así?

Su mirada se volvió vacilante.

—Según los rumores, sólo los más grandes guerreros o sanadores intentan una proeza como ésa, o un ser amado, o un compañero eterno, pero cualquiera de nosotros se habría alegrado de ir. Y es evidente que se puede hacer. Gregori lo hizo en una ocasión. Y ahora tú.

Ella no se había dado cuenta de lo que hacía cuando se introdujo en ese otro mundo. Había momentos en que todavía no quería creer que hubiera sido real.

—No me daba cuenta de lo que hacía.

—Al parecer, es peligroso para alguien que no está muerto.

Ella lo miró con una sonrisa leve, reservada.

—Quizás hubiera sido lo mejor. No lo sé. Pero ninguno de vosotros podía seguir sus huellas porque no teníais el cuerpo.

—Si el espíritu deja el cuerpo, el cuerpo debe ser custodiado hasta que el espíritu vuelva a él. De otra manera, nuestros enemigos nos pueden atrapar en el otro mundo para toda la eternidad —dijo, y se encogió de hombros—. Nos basta con decir que sólo los muertos van allí. Una persona viva tiene que tener un fuerte motivo para intentarlo.

—Entonces eso fue lo que hicieron Gregori y tus hermanos. Te siguieron hacia el mundo de las tinieblas y las sombras y trajeron tu espíritu de vuelta —repitió MaryAnn, que deseaba entender. Todo aquello superaba con mucho su experiencia.

—Sí, pero no tuvimos la misma suerte con Ivory. La perdimos para siempre y empezamos a cuestionar seriamente el juicio de Vlad Dubrinsky. No tenía derecho a intervenir en nuestros asuntos familiares. Para nosotros no tenía sentido. Si su hijo estaba loco y él no había hecho nada, ¿no sería porque él también lo estaba? Cuanto más hablábamos de lo que había hecho, más fuerte se toamaba nuestra rabia. Empezamos a pensar en maneras de acabar con su reinado. Una cosa condujo a la otra. Nos dimos cuenta de que las otras especies que eran nuestras aliadas lucharían junto a Dubrinsky para mantener su reinado, y los carpatianos estarían divididos. Así que ideamos maneras de acabar con todos los demás. Los hombres jaguar nunca permanecían junto a sus mujeres, y éstas ya habían empezado a aparearse con los humanos y a conservar esa forma. No costaría demasiado enfrentar a las mujeres que quedaban contra sus hombres y beneficiarse de la brutalidad de la forma animal.

—Que fue lo que, con el tiempo, ocurrió.

Él asintió con un gesto de la cabeza.

—Peor aún, MaryAnn. Ahora no hay esperanza de salvar a la raza de los jaguares. Aunque sobrevivieran diez parejas, es demasiado poco para salvarlos.

—Puede que la evolución haya tenido una importancia mayor

de la que pensáis. El hecho de elaborar un plan que, por cierto, habíais razonado intelectualmente después de observar lo que ya estaba ocurriendo, no significa que hayáis sido responsables de la destrucción de las especies. No sois dioses.

—No, pero no hicimos nada para ayudar a los jaguares a ver su propia destrucción. Los dejamos solos y, al hacerlo, los hermanos Malinov elaboraron el plan y contribuyeron a empujarlos a su propia extinción. Si han hecho eso, ¿qué otras partes del plan habrán llevado a cabo?

MaryAnn esperó, viendo cómo su rostro se ensombrecía, observando que Manolito flexionaba los dedos como si le dolieran. En su voz había un nuevo timbre, el ruido sordo de un gruñido, tan sensual como su voz aterciopelada, quizá más. Las notas bailaban sobre su piel y la hacían sentirse nerviosa.

—Los humanos temen a los carpatianos porque temen a los vampiros. Las leyendas debieron surgir de algún sitio. Los rumores sobre las matanzas, el odio y el miedo aumentaron hasta que los carpatianos dejaron de ser los aliados de los humanos. Ahora nos persiguen y nos matan. Y con el hombre lobo, el único aliado que tenía el poder para detenernos, sería fácil hacer lo mismo: provocar una división entre las especies, dividirlas y conquistarlas. En cualquier caso, los hombres lobo eran esquivos, y conducirlos al subsuelo o eliminarlos secretamente organizando matanzas también diezmaría sus filas. Con el tiempo, alguien tendría que sentarse en el trono para limpiar los destrozos.

MaryAnn se echó hacia atrás, con la respiración entrecortada.

—Tú no hiciste esas cosas, ¿no? —le preguntó. El aroma masculino de Manolito había penetrado en sus pulmones, y la rodeaba cada vez que respiraba. Quizá fuera la barrera contra los rumores que había levantado, pero ella no podía sustraerse a la emoción de respirar su esencia, inhalarla, ni podía ignorar la tensión de sus músculos ni el rugido de la sangre en sus oídos por el sólo hecho de estar cerca de él.

MaryAnn quería reaccionar con la objetividad de una terapeuta. Era su segunda naturaleza. Sin embargo, había algo más, algo salvaje que crecía en él, y ella vio que su pecho subía y bajaba, el ligero cambio de su expresión, las arrugas en torno a los ojos, la forma de su boca bien moldeada y quería... no, *necesitaba* ofrecerle consuelo sin tener que hablar.

—No, desde luego que no. Sabíamos que lo que hacíamos estaba mal. Cuando el dolor pasó y vimos la luz de la razón, supimos que no era culpa de Vlad que Ivory estuviera muerta, como tampoco era culpa nuestra. Dejamos de hablar de ello y nos lanzamos a la caza de las criaturas inertes. Nos convertimos en demonios, tanto que muchos de nosotros perdimos las emociones mucho antes de lo habitual. Hicimos un pacto para protegernos mutuamente, para compartir lo que podíamos de nuestros recuerdos de afecto y honor, y eso hemos hecho. Y cuando nuestro príncipe lanzó una llamada para ir a otras tierras, respondimos. Los Malinov hicieron lo mismo. A nosotros nos mandaron aquí, a América del Sur, a ellos a Asia.

Ella se inclinó para acercarse y beber de su aroma, mientras no paraba de transmitirle su calidez balsámica a la vez que intentaba reprimir la marea ascendente del deseo. ¿Qué había en él que era tan diferente? ¿Acaso su confesión de haber obrado mal lo había hecho más simpático a sus ojos? ¿O el hecho de que todavía llorara a aquella pequeña hermana?

MaryAnn se había enfadado con él por haberla arrastrado de lleno a su vida sin su consentimiento, dejándola sin opciones, y por no entender la enormidad de lo que había hecho, pero no podía evitar la intensidad de las emociones que le provocaba al intentar comprenderlo. Por haberse confiado a ella en su vergüenza más oscura. Y sabía que ése era el regalo que le había ofrecido.

Cuando él estiró la mano para apartarle un mechón de pelo de la cara y le rozó la piel sensible con los dedos, se estremeció.

—Los hermanos Malinov vinieron a vernos antes de que nos marcháramos y quisieron hablar. —Su voz se hizo más ronca, y fue como si su timbre le raspara las terminaciones nerviosas, una seducción que ella no había creído posible. Inclinó la cabeza, le apartó el pelo del hombro y acercó la lengua al pulso que latía en su cuello—. Querían que renunciáramos a la lealtad a nuestro príncipe.

Unas lengüetas de fuego bailaron a lo largo del cuello y la garganta de MaryAnn, y luego le bajaron a los pechos. Los pezones se le endurecieron por debajo de la delgada blusa, y su cuerpo se volvió suave y dúctil. Estaba tan adolorida que se acurrucó junto a él.

—Pero vosotros os negasteis. —MaryAnn estaba segura. Sabía que Manolito respetaba a Vlad Dubrinsky a pesar de aquella horrible tragedia.

—No quisimos plegarnos. No podíamos. —En su voz se adivinaba una convicción absoluta—. Y, por aquel entonces, tampoco se plegaron los Malinov. Le juraron fidelidad.

Y ella lo amaba por eso. Por conocer la diferencia entre el bien y el mal. Por profesar una lealtad tan desinteresada al príncipe, aún cuando amara tanto a los hermanos Malinov. Ellos habían sido su familia, pero él sabía, al igual que todos sus hermanos, que volverse contra el príncipe equivalía a volverse contra su pueblo.

—Por supuesto que no. —MaryAnn le acarició el brazo, palpando la definición de sus músculos al contacto con su mano. Cerró los ojos, deseando por un momento sentirlo piel contra piel. Quería seducirlo, acogerlo dentro de ella y colmar el vacío que percibía en su alma.

A Manolito se le encendieron los ojos con un brillo tan intenso y turbulento que ella sintió el corazón en la boca. El iris de sus ojos viró del negro al ámbar, casi dorado, y la visión le robó el aliento. Aquella naturaleza salvaje que ella nunca quería aceptar, asomó bruscamente para ser reconocida, y MaryAnn se inclinó para acercarse antes de que pudiera pensar y le rozó la boca con sus labios, respirando por él, embebiéndose de su adrenalina. Tomando su necesidad y su deseo. Tomándolo a él.

Él le devolvió el beso deslizando la lengua en la cavidad sedosa y cálida de su boca. Todas las terminaciones nerviosas despertaron a la vida. Cualquier vestigio de ira que guardara contra su príncipe, contra sí mismo o incluso contra los Malinov, se desvaneció y todo su cuerpo quedó palpitando sólo para ella.

Manolito la estrechó en sus brazos y la acercó aún más, cuerpo con cuerpo, con las bocas pegadas, mientras su pulso rugía en los oídos de ella. Estaban fundidos mentalmente y ella sintió el brusco cambio en él, en su manera de reconocerla a través de cada una de sus células, deseándola, necesitándola. Le mordisqueó ligeramente el labio, tiró y jugó y exigió. Aquel deseo que se había vuelto ardiente le quitó el frío del cuerpo e hizo desvanecerse las sombras y el dolor de viejos recuerdos hasta que fueron sólo aquello: la sensación por excelencia, la dicha absoluta.

—Quiero sentir tu piel contra la mía —susurró él. Ya le deslizaba la mano por la pierna hacia arriba, siguiendo por el muslo, adentro, donde todo se volvía dolor, deseo y necesidad de él. Donde le ofrecía un refugio y un santuario. Él la acariciaba con los nudillos en su húmeda intimidad, dibujando pequeños círculos, mientras la poseía con su boca.

Alrededor de Manolito el mundo desapareció. Los dos mundos. Las sombras retrocedieron hasta que sólo quedó el lecho de flores y la fragancia y la esencia de hombre y mujer que se llamaban mutuamente. Levantó las manos para cogerla en sus brazos, sostenerla contra él, cogiéndole la nuca con una mano mientras la tendía junto a las enredaderas. Esta vez no se portó como un salvaje, no quería. Procedió con suavidad, lento y ceremonioso, deseando saborear hasta el último trozo de piel, deseando embarcarlos a los dos en un viaje de puras sensaciones.

Ella alzó una mano para apartarle el pelo sedoso de la cara, un pelo largo y exuberante, espeso, más espeso de lo que recordaba. Aunque el pelo de Manolito era bello, ahora, quizá porque todas sus sensaciones se habían agudizado, le pareció más largo, como un pelaje grueso que acariciar y donde hundir la cara. Más que nada, MaryAnn quería consolarlo, hacerlo sentirse entero y plenamente vivo.

Le siguió la línea del cuello con la mano y le ofreció su boca. El beso de él era como el lento y perezoso movimiento de sus manos deslizándose debajo de la blusa para cogerle los pechos. Con el dedo pulgar jugó y provocó, imprimiéndole el mismo ritmo lánguido, dejándole unos puntos ardientes que irradiaron su calor desde los pechos hacia el vientre y se mezclaron con el líquido fundido de su entrepierna. Estaba toda ella lubricada, caliente y deseosa de él.

A MaryAnn le fascinaba su boca, su forma y su textura, su manera de estar excitado y su exigencia. Por muy suave que fuera al principio, al cabo de un momento ya se había apoderado de su boca, embriagándola con sus besos, encendiendo lenguas de fuego que iban a perderse en el torbellino del deseo. Deslizó las manos por su piel y la dejó retorciéndose, pidiéndole que siguiera, tan suave, tan paciente, que de pronto se sorprendió al ver que él le abría la blusa de un tirón, haciendo saltar todos los botones, y luego bajaba la cabeza y le cubría los pechos de besos calientes y golosos.

MaryAnn se arqueó contra él, sosteniéndole la cabeza y acariciándole el pelo, susurrando palabras que lo estimulaban, pidiendo más.

Manolito levantó la cabeza para mirarla. Estaba tan bella ahí tendida, ofreciéndose a él para aliviarlo de los fantasmas del pasado. Si alguien podía aliviarlo, era ella. Estaba más excitado de lo que jamás había imaginado que fuera posible. Aunque MaryAnn no lo supiera, estaba en su mente, aumentando su deseo, demostrándole sus ganas de complacerlo como él quisiera, o necesitara. Ella era su terreno de juego particular, pero, esta vez, su lujuria estaba arropada por el amor. Él lo sabía sin la sombra de una duda. Era imposible no amarla cuando ella se lo daba todo sin reservas, cuando tenía el valor de ofrecer su cuerpo a un hombre tan dominante como él.

Manolito se deshizo de la falda de MaryAnn y se liberó a sí mismo de sus ropas pesadas, poniéndose a horcajadas sobre ella, mirándole los pechos generosos. Ella tenía los pezones endurecidos y deseosos, y las piernas ligeramente abiertas, por lo que le dejaba ver la invitación húmeda de su cuerpo que lo llamaba. Con un gruñido ligero que le nació en el fondo de la garganta, inclinó la cabeza hacia ella una vez más. MaryAnn abrió la boca y aceptó el duro embate de su lengua. Él le mordisqueó el labio inferior, mientras la lengua jugaba y penetraba. Por debajo de él, la piel de su compañero se calentó hasta convertirse en pura seda, y cada vez que él se frotaba contra ella, MaryAnn temblaba y se estremecía de deseo.

Ella deslizó las manos hasta sus hombros y le clavó las uñas en la piel, intentando aguantar mientras sus besos arreciaban, ahora más duros y exigentes, cada uno más caliente y adictivo que el anterior. MaryAnn se ahogaba, y no tenía de dónde asirse para salir a la superficie, sintiendo las manos duras y calientes de Manolito por todo el cuerpo, dejando que las lenguas se encontraran y quedando cautiva de sus labios, que habían tomado el control, como sus manos.

Manolito las deslizó entonces sobre sus pechos con gesto posesivo, al tiempo que tiraba de sus pezones. MaryAnn sintió que unas flechas encendidas le recorrían el vientre y que se convertían en dardos al llegar a su entrepierna. Dejó escapar un gemido suave, un gemido que a él le recorrió la espina dorsal y le llegó a la entrepierna, como un susurro que se deslizaba sobre su erección. Metió la rodilla como una cuña entre sus muslos hasta abrirlos un poco más.

Le dejó un reguero de besos fogosos desde los labios hasta el cuello, hasta el pulso que latía desbocadamente. No paró de mordisquearla y de hacer bailar la lengua sobre su piel, atento al rugido de la sangre en sus venas. Era música para sus oídos y, como respuesta, su pulso también se aceleró. Sólo ella podía provocar aquella respuesta en él, calmar los demonios, iluminarle el alma, llenar su vida de poesía en medio de la abrumadora realidad.

MaryAnn comenzó a frotarse contra su muslo con un ligero grito, como indefensa, queriendo saciar aquella sed que la embargaba. Él sentía el roce del líquido incitante en la rodilla, allí donde ella se frotaba, impaciente, tan llena de sensualidad que Manolito apenas conseguía controlarse.

Entonces le dio un lengüetazo duro y rápido en un pezón, y ella dio un pequeño salto, tan sensible, que cuando él le cubrió los pechos y se llevó la piel cremosa al calor fogoso de su boca, se arqueó para tenerlo aún más cerca, y sus gritos desataron en él un deseo que lo llevó al frenesí.

El corazón de ella latía con fuerza, acompasado con el suyo. Él bajó por su cuerpo, deslizándose sobre su piel sedosa hasta que pudo meter los brazos bajo los muslos y levantarla para acercarla a su boca golosa. Se había despertado deseando ese sabor de ella, un hambre casi más fuerte que su hambre de sangre. Le cubrió su fascinante hendidura con la lengua, que hizo bailar y frotar contra su clítoris. El primer orgasmo de MaryAnn fue duro y rápido, y sus músculos se tensaron hasta que sus terminaciones nerviosas estuvieron a punto de inflamarse. Pero él no paró.

MaryAnn intentó apartarlo, pero él era demasiado fuerte. Lo único que ella podía hacer era sacudirse violentamente bajo él, intentado escapar a su boca endiablada, lo cual no hacía más que aumentar la excitación de él.

*Así me gusta,* sivamet, *que ardas por mí. Que te conviertas en llamas. Grita. Déjame poseerte entera.*

Su voz era un susurro áspero en la mente de ella. La chupaba mientras mantenía su asalto con la lengua. Era demasiado y demasiado rápido, y su cuerpo se había vuelto demasiado sensible.

*No puedo. Me matarás.* Quizá no la mataría pero, desde luego, echaría abajo todo lo que ella había sido, la convertiría en otra persona, cargada de sexualidad, necesitada para toda la eternidad de sus manos, su boca y su cuerpo. Era inquietante perder el control de esa manera, dejar que alguien se apoderara de tu cuerpo, experimentar esas sensaciones que no tenían fin. El segundo orgasmo la barrió como una ola, y MaryAnn gritó su nombre como en una plegaria, quizá para que siguiera o parara, francamente no lo sabía.

*No,* ainaak enyem. *Te amo de la única manera que sé. Te estoy dando todo lo que soy y tomando todo lo que tú eres.*

Manolito oía los gruñidos de placer resonando en su garganta, sabiendo que sus ondas llegaban hasta su hendidura y vibraban, como vibraban en él. MaryAnn sintió el espasmo de su matriz. Él apretó con más fuerza y tomó más, pidió más. Esta vez introdujo la lengua con fuerza y rápidamente, presionándola en su punto más sensible mientras extraía la dulce miel de su cuerpo. El amor y la lujuria se adueñaron de él con tanto ímpetu que se estremeció. Con su osada lengua, la llevó a su tercer orgasmo, y MaryAnn dejó escapar un aullido agudo de placer.

*Manolito, por favor. Por favor, haz algo. Cualquier cosa.*

Él se irguió por encima de ella, con los rasgos endurecidos por la lujuria y la mirada teñida por el amor. Aquella combinación casi fue su perdición. Por un momento, el corazón dejó de latirle y luego arrancó en una carrera tan desenfrenada que llegó a dolerle el pecho. Él volvió a levantarla por las caderas y la arrastró por el lecho de flores hasta que ella dejó descansar las piernas en sus hombros, mientras la gruesa punta de su polla se ajustaba a su entrada.

MaryAnn dejó de respirar y toda ella se quedó concentrada completamente en aquel punto que quemaba. El nudo de nervios se tensó, expectante. Él se impulsó hacia delante y toda su poderosa erección desapareció entre los músculos apretados y sedosos, ya tan inflamados e hinchados que la fricción la hizo despeñarse por un orgasmo que no tenía fin. Entonces se hundió por completo en ella, sintiendo que las paredes de terciopelo se contraían y apretaban, transmitiéndole una sensación tan poderosa que dejó escapar un gruñido, deseoso de recuperar el control.

No había control. No podía haberlo. El aroma y el contacto con su apretada hendidura que lo rodeaba y lo ordeñaba, lo llevó más allá de toda cordura y se hundió en ella, una y otra vez, como un largo pistón, dejando que la sensación del fuego lo embargara por completo.

*Manolito.* Había un dejo de ansiedad temerosa en su voz. En su mente. MaryAnn se cogió de sus hombros y le hincó profundamente las uñas en la piel, rebotando desaforadamente y levantando las caderas para acoplarse a cada una de sus sensuales arremetidas.

*Estás a salvo,* sivamet. *A salvo conmigo. Relájate para mí. Déjame que te lleve hasta las nubes.*

Manolito apretó los dientes, procurando aguantar ahí donde

todo lo incitaba a perder el control, a explotar hacia una dimensión desconocida. Ya no había más vergüenza ni dolor, ni otros mundos a su alrededor o vivos en él. Sólo existía MaryAnn, su otra mitad, y el santuario de placer que le ofrecía.

*Déjate ir,* päläfertii. *Vuela conmigo.*

MaryAnn lo sintió dentro de su cabeza, compartiendo su propio placer y el de ella, de modo que las mentes volvían la experiencia aún más intensa. Cada larga embestida agitaba en ellas olas que se derramaban por su cuerpo y luego por el de él. Cada penetración desataba un relámpago que los recorría a los dos. El sudor les perlaba la piel a medida que se aproximaban, juntos, cada cual deseando el placer sublime del otro.

Él penetró profundo y duro con su miembro en su hendidura palpitante y sedosa. Era como si MaryAnn lo estrangulara, apretando sus músculos hinchados por los múltiples orgasmos, desatando en él lenguas de fuego. Aunque pareciera imposible, sintió que su erección crecía y que luego quedaba apresada cuando empujó hasta los testículos y derramó su semilla caliente en lo más profundo de ella. Latido tras latido, el placer lo consumía y lo sacudía mientras su cuerpo estallaba bajo la potencia de la erupción.

Debajo de él, ella gritó y fue sacudida de arriba abajo por aquella liberación, hasta que su mirada se volvió vidriosa y el rostro se le desencajó en una mueca tensa de asombro, bajo el impacto del orgasmo, demasiado intenso para soportarlo. Las hojas por encima de su cabeza brillaron como estrellas plateadas y los bordes de su campo visual se estrecharon hasta que sólo pudo verlo a él. Sus hombros y su pecho los protegían del mundo a su alrededor cuando empezó a inclinarse hacia adelante sobre ella con una lentitud infinita.

Manolito dejó que sus incisivos se alargaran. Su erección no había menguado, y ahora permanecían unidos. Al moverse, hizo que su poderosa erección rozara contra su punto más sensible. Ella se estremeció. Él comprendió lo que estaba pensando, y quiso que supiera lo que hacía.

—Quédate quieta —murmuró, cuando la sintió temblar, cuando vio que sus ojos se abrían con una expresión que podría ser de miedo—. Jamás te haría daño, MaryAnn.

Hundió los incisivos profundamente en el mismo lugar del pecho donde le había dejado la marca. Ella dejó escapar un grito y sintió que el dolor dejaba paso a otra descarga erótica. Todo su cuerpo latió y sollozó junto a él, apretándose con un ritmo exquisito. Lo abrazó con fuerza mientras él tomaba su sangre, sosteniéndole la cabeza, dándole todo su ser.

Cuando finalmente pasó la lengua por aquel punto para cerrar la herida, la besó con ternura. Curiosamente, volvió a tener deseos de morderla, hincarle los dientes en el hueco del hombro y lamer el dulce líquido vital. Pero se resistió y se retiró lentamente de ella, deleitándose con el movimiento de sus pliegues que lo dejaban ir a regañadientes. Se tendió a un lado en el lecho y la cogió para ponerla encima de él hasta dejarla tendida encima suyo como una manta.

Permaneció cubierto por ella, sintiendo la impronta de su cuerpo, el suave relieve de sus pechos, los pezones apretados contra su torso, la piel humedecida, suave y sedosa en sus curvas exuberantes. Manolito sentía latir su corazón y el calor entre sus piernas, y oía la sangre que corría como un torrente caliente por sus venas. Ella le hundió la mano en el pelo. MaryAnn era perfecta. El momento era perfecto.

—Anoche soñé contigo —murmuró ella, y levantó la cabeza para rozarle el cuello con los labios. Hizo bailar la lengua sobre su pulso y le mordisqueó la piel—. Soñé con tu cuerpo dentro de mí y que yo gritaba tu nombre. Durante un rato fue un sueño muy bello. —Volvió a lamerle la piel, y su lengua quedó suspendida sobre ese punto preciso—. Pero entonces llegaron los lobos... —dijo, y calló. Le besó el cuello y presionó con los labios en ese punto, queriendo más, mucho más, hambrienta de su sabor. La mandíbula le dolía de tanta necesidad, y los dientes se le alargaron y agudizaron mientras deslizaba la lengua por los lados. Acercó la cara a su hombro y lo volvió a mordisquear.

Bajo su peso, Manolito se quedó quieto. La cogió por los brazos con sus manos que parecían tornillos y la levantó de golpe. En sus ojos oscuros asomó un brillo raro, como si viera algún peligro, alguna amenaza, y ella se giró, buscando la causa de aquella mirada en lo alto de los árboles. La quietud de Manolito volvió a atraer su atención.

—¿Qué ocurre?

Muy lentamente, él la apartó y se sentó, al tiempo que se mesaba la larga y espesa cabellera. Volvió a mirarla, duro y frío y casi amenazante. Su mente se había separado de ella y la había dejado temblando y frotándose los brazos para darse calor.

—Manolito, ¿qué ocurre?

—Anoche soñé contigo —dijo él, con voz queda, un tono de voz que le puso a MaryAnn la piel de gallina—. Soñé que me hundía profundamente en ti, soñé cosas que te hacía y tú gritabas de placer. Y luego llegaron los lobos... —continuó y, al igual que ella, calló.

Ella se sentó a su lado, plegó las rodillas, deseando poder vestirse con la misma facilidad que lo hacía él.

—¿Te molesta compartir un sueño? ¿Por qué? ¿No crees que es posible que ocurra si nos sentimos tan conectados?

—Los carpatianos no soñamos. —Manolito se recogió el pelo hacia atrás y se lo ató con una tira de cuero—. Dormimos el sueño de los muertos. Nuestro corazón y nuestros pulmones dejan de funcionar para que rejuvenezcamos. A nuestros cerebros les ocurre lo mismo. Por lo tanto, no podemos soñar.

Ella no estaba segura de lo que él le estaba contando, pero la boca se le secó y el corazón se le aceleró hasta alcanzar un ritmo galopante.

—Es probable que lo hayas soñado cuando te despertaste, o cuando te dormías.

—¿Cómo explicas mi tolerancia al sol? No he podido mostrarme a la luz del día durante siglos. Aunque hubiera nubes o se desatara una tormenta, los rayos del sol me herían los ojos y mi cuerpo quedaba exangüe. Sin embargo, he permanecido junto a ti hasta casi mediodía. Explícame eso —dijo, con voz lenta y ronca, como si la castigara con una acusación no dicha—. Me he levantado cuando el sol todavía no se había puesto y no me he quemado la piel.

—¿Cómo podría explicar algo así? Sé pocas cosas sobre los carpatianos y sus compañeras eternas. Quizá cuando las encontráis, también recuperáis esa capacidad. —MaryAnn cogió la blusa y se la puso—. Me has roto los botones.

Con un gesto de impaciencia, Manolito tejió un movimiento con la mano y ella se encontró vestida, pero no con su propia ropa sino con una camiseta y pantalones vaqueros. *Pantalones vaqueros.* No el vestido que él le había pedido que se pusiera para él sino esos vaqueros que no le agradaban. Ella se tragó su miedo, intentando no echarse a llorar mientras se hacía unas trenzas con la gruesa cabellera, deseosa de hacer algo para sustraerse a su gélida mirada. Acababan de compartir algo que pocos seres o ninguno jamás vivirían en toda una vida, y ahora él la rechazaba y la apartaba. Aquello era como una bofetada en toda la cara.

—Ibas a morderme —dijo él—. Lo he visto en tu pensamiento.

Ella se separó de él hasta quedar con la espalda tocando la barandilla.

—¿Eso crees? Lo deseaba, sí. Pero luego vi que tú querías lo mismo. Tomaste mi sangre y luego querías que tomara la tuya. Querías llevarme a tu mundo, y no me lo habías preguntado. Ibas a tomar la decisión sin mi consentimiento.

—Eres mi compañera eterna. No necesito tu consentimiento. —En sus ojos brillaba una emoción oscura. Unas diminutas luces color ámbar asomaron en lo profundo del negro obsidiana de su mirada.

MaryAnn se sintió barrida por una ola de rabia.

—¿Sabes una cosa? No necesito tu consentimiento para marcharme y ahora pienso volver a la casa. —Se incorporó y se afirmó en la barandilla cuando él la imitó. Su figura era imponente y tenía todo el aspecto de un predador.

—En realidad, sí necesitas mi permiso. Y te quedarás aquí y escucharás lo que tengo que decir. Quiero saber la verdad, MaryAnn.

Ella lo miró entrecerrando los ojos.

—Tú no serías capaz de reconocer la verdad aunque te mordiera en el culo.

—Es verdad que me has mordido. Y yo he tomado tu sangre en varias ocasiones.

Ella lo miró inclinando la cabeza.

—¿Y eso es culpa mía? Yo no te lo he pedido. En realidad, ni siquiera me enteré la primera vez que lo hiciste.

—¿Qué eres?

—Soy una mujer muy cabreada.

Él se le acercó tanto que MaryAnn sintió el calor de su rabia.

—Eres una mujer lobo. Y me estás infectando con tu sangre.

# Capítulo 15

MaryAnn se lo quedó mirando unos largos segundos y luego se echó a reír.

—Estás completamente loco.

A Manolito no le hacía ninguna gracia. Si algo ocurrió, fue que su mirada se endureció todavía más.

—No estoy loco. Puedo oler a la loba que hay en ti y, si eres sincera contigo misma, tú también puedes olerlo en mí.

Ella sacudió la cabeza, pero dejó de reír.

—Esto es una locura. Sé que los carpatianos pueden mutar de forma. Yo no he vivido toda mi vida como ser humano. Mis padres no son hombres lobo. Por lo demás, dudo que exista tal cosa.

—¿Por qué habrías de dudarlo después de haber visto al hombre jaguar y al vampiro? ¿Ahora que sabes que el pueblo carpatiano existe? ¿Por qué habrías de tener problemas para creer que existen los hombres lobo? —le preguntó Manolito.

El sudor le perlaba la frente. MaryAnn observó que los carpatianos sudaban sangre. Él se frotó las sienes.

—Entonces, ¿dónde están? Y si de verdad existen, y yo soy una de ellos, ¿por qué no me reconociste antes? —Aquello de sudar sangre era asqueroso, y ella ya había decidido no convertirse en carpatiana. Prefería mil veces ser loba.

—Porque hace siglos que no he visto ni oído hablar de los licántropos.

Ella lo miró con los brazos en jarras.

—Veamos si lo entiendo bien. Tú estabas muy enamorado de mí y dispuesto a convertirme en carpatiana cuando creías que era humana, pero ahora es diferente porque crees que soy yo la que podría convertirte en otra cosa —dijo, y alzó el mentón, desafiante—. Lo que quieres decir es que está perfectamente bien que yo renuncie a lo que soy, pero que lo mismo no vale para ti.

Él la miró con el ceño fruncido.

—Yo he nacido para ser carpatiano. Es lo que soy, quien soy.

Ella se llevó una mano al vientre, donde sentía el retortijón.

—Eres un machista hipócrita, neandertal, burro más que burro. Debo de haber estado totalmente chalada para pensar que podía vivir con alguien como tú.

Él descartó su opinión con un gesto de la mano.

—Somos compañeros eternos. Desde luego que haré lo que sea necesario para llevar a cabo la conversión y traerte del todo a mi mundo, pero tengo que pensar en el problema desde todos los ángulos. Jamás he oído hablar de un apareamiento entre un carpatiano y una mujer lobo. La sangre del lobo es tan poderosa como la nuestra.

—Yo no puedo transmutar.

—La loba vive en ti, en una parte de ti. No es igual que cuando yo adopto otra forma. La loba es el guardián y emergerá cuando se la necesite. Tú la has sentido muy cerca dentro de ti, y es por eso que tienes esos destellos de recuerdos. Y es por eso que los dos podemos aguantar la luz de la mañana. Sólo mis ojos se vieron afectados, no todo mi organismo. Tú no te has quemado bajo la luz del sol, a pesar de que mi sangre corre por tus venas. El cambio ya debería haber empezado.

—¿Y tú crees que yo siempre lo he sabido y que te he engañado? Si en mí vive una loba, es el momento más indicado para liberarla. Puede que me lance directamente a tu cuello. —Furiosa, MaryAnn lo empujó a un lado para apartarlo de su camino—. Deberías escucharte. ¿De verdad crees que querría pasar el resto de mi vida con un hombre al que no le importan mis sentimientos?

—Tengo mucho respeto por tus sentimientos.

—¡Vaya! Por eso me has acusado de «infectarte» —dijo ella, como si escupiera la palabra—. ¡Tú! Como si fuera una especie de mancha. Una enfermedad. ¿Sabes una cosa, Manolito De La Cruz? Te mereces quedarte atrapado en el infierno. Y yo soy una imbécil por el sólo hecho de haber pensado que una relación contigo podría ser algo más que una calentura sexual.

Fue hacia el borde de la plataforma y, cogiéndose de la barandilla, miró hacia abajo. Ya había saltado una vez, pero ahora parecía muy alto. Aquella cosa dentro de ella, *la loba*, sospechó MaryAnn, se agitó, reconociendo su ira. Ella se tragó el miedo repentino alojado en la garganta y se giró hacia él, con el corazón latiéndole con tanta fuerza que creyó que él lo oiría. Y ahora también empezaba a dolerle la cabeza, y en su mente reverberaba una especie de zumbido, como procendente de miles de insectos, un ruido que la desquiciaba. Tenía la impresión de que algo le apretaba la cabeza, y el cerebro comenzó a latirle acompasadamente con la sangre que le corría por las venas.

—Tú sabías —dijo él, a modo de afirmación—. Eras totalmente consciente de que yo tomaba tu sangre. Querías tomar la mía. Querías el sabor de mí en tu boca. Caliente y dulce y llena de vida. Eso no es un comportamiento humano.

—Tú me has hecho desearlo —dijo ella, con un susurro de voz, y se llevó la mano al retortijón en el estómago. Entre la rabia y el miedo, debería encontrar una especie de equilibrio, pero MaryAnn seguía sintiéndose desorientada, dando bandazos de un lado a otro.

—No es verdad. Yo no te obligué a aceptarlo. La llamada de la loba estaba en ti.

MaryAnn se giró y le dio la espalda. El corazón se le había desbocado. Todo empezaba a tener sentido. No debería ser así, y ella no podía aceptar lo que él decía. No quería a una loba en su interior. Ni siquiera sabía lo que eso significaba, ni cómo era posible.

—Llévame de vuelta —dijo, sin mirarlo. No podía hacerlo. Se sentía muy sola—. Ahora quiero volver. —Aquella sensación de soledad volvió a enfurecerla. Cuando él había pasado por su peor momento, ella lo había apoyado, y ahora él la rechazaba. *La rechazaba.*

—Te has cerrado completamente a mí.

—¡Imbécil! —MaryAnn tuvo ganas de dar un salto y propinarle un bofetón. ¿De verdad era tan obtuso? Respiró hondo y se obligó a recuperar la compostura—. ¿No me has oído? Te he pedido que me lleves de vuelta.— Porque había decidido irse a casa. Volver lo antes posible a Seattle, donde la vida era normal y ella no se enamoraba de hombres idiotas que habían nacido hacía siglos.

—MaryAnn, ninguno de los dos tiene alternativa. Tenemos que solucionarlo.

Ella levantó el mentón y lo miró con sus ojos oscuros destellantes.

—Yo tengo una alternativa. Me niego a que mi vida me sea arrebatada de las manos. Tú me has rechazado al pensar que yo estaba cambiando tu preciosa condición de carpatiano. En lo que a mí respecta, has renunciado a todo derecho de tenerme como compañera eterna. Te he pedido que me lleves a casa. Y lo he pedido correctamente. —Ahora ya no se sentía tan correcta, y tenía las uñas clavadas en la palma de la mano. El zumbido en la cabeza era más intenso y sentía la boca como bañada por un sabor a cobre.

—Yo no te he rechazado.

—¿Ah, no? Pues, en lo que me toca, eres un cobarde. Quieres que yo asuma todos los riesgos. Quieres que me convierta en algo desconocido y horroroso, y yo tengo que aceptarlo porque resulta que el destino ha decretado que los dos debemos estar juntos. Me niego a estar con alguien que insiste en que yo corra todos los riesgos, pero que no está dispuesto a asumir ninguno. *Llévame a casa ahora.*

Era una orden, un mandato y, por primera vez, MaryAnn se percató de que no lo había pensado... ni dicho. Había proyectado la orden en su mente, furiosa con ese doble rasero de Manolito. Y furiosa consigo misma por haberlo dejado apoderarse de ella, más asustada de lo que jamás había estado en su vida porque sospechaba que no había vuelta atrás y que, aunque volviera a casa, aquello que se agitaba en su interior se negaría a aplacarse.

Tenía facultades psíquicas paranormales, como todos habían dicho. Había utilizado sus habilidades sin darse cuenta. Alzó la mirada hacia él y se quedó sin aliento. La estaba mirando desde su altura, imponente, y los ojos negros le brillaban, amenazadores. Al menos parecía tan furioso como ella, y daba mucho más miedo.

—He dicho que no. No irás a ningún sitio.

Ella se lanzó contra él y quiso arañarle la cara con sus afiladas uñas, pero erró por un pelo y él la cogió por los brazos y la sacudió violentamente.

—¿Pretendes darme órdenes? —Volvió a sacudirla—. ¿A mí? ¿A tu compañero eterno? ¿Te atreves a intentar influir en mi pensamiento? ¿A atacarme?

¿Con quién intentaba conspirar ella para atraparlo y matarlo? Lo había decepcionado. En cuanto pensó en la palabra y barruntó que ella podía hacerle daño, rechazó la idea.

¿Qué estaba haciendo? ¿Había perdido el juicio? ¿Acaso era el cobarde que ella decía? Había luchado contra el vampiro y lo había hecho sin dudar ni un instante. Nadie había cuestionado jamás su valentía y, sin embargo, ahí estaba, maltratando a su mujer cuando ella sólo necesitaba amor y seguridad. La estaba acusando de cosas que la inocencia de sus ojos y de su mente desmentían.

¿Era aquella su verdadera personalidad? ¿O era alguna manifestación del lobo que se mezclaba con su sangre carpatiana? Las dos eran especies dominantes. Las dos exigían obediencia inmediata, quizás el lobo más que el carpatiano. ¿Quién sabía qué secretos había guardado aquella sociedad tan esquiva? Era evidente que se habían refugiado en el subsuelo y que todavía existían, pero él no tenía manera de saber qué estaba ocurriendo, ni cómo explicar el espeso pelaje, el olfato y el oído cada vez más agudo, la necesidad imperiosa de mantener a su compañera junto a él y de derramar su olor por todo su cuerpo.

Estaba enfadado consigo mismo, no con ella. Tendría que haber reconocido en MaryAnn los rasgos de la loba y haber estado mejor preparado para las consecuencias que entrañaba beber de su sangre. Manolito se había consumido con ella, hasta el punto de despertarse y tener más ganas de sentir su cuerpo envolviéndolo que de satisfacer su hambre de sangre. En todos los siglos de su existencia, eso no le había ocurrido nunca. MaryAnn estaba en cada uno de sus pensamientos, apoderándose de él hasta que se dio cuenta de que no podría sobrevivir sin ella. Peor aún, cuando ella se retiraba mentalmente de la conexión, lo invadía el otro mundo y se quedaba envuelto por las sombras tenebrosas, deambulando, intentado encontrar una manera de reconectar plenamente su espíritu con su cuerpo.

Manolito no podía obligarla a aceptarlo. No podía penetrar en su mente y mantenerse conectado con ella. Tampoco podía persuadirla de las consecuencias de abstenerse de esa conexión. Y al ausentarse ella, él ya no tendría la fuerza suficiente para mantener plenamente su espíritu en el mundo de los vivos. A su alrededor, los colores se apagaron hasta que todo se volvió penumbroso y gris y cuando se miró las manos, vio a través de ellas. Sintió que el cerebro estaba a punto de estallarle en el cráneo y las sienes le latían con fuerza y le dolían. Normalmente, podía mantener a raya el dolor, pero ahora le era imposible. Notaba la lengua rara, espesa, con un curioso sabor a cobre.

MaryAnn se debatía contra los grilletes de sus manos, y abrió la boca con la intención de gritarle, sintiéndose tan herida que tuvo ganas de arrastrarse dentro de un agujero y enterrarse, tan enfadada que pensó en asestarle un segundo bofetón en la cara y arañarlo, pero algo en él le llamó la atención. Apartó sus propios sentimientos heridos y se obligó a pensar razonablemente.

—Manolito, ¿te duele la cabeza?

Él asintió con un gesto afirmativo y se apretó las sienes.

—No debería sentir dolores como éste. No lo entiendo. *A menos que sea el lobo, a menos que sea esta mujer que finge ser mi compañera eterna cuando, en realidad, es una marioneta del vampiro, abocada a mi destrucción.*

Ella captó aquel pensamiento e hizo una mueca. Estuvo a punto de retirarse de su conexión mental, temiendo que él la hiriera con sus insultos, pero entonces se percató de un ruido. Un zumbido. Como un millón de insectos, salvo que mucho peor de lo que ella sentía en su cerebro. Se quedó sin aliento. El instinto le dijo que se apartara, rápido, pero se obligó a calmarse. Tenía habilidades psíquicas, podía leer el pensamiento. Lo había hecho durante años, sólo que no se había dado cuenta de que lo hacía. No había nada que temer. Sólo tenía que averiguar cómo lo conseguía.

Dejó escapar una bocanada de aire y lo buscó, llenando sus pensamientos con imágenes de él, deseando que se sintiera mejor y que cesara el dolor que lo aquejaba, ver qué —o quién— le hacía tanto daño. El zumbido se hizo más potente, más ruidoso, le presionó el cerebro, provocándole tales náuseas que se acercó a la barandilla y se inclinó sobre el vacío, pero se aferró, decidida a ir más allá. Eran unas voces suaves, insistentes. Iban de un lado a otro en los pensamientos de Manolito. Rebanándole el cerebro.

—Manolito. —Le cogió la mano y apretó con fuerza—. Estamos siendo atacados. Tú estás siendo atacado. Los oigo. Intentan convencerte de que me mates.

Él no vaciló, y le cubrió la mano con la suya.

—Las criaturas inertes. Maxim intenta atraparme desde el otro lado. —Ahora todo tenía sentido y de alguna manera era un alivio saber que no estaba loco. No se había vuelto contra su compañera eterna. No se le había ocurrido que pudiera ser vulnerable en la tierra de las tinieblas, pero debería haberlo pensado. Su cuerpo estaba vivo, y su espíritu había regresado parcialmente al mundo de los vivos, lo cual significaba que los muertos sabrían que él no pertenecía junto a ellos.

—¿Cómo puede hacer eso si está muerto?

—El espíritu de Maxim sigue en la tierra de los fantasmas y es ahí donde se encuentra el mío. Me habrá atacado desde el interior —dijo, y la atrajo hacia sí para abrazarla—. No quiero que los últimos recuerdos de tu compañero eterno sean de rechazo y rabia. No puedo creer que Maxim haya llegado hasta un guerrero viejo y fogueado en la batalla como yo. He caído bajo su influencia como un retoño sin experiencia. —Se llevó los nudillos de ella a la boca—. Perdóname, MaryAnn, no habría querido hacerte daño por nada del mundo. Es mi privilegio protegerte y, sin embargo, te he fallado a la primera prueba.

—No, no me has fallado —dijo ella—. Sólo dime cómo lo haremos parar.— Porque aquello que Maxim había hecho le provocaba a Manolito un gran sufrimiento; ella lo veía en sus ojos, lo sentía en su pensamiento—. Dime qué tengo que hacer.

—Tengo que entrar completamente en ese mundo, y mi cuerpo será vulnerable ante cualquier ataque. Si te matan a ti, o destruyen mi cuerpo, estoy perdido. Deben tener un plan.

Ella alzó el mentón.

—Puedo acompañarte hasta allí. Estoy bastante segura de que sabré cómo hacerlo.

Él sacudió la cabeza.

—No, es demasiado peligroso. Yo puedo viajar por el mundo de las tinieblas porque mi espíritu fue arrastrado hasta allí, pero tú estás viva y no perteneces a él. Estarán pendientes de ti en cuanto penetres. Creo que, una vez dentro, podrían matarte.

—Creo que él te está matando en ese mundo ahora mismo.

—No me matará —dijo, y le cogió el mentón—. Escúchame, MaryAnn. Esto es importante. Me alteré al descubrir que estoy cambiando, convirtiéndome en lobo, así como tú estás cambiando y convirtiéndote en carpatiana, pero no por los motivos que crees. No por los motivos que yo te mencioné. Cualquiera que sea la influencia que Maxim ejerce en mí, en este momento mi pensamiento es claro. Otras mujeres con poderes psíquicos se han convertido en carpatianas sin problemas. Fue un proceso doloroso, pero ahora están sanas y felices y viviendo vidas que, al parecer, disfrutan. No esperaba menos para ti.

Dicho eso, se inclinó para estamparle un beso en la frente.

—Al descubrir al lobo, la ecuación cambia. No hay precedentes. No tenemos ni idea de lo que podría ocurrirte si te convierto. Ni tenemos idea del efecto que el lobo puede tener en mí. Me doy cuenta de que me siento más agresivo y dominante, y tú señalaste que ya tenías problemas conmigo en ese aspecto. No quiero poner tu vida en peligro. Hasta que no sepamos más, debemos actuar con cautela. Yo podría volverme peligroso. Y tú podrías morir. Sencillamente no lo sabemos.

MaryAnn se inclinó hacia él, deseosa de tocarlo. Empezaba a entrarle el pánico. Había algo raro en la manera que tenía de enfocar la mirada.

—Quédate conmigo —murmuró, sin soltarle la mano—. Quédate conmigo, Manolito.

—Tengo que volver. Aquello que Maxim está tramando ocurre allá, en el pantano de las tinieblas y fantasmas, *sivamet.* No puedo estar en dos lugares a la vez y combatir contra él.

—Entonces iré contigo.

—No puedes. Mi cuerpo se quedaría aquí indefenso. Enviaré un mensaje a mi hermano para que venga enseguida y te lleve a un lugar seguro. Él sabrá qué hacer con mi cuerpo. —Le cogió la cara con las dos manos y deslizó la yema de los pulgares por su tez sedosa—. Eres la persona más importante de mi vida, MaryAnn. No me puedo arriesgar. Por favor, haz lo que te pido y espera aquí, donde estarás protegida, a que venga Riordan. No puedo preocuparme por tu suerte y luchar contra Maxim al mismo tiempo.

Ella lo miró a sus ojos negros y brillantes y supo que nada podría hacer para detenerlo. Él creía que su deber era protegerla, y eso haría. Moriría por ella. Mataría por ella. Haría cualquier cosa por ella. Sin importar las consecuencias, iría a aquel mundo donde el vampiro tenía todas las de ganar.

Sonrió con gesto dulce y deslizó el pulgar hasta tocarle el labio inferior.

—¿Qué te hace pensar que él tiene todas las ventajas, *csitri*?

—Es más malo que tú, y mucho más astuto. Y ha tenido tiempo para preparar su plan.

La sonrisa de Manolito se hizo más ancha, hasta que adquirió un aire lupino.

—No creo que tengas que preocuparte de quién es más malo o

más astuto. Él ha tenido tiempo para montar su plan, pero cree que yo intentaré permanecer en este mundo. Enviará a otros. Y ellos vendrán, así que no te muevas de aquí hasta que Riordan venga a buscarte.

Manolito ya empezaba a desvanecerse y su espíritu a ausentarse, alejándose de ella y del mundo de los vivos. MaryAnn intentó aferrarse a él, pero fue inútil. Se había ido, y sólo quedaba la carcasa de su cuerpo, desvanecido y sin sustancia, carente de toda vitalidad. Quedaba suficiente espíritu en él para que se dejara ir, apoyándose en la barandilla, hasta que también eso desapareció y ella oyó su llamada.

*Riordan, tengo gran necesidad de ti. MaryAnn se ha quedado sin protección, y el vampiro enviará a los suyos a matarla. Debes ir a buscarla.*

La respuesta en su cabeza sonó borrosa y tenía algo de demoníaca. MaryAnn se dio cuenta de que no entendía la lengua que hablaba Manolito. De pronto, éste se apartó con gesto brusco, confundido. La voz le llegaba tan distorsionada que no sabía si hablaba con su hermano o no.

Respiró hondo y soltó el aire. Se dio cuenta de que era capaz de hacerlo. Se había fundido mentalmente con Manolito cuando lo había querido. Podía hacer lo mismo con Riordan. Sólo tenía que seguir la vía que su compañero había utilizado originalmente.

*Riordan.* Su primer intento fue vacilante, pero lo sintió reaccionar y vio que respondía.

*MaryAnn. ¿Qué ocurre con Manolito? Juliette y yo acompañamos ahora a Solange y a Jasmine a la hacienda. Ninguna de las dos está segura aquí. Ya veo que Manolito tiene problemas, pero no puedo comunicarme con él.*

MaryAnn tuvo que tragarse el miedo.

*¿Cuánto tiempo tardarás en llegar aquí?* Sintió un duro nudo en el estómago, pero hincó las uñas en la barandilla y esperó.

*Ahora mismo emprendemos el camino de regreso. Si llevamos a Jasmine y a Solange a casa con los demás, no llegaremos a tiempo para ayudarte. Ahora volvemos, así que aguanta. ¿Puedes comu-*

*nicarte con Manolito? ¿Puedes llegar a él y retenerlo en este mundo?*

MaryAnn miró el cuerpo de Manolito. Si iba en su búsqueda a la tierra de las tinieblas, quedaría ahí abandonado y totalmente vulnerable. *Puedo ir a buscarlo cuando llegues y sé que podré traerlo de vuelta.* MaryAnn hablaba con mucha más confianza de la que sentía. Aceptar que poseía facultades psíquicas y que podía comunicarse telepáticamente no era fácil. Algo en ella no paraba de decirle que estaba loca. *Date prisa, Riordan, creo que no nos queda mucho tiempo.*

Los monos en los árboles circundantes empezaron a gritar una advertencia. Las aves alzaron el vuelo batiendo violentamente las alas, agitando el aire y diseminando el olor de los intrusos. El jaguar. Un humano en el que MaryAnn creyó adivinar un hechicero. Portaba la mancha que ella relacionaba con los vampiros. Y había un tercero. El corazón se le desbocó cuando frunció la nariz, porque el viento trajo el olor de algo en descomposición. ¿El vampiro? Ella no estaba preparada para luchar contra los vampiros.

Se acercó de prisa a la barandilla y miró hacia abajo. Vaya, estaba metida en un lío muy, muy grave. Ya veía al jaguar saliendo del bosque de helechos en la orilla de un riachuelo. Tenía la piel oscurecida por el agua y, mientras ella miraba hacia abajo, él alzó la cabeza y la vio. Las miradas se cruzaron y la bestia le enseñó los colmillos.

MaryAnn se tocó el muslo. Al menos Manolito le había puesto unos pantalones vaqueros de diseño, uno de sus preferidos. Moriría, pero dejaría un cadáver vestido a la moda. Respiró hondo y pensó en sus opciones. Si huía, quizá la siguieran, pero dudaba de que los tres lo hicieran, en cuyo caso dejaría indefenso el cuerpo de Manolito. Sin duda lo destruirían y, con ello, acabarían con él.

*Debes irte, MaryAnn. El hechicero desactivará las defensas y tú no puedes enfrentarte al jaguar, al hechicero y al vampiro juntos. Vete ya.*

La voz de Manolito se escuchaba en la distancia, apenas un hilo de voz que hablaba desde un espíritu en otro mundo.

*No pienso dejar tu cuerpo aquí para ellos. Riordan está en camino.*

*No puedes esperar demasiado. No puedes enfrentarte sola a un vampiro.*

Desde luego, ella no tenía ganas de enfrentarse a uno ni sola, ni con un ejército.

*Creo que no debes preocuparte de que vaya a su encuentro.*

Manolito sonaba tan distante que MaryAnn tuvo que resistir un ataque de pánico.

¿Cómo había llegado a ser tan importante para ella en tan poco tiempo? Al principio, había creído que se trataba de una atracción física y nada más. Manolito era tan increíblemente guapo, y ningún hombre la había mirado jamás como la miraba él. Ella era lo bastante inteligente como para saber que el peligro y el macho inherente a su personalidad también eran un gran atractivo para las mujeres, pero ella era una persona demasiado lógica para rendirse a un hombre por eso. Quizá siempre había querido que la atracción estuviera fundada en esas cosas, porque así se sentía segura. Pero amar a Manolito De La Cruz se parecería demasiado a saltar por un precipicio.

MaryAnn soltó una bocanada de aire. Ya había dado el gran salto en algún momento, sin siquiera darse cuenta. No importaba que él fuera carpatiano y ella fuera... lo que fuera. Manolito era su otra mitad y ella lo mantendría vivo. Haría lo necesario para traerlo de vuelta de ese otro mundo, a la tierra de los vivos, de vuelta a ella.

Se plantó delante para que el jaguar la viera, procurando que la bestia se percatara de su reto, que supiera que había un combate en ciernes. Porque no los dejaría apoderarse del cuerpo de Manolito. Ella encontraría una manera de recurrir a lo que fuera, de echar mano del poder que tuviera, para mantenerlo a salvo hasta que llegara Riordan a tomar el relevo. Y luego viajaría a la tierra de tinieblas y fantasmas —o como se llamara— y lo sacaría de ahí.

Más abajo, el jaguar lanzó un gruñido por respuesta y dejó ver sus colmillos perversamente largos. Renunció a todo fingimiento y de un salto se plantó en el tronco de un árbol grande. Sirviéndose de sus garras, trepó hasta la rama más baja y se lanzó a correr por el pasillo en lo alto de las copas construido con gruesas ramas que formaban un tejido. El felino se lanzó hacia ella con los ojos inyectados de veneno.

MaryAnn lo vio venir y su pulso se acompasó al ruido que sus zarpas arrancaban de cada árbol, rompiendo pequeñas ramas a medida que se acercaba. Sintió la presión en el pecho. Demasiada. Le dolía la cabeza como si el cerebro se le hubiera expandido y ya no le cupiera en el cráneo. Le dolían los dientes y las mandíbulas. Se le contrajeron los músculos. La piel se agitó como si algo asomara por debajo. La punta de los dedos comenzó a abrirse y a curvarse. Se sintió relegada a un espacio diminuto donde no había salida.

El pánico oscureció los márgenes de su visión. Se sintió a sí misma, la esencia de lo que era, arrastrada a un vórtice, girando, encogiéndose, hasta volverse cada vez más pequeña.

MaryAnn estiró las manos y se cogió de la barandilla para tener un apoyo y, tras lanzar un breve grito de terror, se apartó. Las uñas se clavaron en la madera dejando profundos surcos, mientras ella sucumbía a la sensación de que algo la estaba tragando viva. El jaguar se lanzó directamente contra ella con las garras abiertas, y ella saltó hacia atrás, tropezó con las piernas de Manolito y cayó sobre el trasero.

Y su atacante se estrelló contra un muro invisible y cayó sin más, lanzando zarpazos desesperados para cogerse del tronco o de alguna rama a medida que se precipitaba desde lo alto del techo vegetal rompiendo las ramas a su paso.

Entonces ella se incorporó con cautela y miró hacia abajo. El jaguar se estrelló contra una rama gruesa y alcanzó a cogerse, jadeando, intentando recuperar el aliento. Por debajo del felino, apareció un hombre entre el follaje y alzó las manos. Era un hechicero. Y, al parecer, sabía lo que hacía. A diferencia del primer brujo, que había procedido a tientas, este hombre apenas sí vacilaba para desmontar las defensas construidas por Manolito. La urdiembre donde se entretejían las ramas comenzó a ceder tan rápidamente que MaryAnn casi sintió que empezaban a caer.

Se mordió los labios y se obligó a reprimir el pánico que la embargaba. En cuanto el hechicero desmontara las defensas, el jaguar atacaría. Quizá consiguiera matar al que transmutaba, pero ignoraba del todo cómo enfrentarse a los vampiros, aunque sólo se tratara de unos iniciados. Y el hechicero era igualmente peligroso. ¿Qué había hecho la última vez para matar a aquel hechicero? No lo recordaba. No lo había matado a propósito. Sólo quería que desapareciera.

Los monos chillaban ante la presencia del jaguar y le arrojaban ramas pequeñas sin cesar. Éste gruñó y se abalanzó sobre uno de ellos en las ramas inferiores. Los animales respondieron con un griterío ensordecedor. MaryAnn supo que el hechicero había desmontado la barrera que la aisaba del ruido elaborada por Manolito.

*Riordan, date prisa.* MaryAnn intentó transmitirle la visión del hechicero, el jaguar y el vampiro.

Enseguida se percató de su tensión. *¿Puedes salir de ahí?*

*No puedo dejar el cuerpo de Manolito desprotegido. Creo que el hechicero no tardará mucho en neutralizar las defensas. Por lo visto, sabe lo que hace.*

—Date prisa —murmuró para terminar.

Tenía que haber una manera de distraer al hechicero. Se concentró en él: sólo en su cara, en su expresión, en su manera de mover los labios mientras pronunciaba el hechizo contrario para anular las defensas de Manolito. ¿Cómo podía detenerlo? ¿Cómo obstaculizarlo? Tenía que conseguir que se abriera la tierra bajo sus pies, una enorme grieta que lo seguiría ahí donde fuera si intentaba escapar.

El árbol se sacudió. El suelo allá abajo onduló e hizo caer al hechicero. Le lanzó una mirada furiosa a MaryAnn mientras se arrastraba para volver a su lugar, intentando evitar la grieta que se estaba abriendo en el suelo. MaryAnn se quedó boquiabierta y falta de aliento. ¿Era ella la que hacía eso? ¿Acaso era posible? ¿Entonces era verdad que había hecho desprenderse una rama para que cayera sobre el primer hechicero? La idea la mareó y, a la vez, le infundió nuevas esperanzas. Pero ¿cómo lo había hecho? ¿Y qué más había hecho? ¿Qué otras cosas era capaz de hacer?

Por primera vez, sintió un rayo de esperanza. La agitación de los monos captó su atención. Lanzaban hojas y ramas no sólo al jaguar sino también al hechicero, como si estuvieran decididamente aliados con ella. MaryAnn espiró lentamente. ¿Los animales la seguían? ¿Le habían obedecido cuando les dijo que se marcharan? Y los jaguares, incluso los que mutaban de forma, se habían detenido cuando ella dio la orden. No los había mantenido así mucho rato pero, por un instante, también ellos le obedecieron.

Se frotó la cabeza que no paraba de martillearle, como si estuviera a punto de abrirse en dos. Sentía una enorme presión en el pecho, como si todo su esqueleto se expandiera al tiempo que ella se contraía y se volvía cada vez más pequeña. Era como si su cuerpo no cupiera dentro de sus límites y bajo la piel y sus músculos empezaban a mostrar unos nudos duros. Aquello la distraía y era francamente curioso. Por un momento, le entraron ganas de echar a correr, pero entonces miró a Manolito, tan quieto, con un aspecto tan vivo, con los ojos vacíos a pesar de que su cuerpo parecía tan fuerte y viril. Él no había renunciado a su decisión de protegerla, y ella tampoco lo dejaría solo.

Su columna vertebral se volvió más rígida y miró a los animales en lo alto de los árboles. Eran muchos. Su mera presencia tan numerosa le transmitía seguridad.

*No nos gusta ese hombre malo. Intenta hacerme daño. Arrojadle cosas. Cosas grandes. Obligadlo a huir. No dejéis que levante los brazos de esa manera.*

Los monos enloquecieron. Empezaron a dar saltos arriba y abajo y a sacudir las ramas de los árboles, corriendo de un sitio a otro, enseñando los colmillos y dándose golpes en el pecho a medida que su agitación aumentaba. MaryAnn empezaba a sentir el flujo de la energía. Al comienzo era débil (ella sólo podía imaginar lo que hacía), pero cuando los animales respondieron y la energía en ella aumentó, se volvió muy consciente de ello. Respiró hondo y trabó contacto con la fragua de la energía al rojo vivo. Esta vez, la dirigió hacia el jaguar que la miraba, gruñendo.

*Ese hombre no pertenece a tu mundo. Han intentado esclavizaros. Os han despojado de todo y llevan a vuestro pueblo por el camino de la extinción. Debes verlos por lo que son de verdad. El vampiro os ha marcado con su impronta. Tú antes eras un hombre orgulloso. Ahora obras según la voluntad de otros. Ellos no pertenecen aquí.*

El jaguar no paraba de sacudir la cabeza, y parecía confundido. Dio unos pasos hacia el árbol, como si fuera a lanzarse nuevamente contra ella, pero se detuvo y empezó a temblar.

El hechicero le transmitió una orden y gesticuló con el brazo hacia ella.

*¿Por qué habría de darte órdenes ese hombre? ¿Acaso es tu amo? ¿Es tu dueño? Tú eres jaguar y eres el amo de la selva. Quien quiera que pise su suelo debería contar con tu venia, no al revés.*

El jaguar emitió un gruñido que parecía tos y se volvió hacia el hechicero con ojos ardientes y enfurecidos. Se agazapó. El hechicero se quedó paralizado. Empezó a hablar en voz baja, entonando un cántico, mientras urdía complejos dibujos en el aire con las manos.

*¡Cuidado! Intenta usar el poder contra ti. Míralo. Quiere atraparte con un hechizo. Atácalo antes de que acabe.* MaryAnn puso en su pensamiento toda la urgencia y alarma posible.

El jaguar gruñó al mirar al hechicero, enseñó los colmillos y dio varios pasos hacia él. El hechicero cedió y retrocedió, esta vez poniendo una mano por delante para detener al enorme y amenazador felino.

El grueso manto de helechos se marchitó y sus hojas se volvieron marrones y se replegaron sobre sí mismas cuando un tercer hombre salió de la espesura. Era una criatura a la vez grotesca y bella. MaryAnn parpadeó varias veces, intentando enfocar su forma verdadera. Con un sencillo gesto de sus manos hacia los monos, los obligó a guardar un inquietante silencio. Le dijo unas palabras al jaguar y éste se detuvo.

Entonces se humedeció los labios, que de pronto se le habían secado. Estaba ante un vampiro, el epítome del mal. Él la miró y sonrió. Tenía los dientes carcomidos y teñidos de sangre, y su piel parecía estirársele sobre el cráneo. Y al momento siguiente era un hombre muy atractivo, que la miraba con una sonrisa generosa y acogedora.

—Baja y únete a nosotros —dijo, con voz suave.

Ella sintió el zumbido en la cabeza y supo que el vampiro había disimulado una orden en su invitación. Se obligó a sonreír, y esperó unos segundos para reunir enormes cantidades de energía que proyectar a través de la palabra y la mente, de modo que pudiera volver contra el vampiro su propia orden.

—Yo estoy bastante bien aquí, así que ya podéis marcharos.

El vampiro pestañeó. Frunció el ceño. Sacudió la cabeza como si no recordara lo que estaba haciendo.

—Sí, deseas marcharte. Abandona este lugar —dijo ella, vertiendo todo su poder en aquellas palabras.

Él se giró y, por un momento, obedeció su orden y se volvió hacia los helechos.

Aguantó la respiración y asestó su golpe. *¡Ahora! ¡Atacad ahora! Todos. De prisa. Cogedlos a ellos antes de que os destruyan.*

El jaguar dio un salto sobre la espalda del vampiro y le aplastó el cráneo con sus enormes fauces. Al mismo tiempo, los monos se abalanzaron sobre el hechicero, mordiéndolo y golpeándolo, cayéndole encima como una ola. Las aves alzaron el vuelo y agitaron el aire con sus alas mientras volaban en torno a los combatientes, esgrimiendo sus garras.

El hechicero cayó, aplastado por el peso de los monos, en una escena tan cruenta que mareó a MaryAnn y la hizo desviar la mirada, al tiempo que el jaguar mordía con fuerza y la sangre del vampiro brotaba y le bañaba la cara. Con un rugido de rabia, cogió al jaguar, quitándose al felino de encima con una fuerza descomunal, cogiéndolo por la cabeza. El crujido de los huesos llegó hasta ella, a pesar de los chillidos y los gritos de los monos y las aves.

El vampiro miró al hechicero, sepultado bajo una montaña de monos y luego se giró lentamente hacia ella. Aunque tenía la cabeza abierta y el cráneo destrozado por la poderosa mordedura del jaguar, aquello no parecía afectar a la criatura inerte. En sus ojos ardían unas llamas rojas y ámbar, y la miraba con el hocico abierto en una mueca de odio.

Se quedó un momento inmóvil, sólo mirándola. Acto seguido, flexionó los dedos y sus uñas crecieron y se convirtieron en garras. Sin apartar la mirada de ella, voló por el aire y aterrizó en el tronco del árbol vecino al suyo y comenzó a trepar. Era una visión aterradora, una abominación, como aquellos vampiros de las películas; una figura oscura y maléfica abocada a matarla a ella y a destruir a Manolito.

Por un momento, el terror la paralizó. Las defensas no aguantarían mucho más. Manolito las había montado más como una barrera contra el ruido que como protección, y Riordan no estaba ahí para salvarla. Si quería vivir, si quería proteger el cuerpo de Manolito, tenía que hacer algo rápidamente.

Ya empezaba a sentir el poder en su interior. La cabeza volvía a retumbarle, esta vez más fuerte, y con un martilleo más rápido. Como si su cuerpo ya conociera el camino y sólo pidiera su permiso. La idea de renunciar a sí misma, a su propia identidad, era casi más aterradora que el vampiro que reptaba por el árbol hacia ella.

La mandíbula le crujió y se le deformó dolorosamente. Los tendones y ligamentos se estiraron y los músculos de todo el cuerpo se le retorcieron y se endurecieron en tensos nudos de dolor que vio con nitidez a través de la piel. Sintió un tirón en el estómago e intentó controlar el pánico. Aunque no lo hiciera por sí misma, tenía que hacerlo por Manolito.

Las imágenes desfilaban por su mente con tanta rapidez que sintió náuseas. Se movían a tal velocidad que no podía distinguirlas ni centrarse en ninguna de ellas, pero eran imágenes de lobos caminando sobre dos patas. Un recuerdo atávico. La piel se le estiró cada vez más, demasiado. Se le nubló la visión, cuyos márgenes oscilaban entre el rojo y el negro. Sus dedos volvieron a convertirse en garras, una acción involuntaria que no podía detener. Un dolor profundo la barrió como una ola.

Intentó respirar, quiso obligarse a dejarse ir, pero su mente no se rendía. Su mente sencillamente se negaba a dejarla ir. ¿Qué pasaría si se quedaba atrapada?

El árbol se sacudió. El vampiro lanzó un chillido que le heló la sangre y la dejó aterrada. Aquella bestia había saltado hasta el borde de la plataforma, justo al otro lado de la barandilla, y ahora se empeñaba en desmontar las defensas. A MaryAnn le quedaban sólo unos instantes para tomar una decisión.

Le puso una mano en el hombro a Manolito y le tocó la cara. Él estaba en otra parte, luchando por ella. Contaba con que su hermano vendría a protegerla y a velar por la seguridad de su cuerpo pero, en ese momento, ella era lo único que tenía. Respiró hondo y se dejó ir.

Enseguida sintió que la esencia de su ser era arrastrada hacia abajo en una espiral y se volvía muy pequeña, como si se replegara sobre sí misma. Era plenamente consciente, pero veía que el dominio que tenía de su propio cuerpo se debilitaba por segundos. Todo en ella gritó para resistirse, pero mantuvo la mirada fija en Manolito, y la visión de su cuerpo le dio el valor para dejarse ir.

A medida que la esencia de MaryAnn se inhibía, se manifestó la furia de la loba, dejándola a ella de lado. Sintió su poder ineluctable, la enorme fuerza de su cuerpo y su voluntad. La centinela. La guardiana. De un salto, ocupó su lugar, se acomodó a su cuerpo, estirando y moldeando músculos y tejidos para adecuarse a su osamenta de hierro.

Era consciente de que su piel se abría, pero no sintió dolor. Al contrario, ni siquiera percibió que sus huesos y su cuerpo se reordenaban, ni que sus órganos cambiaban. Sólo existía la certeza de que estaba protegida y bien resguardada en algún espacio interior.

En ese momento el vampiro rasgó la barrera de arriba abajo y, emitiendo un chillido de odio, se lanzó contra el cuerpo de Manolito. La loba dio un salto para interceptarlo, acabando de mutar en pleno salto. Se estrellaron en el aire, el vampiro chillando y la loba rugiendo. En la selva a su alrededor se desató un coro de chillidos frenéticos de monos y aves salvajes cuando los animales reaccionaron ante el horrible fragor de la batalla.

# Capítulo 16

Manolito se movió con agilidad a través del mundo desierto de las sombras, buscando los límites oscuros donde las criaturas inertes se reunían en jaurías, desconsolados, mientras esperaban conocer su destino. Tenía la ilusión de que se movía arropado por su cuerpo, al tiempo que avanzaba por el terreno accidentado, abriéndose paso entre la maraña de enormes raíces, como si todavía estuviera en la selva. Sin embargo, se sentía demasiado ligero, como si flotara y, cuando bajó la mirada, observó que sus manos y brazos eran transparentes. Vio la vegetación pudriéndose en el suelo mientras seguía hacia las accidentadas montañas de cantos rodados que señalaban la entrada al pantano de las tinieblas.

Unos cuantos espíritus fruncieron el ceño al verlo pasar, y uno o dos alzaron la mano como si lo reconocieran, pero la mayoría lo ignoraron. Mientras deambulaba por aquellos bosques y montes, le pareció extraño ver con toda claridad que en esa tierra habitaban dos tipos de seres, a pesar de que antes no había reparado en ello.

En el pantano, algo parecía separar a los que tenían poco o ningún remordimiento por lo que habían hecho en su vida anterior de aquellos que procuraban entender en qué se habían equivocado. Pocos se acercaban a saludarlo.

Al acercarse al pantano, el calor y el vapor que flotaba en el aire lo envolvieron. Ahí donde las tinieblas habían sido sólo grises humedales, sin ningún sentimiento de esperanza, el aire parecía ahora más opresivo y cargado de tensión, como si una gran aflicción reinara en aquella tierra. En la distancia oyó el ruido de las risas burlonas, el susurro de las voces que lo llamaban por su nombre. Lo estaban esperando, y sabían que venía.

¿De verdad era posible que un ejército de criaturas inertes pudiera abrirse camino de vuelta al mundo de los vivos? Si era así, tendría que encontrar una manera de detenerlos. Tendría que apartar de su mente el miedo por la suerte que podía correr MaryAnn y concentrar toda su atención en ese mundo. No podía estar en dos lugares a la vez. Tendría que confiar en que Riordan habría llegado para proteger de cualquier daño a su compañera, con la que no se atrevía a conectar por temor a arrastrarla accidentalmente a ese mundo de espíritus. Tenía que mantenerla lejos del peligro a cualquier precio, arriesgando la vida si era necesario. Apartó las emociones de su cabeza y volvió toda su atención a lo que lo ocupaba.

Si los vampiros se preparaban a invadir el mundo de los vivos, es porque contaban con la ayuda de alguien muy poderoso. De Razvan o de Xavier, los hechiceros más poderosos que existían, o quizá de los dos. Nadie más poseía ese tipo de poderes. Y si Xavier y Maxim se habían aliado y trabajaban juntos para acabar con los carpatianos, seguramente Xavier le habría contado a Maxim su intención de servirse de un ejército de criaturas inertes. Todos sabían que Xavier mandaba a los guerreros de las sombras, hombres de honor que habían desaparecido hacía tiempo del mundo, obligados ahora a hacer lo que les ordenaba el astuto hechicero, que había secuestrado sus espíritus.Y si lograba unir a esos guerreros de las sombras, quizá encontraría una manera de comandar a las legiones de criaturas inertes que esperaban en el pantano de las tinieblas.

Ahora el camino le pareció más largo; también lo saludaban cada vez más seres, lo cual le sorprendió. A diferencia de la primera vez que su espíritu había andado por ahí, en que la mayoría de ellos se habían girado hacia el pantano con un gesto rápido, ahora parecía que los habitantes de ese mundo lo aceptaban. A medida que se acercaba a su destino, sintió que la calma se adueñaba de él y recordó que la primera vez que había visitado aquel lugar su espíritu estaba oscuro, y tan cerca de convertirse que incluso en la tierra de los muertos se le consideraba más cercano a la condición de vampiro que de cazador. La atmósfera que reinaba en torno al pantano no lo había molestado y él la había buscado instintivamente. Ahora, sin embargo, su espíritu debía parecer más diáfano, más normal. La mancha que llevaba en el alma había disminuido debido a MaryAnn. Le debía más de lo que jamás habría imaginado.

Se detuvo al llegar al pantano y contempló el terreno salpicado de hoyos, depresiones y arenas movedizas. Aquello parecía una marisma esponjosa y cuando pisó para probar, el pie se le hundió hasta el tobillo. Su cuerpo no tenía un verdadero peso en esa dimensión, así que la reacción no tenía sentido. Vaciló y se quedó mirando la tierra baldía. Sólo unas cuantas malas hierbas y cardos crecían en el centro del pantano. Unas cañas oscuras, quebradas como viejas pajas, marcaban el límite de la orilla. El vapor brotaba de unos pozos de lodo ardiente cuyas orillas estaban teñidas de minerales de todos los colores, sin brillo, apagados. La escoria se agitaba y estallaba en pequeñas burbujas, dejando unas manchas grandes y oscuras de lodo que se mezclaban con los chorros de vapor ascendente.

La niebla flotaba por encima del pantano, un vapor gris verdoso que apestaba a sulfuro. Manolito estuvo un rato mirando los chorros de vapor y gases calientes y se preguntó por qué le había sido tan fácil ir más allá en su primera visita.

—Se diría que estás perdido —lo saludó una voz a sus espaldas.

Manolito se giró bruscamente y se encontró cara a cara con Vlad Dubrisnky. Lo embargó un cúmulo de emociones, un golpe tan penetrante que se sintió flaquear. Alegría. Culpa. Vergüenza. Asombro. Orgullo. Vlad Dubrinsky había sido más que un príncipe para él. Cuando su propio padre había decidido seguir a su compañera eterna a la muerte, Vlad había dado un paso adelante para colmar el vacío que habían dejado sus progenitores. Los había guiado a él y a sus hermanos, había sido su mentor y había respetado sus consejos. Sin embargo, al final, lo habían repudiado por intentar salvar a un hijo a sabiendas de que no había ninguna esperanza.

—Príncipe mío. No esperaba encontrarte en este lugar.

Vlad dio un paso adelante y lo saludó cogiéndole el brazo a la manera de los antiguos guerreros.

—Me alegro de verte, viejo amigo.

—No entiendo por qué estás en un lugar como éste.

Vlad frunció el ceño.

—¿No lo entiendes? Es aquí donde esperamos el pasaje que va al otro mundo, Manolito.

—¿Qué? He venido hasta aquí y sólo he visto a los condenados. Acusaciones. Invitaciones para unirme a las criaturas inertes.

—No eres del todo un espíritu, aunque tampoco eres dueño de tu cuerpo.

—Me mataron, pero mis hermanos anclaron mi espíritu a la tierra. Gregori descendió por el árbol de la vida para rescatarme, pero me desperté demasiado pronto. Mi espíritu y mi cuerpo aún no han podido fundirse en uno solo, y por eso habito en ambos mundos.

Vlad hizo un gesto hacia el pantano.

—Tú no perteneces con los vampiros. Por tu espíritu, veo que no has sucumbido a nuestra naturaleza más oscura.

—He estado a punto de hacerlo. He estado demasiado cerca.

—Tú no quieres ir a donde descansan sus almas. Ellos no te pueden matar, pero han ideado maneras de torturar tu espíritu y hacerte enloquecer. No pueden abandonar este lugar sin antes aceptar sus culpas y, aún así, no lo hacen. Culpan a todos los que les rodean. Sospecho que son muchos los que quisieran hincarte los dientes. Ven conmigo al campamento de los guerreros y volveremos a hablar.

—Mi cuerpo en el otro mundo es vulnerable, Vlad, y hay una conspiración que debo desvelar para mantener a salvo a nuestro pueblo. Sospecho que Maxim está armando un ejército con los muertos y que pretende encontrar una entrada al mundo de los vivos desde aquí.

Vlad se detuvo, frunció el ceño y luego sacudió la cabeza.

—Debería haber adivinado que no tramaba nada bueno. Ven, no queda lejos y creo que podríamos ayudarte. En cualquier caso, Sarantha querrá verte. Nos darás noticias y nos dejarás ayudarte.

—Sigo sin entender por qué estáis aquí esperando el juicio. Tú nunca estuviste cerca de convertirte. Has servido a nuestro pueblo con honor.

—¿Crees de verdad, después de tanto tiempo, que no cometí errores, Manolito? Fueron muchos. Intenté hacerlo lo mejor que pude, pero, al igual que cualquier hombre, tuve mis fallos. Tú deberías saber eso mejor que nadie. Quise salvar a mi hijo a expensas de muchos otros, que sufrieron. ¿Fue aquella una decisión sabia? ¿O justa?

—No podías saber lo que iba a ocurrir.

—Claro que lo sabía. No quería creerlo, pero tenía el don de la clarividencia. Lo sabía y, sin embargo, no enmendé el rumbo porque no soportaba la idea de destruir a mi propio hijo. Cuando se lo confesé a Sarantha, me rogó que no lo dejara morir y yo, tonto de mí, escogí el camino de la destrucción para todo nuestro pueblo. Soy responsable de muchas cosas que nunca deberían haber ocurrido. Al final, la tarea que tendría que haber sido la mía, pasó a manos de mi hijo Mikhail.

Manolito casi no daba crédito a sus oídos. Siempre había sentido culpa y vergüenza por haber condenado las decisiones de Vlad. Él amaba y respetaba al príncipe, pero se sentía como un traidor por haber tramado destronarlo.

—No fue en aras de lo mejor para nuestro pueblo. —Las palabras se le atragantaron, se quedaron prendidas del nudo de su garganta. Los hermanos Malinov habían perdido a su querida hermana, Ivory, y lo mismo les había ocurrido a los hermanos De La Cruz. Ella era su luz, el motivo por el que conservaban las esperanzas y la fe en su pueblo. Con su muerte, la oscuridad se abatió sobre todos ellos y desencadenó unos acontecimientos que todavía podían conducir a la destrucción de toda la especie.

—No —convino Vlad, con voz serena—. No lo fue. No soy un dios. Ninguno de los carpatianos lo es. Todos podemos cometer grandes errores.

Manolito se tragó la condena que estaba a punto de pronunciar. ¿Qué podía responder a eso? Él mismo había hecho cosas en su vida de las que se arrepentía. Y aunque por aquel entonces, las había hecho sin tener emociones, recordaba hasta el último incidente, y el peor crimen era el que había cometido contra su compañera eterna. Inclinó la cabeza.

—Lo que dices es verdad. Yo estaba a punto de convertirme cuando oí la voz de mi compañera eterna. Estaba bajo la protección de Mikhail y Gregori, además de varios otros carpatianos. No observé el debido respeto por la ley y tomé su sangre sin su consentimiento. La uní a mí.

—Era un desafío para ti —dijo Vlad, asintiendo con un gesto de la cabeza.

—¿Burlar la vigilancia y reclamar lo que me pertenecía? Sí. ¿Acaso me arrepiento? No sé cuál es la respuesta a esa pregunta. Siento no haberle revelado a ella quién era y no haberle contado mis motivos para cambiarle la vida sin su consentimiento. Pero no creo que hacerlo estuviera mal, sólo la manera de llevarlo a cabo.

—Nuestro pueblo ha vivido mucho tiempo junto a los humanos, y nuestras normas son diferentes por un motivo. Nos fue dada la capacidad de unir a nosotros a nuestra compañera eterna porque, sin ese recurso, habríamos sucumbido hace mucho tiempo. Muy pocos serán capaces de entenderlo, pero si hacemos lo posible por amar y respetar a nuestras mujeres, siempre anteponiéndolas cuando están bajo nuestra protección, hay más probabilidades de que otras especies acaben por comprendernos y aceptarnos.

—El mundo ha cambiado mucho en tu ausencia, Vlad y, con él, nuestro pueblo. A mí me ha costado acostumbrarme a las nuevas usanzas.

Vlad le dio una palmadita en el hombro, tan ligeramente que Manolito casi no la sintió. El cuerpo de Vlad aún era más insustancial que el suyo.

—Todos tenemos defectos, Manolito, y todos debemos trabajar para superarlos. No hay por qué avergonzarse de eso. Ven a saludar a Sarantha y nos darás noticias de nuestros seres queridos.

—En verdad dispongo de muy poco tiempo. MaryAnn, mi compañera eterna, ahora custodia mi cuerpo y creo que la atacarán. Tengo que detener a Maxim antes de que encuentre una manera de escapar de este mundo con un ejército de criaturas inertes.

Por toda respuesta, Vlad sacudió y la cabeza y dijo:

—No podrá encontrar un camino para abandonar este mundo.

—No estés tan seguro. Maxim se ha aliado con Xavier.

Vlad se giró lentamente y la sonrisa se le borró de la cara.

—¿Xavier sigue vivo?

—Creemos que sí. Y su nieto, Razvan, trabaja con él para destruir a nuestro pueblo. Estamos casi seguros de que los hermanos de Maxim están involucrados en una conspiración para destruir a Mikhail, una trama que yo ayudé a urdir. —Manolito se negaba a desviar la mirada de los ojos de Vlad mientras confesaba. Respetaba a aquel hombre por encima de todos, con la excepción de sus hermanos. Antaño, había visto en él a un verdadero padre. Sin embargo, era el hombre cuyo destronamiento él había ayudado a planear. Ahora no tenía intención de mentir ni de inhibirse de la culpa y la vergüenza que sentía ante esos hechos.

Vlad guardó silencio un momento largo. No hubo ni asomo de decepción ni rechazo en su voz. Simplemente clavó la mirada en él y la mantuvo fija.

—¿Crees que es una sorpresa para mí enterarme de que tú y tus hermanos tramabais acabar con el reinado de los Dubrinsky? Siempre fuiste inteligente y viste mi crimen. Sabías lo que había hecho. Al intentar salvar a mi hijo, traicioné a nuestro pueblo, y por eso tenías todo el derecho a cuestionar mi juicio, que no parecía muy equilibrado.

—No teníamos derecho a planear tu caída ni la destrucción de todas las especies con las que nos habíamos aliado.

—Para destronarme a mí, habríais tenido que vencerlos a ellos —dijo Vlad, asintiendo con un gesto de la cabeza—. Desde luego, tiene sentido —añadió, y señaló una mancha de árboles—. Por favor, ven unos minutos. Entre unos cuantos, vigilamos esta zona para impedir que los recién llegados se acerquen a la tierra de los caídos.

Manolito acompasó sus pasos a los de Vlad, aunque por muchas ganas que tuviera de hablar con él e incluso de pedirle consejo a propósito de la rara especie de los hombres lobo, estaba impaciente por enfrentarse a Maxim y volver donde MaryAnn. Aquella sensación de urgencia no hacía sino aumentar.

Había creído que Vlad lo condenaría. Quizá le habría sido más fácil enfrentarse a lo que había hecho si su príncipe se hubiera mostrado furioso.

—Lo siento —dijo, con voz queda. Sinceramente—. No tenía ni idea de que algún día el plan sería ejecutado. No tenía ni idea de que los Malinov te odiaban hasta ese punto. Al final, hablamos durante horas, y Zacarías y Ruslan acordaron que todos seguiríamos siéndote fieles y que te serviríamos con honor. Llevamos a cabo un juramento de sangre.

—Tú y tus hermanos habéis servido con lealtad a vuestro pueblo —dijo Vlad—. Incluso aquí recibimos noticias cuando llegan guerreros y vampiros. —Pasó a través de un muro de helechos—. Ah, aquí está Sarantha. Querida mía, he venido con un invitado.

Sarantha se giró. Una sonrisa brilló en su rostro y sus ojos iluminaron los colores opacos a su alrededor.

—Manolito, me alegro de verte, aunque he oído rumores de que caminas por ambos mundos. ¿Cómo están mis hijos y sus compañeras? ¿Cómo está mi nieta? Entiendo que es una mujer muy bella. Tienes que contármelo todo, todas las noticias. —Sarantha lo abrazó, y su cuerpo era ligero e insustancial comparado con el suyo—. Seguro que tienes una compañera eterna, o tu espíritu no brillaría tanto. Cuéntamelo todo acerca de ella.

—Dale una oportunidad para hablar, querida —dijo Vlad—. Tiene mucha prisa.

—Perdóname, pero me he emocionado mucho al verte. —Sarantha señaló un lugar junto a la fogata del campamento—. ¿Me puedes dedicar unos minutos de tu tiempo?

—Claro que sí —dijo él, y se inclinó para besarla en la mejilla—. Mikhail es un príncipe muy cabal. Estaríais orgullosos de él. Su compañera eterna es una buena mujer y le ayuda en la tarea de conseguir que nuestro pueblo construya una sociedad más cohesionada. Jacques y Shea han tenido un hijo varón. Yo me marché antes de la ceremonia de imposición de nombre, así que ignoro cómo se llama. He oído que Savannah, tu nieta, está esperando gemelos.

Sarantha buscó los brazos de Vlad.

—Cómo me gustaría verlos.

—Algún día —dijo Vlad, estrechándola—, estaremos junto a nuestros seres queridos. Nos iremos de esta vida a la siguiente muy pronto.

Ella asintió con un gesto de la cabeza y se volvió para estamparle un ligero beso en la barbilla.

—¿Y tu compañera eterna, Manolito? Háblanos de ella.

—Es muy valiente. Y bella. Y me estimula a ser un hombre mejor cada día que pasa. —Entonces frunció el ceño. Quería obtener información, aunque sin contar demasiadas cosas—. Vlad, dime lo que sabes de los guardianes. Los hombres lobo.

Vlad se sentó en el suelo con las piernas cruzadas.

—Se sabe poca cosa de su sociedad, aunque abundan las leyendas. Creo que inventaron la mayoría de los mitos para mantener a la gente asustada y alejada de ellos, pero el tiro les salió por la culata porque los humanos empezaron a darles caza. La mayor parte del tiempo viven bajo la forma humana. Existen en todos los continentes, o al menos existían en tiempo antiguos. Son muy pocos los que pueden distinguirlos de los auténticos humanos.

—¿Cómo pueden guardar su secreto incluso ante nosotros?

—Sus funciones cerebrales no son demasiado diferentes de las humanas. Simplemente utilizan una parte más extensa del cerebro, como lo hacemos nosotros. La mayoría de las veces, el lobo permanece en estado latente, de modo que parece totalmente humano.

—¿Qué le pasaría a un hombre lobo si se convirtiera en carpatiano?

—¿Un cruce de especies? —Vlad lanzó una mirada de reojo a Sarantha—. No lo sé. Jamás he oído hablar de algo así.

—Pero ¿es posible que eso ocurra? —preguntó ésta.

—No tengo ni idea —dijo Manolito. Ahora bien, si los humanos han podido integrarse con éxito en la sociedad carpatiana; que también lo hagan los hombres lobo, poseedores de facultades psíquicas, es teóricamente posible.

Vlad respiró ruidosamente.

—Me alegro de que no tenga que tomar esa decisión —dijo—. Un hombre lobo y un carpatiano. El resultado puede ser letal.

—O emocionante —acotó Sarantha—. Dos especies igual de poderosas.

—¿Qué le ocurriría a una persona? ¿A su cuerpo y a su mente? ¿En qué se convertiría?

Vlad abrió la boca y la cerró bruscamente.

—Ya entiendo tu dilema. —Y era verdad que lo entendía. Mucho más de lo que Manolito hubiera querido—. No puedo ayudarte, Por lo que sé, eso nunca ha ocurrido. Los dos linajes tienen iguales poderes. No sé cuál saldría victorioso, si es que sale alguno.

—¿Y qué sabes de Xavier?

Vlad suspiró y buscó la mano de Sarantha.

—En realidad, desde hace tiempo que no he tenido que tomar decisiones en nombre de mi pueblo. Agradezco poder existir sin que éstas tengan un impacto en la vida de nadie que no sea mi compañera eterna. Incluso hablar de Xavier me resulta difícil. Era un buen amigo. Yo creía en él, y lo quería como a un hermano, pero nos traicionó como nadie más podría hacerlo.

—¿Por qué?

—Avaricia. Celos. Quería ser inmortal. Intenté convencerlo de que no hay verdadera inmortalidad, al fin y al cabo, también a nosotros nos pueden matar, pero a él le dio por creer que era superior y que debería gozar de la misma longevidad que nosotros. Por desgracia, todas nuestras defensas estaban basadas en hechizos mágicos, hechizos que él elaboraba. Con los años, nosotros añadimos algo, pero la urdimbre de la energía es la misma, lo cual nos hacía, y todavía nos hace, vulnerables a él.

—A pesar de que erais tan buenos amigos...

—Quería que yo le diera una mujer carpatiana. Intenté explicarle lo de las compañeras eternas, pero no se mostraba nada razonable. Tuvimos muchas discusiones, y él estaba convencido de que yo me oponía a que fuera inmortal porque temía su poder. Con el tiempo, empezamos a separar nuestras dos sociedades, aunque él conservó la escuela para que aprendieran nuestros pequeños. Rhiannon era una de sus mejores alumnas, y él decidió quedársela. Hizo matar a su compañero eterno y la tomó. Debió haberlo planeado durante mucho tiempo, porque ella pertenecía a la estirpe de los Cazadores de dragones, y muy pocos habrían podido guardarla contra su voluntad, y mucho menos haberla dejado encinta. Sí, hemos oído que Xavier tuvo hijos con ella —dijo, y le apretó la mano a Sarantha—. Nada pude hacer yo para detenerlo, y ahora intenta destruir a nuestro pueblo.

—Era un ser malvado en aquel entonces y lo es ahora —dijo Manolito—. Se ha unido a los Malinov y de él depende la ejecución del plan que en su tiempo ideamos. Ahora que sabemos qué está haciendo, Zacarías se lo hará saber a Mikhail y enviaremos emisarios a todos nuestros aliados e intentaremos detenerlo antes de que vaya más allá. Pero, antes, tengo que detener a Maxim.

—Qué desgracia —dijo Sarantha mirando a su compañero eterno—. Maxim es un especialista en armar líos. Es incapaz de reconocer sus errores. Rechaza toda responsabilidad y hasta que no haya expiado de alguna manera sus errores, hasta que aprenda, no podrá salir de aquí.

Manolito se incorporó.

—No puedo quedarme más tiempo. Temo por la seguridad de MaryAnn.

—Iré contigo y veré qué puedo hacer para ayudarte —se ofreció Vlad.

Manolito lo miró y sacudió la cabeza.

—Sabes que no puedes. Es un problema que debo resolver solo. Estoy atrapado entre dos mundos y no puedo vivir en los dos. Este fardo es sólo mío, mi señor, pero te agradezco que me hayas ofrecido compartir su peso. —Saludó a su príncipe cogiéndolo por el antebrazo, a la manera de los antiguos, y luego se inclinó para besar a Sarantha—. Le transmitiré vuestro amor a la familia.

—Que tengas suerte, Manolito —le dijo ella.

—Que vivas mucho tiempo —añadió Vlad.

Manolito volvió a través de los árboles y miró atrás una última vez para ver al líder de su pueblo. Sarantha y Vlad estaban abrazados, y de sus cuerpos se desprendía un leve fulgor que parecía aumentar de intensidad, más cegador en medio de aquel mundo húmedo y tenebroso. Al verlos juntos, tan enamorados y tan unidos, añoró tener la misma relación con MaryAnn. Dejó escapar un suspiro y se giró decididamente hacia el camino del pantano. Un viento ligero sopló arrastrando las hojas en el pequeño bosque, pero no llegó hasta él, ni siquiera cuando levantó la cara para intentar sentir la brisa.

¿Cómo podía enterarse del plan de Maxim? El vampiro nunca confiaría en él, y jamás se creería que se había pasado a sus filas. ¿Qué alternativa tenía? Vlad había dicho que las criaturas inertes habían ideado maneras de torturar a un carpatiano y volverlo loco. ¿Cómo se hacía enloquecer a un espíritu? ¿O, incluso, cómo se le torturaba? Frunció el ceño mientras pensaba en ello. Por lo visto, se trataba de una guerra entre dos inteligencias. No podía haber otra respuesta. Para bien o para mal, tendría que arriesgarlo todo por su pueblo... y por MaryAnn. Y si se equivocaba...

Se encogió de hombros y siguió hacia el pantano burbujeante y humeante, donde el velo de tinieblas se desplazaba a ras del suelo y los charcos de lodo vomitaban sus manchas oscuras y siniestras. Maxim y su ejército de criaturas inertes esperaban al otro lado. Manolito advirtió la presencia de las sombras que se movían en el gris deslavado de la niebla, con el fulgor de unos ojos rojos y el ruido de voces cada vez más audibles en medio de la bruma pestilente.

Voló por aquel espacio, evitando las columnas de vapor y los repentinos chorros de los géisers, que lanzaban el lodo en todas direcciones. Irrumpió a través del velo de niebla y aterrizó directamente en el centro del círculo de vampiros.

Maxim emitió un ruido sibilante de sorpresa y se quedó inmóvil con los brazos todavía alzados. El cántico se quebró y los demás que formaban el círculo alrededor de Maxim dieron un paso atrás y se cubrieron la cara.

Maxim se obligó a sonreír, enseñando los dientes manchados.

—Veo que has vuelto a visitarnos, viejo amigo. Únete a nosotros en nuestra pequeña ceremonia.

—Desde luego no era mi intención interrumpiros, Maxim. Por favor, que tú y tus amigos continúen con lo que estabais haciendo.

—¿No te importa, entonces? —le preguntó éste, con una mueca de sonrisa fingida y mortífera.

—No, claro que no —dijo Manolito, y se cruzó de brazos.

Maxim alzó los brazos y el cántico se reanudó. Los vampiros a su alrededor se movían con unos pasos repetitivos y empezaron a alzar las voces en un encantamiento hipnótico.

Manolito dio vueltas deliberadamente alrededor de Maxim, estudiándolo desde todos los ángulos, observando sus manos dibujando en el aire, guardando cada movimiento en su memoria.

Maxim suspiró y dejó caer los brazos.

—¿Qué ocurre?

—Sigue, Maxim. Sólo pensaba en una ocasión en que vi utilizar este hechizo en concreto. Creo que es una de las primeras creaciones de Xavier, cuando intentaba por primera vez establecer un vínculo con los guerreros de las sombras. Lo estudiamos, ¿recuerdas? Era un hombre brillante.

—*Es* un hombre brillante.

—Ya no creo que tanto —lo contradijo Manolito. Las demás criaturas inertes habían parado de cantar y observaban—. Se ha vuelto senil. Vive de la sangre de nuestro pueblo, pero la longevidad no es natural en él y su mente divaga. —Se acercó a Maxim y bajó la voz para que sólo el vampiro maestro pudiera oírlo—. Ya no puede fabricar hechizos. Tiene que contar con otros, hechiceros menores, para que lo hagan en su lugar.

—¡Mientes! —dijo Maxim, con un silbido de voz.

—Sabes que no miento —respondió él en un tono sereno—. Tú siempre has tenido una inteligencia superior, y no te lo recuerdo por hacerte un falso cumplido. Podrías ver las cosas más razonablemente. Xavier carece de la capacidad para pensar en nada nuevo. Depende demasiado de las cosas que sabía antes, y dudo de que recuerde gran parte de todo aquello. —Volvió a detenerse al otro lado del vampiro y le susurró al oído—: ¿Por qué, si no, crees que busca el libro? —Xavier había compilado todo su saber en un libro que ahora se conservaba bajo la custodia del príncipe carpatiano.

Maxim gruñó y balanceó la cabeza de un lado a otro, con los ojos encendidos por unas llamas al rojo vivo.

—Es un hombre poderoso.

Manolito asintió con un gesto de la cabeza y siguió caminando en círculos, siguiendo una especie de coreografía mientras se desplazaba, observando que el amo de las criaturas inertes intentaba seguir sus intrincados e hipnóticos pasos.

—Muy poderoso. A pesar de que ya no elabore sus propios hechizos, sigue siendo un hechicero poderoso. Pero no puede conseguir lo que os ha prometido a ti y a tus hermanos. No puede abrir la entrada que permita a tu ejército de criaturas inertes entrar en acción. Por eso te ha dado el antiguo hechizo de los guerreros de las sombras.

Maxim siguió girando en círculos con él, siguiendo cada uno

de sus movimientos con desconfianza. Cuando Manolito se detuvo y se inclinó hacia él, éste lo imitó enseguida.

—Sabe que la compañera eterna de Vikirnoff puede enviar a los guerreros de vuelta a su mundo. Él usaba sus hechizos, pero ya no tiene control sobre ella. No le queda nada, pero no se atreve a contar la verdad a Ruslan y a tus hermanos. ¿De qué les serviría? —Antes de que Maxim pudiera responder, Manolito volvió a caminar trazando un círculo.

El vampiro se cogió la cabeza con las dos manos y lanzó un grito, un chillido tan irritante que él se sintió como si le frotaran los nervios con una lija.

—No importa, Manolito. Xavier no supo solucionar el problema. Ruslan sí, y él nunca se equivoca. *Nunca.* Zacarías ha cometido un error al declararse seguidor de Vlad en lugar de Ruslan. Teníamos un código, un juramento de sangre, y vosotros lo violasteis.

—Nuestro juramento de sangre era entre nosotros y a favor del príncipe, Maxim. La familia De La Cruz siempre fue leal a los Malinov.

—Os dimos la oportunidad para que os unierais a nosotros. Hablamos de ello noches y noches. Vosotros insististeis en seguir al príncipe y a su hijo asesino. —Maxim escupió aquellas últimas palabras, el rostro contorsionado por el odio y la ira. Se acercó hasta quedar cara a cara con Manolito y lo miró a los ojos, de modo que las llamas que ardían en las cuencas vacías de sus ojos eran perfectamente visibles—. Eres un traidor —le acusó—. Mereces morir.

Manolito no se inmutó ante el aliento putrefacto de Maxim ni ante la mirada de odio salvaje de su cara.

—Ya he muerto. ¿Cómo, si no, habría llegado aquí?

—Has vuelto, y eso significa que es posible. Xavier encontrará una manera de que yo vuelva a los otros o sufrirá una muerte larga y dolorosa. Sabe que no debe traicionarnos. Nuestra memoria es portentosa, y tú pagarás por tu traición.

—¿Eso crees?

La explosión de furia de Maxim fue tan poderosa que no había cómo contenerla. Echó la cabeza hacia atrás y lanzó un aullido. Quiso hincarle las garras en el hombro, y las zarpas le penetraron la piel y la rasgaron. Cuando manó la sangre, el resto de vampiros estalló en un frenesí sediento, deseando lanzarse hacia él para lamer el hilillo oscuro y rojo de sangre.

Por un momento, el dolor lo sacudió de arriba abajo, intenso y abrasador, retorciéndole las entrañas y asestándole un golpe al cerebro, pero supo dominar la reacción de su cuerpo y se quedó perfectamente quieto mientras los vampiros se agitaban a su alrededor. Reprimió su asco y le sonrió a Maxim con mirada tranquila.

—¿Crees que me puedes engañar así de fácil? No es más que una ilusión. No puedes matar aquello que ya ha muerto. Aquí no tengo cuerpo. Estos pobres tontos quieren creer, pero ellos sólo pueden saborear la tierra mientras andan por ahí olisqueando.

Con un gesto de desprecio, tocó a uno de ellos con el pie mientras la criatura inerte arañaba el suelo estéril. Era un ruido horrible, ya que todos querían probar la sangre fresca. Pero todo era en vano. Gruñidos y siseos de animales enloquecidos.

—¿A esto te has visto reducido, Maxim? En su tiempo fuiste un gran hombre, y ahora te revuelcas como un cerdo en un corral.

Chillando de rabia, Maxim lo golpeó varias veces en la cara, arrancándole la piel con las uñas largas y amarillentas. Era difícil permanecer inmutable ante aquel ataque, evitar que su mente creyera que lo que sucedía era real. La piel voló en todas direcciones y la sangre lo salpicó todo.

Manolito no se movió y siguió con los brazos caídos a los lados, obligándose a sonreír, incluso cuando el resto de los vampiros enloquecía, mientras intentaban llevarse trozos de piel a la boca e hincarle los dientes en los hombros y en el pecho. Era una de las cosas más difíciles que jamás había hecho, quedarse quieto mientras las criaturas inertes se movían a su alrededor en un frenesí sangriento, arrancándole la carne de los huesos e intentado comerlo vivo.

Él se mantuvo concentrado pensando en MaryAnn. Pensó en su sonrisa, en su pelo, en cómo sus ojos se iluminaban cuando reía. Ay, su risa resonó, cálida y diáfana, en su mente, y ahogó los gritos de los vampiros que lo desgarraban. Fijó su mente en cada detalle de su cuerpo y en su manera de vestir esa ropa a la moda. Pensó en sus tacones rojos y sus botas de cuero suave. Incluso allí, en ese mundo que no tenía sentido, ella venía en su rescate, proyectando su valiente figura entre él y la locura.

—¡Basta! —exclamó Maxim y dispersó a los vampiros con un gesto. Las criaturas inertes obedecieron a regañadientes, y algunos se arrastraron por el suelo intentando recoger trozos de piel y sangre, pero consiguiendo sólo puñados de tierra alcalina. Otros cogieron a Manolito por la pierna y lo acariciaron, implorando más, con las caras manchadas de barro. Él los rechazó de una patada, impaciente, y le lanzó una mirada furiosa a Maxim—. Borra esa sonrisa burlona de tu cara —le ordenó éste.

—No me burlo, Maxim. Sólo siento lástima por aquella criatura que era mi amigo y que después fue un gran hombre. Ahora te contentas con servir a estos pobres condenados. Te has convertido en carne de gusanos por tus propias obras. Y has perdido lo que más importaba, tu gran inteligencia. ¿Cómo es posible que un hombre con una mente tan brillante como la tuya haya creído ni una palabra de lo que decía Xavier? No tiene sentido que tú ni Ruslan, ni ninguno de tus hermanos, ya que estamos, haya malgastado su tiempo con él.

Manolito se cuidó de mantener los elogios en su mínima expresión mientras volvía la atención del vampiro al hechicero. Maxim era astuto y se daría cuenta si exageraba. Por eso le hablaba en un tono sereno y ligeramente despreciativo, algo que sabía le haría daño.

El maestro vampiro aspiró de golpe y el aire silbó entre sus dientes carcomidos. Manolito veía que hacía lo posible por mantener el control, por su dignidad. Se apartó unos pasos con las manos detrás de la espalda y con el semblante más sereno.

—Te equivocas a propósito de Xavier, Manolito. Él conseguirá que mi ejército cruce aquel umbral y nadie podrá derrotarnos. No puedes luchar contra los muertos —dijo, y rió sin ganas, como si fuera muy divertido.

A su alrededor, los demás vampiros empezaron a reunirse y siguieron el ejemplo de Maxim, abriendo la boca para emitir ruidos que eran como horribles parodias de la risa. Era un sonido que ponía los pelos de punta, dejaba un eco en la cabeza y le hacía castañetear los dientes. Se obligó a enseñar los colmillos, con la mirada fija en Maxim, intentando leerle el pensamiento detrás de esa máscara horrorosa.

—¿De verdad crees eso, Maxim? ¿Crees que Xavier tendrá el poder para llevarte de vuelta? Él creó el hechizo de los guerreros de las sombras en la cúspide de su fama. Ahora no es más que un gusano viejo que se alimenta de la sangre de niños y se cree poseedor de la magia de hechiceros menores. ¿De verdad crees que te puede sacar de aquí?

—*Tú. Tú* nos sacarás de aquí —contestó Maxim, escupiendo saliva, y con los ojos aún más inflamados—. Eres un pequeño engreído, como siempre lo has sido. En el fondo, no eres más que eso. Tus hermanos sabían la verdad. Eres un hombre pequeño que daría cualquier cosa por ser alguien importante. Crees que puedes luchar contra nosotros, pero no puedes. Nunca has podido. Te has atrevido a penetrar en mi mundo y has vuelto a tener la oportunidad para unirte a nosotros. Te he dado dos veces esa oportunidad.

—Querías que matara a mi compañera eterna.

—Te habrías sumado a nuestras filas y me habrías servido. Con tu mente, podríamos haber llegado lejos, pero nunca has sido capaz de ver el conjunto del cuadro. Quieres caerle en gracia a ese insensato de Dubrinsky. Y nunca lo entendiste. Ni siquiera Zacarías lo entendió. Vlad Dubrinsky os traicionó por su hijo. Nos traicionó a todos por su hijo.

Manolito se puso tenso y pensó a toda prisa. Tenía la respuesta ante las narices; sólo necesitaba hacer encajar las piezas del rompecabezas. Maxim se lo quería decir, quería demostrar su superioridad. Pero tenía que tener paciencia y llevarlo en esa dirección.

—¿Crees que puedes impresionarme con tus provocaciones infantiles como haces con tus miserables perros? —Con un gesto, señaló a los vampiros que ansiaban atraer la atención de Maxim—. Soy cazador, lo he sido a lo largo de los últimos mil años. Tú te has convertido en un muñeco divertido, hace ya tiempo que perdiste toda grandeza. Te has convertido en una marioneta al servicio de hombres como Xavier.

Maxim estaba a punto de explotar. Sus ojos giraron en sus cuencas vacías, lanzando destellos ámbar y rojos. De entre sus dientes brotó una sustancia venenosa, y el ácido salpicó a Manolito y le dejó en la piel unas llagas vivas y humeantes.

Pero a pesar del ataque conservó un talante estoico. No pestañeó ni alteró su expresión. Se limitó a mirar a Maxim con la misma leve sonrisa de desprecio que hería al vampiro en lo más profundo.

—No sabes nada. *Nada.* También creías poseer un intelecto superior al de cualquiera. Tú y tus bienamados hermanos. Y Zacarías, que nos ordenaba obedecer a ese príncipe asesino y débil. Dubrinsky toleró que mataran a una mujer, pero no a su propio hijo, y los hermanos De La Cruz le obedecieron como perritos falderos.

Manolito se encogió de hombros con un gesto tranquilo.

—Como haces tú con Xavier. Creyendo en sus mentiras. Él no quiere ser pasto de las criaturas inertes. Te dirá lo que tú quieras escuchar.

—Yo he visto el portal —dijo Maxim, seco—. Y ella volverá. Vendrá a buscarte cuando oiga tus gritos.

Manolito sintió que le daba un vuelco el corazón, pero conservó su expresión, la misma mirada de desprecio, sin siquiera pestañear ante aquella revelación. Se la había esperado, pero al escucharla temió por MaryAnn. Encerró en algún lugar recóndito aquella emoción y se plantó ante el vampiro maestro.

—Será interesante ver cómo lo consigues.

—En este mismo momento, mis marionetas hacen según mi voluntad, y la atacan mientras tu cuerpo yace ahí, vulnerable. Lo quemaremos y no habrá manera de que vuelvas. Ella te oirá gritar y se fundirá contigo como lo ha hecho antes. Una vez que haya llegado, nos serviremos de su espíritu vivo para volver.

Manolito sintió un sabor amargo, el sabor del miedo, pero se obligó a dominar su pulso cardiaco.

—¿Y cómo, si se puede saber, pretendes hacerme gritar, Maxim? Hasta ahora, has fracasado estrepitosamente.

Maxim sonrió con un dejo perverso.

—Sólo existe un hombre capaz de seguir todas las vías de comunicación. —Hizo un gesto con los brazos y una mirada de autocomplacencia brilló en sus ojos—. Te presento a Draven Dubrinsky, el hermano mayor de Mikhail.

Manolito se giró y vio al hijo de Vlad, refulgiendo en el poder heredado por su linaje. En sus ojos latía un destello de odio y su bello rostro estaba desfigurado por una profunda maldad.

—Ella vendrá a buscarte —confirmó. Draven era un hombre alto y, cuando extendió los brazos a los lados, Manolito se sintió sacudido por el poder de su penetración mental.

# Capítulo 17

El vampiro terminó de destrozar los restos de la defensa que protegía a MaryAnn hasta pulverizarla. Aquella criatura alargó las garras para llegar hasta Manolito, en lo alto de la plataforma sobre las copas de los árboles. Pero la mujer lobo chocó contra él en el aire y, gracias a su impulso, lo lanzó violentamente hacia atrás. Como un niño que protege a un cachorro, le asestó violentos zarpazos cuando cayeron juntos.

Se precipitaron hacia el suelo de la selva, la loba sobre la criatura inerte, y las dos figuras enzarzadas fueron rompiendo las ramas de los árboles en su caída; el vampiro iba dando de espaldas en cada rama antes de romperla en una caída de cuarenta metros. A su alrededor, la selva despertó con el fragor de la lucha y, mientras se precipitaban al vacío, las aves graznearon y los monos chillaron en medio de los rugidos del vampiro y los crujidos de las ramas que cedían bajo el peso de los dos.

El vampiro le hincó los dientes afilados a la loba en un hombro y con las garras le dejó unos profundos surcos en el vientre. MaryAnn sintió las zarpas que se hincaban profundamente y hasta oyó el ruido de la piel y la carne al ser desgarrada. Sintió una sacudida en el estómago, pero entonces se giró para liberarse de los colmillos que le había hundido en el hombro, ignorando el dolor que ya afloraba con el desgarro de la carne y la sangre que salpicaba las hojas.

El vampiro cayó al suelo, intentando transmutar y disolverse para librarse de la loba, pero la guardiana de MaryAnn fue implacable y buscó el cuello de la criatura con sus colmillos, mientras de un zarpazo le abría el pecho en busca del corazón marchito y ennegrecido. Fue un gesto instintivo, una herencia vieja como el tiempo transmitida de generación en generación a través de la memoria colectiva. En lo más profundo, donde nada podía tocarla, MaryAnn se juró que nunca más iría a ningún sitio desprovista de su aerosol paralizante. De haberlo tenido, la loba podría haber cegado al vampiro y al menos haberse librado de sus colmillos asesinos.

Aterrizó sobre el no muerto y los dos rodaron, en medio de las fétidas emanaciones del hocico de la bestia. Aquella criatura apestaba a cadáver, algo que repugnó al agudo sentido del olfato de la loba. Entonces la cogió y la lanzó lejos, aprovechando ese momento para convertirse en una voluta de vapor y ascender hacia la copa de los árboles.

MaryAnn sintió el corazón a punto de estallarle en el pecho. Se oyó gritar, intentó salir, apoderarse de su propio cuerpo para llegar hasta Manolito. Pero la loba ya se movía y trepaba por el árbol de rama en rama a una velocidad asombrosa, a tiempo para lanzarse sobre el vampiro, que había llegado hasta el cuerpo de Manolito y volvía a mutar de forma. Esta vez lo cogió por la cabeza y se la torció violentamente a un lado. El cuello del vampiro crujió y la cabeza le quedó colgando hacia un lado. Rugiendo y con los ojos encendidos de furia, la criatura se agazapó y lanzó hacia atrás a la loba, hasta que los dos volvieron a quedar al borde de la plataforma.

MaryAnn se sintió caer, los golpes de las ramas en el lomo, pero en ella seguía dominando la loba, buscando con las fauces el corazón de la criatura inerte. La sangre le bañaba el cuerpo y le quemaba como el ácido, penetrando hasta los huesos, pero aún así se negaba a aflojar su presa. Desesperado, el vampiro se libró de ella y los dos cayeron haciendo retumbar el suelo.

Riordan De La Cruz se materializó en medio del aire justo

cuando el no muerto se incorporaba. Con un formidable golpe de puño, penetró en la cavidad del pecho y le arrancó el corazón. Lo lanzó a un lado y se giró para mirar a la loba. La guardiana se tambaleó, aunque consiguió mantenerse erguida, temblando de dolor y bajo el efecto de los golpes y las heridas.

Riordan frunció el ceño.

—¿MaryAnn?

Ella asintió con un gesto de la cabeza, buscó un punto de apoyo y encontró un árbol. Con un movimiento, señaló hacia el corazón, que volvía reptando al cuerpo del vampiro.

—Sí, claro. —Riordan alzó los brazos al cielo y en un instante las nubes hirvieron y los truenos rugieron. Los relámpagos iluminaron las nubes como venas y un rayo se descargó como un latigazo sobre el órgano y lo incineró. Acto seguido, dirigió el rayo hacia el cuerpo del vampiro.

Para asombro de MaryAnn, la loba se inclinó hacia aquel flujo de energía chisporroteante, y en lugar de incinerarla, la energía disolvió la sangre ácida que le bañaba el cuerpo y los brazos. Tambaleándose hacia atrás, volvió a apoyarse en las raíces retorcidas de un árbol, respirando a duras penas y jadeando penosamente. El dolor le quemaba hasta los huesos, pero había salvado el cuerpo de Manolito. No podía esperar ni un momento más para ver en qué estado se encontraba. Para tocarlo. Lo necesitaba desesperadamente.

Se encaramó de un salto a las ramas más bajas y trepó hasta llegar a la plataforma. Su compañero seguía sentado, con el cuerpo caído hacia un lado, pero daba la impresión de que descansaba. MaryAnn respiró hondo y se dejó caer a su lado.

Quiso recuperar su propio cuerpo, y agradeció a su guardiana la ayuda que le había prestado. Jamás habría podido derrotar al vampiro en su condición de humana, más frágil. Se despertó en ella un sentimiento de gratitud hacia las demás especies que compartían el mundo con ella, y agradeció que quisieran mantener a todos lo más a salvo posible. La loba la hacía sentirse segura.

*Tú eres la loba*, le aseguró la voz femenina en su interior.

MaryAnn cerró los ojos y se expandió, llevando a la guardiana hacia lo profundo de su alma. Esta vez, el proceso fue mucho más rápido y, mientras la loba volvía a su cubil, ella emergía, y lo hacía mucho más tranquilamente que la primera vez. Su cuerpo reasumió su forma humana con sólo un mínimo de malestar. Pero en cuanto la recuperó, el dolor de sus heridas se volvió tan intenso que unas lágrimas asomaron a sus ojos y tuvo que morderse con fuerza el labio para no dejar escapar un gemido.

—También he destruido al jaguar y al hechicero y he limpiado los destrozos que dejó la sangre del vampiro en la vegetación y el follaje, así que voy a subir.

MaryAnn no entendió la advertencia en la voz de Riordan hasta que se miró. Estaba desnuda. Y no tenía ropa. Le entró el pánico. Su ropa era su protección. Su valor. Su sentido del vestir a la moda le permitía superar cualquier situación. No podía estar ante él desnuda. Hasta le costaba respirar.

—¡No! No puedes subir, estoy desnuda.

Él murmuró algo con tono de impaciencia y ella se vio de pronto vestida con una camisa a cuadros deslavada, unos pantalones vaqueros anchos y unas zapatillas deportivas muy viejas. Y, de pronto, Riordan ya se encontraba frente a ella, frunciendo el ceño.

—Tendré que echarle una mirada a tus heridas y curártelas. En los últimos tiempos, los vampiros suelen dejar unos pequeños parásitos en las heridas de sus mordeduras.

Ella apenas lo oía porque seguía mirándose la ropa sin poder creérselo.

—Ya sé que no creerás que voy a llevar esta... esta... —dijo, y calló, mientras sostenía el borde de la camisa con la punta de los dedos sin dejar de mirarlo, horrorizada.

Él frunció el ceño.

—Se llama ropa.

—Ah, no, eso no. Trapos, quizá —dijo ella. Se tocó la trenza apretada del pelo para asegurarse de que estaba intacta. Puede que tuviera que luchar contra vampiros y jaguares, pero lo haría bien vestida—. A esto no se le puede llamar ropa.

Con sólo mover el brazo, sintiendo el hombro ardiendo, hizo una mueca de dolor. Él lo vio, desde luego. Riordan estaba mucho más preocupado por la mordedura del vampiro que por sus problemas con la moda.

Se agachó para examinar a su hermano.

—Juliette nunca se preocupa de la ropa. Se pone cualquier cosa.

—Ya me he dado perfectamente cuenta de que esa chica necesita un cambio de estilo —dijo MaryAnn—. En más de un sentido. Y también le irían bien unas cuantas sesiones para aprender a lidiar con hombres despóticos.

Riordan la miró y su sonrisa le quitó el aliento. Por un momento, bajo aquel rayo de luna, se había parecido a su hermano. La impresión desapareció tan rápidamente como vino, y MaryAnn se sintió aún más desesperada por recuperar a Manolito.

Riordan se incorporó lentamente y a MaryAnn se le borró la sonrisa de la cara.

—Lo has hecho muy bien. Tengo una gran deuda contigo. Toda nuestra familia está en deuda contigo. Te agradezco que le hayas salvado la vida a mi hermano.

La sinceridad que latía en su voz la desconcertó. Si hubiera estado vestida con su mejor ropa, lo podría haber manejado todo con dignidad, pero no, él tenía que ir y vestirla con esos andrajos y hacerla sentirse molesta. Se oyó a sí misma farfullar algo. Riordan pareció alarmarse e incluso dio un paso atrás, alzando una mano.

—No llores. Lo que acabo de decir es un cumplido. No llores. Seguro que el hombro te duele. Déjame echarle una mirada.

—Es la ropa —dijo ella—. Cámbiala, rápido.

—Entonces, transmíteme una imagen.

Riordan sonaba tan desesperado como ella. MaryAnn no podía quedarse ahí llorando como un bebé mientras Manolito deambulaba por el otro mundo y sus extraños parajes. Ella tenía que encontrarlo. Por algún motivo, sólo pensar en ese lugar tétrico le ponía los pelos de punta. Respiró profundo y se vio a sí misma con sus vaqueros Versace preferidos, una blusa sin mangas de Dolce & Gabanna, unos tirantes dorados, un cuello ondulado con un elegante escote, y sus botas preferidas, las Michael Kors, sencillamente porque eran elegantes y cómodas y le quedaban bien con todo. Los accesorios eran lo fundamental para MaryAnn, así que no se detuvo ahí y añadió un cinturón trenzado y un brazalete, además del collar grueso que siempre había deseado pero que no podía pagarse.

Respiró hondo y espiró en cuanto la nueva ropa se le ajustó al cuerpo como un guante, lo cual le proporcionaba la armadura de valor que necesitaba para el siguiente desafío.

—Gracias, Riordan, esto es perfecto.

Esperaba que él la observaría con ese desprecio de siempre pero, al contrario, se la quedó mirando con gesto pensativo.

—De verdad estás maravillosa. Pensaba que la otra ropa te quedaba bien, pero éta, de alguna manera, te sienta mejor.

Ella sonrió y, por primera vez, sintió un asomo de camaradería con él.

—Agradezco que hayas venido tan rápido. No sabía qué hacer con esa cosa. Arremetía una y otra vez —dijo, y sacudió la cabeza, frunciendo el ceño—. En realidad, no contra mí sino contra mi guardiana.

—La loba.

Riordan lo dijo con respeto, y a MaryAnn se le aligeró aún más el ánimo. Ella sabía qué significaba aquello. La loba era ella. Habitaba en su interior, silenciosa y a la espera, presta para surgir cuando la necesitara, conformándose con permanecer en estado latente a menos que se viera obligada a actuar. Ella era la centinela, y los animales a su alrededor la reconocían por lo que era. Y la respetaban. Riordan la respetaba. Pero lo más importante era que la aceptaban tal como era.

—Eres la compañera eterna de Manolito —dijo Riordan—. Y cumples con creces con las expectativas. —Se inclinó con un solemne gesto de respeto—. Manolito no podría haber encontrado a nadie mejor. Veo que guardas muchos secretos, hermanita.

MaryAnn se percató de que sonreía generosamente, y no pudo evitarlo.

—¿La loba? Surge cuando quiere, y es capaz de dar unas cuantas patadas en el culo. —Se sentía muy orgullosa de decirlo con tanta naturalidad. La loba. *Su* loba.

—Ignoraba que todavía quedaran licántropos en este mundo. Ahora veo que son mucho más listos de lo que jamás pensamos. Desde luego que todavía existen, y deberíamos haberlo sabido. Siempre se conformaron con permanecer en un segundo plano.

MaryAnn se apoyó contra la barandilla y se tambaleó ligeramente.

—Esperaba que cuando sufriera una herida fuera capaz de curarme a mí misma, como vosotros. Y me habría gustado poseer el don de fabricar mi ropa con sólo imaginármela. Hay unas cuantas cosas que no me puedo permitir pero te aseguro que me imagino con ellas puestas.

Él la cogió por el brazo para que se apoyara, y la hizo sentarse una vez más junto al cuerpo de Manolito.

—Tengo buenas noticias para ti, MaryAnn. Manolito es un hombre muy rico y podrás permitirte tener la ropa que quieras. Está bien mantener la ilusión de ser una persona humana en todo momento, pero si lo necesitas, una vez que seas del todo carpatiana, podrás fabricar la ropa que quieras.

A ella le dio un vuelco el corazón al oírlo decir eso. Del todo carpatiana. Todavía tendría que enfrentarse a ese dilema. Pero quería vivir con Manolito De La Cruz para siempre. Él la volvería loca con su arrogancia, y tendría que aprender qué significaba vivir con una mujer igual de testaruda que él.

—¿Entiendes lo que significa eso? —le preguntó Riordan.

—En realidad, no. ¿Cómo podría entenderlo? —No sabía qué le estaba haciendo a su hombro, pero el dolor era tan intenso que le cortaba la respiración. Era un dolor insoportable, y MaryAnn se alegraba de poder mirarse sus botas perfectas y admirar la punta cuadrada y la calidad del cuero.

—Serás plenamente carpatiana. A Juliette le molestó perder el jaguar que había en ella. Ahora puede invocar al felino que lleva dentro y mutar para adoptar su forma, pero no es lo mismo. No tiene una sensación de pérdida, aunque sé que fue duro para ella la primera vez que pensó en ello como tal.

—¿Ah, sí? A mí me preocupa más perder a la familia. Mis abuelos y mis padres son muy importantes para mí. No me atrae demasiado la idea de ver morir a todos mis amigos y a mi familia.

Riordan no sabía que MaryAnn había infectado a Manolito a través de su sangre lupina, confiriéndole rasgos de su especie, así como la sangre de su hermano le estaba dando a ella los de una carpatiana. MaryAnn hundió los dedos en la espesa cabellera de su compañero eterno. Saboreó la palabra y la profundidad de su significado. Él le pertenecía, así como ella le pertenecía a él. Cualquier cosa que le ocurriera a ella también le ocurriría a él. ¿Qué diría Riordan a propósito de eso? ¿Se mostraría igual de comprensivo?

Se frotó las sienes que le retumbaban.

—¿Has oído algo? —Miró a su alrededor, levantó la cabeza y olfateó el aire. ¿Cuántas veces había hecho eso sin saber por qué? ¿Cuántas veces había indagado en el pensamiento de las personas, sin darse cuenta de que lo hacía, para obtener la información que necesitaba para ayudarles? Y los animales... Miró hacia los monos en los árboles. Todos habían venido a ayudarla cuando ella los había necesitado. Incluso el jaguar, bajo el hechizo del vampiro, había luchado para romper sus cadenas y hacer según su voluntad.

—La loba es buena —dijo, como satisfecha.

—Claro que sí. ¿Qué creías?

—Pensaba en monstruos que desgarraban vivos a los adolescentes y devoraban a toda la familia mientras el más pequeño miraba desde un rincón en el armario jurando vengarse algún día de la bestia peluda.

Riordan dejó escapar un bufido y su breve sonrisa se desvaneció tan rápido como había aparecido.

—Puede ocurrir. Hay unos cuantos que se han convertido en bestias, pero la sociedad de los lobos en el pasado, y sospecho que también ahora, siempre ha sabido vigilar a los de su propia especie. Viven como seres humanos. Al menos en el pasado lo preferían así, normalmente cerca de los bosques o de la selva, o trabajan con animales para ayudar a protegerlos. Rara vez revelaban su identidad, a menos que alguien bajo su protección corra un peligro extremo. Su población ha disminuído incluso más rápido que la nuestra. Estaban demasiado lejos los unos de los otros, y las manadas no lo bastante próximas entre sí para aparearse, razón por la que sospechábamos que intentaron hacerlo con los humanos, aunque sin éxito y, a la larga, llegamos a pensar que su especie se había extinguido.

—¿Por qué crees que con su sangre no convertirían a un ser humano?

—Creíamos que la sangre de los carpatianos no podía convertir a un ser humano. Juliette cree que a lo largo de los años ha habido más humanos de los que creíamos que también portaban la sangre de otras especies, quizá no en grandes proporciones, pero aún así, es probable que estén genéticamente relacionados.

—Pero ¿creéis que la sangre de los lobos no es tan fuerte como la de los carpatianos y que Manolito me convertirá sin problemas?

MaryAnn intuyó algo más que vacilación en Riordan.

—Sé que debe convertirte o no sobrevivirá.

—No es eso lo que te he preguntado. —MaryAnn se apartó de él para mirarlo a los ojos—. ¿De qué tienes miedo?

—No sé qué ocurrirá cuando te convierta —respondió Riordan, con toda sinceridad, y se inclinó una vez más para examinarle la mordedura. La piel de alrededor estaba quemada por la sangre y la saliva y, además, asomaba la carne viva y desgarrada. MaryAnn temblaba pero, al parecer, no se percataba. Tenía los dedos hundidos en el pelo de Manolito, como si aquello la anclara a la vida, aunque de eso tampoco parecía ser consciente—. Cuando yo convertí a Juliette, el jaguar luchó con fiereza por su vida.

—Manolito convirtió a Luiz.

—Luiz se estaba muriendo. Era la única posibilidad de vivir que tenía el jaguar. Una parte pequeña de él sigue viva, así como vive una pequeña parte del jaguar de Juliette, pero no es lo mismo y, aunque puedan asumir la forma de un jaguar, ya no lo son. ¿Tiene sentido eso?

MaryAnn sintió el corazón afligido. A ella le gustaba su loba. Estaba orgullosa de ella. Y, de alguna manera, aunque lo acabara de descubrir, su guardiana había estado siempre ahí, influyendo en su vida, ayudándola sin que ella lo supiera. No quería ser otra cosa. Pensaba en sí misma como un ser humano. Quizá Juliette tuviera razón y la mayoría de los humanos tuvieran algún vínculo genético con otras especies, pero, cualquiera fuera el motivo, a ella le gustaba quién era, se sentía cómoda en su propia piel y no quería cambiar, sobre todo si eso significaba renunciar a su ser. O si tenía que renunciar a la loba que acababa de descubrir.

Pero ¿podía renunciar a Manolito? ¿Dejarlo morir? ¿Dejar que se convirtiera en vampiro?

—No puede convertirse en vampiro cuando sabe que tiene una compañera eterna, ¿no? ¿Y si no me convierto en lo que sois vosotros? —El corazón le latía con la misma intensidad que el martilleo en la cabeza. No sabía qué le dolía más, la cabeza o el hombro. La herida del vampiro le quemaba hasta el hueso.

De pronto sintió la necesidad de comunicarse con Manolito y fundirse mentalmente con él. Se resistió a la idea, porque sabía que él no quería que ella penetrara en el mundo de las sombras, pero aquello no era fácil cuando necesitaba sentir su contacto con tanta urgencia. Casi no podía respirar, y le costaba hacer llegar el aire a los pulmones. ¿Era ella? ¿O era él? ¿Acaso Manolito tenía problemas?

—Desde luego, podría volverse loco de necesidad. Es peor saber que la compañera eterna está ahí y, aún así, no poder salvarse. Él hará lo que sea necesario, MaryAnn y, al final, te alegrarás de que haya sido así.

Ahora le dolía todo el cuerpo: la espalda, las piernas y los brazos, como si la hubieran apaleado.

—Lo necesito. —Lo reconoció, y le debería haber dado vergüenza, pero lo único en que atinaba a pensar era en reunirse con él.

Riordan frunció el ceño. Unas diminutas gotas de sangre le perlaban la frente. No era habitual en MaryAnn dejar que un comentario como el suyo pasara sin que lo rebatiera, y jamás habría reconocido ante él su necesidad de Manolito. Algo muy grave ocurría. Tenía que asegurarse de que la sangre envenenada no le contaminara el flujo sanguíneo.

—Relájate. Te curaré a la manera de los nuestros.

MaryAnn respiró hondo y se inclinó hacia Manolito, añorando su contacto cálido, la sensación de tenerlo muy cerca. Pero estaba frío, como inerte, su espíritu muy lejos de su cuerpo físico.

—Tengo que ir a buscarlo.

—Respira. Tengo que curarte. Él querría que lo hiciera —dijo Riordan, con voz serena. MaryAnn había tenido que luchar contra demasiadas cosas en los últimos días. Ahora parecía exhausta y por la noche del día siguiente, cuando volvieran a despertar, a pesar de lo que Riordan hiciera para curarla, sentiría los efectos de la caída y de los golpes contra las ramas.

Riordan respiró hondo y abandonó su cuerpo, dejando que su ser físico se separara para convertirse en luz sanadora de energía. Entró en su organismo para ver los daños. El vampiro la había infectado deliberadamente. No había desgarrado ni arrancado grandes trozos de carne. La había mordido profundamente con sus colmillos afilados y, mediante un movimiento de sierra, había inyectado miles de diminutos parásitos en su torrente sanguíneo. ¿Por qué? ¿Por qué no optar por la puesta a muerte? La irrupción de la loba había sido inesperada pero aquello debería haber impulsado al vampiro a actuar con más violencia.

De hecho, había procurado hacer todo el daño posible, pero sin la pretensión de matar. MaryAnn tenía la yugular intacta. El vampiro le había arañado y desgarrado el vientre y mordido en el hombro, pero ninguna de esas heridas era mortal. Ningún vampiro tenía ese tipo de control en una lucha a muerte, a menos que estuviera programado para ello. ¿Y quién podía manipular a un vampiro, incluso un vampiro menor, cuando su vida estaba en juego? Los vampiros eran egoístas y astutos por naturaleza. Riordan observó consternado los parásitos en la sangre de MaryAnn.

Al cabo de un rato, volvió a su propio cuerpo.

—Puede que esto tarde un poco. ¿Te sientes enferma? —No había detectado veneno, de modo que el vampiro no le había inyectado ninguna sustancia mortífera.

—No puedes tardar demasiado. Tenemos que ayudar a Manolito.

Él la miró a la cara. Aparte de tener ese aspecto de cansada, MaryAnn no parecía alarmada, así que no lo sabía. Pero Riordan se habría jugado cualquier cosa a que la loba sí lo sabía.

—Descansa —le aconsejó, más por la loba que por ella. Porque la guardiana tendría que entrar en acción más tarde, de eso estaba seguro.

MaryAnn cerró los ojos y apoyó la cabeza en el hombro de Manolito. Riordan se irguió sobre ella y abandonó su cuerpo para entrar en ella y luchar contra los parásitos que el vampiro había dejado a su paso.

Manolito se quedó mirando asombrado a Draven Dubrinsky. Aquel hombre llevaba mucho tiempo muerto. ¿Por qué no le había avisado Vlad que su hijo vivía en el pantano de las tinieblas y las sombras? Draven, como su padre y Mikhail, eran las cabezas visibles del poder del pueblo carpatiano. Solía conocer el tono exacto, la vía exacta de la comunicación mental, incluso de los compañeros eternos.

A Manolito le dio un vuelco el corazón y sintió un nudo en el estómago, pero mantuvo el pulso regular y fuerte y una expresión impenetrable. Su primer pensamiento fue advertir a MaryAnn. Para eso, tendría que fundirse mentalmente con ella. ¿Acaso eso la atraería lo suficiente a su mundo para que Maxim pudiera cogerla?

Espiró lentamente, manteniendo su pensamiento lejos de MaryAnn, bloqueándola de tal manera que si Draven se introducía en su mente, no podría encontrarla, ni siquiera tendría una pista de cómo llegar a ella. Como no era carpatiana, Draven no podía buscarla como lo haría con una hembra de su especie de pura cepa.

Se negó a mirar al hijo de Dubrinsky, y optó por mantener el pulso sólo con Maxim. Conocía a los Malinov, y estaba más que dispuesto a una lucha de inteligencias si eso era lo que se requería para mantener a los carpatianos a salvo.

—No puedes traerla a este mundo a través de mí. No con hombres de su calaña.

—No estés tan seguro de ti mismo, Manolito. Siempre fue tu perdición. La tuya y la de todos tus hermanos —afirmó Maxim, y en su voz se adivinaba un desprecio amargo—. ¿Cómo crees que tu mujer se enfrentará a uno de nuestros hombres más poderosos? —Su risa era suave y burlona—. No creo que demasiado bien.

Manolito frunció el ceño cuando vio que la selva se cerraba en torno a él. Vio a MaryAnn sentada junto a su cuerpo, con las rodillas plegadas y una mano hundida en su cabellera. Tenía sangre en el hombro y el pecho, y la camisa desgarrada. No alcanzaba a verle la cara, pero al parecer confiaba en el hombre que estaba junto a ella. Era Riordan, su hermano, que se inclinaba para examinar las heridas.

Riordan debería haber tenido una actitud protectora, pero había en él algo furtivo y astuto, ahí parado junto a ella como un predador junto a su presa. Giró la cabeza y le sonrió, y entonces el rostro de Riordan se nubló y apareció el de Kirja, uno de los hermanos de Maxim.

Manolito se quedó paralizado. Siguió quieto, temiendo moverse, temiendo provocar el ataque contra MaryAnn. Todo en él le decía que la buscara, que le advirtiera...

Maxim se inclinó hacia él.

—A los humanos se les engaña con tanta facilidad.

Manolito cerró los ojos, como aliviado.

—No lo creo. Y, según recuerdo, mi hermano Rafael le arrancó a Kirja el corazón y lo mandó a los pozos más profundos del infierno que le espera. —Puede que un humano no se diera cuenta del peligro, pero una loba sí lo vería. Su guardiana habría surgido enseguida si un vampiro atacara a MaryAnn.

—Espero que estés seguro.

Nada más decir eso, Kirja tumbó a MaryAnn de un golpe y, de un movimiento certero, le rebanó el cuello a Manolito, que yacía indefenso. MaryAnn lanzó un grito e intentó arrastrarse para alejarse de él, pero el vampiro la cogió por los tobillos, la hizo darse media vuelta y empezó a arrancarle la ropa. Se ensañó con ella pateándola en las costillas y luego se inclinó para golpearla despiadadamente en la cara. Ella quiso arrastrarse para escapar, pero él la cogió por el pelo y la arrastró hasta Manolito, manteniéndola ahí mientras la obligaba a mirar cómo lamía la sangre que brotaba de la garganta de su compañero eterno.

Manolito descubrió que había cosas mucho peores que la tortura física. Se dijo a sí mismo que no era la verdadera MaryAnn, pero sus ojos y su cerebro se negaban a creerle. Se dijo que Kirja había muerto y desaparecido hacía tiempo del mundo de los vivos, pero la sangre y los gritos eran demasiado reales. Se estremeció al ver que Kirja seguía golpeándola. Sintió que las tripas se le anudaban cuando el vampiro siguió cebándose con ella, cometiendo todas las atrocidades que podía idear Maxim, que eran muchas.

Manolito no tenía cómo poner fin a esas imágenes, así que intentó apagar sus emociones. No había manera. En ese mundo él las sentía, como todos los demás, y ahora se veían amplificadas mil veces. Ya sabía que las criaturas inertes podían volver loco a un espíritu, pues se veía incapaz de relegarlo todo a un compartimento estanco. Estaba obligado a sentir hasta el último golpe, cada una de las torturas indignantes que sufría MaryAnn. Los pulmones, faltos de aire, le quemaban. Las manos le temblaban. Las cerró en un puño para... ¿para qué? Carecía de cuerpo, y aquello era un juego puramente mental. Ellos esperaban que él se quebrara, esperaban que se fundiera mentalmente con MaryAnn para saber de ella, para aliviar su propio sufrimiento.

Pero Manolito sacudió la cabeza.

—Nunca te dejaré tenerla, Maxim, y poco importa lo que me hagas, ni lo que me enseñes.

Kirja hundió el puño en el pecho de MaryAnn y le arrancó el corazón. Lo sostuvo en el aire mientras ella gritaba. Él se sacudió de arriba abajo pero se mantuvo impasible. Si su destino era sufrir los próximos siglos sintiendo su dolor y viendo cómo la torturaban, lo haría. No podían tenerla. Quizá fueran sólo unos minutos, u horas (el tiempo tenía poco sentido en ese mundo), pero ya le parecía toda una vida, siglos, mientras observaba como la otra mitad de su alma era obligada a sufrir las torturas concebidas por Kirja, Maxim o Draven. Las imploraciones y gritos de MaryAnn y las imágenes de su tortura quedarían para siempre grabadas a fuego en su corazón, en su mente y, más profundamente, en su alma.

—Es imposible que la ame y siga ahí sin hacer nada —dijo Draven—. Cualquier hombre se derrumbaría si viera a su verdadera mujer tratada tan brutalmente.

Manolito lo escudriñó. Draven Dubrinsky jamás sabría qué era el amor. Él sí lo sabía. Lo sentía en cada golpe que Kirja le propinaba a MaryAnn, en cada patada, cada vez que la tocaba. Era una ilusión. Todo era una mera ilusión.

Se obligó a sonreír cuando sintió que la sangre le corría por el cuerpo en ríos de sudor. Aquello también era una ilusión.

—Un juego, Maxim, no es más que eso. Juegas conmigo sabiendo que nunca me vendré abajo. Ya me conoces. Así que sigue, si es lo que debes hacer, pero me parece infantil, incluso en ti.

Maxim gruñó y le enseñó los colmillos. A un gesto suyo, la ilusión se desvaneció.

—Mírame —gruñó Draven, furioso porque el macho carpatiano no le dirigía la mirada.

—No tengo ninguna intención de hablar contigo, de verte ni de hacerte realidad en ningún sentido —dijo éste, mirando a Maxim más que a Draven. El hijo de Vlad poseía poderes, pero era Maxim el que tenía la astucia y el odio necesario para regresar con la intención de destruir a los carpatianos.

—Encuentro que es... *indigno*... Maxim, que decidas perder tu tiempo con esta clase de gente. Él fue la causa de la muerte de nuestra querida hermana. Puede que te hayas declarado su seguidor, pero yo no quiero estar ni un momento con él. No creas que temo a este renegado del linaje de los Dubrinsky. Hace un tiempo habría aprovechado de buena gana la oportunidad para quitarle la vida. No habría sido nada comparado con la pérdida de Ivory pero, aún así, la habría aprovechado, como deberías haberlo hecho tú, Maxim.

Mientras hablaba, mantenía la mirada fija en él, con un tono destilado por un profundo desprecio.

Maxim gruñó, y la baba le corrió por el mentón cuando sacudió la cabeza de un lado a otro, amenazante.

—No utilices ese tono condescendiente conmigo. Con tu deslealtad, demostraste hace tiempo de qué lado estabas.

Por primera vez, Manolito dejó que un latigazo de rabia asomara en su voz, y lo descargó contra él.

—No te atrevas a usar la palabra «desleal» cuando estás junto al asesino de tu hermana. Te has hundido más de lo que jamás creí posible, y te has convertido en el perro de esta horrible abominación. Arrástrate de rodillas hasta él, Maxim, como aquellos que pretenden tener tu aprobación. Lámele las botas, si tienes que hacerlo. No tengo más asuntos que tratar contigo, no cuando esta... —dijo y, con un gesto, señaló hacia Draven—, esta basura es tu amo.

—Soy un miembro de la realeza —le espetó Draven—. Deberías ponerte de rodillas ante mí.

Manolito no se dignó ni a mirarlo. Mantuvo la mirada fija en Maxim mientras evocaba mentalmente una imagen de Ivory. Para él estaba tan fresca y pura como la última vez que la viera, y su recuerdo era una parte tan íntima suya que jamás se desvanecería. Se la transmitió a Maxim mediante su vínculo sanguíneo. Ivory con su sonrisa y su alma pura que brillaba. Ivory echándole los brazos al cuello a Maxim y besándolo en las mejillas. Ivory en el exterior de la casa, con la espada en la mano y los ojos vendados, en medio del círculo de sus cinco hermanos que le enseñaban a luchar.

*¡Para!* Maxim gritó y se llevó los dedos a las cuencas de los ojos.

Manolito proyectó esos bellos recuerdos con la misma intensidad que Maxim había usado para atormentarlo con las torturas de MaryAnn. Ivory, de pequeña, sobre los hombros de Maxim. La primera vez que voló, con sus hermanos rodeándola, cuidando de ella, Ruslan siempre por debajo, Maxim y Kirja por los lados, mientras Vladim y Sergey vigilaban los aires por delante y por detrás. Su risa. La luna que iluminaba su figura brillante cuando bajaba corriendo las escaleras para saludarlos siempre que ellos volvían de la batalla.

*Para. Te lo ruego, para.*

Porque en el pantano de sombras y tinieblas los fantasmas podían sentir todas las emociones. El odio y la amargura, el pesar y el arrepentimiento. Lo sentían como un latigazo que llegaba al fondo del alma dejando un reguero de destrucción. Por eso Manolito había vivido con tanta intensidad las emociones que lo embargaban, aunque supiera que la escena de las torturas de MaryAnn eran una mera ilusión. Estaba destinado a sentir lo que no había sentido en todos esos largos siglos.

Y a Maxim no le quedaba más remedio que experimentar ese amor por su hermana. Con cada recuerdo, las emociones fluían hacia él. Se tapó la cara con las manos y cayó de rodillas.

—Te has aliado con el hombre que le ha hecho a ella precisamente las cosas que tú le harías a mi compañera eterna. ¿Acaso debo mostrarte lo que había en la mente de Draven? ¿Las perversiones que habría llevado a cabo contra Ivory?

Manolito jamás habría sido capaz de hacer algo así, pero sabía que Maxim las conjuraría en su propia mente. Se daría cuenta de que trabajaba hombro con hombro con quien les había arrebatado a

Ivory. Pensaba en el mal que infligiría a aquel que hubiera cometido esa traición final con ella.

—No. No puedo pensar en ella.

Eran tantos los recuerdos que Manolito sintió que su propio corazón también lloraba. Él la había amado, era su hermana. Ella había iluminado toda su vida con su espíritu generoso y su naturaleza compasiva.

—Has conseguido lo que te habías propuesto, Manolito.

Todos se giraron y vieron a la pareja que se les había acercado silenciosamente por la espalda. Vlad y Sarantha los miraban, tomados de la mano.

—No deberíais estar aquí —dijo Manolito. Miró a Draven, vio la burla en su cara y sintió ganas de romper algo. Vlad y su compañera eterna se merecían mucho más de un hijo—. Es mi problema y encontraré una manera de solucionarlo. —Quería ahorrarles el dolor de enfrentarse al monstruo que había sido Draven. De alguna manera, sabía que Ivory habría querido eso en lugar de una venganza.

—Has destruido sus planes y has conseguido hacer ver a Maxim el alcance de lo que ha hecho. No ayudará a sus hermanos —dijo Vlad—. Tu estadía aquí ha llegado a su fin. Todavía tengo que obrar según mi deber y también nuestra estadía habrá terminado.

Manolito se miró las manos. Habían dejado de ser transparentes. Las cerró en un puño apretado y volvió a abrirlas.

—Siempre estaremos a tu lado —dijo Manolito, sabiendo que Vlad entendía que se refería a todos los De La Cruz.

—Tú y tus hermanos habéis sido leales a nuestro pueblo —dijo Vlad—. Confío en que ayudarás a los jaguares lo mejor que puedas, y que transmitirás a mis hijos esa lealtad con la que siempre he contado.

Sarantha se le acercó y le tocó las cicatrices.

—Le salvaste la vida a Mikhail. Y salvaste a nuestro hijo, Jacques, al proteger a Shea y recibir la ponzoña que le estaba destinada. También salvaste a nuestro nieto antes de que naciera. Te lo agradezco. No es mucho, pero es lo único que puedo darte.

Vlad lo cogió por los antebrazos.

—Ahora, vete, abandona este lugar. Ya no perteneces aquí. Deja que me ocupe de un asunto que tendría que haber zanjado hace siglos. Que vivas largos años y en salud, viejo amigo.

Manolito dio un paso atrás. Sintió que buscaba a MaryAnn. A sus hermanos. La vida. Se detuvo un momento y observó a Vlad y a Sarantha encararse con su hijo.

—Has pasado muchos años aquí, Draven, y siempre te hemos apoyado —dijo Vlad—, pero se acabó. Incluso aquí, donde te han dado la oportunidad de redimirte, te niegas a ello. Aceptamos tu decisión. Vete, ahora, de este mundo al siguiente.

—¡No! No puedes hacer eso. Soy tu hijo. —Por primera vez, Draven ya no sonreía burlonamente. Se lanzó hacia su madre y le abrazó las rodillas—. No dejes que me condene. No me puede expulsar de aquí.

—Los dos te condenamos, como deberíamos haber hecho hace muchos años, Draven —dijo Sarantha, con voz serena—. Ahora, vete. Quizás en el mundo siguiente aprenderás mucho más de lo que jamás logramos enseñarte.

Draven lanzó un grito cuando un humo negro se alzó a su alrededor, un humo que salió de su propio cuerpo y lo envolvió. Unas sombras reptaron por el suelo y se desplazaron entre los árboles. De la tierra brotaron enredaderas, con largas espinas en los extremos de sus tentáculos. Los vampiros observaban, como ensimismados, algunos sonriendo, otros frunciendo el ceño, nerviosos, pero todos se quedaron paralizados cuando Draven intentó huir.

Las enredaderas retrocedieron, se enroscaron como serpientes y arremetieron para rodearle por los tobillos. De un fuerte tirón, lo derribaron, y Draven cayó en medio de un lecho de garras deseosas que brotaron del suelo para apoderarse de él. De pronto, ahí estaba, envuelto por la liana espinosa, con la boca abierta en un grito ahora mudo y, al momento siguiente, había desaparecido, tragado por un agujero negro.

Siguió el silencio. Sarantha apoyó la cabeza en el hombro de

Vlad. Él la abrazó con gesto protector, cubriéndola con su mayor envergadura. Manolito sintió la atracción de su propio mundo que lo llamaba, y obedeció, ansioso de volver a ver a su compañera eterna, estrecharla en sus brazos y protegerla como había hecho Vlad con Sarantha a lo largo de los siglos. Cuando miró hacia atrás, lo único que alcanzó a ver de ellos fue una luz abrasadora. Y luego aquello también se desvaneció, y él había vuelto a su cuerpo.

MaryAnn se quedó boquiabierta y lo abrazó y lo estrechó con fuerza. Entonces Manolito le sonrió a Riordan por encima de la cabeza de ella.

—Gracias —dijo, y calló. Y lo decía con todo el corazón.

# Capítulo 18

¿Te encuentras bien? ¿Te han hecho daño? —MaryAnn le pasó una mano nerviosamente por el pecho—. Estaba muy preocupada por ti.

—No, *meu amor*, pero tú... he visto que tenías sangre en el hombro y en el vientre. —Le tocó el hombro desnudo donde se veían las horribles marcas y luego le levantó la camisa para mirarle el vientre desnudo.

Riordan carraspeó.

—Por si no lo sabíais, todavía estoy aquí.

Ninguno de los dos alzó la mirada ni prestó atención al comentario.

MaryAnn metió la mano por debajo de la camisa de Manolito.

—¿Cómo has conseguido salir de ahí? Yo tenía razón, ¿no? Maxim tenía intención de matarte. —MaryAnn se puso de puntillas y le dejó a Manolito un reguero de besos en el cuello—. Te has librado para siempre del mundo de las sombras, ¿no?

Riordan se rascó la cabeza.

—Sólo quería decir una palabra. Vampiro. ¿Me escuchas, Manolito? MaryAnn ha luchado contra un vampiro.

Finalmente, aquello hizo reaccionar a Manolito, que la estrechó con más fuerza mientras llevaba a cabo una minuciosa inspección de sus heridas.

—Por si te interesa, la he librado de todos los parásitos.

Manolito volvió a abrazar a MaryAnn, sin parar de darle besos en el hombro, y su corazón desbocado recuperó poco a poco su ritmo normal. Tendría que haber pensado en su sangre. Si hubieran conseguido llevarla a su mundo después de infectarle la sangre, ésta los habría llamado y quizá Xavier hubiera encontrado una manera de resucitar a su ejército de muertos.

—Tengo que comprobarlo, MaryAnn —dijo Manolito, cogiéndole la cara con las dos manos—. Tengo que asegurarme de que nada te hará daño.

—¡Vaya! Eso si que es un insulto, hermano —dijo Riordan, pero no pudo evitar la sonrisa que le iluminó todo el rostro. Aquellos dos lo tenían muy mal, pensó. Testarudos como mulas pero, aún así, sólo tenían ojos para mirarse el uno al otro.

MaryAnn hundió la cara en el hombro de Manolito y le echó los brazos al cuello.

—Llévame a algún lugar seguro donde pueda respirar. —Ella quería tocarlo, inspeccionar cada centímetro de su piel para asegurarse de que no había sufrido daño alguno.

—En realidad, tenemos algunos asuntos importantes de que hablar. —Riordan volvió a intentarlo, sabiendo que no serviría de nada, pero con la certeza de que en el futuro tendría unos cuantos motivos para lanzarle pullas a su hermano. Manolito, el grandullón malo, era como un muñeco en manos de su compañera eterna—. Como, por ejemplo, el de los lobos. O la sangre contaminada. O qué ocurrió en el mundo de los espíritus.

Manolito levantó en vilo a MaryAnn, ignorando a su hermano menor.

—Conozco un lugar que te encantará.

Riordan entornó los ojos.

—Supongo que os dejaré solos. —Su sonrisa se ensanchó al ver que ninguno de los dos le prestaba atención—. Yo me ocuparé de Solange y Jasmine esta noche si vosotros dos, ya sabéis, queréis disfrutar de un momento a solas. —Ellos ni siquiera se dignaron a mostrarse agradecidos. Riordan sacudió la cabeza y se disolvió en el aire. Esa noche sería inútil intentar sonsacarle información importante a cualquiera de los dos.

MaryAnn cerró los ojos y dejó descansar la cabeza en el pecho de Manolito. Quizá no se acostumbraría nunca a volar por los aires, pero siempre y cuando él la estrechara de esa manera contra su pecho, disfrutaría de sus brazos. Le llegó el frescor del viento y la bruma al rostro, y se sintió segura cuando él despegó de la copa de los árboles con ella hacia su destino sorpresa.

Manolito no tardó en encontrar la entrada a la caverna subterránea que había descubierto hacía unos años. En la isla sólo había dos zonas en que el terreno se pudiera llamar montañoso, y estaba cubierto por una selva espesa. Una cascada se derramaba en una laguna de donde nacía el afluente del río que rodeaba la isla, volviéndose más torrentosa y turbulenta a medida que avanzaba entre las rocas y se derramaba en el curso fluvial más grande.

MaryAnn miró a su alrededor cuando Manolito la dejó en tierra.

—Es sobrecogedor. —Las flores trepaban por los troncos de los árboles, exhibiendo una increíble variedad de colores. El ruido del agua se añadía a la belleza y naturaleza salvaje de aquel lugar, que parecía una crisálida personal y privada donde nadie los molestaría.

Manolito hizo un gesto hacia la cascada, y la corriente de agua se abrió como una cortina para dejar ver un saliente por detrás. Cogió a MaryAnn y dio un salto para cruzarla y dejarla al otro lado.

—Esto ha sido un descubrimiento maravilloso.

—Es verdaderamente bello —asintió ella, intentando reprimir su inquietud por los insectos que pudiera haber por allí. Bichos y murciélagos—. ¿No hay millones de bichos diferentes en las cuevas? —preguntó, con un hilo de voz.

Manolito rió.

—Pero si acabas de luchar contra un vampiro, MaryAnn.

—Sí, vale, pero no creo que la loba venga corriendo porque yo vea reptar un insecto, por mucho miedo que tenga.

—Eso es verdad —dijo él, riendo.

Con un movimiento rápido del brazo, Manolito apuntó hacia lo que parecía una grieta en las rocas y enseguida la luz dejó a la vista el relieve del túnel que seguía. Se deslizó dentro y se apartó para que MaryAnn viera con claridad las paredes del túnel que se internaba en las profundidades de la montaña. Unas hileras de antorchas proyectaban sombras que bailaban en el interior e iluminaban los dibujos en las paredes rocosas.

Él hizo un gesto para que ella fuera por delante. Al verla vacilar, la cogió de la mano, la acercó a él y la besó en el cuello.

—A tu loba le encantará este lugar.

Ella se relajó al apoyarse en él y echó atrás la cabeza para mirarlo.

—Estoy segura que sí, pero yo pensaba más bien en algo así como un hotel de cinco estrellas. ¿Es que es pedir demasiado? Quiero decir, venga, Manolito, ¿una cueva? ¿Acaso tengo aspecto de mujer exploradora de lugares oscuros entre nidos de bichos?

Ni siquiera le había mencionado los murciélagos, y quizá se estuviera comportando como una niña mimada, pero ¿los carpatianos no creían en los hoteles?

—No tengo suficiente insecticida para algo como esto.

—Yo me encargaré de los bichos. Dale una oportunidad. Ya verás que te fascinará.

MaryAnn dejó escapar un suspiro. Manolito tenía esa sonrisa, y esos ojos, y su risa, aunque la tuviera presente en su pensamiento, le provocaba un aleteo en el estómago. Ahora estaba mentalmente fundida con él y captó que la encontraba «mona». Jamás se habría descrito a sí misma como «mona», pero qué diablos, lo aceptaría ya que él disfrutaba del momento. Manolito no era un hombre que riera demasiado así que, de acuerdo, pensó, entraría en su cueva.

—Ahora entiendo de dónde te viene tu mentalidad de neandertal si te pasas el tiempo metido aquí dentro —murmuró, pero se adentró en la grieta, cuidando de no tocar los lados de la roca.

Tuvo que reprimir el miedo y se obligó a dar unos pasos hacia el interior, justo lo suficiente para que él también entrara. Estaban uno junto al otro, y el calor que despedía Manolito la reconfortó mientras observaba las pinturas de animales en la roca. Era como la exhibición de un museo de arte, con obras que abarcaban siglos. Unas figuras rudimentarias de líneas sencillas daban lugar a dibujos más elaborados y detallados, todos de una belleza singular capaz de transmitir cierto sentido de atemporalidad. Las pinturas describían a una sociedad de jaguares. Algunas tenían forma humana, otras se encontraban a medio camino de la mutación y otras ya habían adoptado toda la morfología del felino.

—¿Crees que vivieron juntos alguna vez como se muestra aquí? —le preguntó MaryAnn, tocando la oreja de un jaguar con la yema de los dedos—. Es la fogata de campamento. Los hombres abrazan a las mujeres y los niños juegan. ¿Alguna vez fue así?

—Yo llevo mucho tiempo en este mundo, y nunca he visto algo como esto. Sin embargo, tanto el jaguar como el licántropo tenían sociedades muy cerradas. Luché junto a ellos en alguna ocasión, pero nunca los vi en su propio entorno.

—Deberías mostrarle esto a Luiz.

Manolito se encogió de hombros.

—Quizás algún día. Es uno de mis lugares de descanso preferidos, y rara vez permitimos que otros sepan dónde descansamos.

MaryAnn creyó captar algo en su voz. Cierta tristeza. O, quizá, cautela. Se quedó quieta y se dejó ir hacia él.

—Temes que Luiz no sobreviva.

Él la estrechó en sus brazos.

—He descubierto que tener emociones, sobre todo miedo, puede acarrear problemas. Me preocupa esa posibilidad. Me cae bien ese hombre. Creí haberlo convertido sólo porque tú me lo pediste, pero ahora no estoy tan seguro.

Ella se giró en su abrazo y deslizó las manos por su cabellera hasta llegar a la nuca.

—Si no sobrevive, no será culpa tuya. Le has dado todas las

oportunidades, más de lo que jamás habría podido tener. Y gracias, lo hayas hecho por mí, por él o porque es un amigo. Gracias.

Él la besó en la punta de la nariz.

—Ha sido un placer —dijo, y le cogió la cara con ambas manos—. Tengo que comprobar por mis propios medios que el vampiro no haya dejado alguna sustancia que pudo hacerte daño. Sólo necesito un minuto.

—Riordan ha hecho un buen trabajo de curación. Me duele un poco pero, aparte de eso, el hombro y el estómago ya apenas los siento.

Él no discutió, sólo se despojó de su cuerpo físico y dejó que su espíritu entrara en ella, tomándose su tiempo para comprobar que ningún parásito hubiera permanecido oculto a ojos de Riordan. Cuando volvió a recuperar su cuerpo físico, MaryAnn se estaba dando golpecitos en el pie.

—¿Satisfecho?

—Sí. Por ahora. Más tarde, tengo la intención de revisarte cada centímetro de piel.

—Perfecto. Yo haré lo mismo contigo.

Manolito la miró y sonrió.

—Ven, te enseñaré este lugar. —Hizo un gesto hacia la entrada y la grieta en las rocas crujió. Fue tal el susto que se llevó MaryAnn que estuvo a punto de trepar a los hombros de Manolito.

—¿Qué diablos ha sido eso? —Literalmente se había prendido de él—. Creo que esta cueva está a punto de derrumbarse sobre nuestras cabezas.

Él intentó reprimir la risa. MaryAnn se aferraba a sus hombros con las uñas y movía la cabeza de un lado a otro, con los ojos desmesuradamente abiertos. Él no pudo evitarlo y su risa estalló como un rugido.

—Estoy cerrando la puerta.

—Ah, no, eso no. —MaryAnn se había cogido de su cabeza y casi lo cegaba—. Y deja de reírte. No tiene ninguna gracia. No pienso quedar atrapada en una cueva, ni siquiera por ti. Serás un hombre estupendo, pero hasta eso tiene sus límites.

Los dos lados de la roca se unieron en medio de un chirrido horroroso que arrancó un grito de terror a MaryAnn. Las antorchas titilaron y la luz bailó como si fuera a apagarse. Ella le cogió el pelo con las dos manos y tiró de él.

—Sácanos de aquí —dijo.

Manolito la cogió con un brazo y la desprendió de su asidero hasta que ella volvió a poner los pies en el suelo.

—No queremos que entre luz a través de la cascada. La idea es que aquí estamos a salvo. Tenemos aire. Yo me ocuparé de los bichos. Confía en mí, MaryAnn, esto es mejor que un hotel de cinco estrellas.

Ella lo clavó con la mirada. Una mujer podría perderse en el amor absoluto que emanaba de sus ojos. Esxpiró lentamente, más calmada.

—Vale, en ese caso quisiera pedir servicio de habitaciones.

—Tengo la intención de darte todo lo que pidas.

La caricia aterciopelada de su voz le hizo sentir un escalofrío en la espalda.

—No sé cómo te lo haces para superar mis defensas, Manolito, pero lo has conseguido.

La sonrisa con que él le respondió casi la dejó sin aliento.

—He hecho trampa. Es probable que vaya al infierno, si tal lugar existe, porque temo que no me arrepiento de mis actos como es debido. Te he robado bajo las narices de nuestros mejores cazadores, MaryAnn.

Ella rió.

—Suenas como si te estuvieras jactando.

Él le besó la comisura de los labios.

—Quizás, un poco. Al fin y al cabo, es necesario que sepas que tu hombre de las cavernas puede traer un dinosaurio a casa.

Ella miró a su alrededor con un gesto de aprehensión.

—Supongo que bromeas.

Él le metió la mano en el bolsillo trasero de su pantalón para conducirla por el largo y serpenteante túnel. En el camino había antorchas encendidas, una luz tenue que le demostró que Manolito cumplía su promesa porque ahí donde mirara no se veían bichos.

—He estado pensando mucho en esta historia de carpatianos y lobos entre tú y yo —dijo, intentando no mirarle más el trasero. Manolito tenía un buen culo.

Él rió por lo bajo.

—Estaba justo pensando lo mismo acerca de ti.

—¿Qué? —preguntó ella, fingiendo inocencia.

—Trasero. Culo. Como quieras nombrar a esa parte concreta de tu anatomía. El tuyo es muy bonito. Justo pensaba en lo bien que te sientan esos tacones rojos. Me dejas sin aliento, mujer. —En realidad, era bastante más que eso. A cada paso que daba, Manolito se ponía más duro y grueso. Gracias a aquella sólida fusión mental entre ambos, saber que ella pensaba el mismo tipo de cosas no hacía más que aumentar sus ganas.

Quería despojarla de su ropa e inspeccionar cada pliegue de su piel para cerciorarse de que no corría peligro. Y jamás volvería a dejar que se apartara de su vista, al menos durante mucho, mucho tiempo.

De pronto se giró y la atrajo a su lado y la besó con fuerza, le deslizó la lengua en la boca para jugar y bailar y volver a reclamarla como suya.

MaryAnn reconoció el asomo de desesperación oculto en su hambre. Se apartó y le acarició el pelo.

—¿Qué ocurre?

Era su voz, y esa manera suya de metérsele en la cabeza sin mayor esfuerzo, dándole calidez y arropándolo con su amor. Ahora lo sentía, ahí donde antes no estaba. Ignoraba qué había hecho para ganárselo, pero estaba agradecido.

Apoyó la frente contra la cabeza de MaryAnn y cerró brevemente los ojos mientras inhalaba su esencia.

—No podían matarme físicamente en el mundo de los espíritus, así que intentaron matarme el alma.

MaryAnn sintió el temblor involuntario que lo sacudió.

—¿Cómo? Cuéntame lo que has vivido.

Él sabía que MaryAnn no se daba cuenta de que en su tono había una orden oculta. Ella deseaba aliviarlo del dolor de aquellos recuerdos. Le acarició el pelo, deslizó la mano hasta sus hombros y brazos, y volvió a los hombros. Con cada caricia, quería compartir, aliviar. Su MaryAnn. No había nadie en el mundo como ella. Le cogió el mentón e inclinó la cabeza para llegar a su boca. Ella se dejó ir contra él, su cuerpo suave y dúctil, casando perfectamente con el suyo.

—Cuéntamelo —murmuró.

Él cogió aire, luchando contra las imágenes en su mente. No podía volver allí, ver nuevamente cómo MaryAnn era víctima de aquellas brutalidades. Ella se quedó boquiabierta y Manolito supo que también lo veía.

—No pasa nada. Nada de eso ha ocurrido. Maxim intentaba engañarte.

—Ignoraba lo de la loba —dijo él, y le tiró suavemente de un rizo—. Tu loba nos salvó por todo lo alto.

Ella le sonrió.

—Por supuesto que sí. Mi loba es absolutamente fría.

—Tu loba es caliente —corrigió él y la hizo girarse.

La habitación era ovalada y profunda, espaciosa. Miles de cristales de colores cubrían las paredes. La luz de las antorchas los hacía relucir proyectando el arco iris de sus prismas por toda la habitación. La cama era enorme, una cama de columnas de una madera exótica y estructura de hierro forjado. MaryAnn se acercó y pasó la mano por una de ellas. En cuanto la tocó, supo que él la había fabricado.

—Esto es real.

Él asintió con un gesto de la cabeza.

—Me gusta trabajar con las manos. Mis hermanos dicen que es mi vicio. —La condujo hasta la cabecera de la cama, donde podía ver el respaldo. Había dos pequeñas mesas a los lados, pero a MaryAnn le llamó la atención la cabecera. En ella vio tallados unos símbolos y jeroglíficos, además de unos pequeños anillos de hierro encastrados en la madera.

—¿Qué dice aquí?

—Es una lengua antigua.

—¿Y? —preguntó ella.

—Para darle únicamente placer a *ainaak sivamet jutta*.

—Eso también tendrás que traducirlo.

—Para siempre a mi corazón unida. Mi amor. Mi mujer. Mi compañera eterna. *Tú*.

—¿Has hecho esta cama para mí?

—La fabriqué para la otra mitad de mi alma. Sí. Para ti. Vertí en ella todo lo que sentía por ti. Cada sueño, cada fantasía. Intentaba pensar en todas las maneras de darte placer y asegurarme de que estaba preparado para ello. Estudié todas las nuevas ideas de cada siglo sobre el placer de los sentidos, las ideas de todas las culturas, y aprendí todo lo que pude.

La idea era casi aterradora.

—Yo no tengo tanta experiencia, por así decir, Manolito.

—La fusión de las mentes es una cosa maravillosa —señaló él—. ¿Y, te agradan las dependencias? Tenemos privacidad, calor y te puedo asegurar que la cama es de lo mejor que hay.

De eso no tenía la menor duda. Manolito no hacía nada a medias.

—Vale, es verdad que es de cinco estrellas. Pero ¿dónde está el personal de servicio?

Él la miró con esa sonrisa sensual y pecaminosa que la quemaba lentamente y penetraba en su cuerpo.

—Tengo planes para prestar servicios toda la noche. ¿Te he dicho que me encanta tu blusa? —preguntó, y deslizó las manos hasta llegar a las tiras de cuero doradas alrededor del cuello. Éstas cayeron de manera que la blusa resbaló aún más. Le rozaba el comienzo de los pechos, y ahora los pezones rosados lo observaban como dos ojos—. Oh, sí, me fascina esta blusa —repitió, y se inclinó para hacer bailar la lengua sobre uno y luego el otro.

Ella se estremeció al sentir su cabellera contra su desnudez, como una cascada de seda de medianoche en la que no pudo evitar hundir los dedos.

—Quítate la camisa, Manolito.

Él se apartó y le llevó las manos a los botones.

—Quítamela tú —dijo él, y fue como si la quemara con sus ojos negros y ardientes.

MaryAnn desabrochó uno a uno los botones y, a medida que avanzaba, su respiración se volvió más pesada. Con las palmas apoyadas en su pecho, hizo que la prenda se deslizara por encima de sus anchos hombros. Se la quitó y la dejó caer. La piel de Manolito brillaba bajo la luz cambiante. Dios, qué bello era. Hecho como un hombre tenía que ser. Si eso hacía de ella una mujer superficial, que así fuera; estaba dispuesta a asumirlo. Deslizó la palma de la mano por los músculos bien definidos de su pecho y luego bajó hasta su cintura delgada y a sus duros músculos abdominales.

Por encima de ella, Manolito tenía unos rasgos fuertes, la mandíbula, la nariz y los pómulos salientes. Mantenía la barbilla en alto, mirando por encima de la cabeza de ella mientras MaryAnn lo besaba a lo largo de sus músculos bien delineados.

—Tendrás que quitarme los zapatos si quieres hacer lo mismo con los pantalones —señaló.

A ella le dio un vuelco el corazón y miró a Manolito a través de sus largas pestañas, mientras él seguía mirando un punto por encima de su cabeza. Ella se humedeció los labios y se agachó para aflojarle los cordones de los zapatos. Sabía que Manolito podía deshacerse de su ropa sólo con pensarlo, pero no quería que lo hiciera y quizás él lo había captado en su mente. Quería guardarse para sí el sensual gesto de despojarlo de su ropa y desvelar su cuerpo, un regalo, un tesoro, sólo para ella.

Manolito levantó el pie y la dejó quitarle el zapato y los calcetines. Ella se demoró acariciándole el tobillo y subiendo por el gemelo, antes de pasar al otro zapato. Los dejó a un lado y se incorporó para cogerle la cintura del pantalón. Su blusa cayó todavía más abajo, hasta quedar en pliegues sobre la cintura, dejándole los pechos a la vista. El aire frío le endureció todavía más los pezones, pero MaryAnn encontraba erótico arrodillarse frente a él, semidesnuda y con los pechos al aire mientras él esperaba que ella lo desvistiera.

A Manolito le faltaba el aire, extasiado ante la bella MaryAnn, que lo miraba de esa manera tan seductora. Era una suerte para ella que él tuviera suficiente control de sí mismo para darle todo lo que le pidiera, porque en ese momento sólo pensaba en levantarla y hundirse en su cuerpo. Ella quería jugar. Manolito vio que se humedecía el labio inferior con la lengua, y centró toda la atención en su boca. Estaba sólo a unos centímetros del grueso bulto en su pantalón. Lo separaba del paraíso sólo una delgada tela, ya estirada al máximo.

Cerró los ojos brevemente cuando sintió que sus dedos bailaban en la abertura y lentamente separaba la tela. Su erección asomó como un resorte, palpitando de deseo. Ella rozó el prepucio sensible con la mejilla mientras le bajaba los pantalones, pidiéndole que se los quitara. Deslizó los dedos pierna abajo, por el interior del muslo y le cogió los huevos en una mano. Él dejó escapar una bocanada de aire. Su miembro dio un respingo cuando ella sopló aire tibio y apenas rozó la gruesa punta con los labios.

Él tragó aire y le hizo levantar la cabeza.

—Acuéstate en la cama para mí —pidió.

—Pero yo quería...

—Te daré lo que quieres. Sólo hazlo por mí.

Lentamente, mientras él le sostenía la mirada, MaryAnn se tendió en la cama. Él le acomodó las piernas transversalmente y la presionó suavemente en el hombro hasta que ella acabó de tenderse, con la cabeza al borde de la cama y la cabellera cayendo hacia el suelo. Con gestos suaves, él le quitó las botas y las dejó junto a sus zapatos. El contacto de sus manos fuertes en sus pantorrillas despertó pequeñas chispas de excitación en su torrente sanguíneo. Tiró de sus vaqueros hasta que ella levantó el trasero y lo dejó quitárselos del todo. Quedó tendida en la cama con sólo la blusa alrededor de la cintura.

Manolito fue hasta el lado de la cama donde descansaba la cabeza, la cogió por los hombros y tiró hasta que MaryAnn quedó con el cuello fuera de la cama y la cabeza echada hacia atrás. Tenía los pechos apuntando hacia arriba y los pezones eran dos puntas duras que imploraban su atención.

A ella se le aceleró el corazón. Se sentía algo vulnerable y expuesta en esa posición. Las luces del arcoiris bailaban por su cuerpo, como si la iluminaran las candilejas. Sentía la humedad entre las piernas, que ahora aumentaba, y hasta la última terminación nerviosa temblaba de expectación.

Él abrió las piernas, imponente, por encima de ella. Tenía la polla hinchada, gruesa y larga, y los huevos suaves y apretados.

—Échate hacia atrás para cogerme —le dijo, con la mirada clavada en su boca.

MaryAnn tembló de pies a cabeza con el repentino deseo de complacerlo. De tenerlo. De hacer que se inflamara por ella. Él la hacía sentirse tan sensual y tan deseada que sólo bastaba un roce de su mirada. Ella estiró los dos brazos para cogerle los huevos y pasarle las uñas ligeramente sobre el apretado saco para memorizar su textura y forma. De pronto, Manolito respiró con un silbido y ella sonrió y se pasó la lengua por los dientes. Él quería mantener el control, pero el roce de sus dedos, un ligero apretón de sus manos o su lengua bailando antes de cogerlo en la boca le decía a ella que tenía mucho más poder sobre su cuerpo de lo que había imaginado al principio.

Él murmuró algo y se acercó aún más. Sus manos encontraron el largo pelo rizado.

—Deslízate un poco hacia abajo, *meu amor*. Así. Así me gusta. Ahora me puedes coger mejor.

MaryAnn tenía la cabeza arqueada hacia atrás, los pechos apuntando hacia arriba, toda ella tendida como un festín. Para poder controlar, Manolito se rodeó la base de la polla con una mano y deslizó la cabeza en su boca expectante, jugando con sus labios. Ella hizo bailar la lengua y lo engulló, largo y lento, girando levemente al final, como si estuviera chupando el helado de un cucurucho.

Lo hizo esperar. Un segundo. Dos. El mundo quedó quieto. El

tiempo se detuvo y el corazón le dio un respingo. MaryAnn lo engulló como un guante de seda, se deslizó por su polla, haciendo bailar la lengua por debajo de su prepucio y luego por encima, provocándolo y yendo de un lado a otro mientras lo chupaba.

Él avanzó las caderas de golpe. Emitió un ruido que se parecía sospechosamente a un gruñido. Se sintió barrido por una ola de placer que le recorrió todo el cuerpo como una droga. Más que placer, era amor. Con la polla en su boca, dudaba que pudiera experimentar otra cosa que lujuria. Pero quizás era el amor lo que alimentaba su lujuria, porque no podía imaginar otra mujer más bella ni más sensual. No imaginaba que pudiera sentir por nadie más ese deseo, tan intenso como una tormenta que se lo llevaba por delante. El aire salía de sus pulmones con sucesivas explosiones. Tembló de arriba abajo y una sensación de fuego le recorrió la espalda.

Ella volvió a chuparle lentamente la polla, arriba y abajo, mirándolo, atenta a su reacción. Él la sentía en su mente, compartiendo el fuego, compartiendo cada ola de sensaciones que ella despertaba al tomarlo más y más profundamente en su boca caliente y apretada.

Él la cogió por el cabello. Lanzó las caderas hacia adelante, sirviéndose de su propia mano para que cada movimiento fuera breve mientras le llenaba la boca. Su lengua era de un áspero aterciopelado cuando lo lamió por abajo, y luego volvió a engullirlo, más profundamente. MaryAnn mantenía la mirada fija en sus ojos, desgarrándole el corazón y el alma mientras él miraba cómo lo tragaba, observaba el deseo puro y duro que le encendía la mirada.

Entonces volvió a tomarlo entero en la boca, lenta y profundamente, manteniéndola apretada y la lengua aplanada mientras lo presionaba, y de pronto levantó la cabeza con un gesto rápido, acoplándose a su embestida, cogiéndolo más adentro, hasta que él sintió que unas descargas de fuego le recorrían la entrepierna.

MaryAnn sentía que estaba a punto de inflamarse. Tenía los pechos hinchados y le dolían, suplicando que él les prestara atención. Su entrepierna palpitaba y estaba bañada por la calentura. Ahora Manolito emitió un ruido ronco de placer que acabó vibrando en ella, de manera que las paredes de su vagina se contrajeron y temblaron e imploraron piedad. Él le tiraba del pelo con cada impulso cuando empezó a perder el control, atrayéndola hacia sí a medida que llegaba cada vez más adentro.

—Más fuerte —pidió.

Ella sintió que se hinchaba y supo por su gruñido ronco que estaba cerca. No podía moverse, y permanecía clavada bajo él, que le cogía la cabeza y la movía, con movimientos breves y tensos mientras ella le recorría la polla de arriba abajo. Él modificó el ángulo del cuello para permitirle ir más adentro.

—Relaja la garganta —dijo, con voz ronca y la respiración entrecortada—. Sí, así. Así. Aprieta hacia abajo. —Ahora los movimientos eran más rápidos, breves y duros, pero él usaba la postura para llegar más adentro, y con cada tirón de pelo enviaba latidos de placer que la recorrían de arriba abajo.

—Tienes que parar, *¡sivamet!* —Su voz ya no era la de siempre, tan grave, al borde de la desesperación. Porque no podía. Porque aunque la había clavado a la manera tradicional de los suyos, no podía apartarse de aquella cavidad húmeda y suave, apretada mientras lo chupaba. Era un placer tan carnal al que abandonarse, y dejarse complacer—. Para antes de que sea demasiado tarde.

*La manera tradicional de los suyos.* ¿De dónde le había venido ese pensamiento? ¿Por qué ese deseo tan avasallador de sostenerla mientras entraba y salía de su exquisita boca?

MaryAnn lo quería entero, todo, estaba desesperada por él. Se sentía al borde mismo de la locura, hambrienta de lo que él le ofrecía. A Manolito se le endureció la polla y se sacudió. Creció y se llenó. Había algo terriblemente erótico en esa postura, ella espatarrada sobre la cama, clavada en su lugar, sabiendo que lo arrastraba a un punto más allá de todo control, aún cuando él la controlara a ella. Sabía que era el lobo. Sintió el olor a almizcle del lobo macho cuando él empujó con fuerza, ahora con manos duras y con la polla sacudiéndose y los chorros de semen caliente que estallaban en ella. Era la manera del lobo de dominar y, viéndolo allá arriba, observó las luces de color ámbar brillando en la profundidad oscura de sus ojos.

Él estiró la mano hacia sus pechos y tiró de sus pezones mientras ella lo engullía. Sin previo aviso, él sencillamente se dobló sobre ella, cubriéndola con todo el cuerpo, y hundió la cabeza entre sus piernas. MaryAnn no podía respirar. Ni pensar. Se sacudió y se arqueó cuando él penetró profundamente en ella con la lengua. Se vio obligada a girar la cabeza y dejarlo ir, y lo único que él hizo fue cogerla por las caderas y levantarla hacia su boca hambrienta. Se le nubló la visión. Su cuerpo le pertenecía. A sus manos y a su boca y a su polla larga y poderosa.

*Te quiero en cuerpo y alma.*

Aquel susurro de voz habría abatido sus últimas defensas, si las hubiera tenido.

*Te pertenecen.*

*Conmigo estás a salvo.* Y lo estaba. Mientras viviera y respirara, incluso más allá, la protegería y la veneraría.

La lengua de Manolito había encontrado el calor húmedo, la miel tibia de sus piernas y se refociló en ello mientras tomaba lo que quería. Ella arqueó violentamente las caderas y respiró en medio de sollozos mientras él la devoraba. Su cuerpo estaba todo maduro para él, sacudiéndose con su primer orgasmo, cuando él ya la lanzaba hacia un segundo clímax, con sus dedos bailando y hundidos en ella. MaryAnn gritó su nombre, que fue música para sus oídos, aquel ruido suave, áspero, con la respiración entrecortada, casi imposible de escuchar cuando ella se apretó contra él en un intento de alcanzar la liberación. Su clímax no hacía más que añadirse a la presión que no paraba, hasta que ella comenzó una especie de canto. *Por favor, por favor, por favor.*

Manolito levantó la cabeza y la atrajo a su lado, cogiéndola en sus brazos y levantándose hasta quedar de pie.

—Rodéame la cintura con tus piernas, MaryAnn —dijo, con voz ronca e hipnótica.

—No me quedan fuerzas. —Y era verdad. Los brazos y las piernas le pesaban y toda ella seguía temblando tras los sucesivos orgasmos. Aún así, se cogió de sus hombros mientras lo rodeaba con las piernas.

—Yo tengo fuerza por los dos. No aflojes, *sivamet.*

Ella se cogió cerrando los tobillos a su espalda mientras él se inclinaba sobre ella. Su grueso prepucio penetró a través de sus suaves pliegues y la sensibilidad de sus terminaciones nerviosas era tan intensa que dejó escapar un grito y hundió la cabeza en su hombro.

—No sé si puedo hacerlo —murmuró—. Es demasiado, cada vez, es demasiado.

¿Cómo iba a sobrevivir si toda ella ya se había fundido? Su deseo era insaciable, y la presión siguió aumentando cuando él se retiró y ella intentó cerrar los músculos para retenerlo.

Manolito la cogió por el pelo y le tiró de la cabeza para encontrar su boca. Necesitaba besarla. Sentirse parte de ella, estar dentro de ella. La miró a los ojos y vio en ellos el deseo, caliente y desbordante de un amor intenso. Sintió que el corazón le daba un vuelco y volvió a besarla, con un ritmo suave que la estimulara a montarlo. Le cogió el culo y la levantó, le enseñó, sintiendo el calor sedoso como una descarga cuando ella apretó los músculos.

Manolito estaba que ardía. Un fuego devastador se apoderó de su polla y se derramó sobre el resto de su cuerpo hasta el último rincón. La necesidad primitiva de poseerla era una lujuria oscura que no podía detenerse ni se detendría. El deseo ardiente, la lujuria, el amor, la pasión y la excitación se fundieron en una sola sensación cuando ella cerró los músculos a su alrededor y las paredes sedosas se contrajeron hasta que él sintió que se ahogaba entre el placer y el dolor.

Entonces volvió a moverse y la dejó de espaldas en la cama, de modo que él quedó suspendido sobre ella, viendo cómo los dos se corrían juntos, como ella se estiraba hasta lo imposible para acogerlo. La visión de MaryAnn aceptándolo dentro de ella era tan erótica que lo sacudió. Su apretada hendidura estaba suave como el terciopelo pero quemaba, hasta que él perdió toda capacidad de pensar y de controlar y empezó a embestirla cada vez más profundamente, dejándose llevar por ese placer al rojo vivo.

Ella se levantaba para acoplarse a cada una de sus embestidas, pidiéndole más y más, hasta que él sintió su orgasmo barriéndola como una tormenta de fuego, cogiéndolo a él y arrastrándolo, chupando y exprimiendo mientras unas descargas como relámpagos se deslizaban por su polla y lo hacían estallar en lo profundo de su interior, chorro tras chorro, mientras ella lo cogía con fuerza. Permaneció tendido sobre su cuerpo un buen rato, pronunciando su nombre casi sin aliento, acariciándole la espalda, empeñado en controlarse cuando su cuerpo ya no le pertenecía.

La levantó suavemente hasta la cama y se tendió a su lado, sintiendo que las piernas ya no le respondían. Ella se acurrucó a su lado y le echó los brazos al cuello y apretó los pechos contra su torso, toda ella todavía temblando de placer.

—Creo que sigo vivo —dijo él, con un leve dejo de humor en la voz.

—Yo no. —Estaba cansada. Estaba agotada, pero cada vez que él se movía, su cuerpo reaccionaba.

Él se acercó y siguió la línea de su cuello con la boca hasta los pechos generosos, y ella aguantó la respiración al sentir sus incisivos pincharle la piel. El instinto empezaba a dominar, y ella deseaba lo que él le ofrecía. Se arqueó y se acercó aún más a él, pero Manolito apenas le rozó el pecho con la lengua, se separó y quedó tendido a su lado.

Era demasiado tarde para él. Había tomado de la sangre de MaryAnn en varias ocasiones, tanto que ahora sabía que la infección hacía estragos en su organismo. Su sangre carpatiana le impedía sentir muchos de los efectos pero, aún así, sabía que el lobo ya estaba dentro de él. Sin embargo, no era demasiado tarde para ella. Él sólo tendría que mantener el control en todo momento. Hacer el amor con ella era lo más peligroso porque la necesidad, y la sed de su sangre era en él permanente.

Ella guardó silencio un rato largo, escuchando el ritmo combinado de sus latidos. Al final, se apoyó en un codo y se giró para poder mirarlo.

—Manolito, estoy en tu pensamiento y percibo tu necesidad de convertirme. No sólo deseas hacerlo, sino que todos tus instintos te lo exigen.

Él deslizó la mano hasta encontrar su nuca.

—Eso me importa poco. Tu seguridad y tu felicidad son más importantes que cualquier otra cosa.

—Riordan me dijo que todavía corrías el riesgo de convertirte en vampiro.

—Lo has entendido mal —dijo él, y empezó a masajearle suavemente el cuello para aliviarle la tensión—. Ahora estamos unidos, tú y yo, y no me puedo convertir. Elegiré una vida contigo, ya sea aquí o en tu querida ciudad de Seattle —dijo, y la miró con una gran sonrisa—. ¿Lo ves?, ya empiezo a leer tu pensamiento cuando me lo propongo.

—¿Qué significa eso?

—Yo envejeceré y moriré, como tú. Los licántropos también son longevos, pero no tanto como los carpatianos. Cuando tú entregues tu vida, también lo haré yo.

Ella guardó silencio y se lo quedó mirando, sondeando su mente. Buceando en lo más profundo, encontró... al lobo. Siempre había sabido que surgiría, pero ahora sentía su poderosa presencia. Eso, combinado con sus características de carpatiano, haría de él un hombre difícil de manejar, y por eso era una suerte tener a su loba para ayudarle a orientarse.

—Quiero volver a Seattle con frecuencia para ver a mi familia.

—Por supuesto.

—Y tú serás un hombre encantador y nada mandón.

Él frunció el ceño.

—Todo elmundo dice que soy un hombre encantador.

—¿Quién lo dice? ¿Tú y tus hermanos? —preguntó ella, con un ligero bufido de incredulidad—. Cuando vayamos de visita, tendrás que actuar como un ser civilizado y no como un carpatiano ni un lobo. No quiero que mi madre se altere.

—¿Le preguntarás algo acerca de aquello?

—No lo sé. Aún no lo he decidido. Pero lo que sí sé es que si Solange y Jasmine se quedan en Brasil, estén donde estén, necesitarán mucha ayuda. Creo que deberíamos tratar de tener una casa cerca de ellas, además de la de Estados Unidos.

—Estoy de acuerdo, y creo que es una solución perfecta. Jasmine quiere ir a vivir a la hacienda, pero Solange tendrá problemas con eso. Y, de verdad, MaryAnn, en mi opinión nunca debiera estar cerca de mi hermano Zacarías, que no acepta un no por respuesta. Jasmine lo juzgaría con demasiada dureza, sin entender que su palabra tenía que ser, y sigue siendo, la ley. Fue él quien nos salvó a todos de convertirnos en vampiros. La oscuridad está en él, y todos nos andamos con pies de plomo para no llevarlo hasta el límite.

MaryAnn intuía el dolor y la pena de Manolito por su hermano mayor. Era evidente que amaba y respetaba a Zacarías por encima de todos los demás. Le apartó un mechón de pelo con gesto tierno y se inclinó para besarlo. Aquellas sombras en sus ojos, la pesadez que anidaba en su corazón, eran casi más de lo que podía soportar.

—Crees que a la larga lo perderéis —afirmó, en lugar de preguntar.

Manolito se echó hacia atrás con las manos en la nuca y se quedó mirando los cristales destellantes que cubrían el techo. Luego suspiró.

—Zacarías es un gran hombre, *meu amor*, es muy inteligente, y muy poderoso. Se ha plantado delante de mis hermanos y nos ha protegido de la necesidad de matar para darnos más tiempo. Cada vez que matamos, nuestras almas se vuelven más oscuras.

—¿Podéis, tú y Rafael...? —dijo, y calló. ¿Qué iba a decir? ¿Acaso quería que Manolito cazara al vampiro?

Él negó sacudiendo la cabeza.

—Jamás nos permitiría hacer algo así en su lugar. Cree que es responsable de nosotros. Ya he visto que la oscuridad en él es fuerte. Yo mismo he estado tan cerca de convertirme que debería saberlo. Incluso cuando penetré en el otro mundo, los demás habitantes lo sabían. Al cabo de un tiempo, la oscuridad es poderosa, hasta que ya no sabes si puedes resistirte a la tentación de sentir algo. Cualquier cosa.

—Pero sois tres los que habéis encontrado a vuestras compañeras eternas. Eso debería darle esperanza.

—No puede sentir esperanza, no la suya propia. Sólo puede sentir nuestra esperanza por él. Ni aunque encontrara a su compañera eterna. Creo que sería demasiado difícil para una mujer de la sociedad moderna convivir con alguien como él. La mayoría de nuestras compañeras eternas son humanas o han sido criadas como humanas. Él es como un salto atrás hacia los tiempos antiguos. Quizás pienses que yo soy difícil pero, en comparación con él, te aseguro, MaryAnn, que soy un hombre muy moderno.

—Me alegro mucho de oírte decir eso, Manolito, porque esta mujer moderna ha tomado una decisión, y es una decisión que tomaré yo. Es mía. Tienes que entender que yo creo tener ciertos derechos. Es muy importante para mí.

—¿Y qué decisión es esa? —De pronto, Manolito parecía cauto. Y la verdad es que su actitud era de cautela. No tenía la intención de liberarla de sus obligaciones aunque fuera posible, que no lo era.

—Quiero que me conviertas. Ahora. Esta noche. Quiero compartir tu vida contigo, en todos los sentidos. —MaryAnn no hizo caso de las nubes tormentosas que le tiñeron la mirada—. No he tomado ni una sola decisión en ningún momento. Así que ésta soy yo, después de haberlo pensado, consciente de lo que hago. Digo sí, te amo y quiero ser plenamente tuya.

# Capítulo 19

Manolito se tragó la primera respuesta que le vino a la cabeza y se obligó a reprimir ese miedo repentino. Lidiar con las emociones era mucho más difícil de lo que recordaba. Si convertía a MaryAnn y la loba se resistía, podía matarla. Nadie, ni siquiera Vlad, recordaba un cruce entre una loba y un carpatiano.

—¿Manolito? —MaryAnn le recorrió la cara con la punta de los dedos, siguiendo la línea de sus pómulos con un gesto tierno y lleno de amor.

Él se tragó el nudo que tenía en la garganta y se giró en la otra dirección para que ella no lo viera luchar contra las emociones que le despertaba. MaryAnn lo sorprendía con su ternura. Con su amor. Ser su compañero eterno parecía tan sencillo, pero era mucho más complejo de lo que había imaginado. Quería que se convirtiera para él. Se sentía orgulloso de lo que era, pero, al mismo tiempo, no la pondría en peligro, no podía hacerlo.

—Pídeme la luna, MaryAnn, y yo encontraré una manera de conseguírtela. Pero no me pidas esto, porque no sabemos qué ocurrirá.

—Estás cambiando. Tú mismo lo has dicho. —MaryAnn le dejó un reguero de besos en la mandíbula y llegó hasta la comisura de sus labios—. Seas lo que seas, yo quiero ser igual. He pensado mucho en ello. Tuve tiempo de sobras mientras luchaba contra los vampiros, los hechiceros y los hombres jaguar. Es muy raro encontrar a alguien que ames, y todavía más raro que esa persona te ame a ti.

—Eso lo seguiremos teniendo —le dijo, con voz queda, y volvió a cogerla para que se tendiera sobre él—. Siempre lo tendremos. —¿Cuándo había comenzado aquello? ¿Cuándo le había puesto su mundo patas arriba? Manolito sentía un aleteo en el estómago y el corazón se le derretía en cuanto la miraba. Sus hermanos se reirían si lo vieran. Frotó el mentón contra su cabeza y sintió cómo los cabellos se prendían como finas hebras que los mantenían unidos. Con sólo pensarlo, le quitó la blusa, que hizo flotar hasta depositarla en el suelo, y empezó a acariciarle la espalda.

—¿Sientes al lobo en tu interior? —le preguntó MaryAnn. Se tendió a su lado y acomodó la cabeza en su hombro—. Porque su olor está en ti, por todas partes. Está ahí, sé que está ahí, buscando a mi loba cuando hacemos el amor. Es probable que ésa sea la razón por la que eres más dominante que cuando te vi la primera vez. —Incluso aquella primera vez, la belleza de Manolito la había dejado sin aliento—. Por eso te frotas tanto contra mí, para dejar tus olores en mi cuerpo, y eso es un rasgo de los lobos.

—Es un rasgo de los carpatianos.

Ella rió, y su risa reverberó en él como pequeñas descargas eléctricas.

—No lo digas como si fuera algo bueno. Yo no pienso abordar esta relación creyendo que todo es de color de rosa. Ya he pensado que podrías ser una persona con la que quizá sea difícil convivir.

Él le mordió el cuello, y sus dientes le rascaron suavemente el pulso en la vena. MaryAnn se quedó a la expectativa, aguantando la respiración.

—Siempre y cuando hagas todo lo que yo te diga, creo que la vida será fácil.

Ese tono provocador en su voz era casi tan sensual como esas manos con que ahora le acariciaba los pechos. Los cogió en el cuenco de sus manos y la mantuvo cerca de él un largo rato antes de deslizarse y cogerla por la cintura con un brazo y hacerla girarse para que quedara mirándolo. Su manera de hacerlo, con sus manos fuertes y seguras, y sus movimientos certeros, la hizo sentir una sacudida de excitación en toda la columna.

Jamás habría imaginado que lo desearía de esa manera. Era un dolor tan intenso que creyó que podía morir por esa mezcla de necesidad, deseo y amor. El cuerpo de él era firme y caliente, estaba duro y hambriento de ella. Lo vio en su mente, y lo sintió en su erección gruesa y dura que ya presionaba contra su muslo.

—No creas que puedes distraerme, Manolito —dijo ella, con un susurro de voz—. ¿No ves lo importante que es para mí tomar esta decisión yo sola? Tiene que ser una decisión mía.

Él acercó la boca a su cuello e inhaló su esencia cálida y femenina, satisfecho al ver que su aroma había quedado sobre su piel. Le tocó el pulso con la lengua, que hizo bailar por encima de la sensual depresión antes de acercar los labios a aquello que lo tentaba.

MaryAnn cerró los ojos. Quizá fuera verdad que pretendía distraerla. Los latidos de su corazón se acompasaron con los suyos. Tendría que haberse sentido plenamente saciada, pero no, volvía a estar deseosa de él. Entonces la tocó y aquello fue su perdición. MaryAnn dejó escapar un leve gemido y le rodeó la cabeza con un brazo para mantenerlo a su lado.

—Cuando discuto contigo, soy realmente patética.

Él le sonrió y le rozó el hombro con los labios, y aquel gesto hizo nacer en ella unas lengüetas de fuego que le recorrieron la piel hasta llegar a sus pechos. Enseguida se sintió deseosa y tensa.

—No más patética que yo a tu lado —murmuró él, y se acercó aún más para tener sus pechos firmes y suaves al alcance de la boca.

Con la lengua, Manolito la rozó en aquel pequeño punto que había conservado tanto tiempo su marca, y ella enseguida lo sintió arder y latir. Toda ella respondió, y volvió a tener entre las piernas esa sensación que ardía y latía, sólo que mil veces más intensa. Se movió sin saber qué hacer.

—¿Te importa que yo lo desee? —¿Aquella era su voz, tan ronca de expectación que casi no se reconocía a sí misma?

—Tú y tus deseos siempre me importan —respondió él, y levantó la cabeza para encontrar su mirada con sus ojos negros e inquietos.

—Lo necesito, Manolito. Como tú necesitas mi cuerpo y mi corazón. Yo necesito lo mismo de ti. Tienes que confiar en mí y pensar que puedo conocer mi propia mente.

—No es una cuestión de confianza, MaryAnn. —Manolito se giró y se apartó de ella, y MaryAnn alcanzó a ver un dejo de incomodidad en sus ojos. De algo que se parecía a la desesperación.

Ella no entendía sus sentimientos encontrados. Era bastante sencillo. Riordan había llevado a Juliette a su mundo. Manolito había hecho lo mismo con Luiz. Y ahora que ella sabía qué era esa loba que habitaba en su interior, que entendía la protección y la fuerza que le daba, se sentía fascinada. Pero aún le fascinaba más Manolito. Quería vivir toda una vida junto a él. Había captado en su pensamiento ligeros atisbos de cómo sería la realidad si ella no se convertía en carpatiana. No podría bajar a las entrañas de la tierra y él sentiría a menudo la necesidad de rejuvenecer. Por su parte, ella permanecería en la superficie, sufriendo las consecuencias de aquello. Para él no habría días, para ella, sólo unas pocas noches.

—No podemos vivir así y tener la felicidad a la que estábamos destinados —dijo ella.

Él se giró hacia ella y le deslizó la mano detrás de la cabeza, a la altura de la nuca.

—Yo puedo hacerte feliz, MaryAnn. A pesar de todo, puedo hacerlo.

—Pero yo no podría hacerte feliz a ti. Y esto lo deseo para mí, no para ti. Porque, por primera vez, entiendo lo maravillosa que puede ser la vida si la comparto con alguien. Me siento como si me hubieran regalado un milagro.

Una sonrisa le suavizó a Manolito la dureza en las comisuras de los labios.

—Así me siento yo, también, MaryAnn. Tú eres ese milagro, y pensar en la posibilidad de perderte...

—¿Por qué habrías de perderme? Juliette consiguió superarlo.

Él se mesó el pelo con gesto nervioso.

—Esto es diferente.

—¿En qué sentido? Explícame por qué es diferente.

Él dejó escapar un suspiro de exasperación.

—Ahora entiendo lo que querías decir cuando me advertías que eras una testaruda —dijo. Se sentó y volvió a mesarse el pelo con las dos manos, apartándolo hacia los hombros. De pronto, se inclinó bruscamente para besarla—. ¿Estás absolutamente segura de que quieres hacer esto?

Ella lo cogió por la nuca con los dedos encorvados y tiró de él para volver a besarlo. Su boca era como un horno recalentado, listo para incendiarse a la menor provocación.

—Quiero estar contigo todo el tiempo que pueda, y de la mejor manera posible.

Manolito soltó un bufido.

—No creas que te saldrás siempre con la tuya, *sivamet.*

Ella se tendió de espaldas y su cabellera se desparramó por la almohada.

—Por supuesto que sí —dijo, sonriendo.

Él dejó la cama de un salto y desapareció. Sencillamente se disolvió en vapor ante sus ojos y se alejó por el estrecho túnel hacia la entrada. MaryAnn sintió que el corazón le daba un bandazo en el pecho.

*¿Qué haces?* Se levantó y corrió tras él, descalza, olvidando su fobia a los bichos y a cualquier otra cosa relacionada con las cavernas, preocupada por Manolito. Se fundió mentalmente con él mientras intentaba alcanzarlo con la velocidad prodigiosa de la loba.

Él no pensaba ponerla en peligro sin saber qué ocurriría, y su determinación era absoluta. No quería estar con ella si de pronto todo salía mal.

*¡Ni te atrevas!* MaryAnn gritó mentalmente, le gritó a él, im-

primiéndole a sus palabras la fuerza de una orden. Respiró con una especie de sollozo gutural. *Manolito. No. No puedes hacer esto.*

Sintió el roce de sus dedos en su rostro, y de pronto ya no estaba en ella: la había expulsado de su mente para garantizar su seguridad. MaryAnn sintió que el suelo temblaba y supo que la entrada estaba abierta. Se puso a la carrera con la intención de llegar antes de que él la cerrara.

Las paredes rocosas se cerraron con un estrépito y rechinaron con un ruido que quedó reverberando en su mente. MaryAnn echó la cabeza hacia atrás y lanzó un aullido, una mezcla de furia y terror.

*Si no vuelvo, la puerta se abrirá al ponerse el sol.*

Ella golpeó la roca con las dos manos, con un sollozo que le apretaba la garganta. *Si no vuelves, no tiene sentido que la puerta se abra. Por favor, Manolito, he cambiado de parecer. No quiero esto. Vuelve.*

*No te expondré al peligro.*

*Es un riesgo que tomo yo*, imploró ella.

Sintió el suspiro de Manolito en su mente y volvió a tener la sensación de que sus dedos le rozaban la piel.

*No lo entiendes. Tú eres más que mi corazón. Eres mi alma. No hay nada ni nadie en este mundo más importante para mí. No quiero que sientas el fuego de la conversión. No quiero que jamás sufras dolor. Y no pondré en peligro tu vida ni tu cordura hasta que yo haya arriesgado la mía para saber si te lo puedo hacer a ti sin que sufras ningún daño.*

Ella tuvo que taparse la boca para ahogar su llanto. Con llorar no bastaría para detenerlo. Ninguna orden lo detendría. *Si de verdad me quieres...*

Oyó mentalmente su risa suave. *Es por amor que hago esto. Vuelve, siéntate en la cama y espérame. Si regreso, llevaremos a cabo la conversión. Si no vuelvo, busca a mis hermanos y permite que ellos cuiden de ti.*

Había un dejo seductor en su voz. La imagen de ella sentada en la cama, desnuda, esperando que él volviera, estaba en la mente de él. A MaryAnn le dieron ganas de lanzar algo. Se inclinó para coger una piedra del suelo de la caverna, la empuñó con fuerza y, en un arrebato de ira, la estrelló contra el suelo, furiosa con la pretensión de Manolito de que lo esperara. Pensando que él volvería y harían el amor y gozarían del sexo. Un sexo lupino, desinhibido. Oh, Dios, cuánta razón tenía él.

*Manolito.* Volvió a intentarlo. *Tú eres tan importante para mí como yo lo soy para ti. Al menos hagamos esto juntos. Déjame salir. O sigue conectado mentalmente.*

*No te expondré al peligro.*

Él volvió a interrumpir la conexión y MaryAnn se sintió sola. Muy sola. Volvió a la habitación con tal pesadumbre que el corazón estaba a punto de rompérsele en mil trozos. Si algo iba mal... Si ahora lo perdía... ¿Cómo era posible que hubiera vuelto a hacerlo? Una vez más, la había despojado de su capacidad de decidir. La ira se desvaneció cuando, de pronto, lo entendió. Si él no volvía, ella no tendría nada. No habría motivo para sentir ira. Ningún tipo de motivo. Sólo el vacío, sólo un horrible agujero negro que, a la larga, se la tragaría a ella.

—¿En qué pensabas? —murmuró, sin saber si le hacía la pregunta a él o a sí misma. Se dejó caer en la cama sin hacer caso de las lágrimas que le bañaban el rostro.

Manolito aspiró el aire de la noche y se llenó los pulmones. Sintió alertarse al lobo en su interior, procesando los datos con la misma rapidez de un carpatiano. MaryAnn lo había infectado con la sangre del lobo y, a medida que éste se volvía más fuerte, había esperado que sus rasgos carpatianos lo superaran o sucumbieran a él. Sin embargo, hasta ese momento, nada había ocurrido. El lobo sencillamente había encontrado un lugar donde estar y permanecía quieto y alerta. Era como si coexistieran, pero ¿qué pasaría con él o con el lobo si lo invocaba?

Alzó la cabeza hacia el cielo nocturno. Manolito amaba la belleza y el misterio de la noche. Amaba todo aquello que era carpatiano. ¿Era eso lo que había experimentado MaryAnn al descubrir quién era, sintiéndose confiada y feliz en su propia piel? Él la había despojado de aquello. Tenía la esperanza de que aceptara su regalo de vida y de amor, sin detenerse a pensar en el precio que pagaría. Para él ser carpatiano lo era todo. Ella, en cambio, había amado su vida, se sentía cómoda y feliz en ella. Y eso también se lo había quedado, sin pararse a pensar.

*¿Manolito?* Era Zacarías que conectaba mentalmente con él. La conexión era nítida, a pesar de la distancia. *¿Qué haces?*

Manolito sintió la inquietud de sus hermanos y supo que los había buscado sin proponérselo, como siempre hacían unos con otros antes de una gran batalla. Era una manera de decir adiós en caso de que las cosas no salieran bien.

*Estoy bien, Zacarías. He tomado ciertas decisiones de las que ahora me arrepiento. Si algún día te llega el momento, reflexiona bien antes de tomar alguna para que después no te arrepientas. Sé que mi camino era correcto, pero también he aprendido que existen otros.*

Siguió un breve silencio. Zacarías siempre había tenido esa capacidad de ver demasiado. *Lo que haces es peligroso.*

Manolito se encogió tranquilamente de hombros, desechando el comentario, aunque su hermano no pudiera verlo. *Todo lo que hemos hecho a lo largo de nuestra existencia era peligroso. Te ruego le transmitas a Mikhail la información de que nos enfrentamos a una posible destrucción desde todos los flancos. Es lo menos que podemos hacer, después de haber ayudado a los hermanos Malinov a tramar la conspiración contra el líder de nuestro pueblo.*

*Nicolas ya ha emprendido su viaje. No quiero que continúes por ese camino que has escogido. Sólo puedo adivinar peligro en lo que te espera.*

*Que tengas salud, hermano.* Manolito le transmitió toda su calidez y su afecto, pero interrumpió la conexión antes de que éste pudiera intuir lo que estaba planeando.

—Sólo estamos tú y yo, lobo —dijo, con voz queda.

Sintió que el lobo se desperezaba y estiraba. Aquella criatura estaba separada de él, dos personalidades dominantes compartiendo el mismo cuerpo. No era una ilusión. Sus rasgos del lobo, la necesidad de tener a la hembra protegida y cerca, aquellas características eran igual de fuertes, o más fuertes, en el lobo, y por eso redoblaba su necesidad de pasar al acto. Compartían sentimientos y sensaciones. Podían... comunicarse.

*¿Estás preparado para esto?*

*Tan preparado como tú. Ella es mi compañera tanto como lo es tuya.* No se advertía ninguna vacilación en el lobo. Todavía no entendía lo del vínculo carpatiano y lo que entrañaría en caso de que él muriera. MaryAnn lo seguiría enseguida o, si el lobo podía mantenerla viva, sufriría una lenta muerte en vida.

Sacudió la cabeza como rechazando esa posibilidad. Si no la convertía, ella estaría en lo cierto y tendrían una vida difícil, quizá la misma muerte lenta en vida, de cualquiera de las dos maneras. Era preferible ceder al fuego y arder rápida y limpiamente.

Lanzó su llamada. El lobo respondió. Él avanzó. El lobo se lanzó a su encuentro. Él sintió el cambio. Diferente. Se obligó a sentirlo todo, a analizarlo todo. La vida que se agitaba bajo su piel, que le escocía, los incisivos que crecían cuando el morro se alargaba para acomodar los colmillos afilados. Algo tiraba de él hacia adentro, que se encogía en una espiral descendente y le provocaba una sensación de claustrofobia. Su guardián pasó a su lado, colmándolo de seguridad cuando el lobo dio un salto adelante y se adueñó de su cuerpo.

Sintió la fuerza y el poder que fluían en él y a través de él, alimentando al lobo. Su mente se ensanchó cuando los recuerdos colectivos de generaciones y generaciones llenaron su memoria. No se parecía en nada a los hombres lobo del cine. La luna llena los debilitaba, y eran incapaces de manifestarse y proteger su cuerpo anfitrión, incapaces de responder a la llamada de la selva cuando los suyos estaban en peligro. Ellos se habían puesto a la cabeza de la organización para salvar los bosques y los animales, y trabajaban incansablemente para combatir la ignorancia sobre la vida silvestre, las plantas y los hábitats, hasta la tierra misma.

El hombre lobo era poder e inteligencia recubiertos de un pelaje lustroso. Con sus ojos color ámbar, miró la superficie calma del agua para que Manolito tuviera una noción de quién era él. No se trataba de ningún monstruo como los de las películas, sino de un lobo tan preocupado de su compañera como él de MaryAnn.

Las manadas estaban desperdigadas por el mundo. Pequeñas y compactas. Ocultas. Rara vez se reunían, a menos que fuera imperativo, pero sobrevivían muy bien disimulados en la comunidad de los humanos, trabajando, viviendo y amando como ellos. Su mayor peligro eran los solitarios, los lobos que se negaban a formar parte de una manada que, al igual que los hermanos Malinov, creían que tenían derecho a gobernar.

Su lobo había buscado en la memoria colectiva de todos los lobos y no había encontrado noticias de un carpatiano que se apareara con una loba, pero ninguna de las dos sangres era perjudicial para la otra. Manolito le brindó acceso a sus recuerdos y le permitió ver lo que haría la conversión, compartiendo con él sus temores sobre el bienestar de MaryAnn. Ahora empezaba a pensar en el lobo como en un hermano, en un compañero y un amigo. Se conocían mutuamente, se apoyaban el uno al otro y su lobo siempre protegería a MaryAnn, así como Manolito protegería a la loba que vivía en ella.

Y entonces emergió a la noche sin haber tenido que renunciar a nada. Si algo había hecho, era ganar en conocimientos, en seguridad y en habilidad para tomar decisiones racionales. Eventualmente les perjudicaría, a él y a MaryAnn, si ella no se prestaba a la conversión. Ella lo había sabido de manera intuitiva, además de entenderlo racionalmente. Él tenía que aceptar los riesgos por el bien de ambos. Si no lo hacía esa noche, puede que no volviera a tener el valor necesario.

De un gesto abrió las puertas de la caverna, sabiendo que ella oiría el crujido de las rocas cuando volviera a cerrarlas. Mientras avanzaba por el estrecho túnel, no le sorprendió verla venir, con el rostro bañado en lágrimas. MaryAnn se lanzó a sus brazos en lugar de esperar en la cama, como él le había ordenado. Manolito no sonrió, pero el corazón se le aligeró al ver su reacción.

—¿Qué has hecho? Estás loco, ¿lo sabías? —Su piel perfecta de color café palideció cuando se lanzó hacia él. Estaba furiosa y, sin embargo, seguía llorando mientras intentaba golpearlo, dejándose llevar por el embate de la adrenalina.

Él la cogió por los puños, la atrajo con fuerza hacia sí y la envolvió con todo el cuerpo para que no se hiciera daño a sí misma ni a él.

—Tranquila, *csitri*. No te hagas daño.

Ella respondió propinándole otra patada, furiosa al ver que estaba a salvo.

—Hacerte daño a ti, querrás decir. No puedo creer que hayas hecho eso. ¿Qué habría pasado si me hubieras necesitado y yo no hubiera podido llegar adonde estabas?

—Tenía que asegurarme de que estuvieras a salvo —dijo él, lo cual era perfectamente razonable. Con un brazo, la tenía cogida por la cintura, y con el otro, por debajo de los pechos, sujetándole los brazos para impedir que ella volviera a golpearlo—. Mi lobo está muy interesado en tu loba. Le preocupa que algo le suceda cuando tú te conviertas, pero creo que somos los dos igual de fuertes. Creo que tu pequeña hembra es lo bastante fuerte para aguantar la conversión contigo.

Ella no estaba del todo dispuesta a renunciar a su miedo ni a su rabia contra él. Manolito la levantó en vilo y retrocedió, con ella en los brazos. Su polla ya estaba caliente e hinchada, situada perfectamente entre las nalgas de ella.

—Si crees que voy a dejar que me toques...

Él inclinó la cabeza para encontrar el hueco de su cuello cálido, suave e incitante. Encontró el pulso con la lengua, que hizo bailar aquí y allá sobre él. Con los dientes, rascó ligeramente la piel, y aquello le humedeció a MaryAnn la entrepierna con un calor líquido. Sintió una contracción en el vientre y un dolor palpitante. Flexionó los músculos del brazo hasta que él se lo soltó, no sin cierta cautela, y le cogió la cabeza arqueándose para él, contenta de que todavía estuviera sano y salvo.

—Me has asustado.

—Lo siento, *sivamet*. No era mi intención asustarte, sólo quería tenerte a salvo.

Manolito deslizó la mano hasta cogerle un pecho en la palma con gran ternura. Tiró del pezón, y ella sintió que una sensación le recorría el cuerpo como un murmullo. Había algo muy sensual en esa manera de tenerla, con el brazo apretándola contra él y los cuerpos entrelazados. Él siempre la hacía sentirse sensual, bella y muy deseada.

Un hambre voraz brilló en sus ojos cuando inclinó la cabeza para besarla. Su boca se apoderó de sus labios bruscamente, pero sus manos eran suaves cuando las deslizó por la tersa superficie de su vientre. Dibujó unos círculos pequeños, y le sostuvo el mentón en alto para tener su boca al alcance. MaryAnn temblaba de ilusión.

—Tiéndete en la cama —dijo él, y la soltó.

Ella se giró para mirarlo y vio la excitación sin ambages en sus ojos, la gruesa erección palpitando contra los duros músculos de su vientre. Él hizo un gesto con la cabeza hacia la cama y ella se tendió, adoptando una postura deliberadamente sensual, lo cual le aceleró la respiración. MaryAnn se movía con la elegancia de una loba, lenta e incitante, los pechos agitados y el culo redondo y prieto. Se giró y se estiró, sin prisas, dejándolo ver hasta el último centímetro de su piel.

Sabía que a él le fascinaba su piel, y las luces que bailaban sobre ella le daban a su tono color café un matiz que la hacía aún más bella, tanto, que Manolito no podía quitarle los ojos de encima. Se arrodilló ante ella en la cama y le deslizó la mano por la pierna hasta el muslo. Sus manos eran cálidas y duras. La excitación la hizo tensarse y sintió la ola de deseo en su hendidura más íntima. Él apenas la había tocado, pero su oscura mirada era tan lujuriosa y excitante que creyó que tendría un orgasmo sólo con el roce de sus dedos y la expresión de sus ojos.

Entonces la cubrió entera con todo el cuerpo, sin dejar de besarla, tomándose su tiempo, con toda la suavidad y paciencia que le fue posible. Sus manos, tiernas, no paraban de excitarla. Manolito quería que conociera el amor. Que lo sintiera. Que supiera que él siempre estaría a su lado y que adoraría su cuerpo con todo su ser. Ella aprendería, al final del tiempo que pasaran juntos, y sabría que había sido amada como se merecía.

Le apartó el muslo con la rodilla y la levantó, esperó hasta que ella lo mirara y enseguida los unió a ambos con una larga embestida que lo hizo sentir una descarga eléctrica en todo el cuerpo. Sus músculos latían alrededor de él, apretados, húmedos e increíblemente suaves.

Él le dijo que la amaba con todo su cuerpo y se inclinó una y otra vez para besarla mientras la montaba y la llevaba a un dulce clímax. El corazón le latía como un martillo ante la trascendencia de lo que hacía, de lo que hacían los dos. Cuando vino su liberación, ella lo acompañó con un segundo orgasmo que la sacudió.

—¿Estás segura?

Ella asintió con un gesto de la cabeza y con una mirada de confianza. Manolito la abrazó, buscó su boca y la besó, una y otra vez, como si jamás fuera a saciarse. A MaryAnn le faltó el aire cuando él le mordisqueó los pezones y sintió que la sensación se trasladaba a su entrepierna y la hacía nuevamente estremecerse de placer. Como si él hubiera esperado esa señal, inclinó la cabeza y dejó colgar sensualmente su larga cabellera sobre la piel de ella, acariciándole los muslos al tiempo que le cogía los pechos. Jugó y raspó con los dientes, hizo bailar la lengua y la lamió. Se tomó su tiempo dándole breves chupetones y deslizando una mano entre sus piernas para ver su reacción, la estrechez caliente y la humedad que la lubricaba.

La besó hasta llegar a sus pechos generosos y lamió el punto donde le latía el pulso. Una vez. Dos veces. Deslizó la mano por su hendidura y frotó, y luego hundió los dedos en ella. Sintió el movimiento de sus paredes que se cerraban en torno a él, apretando, con la excitación a flor de piel. Entonces le clavó profundamente los dientes y MaryAnn se sacudió en sus brazos, echó la cabeza hacia atrás e impulsó las caderas hacia adelante, acogiendo su mano con todo el cuerpo mientras él bebía. Aquella mezcla de placer y dolor la hacía contonearse, y a él con ella.

Aquella era la manera de los carpatianos. La necesidad de una compañera eterna. Nada podía saciar el hambre, sexual o físico, como un compañero eterno. Manolito tenía un sabor único para ella y ella era un afrodisíaco para él. Aquello era la esencia misma de sus vidas, un vínculo de sangre que ya nada podría romper. Aun así, él buscó en su interior al lobo y compartió con él sus sensaciones, deseando que entendiera, esperando que la loba de MaryAnn compartiera el mismo vínculo.

Respondió a la excitación de ella deseando que sintiera sólo ese placer y queriendo superar la experiencia de su fusión sublime. Su vida había quedado atada a la suya para toda la eternidad, y la unión del vínculo de la sangre era tan adictiva como su cuerpo. Manolito cerró los ojos y saboreó la esencia de su piel desnuda frotándose con la suya. Hasta la última terminación nerviosa se le había despertado, y hasta la más mínima sensación lo bañaba como una ola de placer. Se movió dentro de su mente, compartiendo con ella las sensaciones, el satén suave, la seda caliente, el sabor penetrante.

Levantó la mirada y vio los dos pequeños hilillos recorrer el breve trecho entre la curva descendente de sus pechos hasta llegar al valle de su vientre. Pasó la lengua por los diminutos orificios para cerrarlos, y los siguió desde su pecho hasta más abajo. Con el pelo le acarició los muslos cuando la cogió por la cintura, pidiéndole que se tendiera mientras él le lamía hasta la última gota de su esencia vital derramada sobre la piel. Sentía los músculos apretándose bajo la palma de su mano, tensándose como los otros alrededor de sus dedos.

Entonces la cogió en vilo, se tendió y la puso a horcajadas sobre él.

—Móntame, así —dijo, y volvía a estar lleno de deseo de ella.

—No es posible —contestó ella, con voz suave, pero cuando se deslizó sobre él hasta encontrar su vibrante erección con la boca, cambió de opinión—. Supongo que sí lo es.

Él la cogió por los hombros. No podía dejar que lo distrajera, pero su boca, esa boca mágica suya, acabaría por hacer precisamente eso.

—Móntame, MaryAnn. —Le cogió el muslo y tiró de ella hasta que, a regañadientes, volvió a lamerlo una vez más con un movimiento erótico; luego le obedeció y le montó.

Se echó el pelo hacia atrás y se enderezó, mientras él se cogía la base del miembro y lo sostenía para que ella lo acomodara lentamente. Sus pechos oscilaban, excitantes, eróticos y tentadores, y Manolito se quedó sin aliento, maravillado, ante la magia de su visión. Y luego MaryAnn se dejó penetrar con una lentitud exquisita, centímetro a centímetro. Era una tortura, un doloroso placer: ella lo acogió en su hendidura, caliente como un anillo de fuego, tan suave que parecía seda viva, tan apretada que a Manolito le faltó el aire. No estaba seguro de sobrevivir después de esa noche.

Alzó las manos y MaryAnn se inclinó para entrelazar los dedos con él. Aquel movimiento ejerció una presión sobre su punto más sensible y ella se sintió fragmentada en mil pedazos. Pero él la cogió por las caderas y la apretó contra su cuerpo, impidiendo que se moviera, sin dejar de mirarla, caliente y excitado. La intensidad descargó otra ola de deseo en ella.

MaryAnn sabía lo que él deseaba. La idea debería haberla asustado, o tendría que haber sentido pavor, o rechazo pero, por el contrario, la excitó tanto a ella como a su loba. Sintió los dientes, ahora afilados, que la impulsaban a saborearlo. Manolito. Su otra mitad. Él le deslizó una mano por el pelo hasta llegar a la nuca y tiró de ella hacia su pecho. Ahí, sentada a horcajadas sobre él, vibrando de placer, le lamió un punto del pecho justo por encima del corazón.

El torrente de su sangre la llamó a través de esas venas. Su aroma masculino. El olor almizclado del lobo y la densa fragancia del sexo en el aire, todo aquello se mezcló y le provocó un leve mareo. Volvió a hacer bailar la lengua sobre su pecho. Manolito respondió con una sacudida de su miembro que la hizo apretar con más fuerza, y entonces esperó, escuchando el latido regular junto a su boca, un latido rápido, excitante y expectante.

Hundió los dientes profundamente y el sabor de él, el increíble don de la vida, se derramó en su boca. Su respiración rasposa se hizo más pesada. Su polla se volvió más gruesa, estirándose, invadiéndola y bañándole todo el cuerpo en una ola de inmenso placer. Manolito sabía a... poder. Caliente, dulce y henchido de sexo. ¿Quién habría pensado que sabía tan bien?

Él comenzó a moverse dentro de ella. Movimientos largos y lentos, casi perezosos, como acero envuelto en un pliegue de terciopelo que se movía entre sus piernas, grueso y largo, llevándola pausadamente al borde de la locura. Él estaba por todas partes, en ella y sobre ella. Le llenaba la boca, el cuerpo, la envolvía en una crisálida de amor. Con las manos en las caderas, le ayudaba a levantarse y le permitía concentrarse en aquella sensación fogosa cuando él se retiraba casi por completo. Luego volvía a bajarla, manteniendo su ritmo lento para que ella pudiera disfrutar de un verdadero intercambio.

Para MaryAnn estaba siendo la cabalgata más sensual de su vida. Él deslizó las manos hasta cogerla por las nalgas, la acarició en pequeños círculos y siguió la línea larga y aterciopelada del medio, y luego volvió a levantarla para continuar con ese ritmo perezoso. Ella gimió y le lamió el pecho para cerrar la pequeña herida. MaryAnn seguía teniéndole el miembro preso entre sus músculos palpitantes y ahora respiraba entrecortadamente y sollozando. De pronto, lo miró a los ojos.

Él también la miraba. Manolito De La Cruz. Tenía los ojos negros de la noche teñidos por unas vetas de color ámbar que brillaban con destellos de diminutos relámpagos. Pensó que podría ahogarse en el amor que la bañaba. Él no intentó ocultarlo, no se mostró tímido para dejar que ella lo viera.

Manolito la cogió por las caderas y, con un movimiento circular, lento y erótico, la hizo plegarse hacia él. Ella se quedó sin aliento y el nudo apretado de nervios se estremeció con la intensa sensación. Una ola de fuego le bajó por el vientre y su matriz se sacudió de placer.

—Por supuesto que te amo. ¿Cómo no ibas a saberlo?

A MaryAnn le dolió la garganta y en sus ojos asomaron unas lágrimas ardientes.

—Jamás creí que te encontraría. Jamás pensé que sentiría un amor como éste, que fuera mío.

—Me aseguraré de que lo sientas cada vez que respires —dijo él. Apretó el asidero en sus caderas, impulsó las suyas hacia arriba, llenándola tan profundamente que gritó su nombre y le clavó las uñas en los hombros.

Entonces se echó hacia atrás y empujó hacia abajo, toda ella temblando, hasta que el placer le nubló la mente cuando sintió la brutal liberación de Manolito, la hinchazón repentina de su miembro, el chorro caliente en lo profundo de ella que la barrió como sucesivas olas que, al final, la hicieron desplomarse en sus brazos, agotada, cubriéndolo, todavía anclada a él, incapaz de moverse.

Él la abrazó y le besó el pelo mientras miraba el techo de cristales.

—He vivido muchos siglos, MaryAnn, y no creí, jamás, que esto pudiera ocurrirme a mí. Creo que ninguno de nosotros cree realmente que ocurrirá.

Ella no tenía suficiente aire en los pulmones para hablar, y sólo atinó a besarlo en el cuello, para descansar luego la cabeza en su pecho y cerrar los ojos para escuchar los latidos de su corazón.

—He mirado en mi corazón y en mi alma y, sinceramente, creo que los hombres de nuestra especie están destinados a reclamar a su compañera eterna sin importar que ella esté o no enamorada de él. He acabado con muchos vampiros y creo que, teniendo ante ti la elección de volverte completamente perverso, matando y acosando a los inocentes, o reclamar a tu compañera eterna y darle el tiempo para que aprenda a amarte... creo que es el único recurso que nos queda.

Ella le dio unas palmaditas en el pecho.

—Quizá pudieras pensar en la posibilidad de primero cortejar a tu compañera eterna, conseguir que se enamore de ti y luego reclamarla. —MaryAnn sintió un repentino calambre en el vientre. Respirando con dificultad, se separó de él para tenderse de espaldas a su lado.

Manolito le puso una mano encima y sintió el movimiento de los músculos. Ella se encogió y le apartó la mano.

—Me pesa demasiado. Y hace calor aquí dentro. Quizá deberías abrir la puerta y dejar que entre el aire de la noche.

Él se tendió de lado, cuidándose de no tocarla.

—La conversión ha empezado. Has sentido algo parecido, en parte, a lo que sintió Luiz. Quiero que permanezcas conectada mentalmente conmigo en todo momento.

—No hay necesidad de que los dos pasemos por esto. Ha sido decisión mía. —MaryAnn sintió que la llama de un soplete le quemaba las entrañas y, jadeando, se cogió el vientre con las dos manos. Unas gotas de sudor asomaron en su frente.

—No te lo estoy preguntando. No podría sobrevivir si me limitara a mirar. Tengo que ser un participante activo, y lo mismo digo de mi lobo. —Se inclinó hacia ella y le cogió la mano—. ¿Me entiendes? ¿Me has oído?

MaryAnn había abierto unos ojos enormes, ya vidriosos de dolor, pero asintió con un gesto de la cabeza.

—Mi loba —dijo, con voz ahogada—. Intenta defenderme. Hazla parar. Las dos tenemos que... —dijo, y calló porque una segunda convulsión se apoderó de ella, la levantó en vilo y volvió a estrellarla contra la cama. Acto seguido adoptó una posición fetal y quiso cogerle la mano a Manolito—. Dile que hable con ella. No puede resistirse a esto. La destruirá, pero ella no quiere que yo sufra.

Manolito no quería dejarla, ni siquiera por un momento, pero MaryAnn jadeaba al tiempo que asentía con la cabeza, intentando aguantar mientras el dolor hacía estragos en ella. Entonces se puso de rodillas sobre el borde de la cama y empezó a vomitar, una y otra vez.

Todo estaba ocurriendo rápido, casi demasiado rápido. Él quiso conectar con ella, pero en ese momento la sacudió otra convulsión. Manolito sentía que la loba se erguía en ella y trataba de protegerla. De hecho, no pensaba en salvarse a sí misma, pues ella era la guardiana, y MaryAnn estaba sufriendo.

En cuanto a su lobo no había habido relación alguna entre ellos, aunque ninguno de los dos quería que su compañera sufriera ese dolor. Manolito se mantenía firmemente conectado con MaryAnn, intentando asumir la agonía en carne propia, pero abandonó su cuerpo físico para permitir que surgiera el lobo.

Ella se retorció, desesperada por aliviar el dolor, y su mano tocó un grueso pelaje. Giró la cabeza y vio al lobo a su lado. El animal la miró con sus ojos de color ámbar. Los surcaban delgadas líneas oscuras como relámpagos. Eran unos ojos bellos. Y una piel bella.

*Déjala ir. Déjala salir.* Oyó el eco de las palabras en su mente cuando volvió a ser presa de una convulsión. El dolor le quemaba los órganos y le llegaba hasta el cerebro.

*Quizá muera.*

*No lo permitiré. Si te niegas, no sobrevivirá. ¿Sientes cómo lucha? Nunca aceptará lo que te está ocurriendo si no la ayudas a orientarse.*

*No sé cómo ayudarla.*

*Yo sí. Déjala salir.*

El lobo era igual de arrogante y protector que Manolito. Ella no sabía si podría soportar el dolor en el confinamiento de aquel pequeño espacio, pero no quería arriesgarse a que su loba muriera. Se obligó a dejarlo ir, aunque la sensación fue aún peor. No tenía nada a qué aferrarse, ningún ancla a la que asirse. Oyó su propio grito desesperado, y luego sintió ahí a Manolito, en su mente, calmándola, susurrando para aliviarla. También estaba ahí su lobo, murmurando algo para darle confianza.

El dolor fue remitiendo poco a poco y se volvió distante, aunque MaryAnn todavía sentía las convulsiones que la sacudían. Oyó a la loba jadeando y aullando, a veces llorando. Sintió los lametazos reconfortantes de una lengua aterciopelada de su compañero, que la ayudaba a superar la conversión. Aún más, sintió que los dos machos compartían el dolor y trabajaban juntos para aliviarla todo lo posible.

Pasaron horas, quizá días. Aquello parecía interminable. Agotado, y seguro de que, a la larga, MaryAnn sucumbiría, finalmente Manolito decidió llamarla para que emergiera.

A ella no le quedaban fuerzas. Lo mismo ocurría con su loba. Estaban las dos jadeando, tan agotadas que no podían moverse ni responder. El macho alfa animaba a la hembra paseándole el morro a lo largo del cuerpo, a todas luces intentando ayudarla.

MaryAnn volvió a sentirlos en su mente, y Manolito la llamó. Tenía que bajar a las entrañas de la tierra. Era la única manera de poner fin al dolor que todos experimentaban, la única manera de restablecerse y sanar. Con un esfuerzo supremo, MaryAnn se reincorporó a su cuerpo, transmitiéndole a la loba, que se retiraba, su calidez y su amor.

Manolito la estrechó en sus brazos, y la mantuvo cerca de él cuando hizo que la tierra se abriera y descendió flotando con ella en la cavidad. Acunándola, volvió a cubrir el espacio con la tierra y le ordenó que durmiera el sueño rejuvenecedor de los carpatianos.

# Capítulo 20

¿Dónde están? —preguntó Jasmine con un dejo de ansiedad. No le agradaba estar en la casa sin los machos carpatianos. Iba de una ventana a la otra mirando hacia la selva.

MaryAnn permaneció un rato en silencio y conectó ligeramente con Manolito.

—Están ayudando a Luiz. Se ha despertado como carpatiano y tiene hambre.

Juliette le alisó el pelo a Solange.

—No hay nadie ahí fuera, Jazz, yo lo sabría. En cualquier caso, los hombres no se encuentran demasiado lejos. Dudo que alguien intente volver a atacar.

—Yo sólo quiero irme de aquí —dijo Jasmine, y se llevó una mano al vientre con gesto protector.

—Hemos mandado a buscar el avión —le aseguró Juliette—. No queremos que ni tú ni Solange intentéis cruzar la selva para llegar a la hacienda. Es demasiado lejos y demasiado peligroso. Ahora que sabemos que el maestro vampiro querrá servirse de los hombres jaguar para capturar a Solange, no podemos correr ningún riesgo.

—La hacienda se halla en los límites de la selva pluvial —señaló Jasmine—. Lejos de lugares poblados. Por eso puede que tampoco estemos a salvo allí.

Juliette cruzó una larga mirada con MaryAnn y las dos miraron a Solange.

Ésta le apretó la mano a su prima. *No pasa nada. Ahora sé que no estaré a salvo en ningún sitio. No se lo digas a Jasmine. Tenía la esperanza de quedarme en la hacienda, pero no quiero exponerla a más peligros de los que ya corre. Está embarazada, Juliette, y necesita que la cuiden.*

Juliette habló en voz alta para tranquilizar a su hermana y a su prima.

—Hay varias casas en la hacienda, y una de ellas ha sido construida sólo para vosotras, para que tengáis intimidad. Rafael y Colby son carpatianos y tienen su propio hogar en la hacienda. La hermana y el hermano menor de Colby viven con ellos. Riordan y yo también tenemos una casa allí. Nicolas y Zacarías comparten la construcción principal. Manolito y MaryAnn también tendrán su propia casa. Aparte de eso, la familia Chavez vive y trabaja en la hacienda. Están bien pertrechados, tanto en conocimientos como en armas, para luchar contra los vampiros o contra cualquiera que intente haceros daño. La hacienda es el lugar más seguro donde podríais estar ahora mismo, con ocho carpatianos cuidando de vosotras.

Solange suspiró.

—Tiene razón, Jasmine. Es probable que en la hacienda estemos más seguras que en cualquier otro lugar. De todos modos, yo necesito un poco de tiempo para recuperarme. Y siempre me han fascinado los caballos.

Jasmine se giró, por primera vez más interesada en la conversación.

—No lo sabía. Nunca me lo habías dicho.

Solange intentó mostrarse indiferente. En los tiempos que corrían, rara vez daba a conocer algo de su persona, ni siquiera a la familia.

—Cuando era más joven, solía montar.

—Lo recuerdo —dijo Juliette—. Ya entonces eras muy atrevida. Siempre montabas a pelo y le dabas un susto de muerte a mamá.

La luz se desvaneció de los ojos de Solange, que volvió a tenderse en el sofá. Juliette y Jasmine lanzaron una mirada de impotencia a MaryAnn, como preguntándole qué deberían hacer.

MaryAnn esperó a que Jasmine se sentara en el sofá junto a Solange antes de sacar el esmalte de uñas. Sostuvo el frasco en alto.

—¿Alguien quiere usar esto?

—Jamás en la vida me he pintado las uñas —dijo Solange, con expresión ligeramente escandalizada—. ¿Me podéis imaginar a mí con las uñas pintadas de rojo?

—No de rojo —dijo MaryAnn, sacudiendo ligeramente la cabeza y frunciendo el ceño, como si Solange hubiera dicho un disparate—. De rosa pasión.

—Rosa *pasión* —repitió Juliette y le dio un codazo a su prima—. Eso es una locura. Jamás te he visto con nada rosado, y mucho menos rosa pasión.

—¿Por qué no el rojo? —le preguntó Jasmine.

—No le sentaría bien al tono de su piel —dijo MaryAnn, que era la entendida—. Tiene unas manos muy bellas. Y una quiere que la gente se dé cuenta.

Solange se puso las manos detrás de la espalda.

—No me interesa que los hombres se fijen en mí.

MaryAnn se rió.

—Eso es una tontería. ¿De verdad crees que las mujeres se visten sólo para los hombres? Algunas lo hacen, pero la mayoría sólo pretenden darse valor en todo tipo de situaciones. Si tienes buen aspecto, te sientes más segura. Por ejemplo, si tú y Jasmine tuvierais que ir a una cena de gala, te querrías arreglar lo mejor posible para que las demás mujeres no te hicieran sentir como una pariente pobre. Las mujeres son mucho más duras que los hombres con las demás mujeres.

—Tú siempre tienes muy buen aspecto. Aparte de la ropa, ¿qué haces para conseguirlo?

MaryAnn miró de izquierda a derecha y luego bajó la voz.

—El arma secreta es el pepino.

MaryAnn, Juliette y Jasmine se echaron a reír.

—Venga, Solange —dijo Juliette—. No pienses en porquerías.

—No estoy pensando en nada raro, gracias. La que me preocupa es MaryAnn.

—Te los pones en los ojos —le dijo ésta, riendo aún más sonoramente.

La sonrisa de Solange tardó en asomar y fue muy breve, pero le iluminó los ojos.

—Eso ya lo sabía.

Era la primera vez que MaryAnn veía ese destello de normalidad en ella, que por un momento había bajado la guardia.

—Te pintaré los dedos de las manos y los pies, Jasmine —se ofreció MaryAnn. La clave de la cooperación de Solange y quizás, a la larga, de su curación, era su amor por su joven prima. Siempre y cuando MaryAnn se guardara sus sugerencias para Jasmine, Solange se obligaría a abandonar su comodidad para acompañar a la joven.

Jasmine miró a Solange y luego a su hermana.

—Nunca me he pintado ni las unas ni las otras.

—Entonces ha llegado la hora de que lo pruebes —dijo Juliette.

—Y creo que Juliette debería probar el pepino —sugirió Solange.

Juliette le lanzó una almohada.

—En los ojos, en los ojos —dijo Solange, como atenuante.

—Me pintaré las uñas si te las pintas tú —dijo Jasmine.

—De ninguna manera —soltó Solange, negando con un gesto de la cabeza.

Juliette volvió a darle un codazo.

—Solange teme que pensemos que es una chica superficial, preocupada por la moda.

—¡Un momento! —dijo MaryAnn que fingía sentirse ofendida—. ¿Qué hay de malo en eso? Aún así, le di una buena zurra al vampiro. Sólo que estaba muy bien vestida cuando lo hice. —No mencionó que en ese momento estaba revestida de un grueso pelaje. Les enseñó las uñas—. Y sólo me rompí una.

—Tienes las uñas largas —dijo Jasmine, con admiración—. A mí siempre se me rompen.

—Pero no están pintadas. Venga, Jasmine. Solange me dejará pintarle las uñas de los pies. Se las podrá tapar, y así nadie lo sabrá. Es como ponerse ropa interior muy sexy y que nadie lo sepa. Te hace sentirte bella, pero eres la única que lo sabe.

Juliette frunció el ceño.

—¿Ropa interior? ¿Quién usa ropa interior?

—¡Yaj! —Solange le tiró el cojín de vuelta—. Estás muy equivocada.

—De acuerdo —dijo Jasmine—. Tengo que coincidir con esa opinión de Solange. Es demasiada información. Nunca podré volver a mirarte sin imaginarte... —añadió, y calló, haciendo una mueca.

Solange sonrió. Una sonrisa de verdad. Le cambió todo el rostro, le iluminó los ojos y la hizo parecer mucho más joven.

—Ahora también me has transmitido esa imagen.

Ella y Jasmine cruzaron unas miradas, hicieron una mueca y dijeron al unísono:

—Yaj.

—Por lo tanto, mi misión aquí ha terminado. He conseguido alteraros a las dos. —Juliette se cruzó de brazos con gesto de suficiencia.

Jasmine rió y le tendió las manos a MaryAnn.

—Si Solange es rosa pasión, ¿qué color soy yo?

Todas esperaban la sentencia. MaryAnn lanzó una mirada a Solange, que alzó una ceja.

—Eh, creo que eres más como color chicle —dijo, y sacó otro pequeño frasco de su bolso.

—¡Eso es rosado! —dijo Solange, y se reclinó en los cojines.

—No, no lo es —dijo MaryAnn, como indignada—. Hay una sutil diferencia.

—¿Qué más tienes ahí dentro? —quiso saber Juliette. Echó una mirada en el bolso y vio los frascos de esmalte alineados y sujetos por presillas—. No me lo puedo creer. Echa una mirada a esto, Solange. —Le cogió el bolso y le enseñó su contenido.

Se produjo un largo silencio de admiración.

—¿Cuántos frascos de esmalte de uñas tienes? —inquirió Solange.

MaryAnn volvió a coger el bolso y sacó el frasco de esmalte color chicle.

—Rara vez salgo de casa con menos de diez. Una nunca sabe lo que puede ocurrir, y una mujer tiene que sentirse bien consigo misma, pase lo que pase. —Dejó escapar un suspiro exagerado—. No tengo ni idea de lo que vosotras tres habéis hecho sin mí.

—Para empezar —dijo Solange, sentándose tan cerca del borde que casi tenía la nariz metida en el frasco de esmalte mientras observaba a MaryAnn aplicárselo a Jasmine en los dedos de las manos—, no nos pintábamos de color rosa pasión ni de chicle, de eso puedes estar segura.

—A ver —dijo Juliette, que había cogido el rosa pasión—. Dame tu pie, Solange.

—¡Espera! —Había un dejo de alarma en la voz de MaryAnn—. No puedes hacerlo así, sin más. Aquí tienes. —Le pasó dos pequeños trozos de espuma naranja y lila—. Tienes que usar estos. Son para separarle los dedos.

Solange dobló la rodilla y se sentó sobre su pie.

—Atrás, prima. No pienso dejar que me pongas una cosa tan rara en los pies.

—No te portes como un bebé. —MaryAnn se deslizó la espuma entre los dedos de un pie y lo levantó—. Ya ves, no duele para nada. Tengo otro par y no son de color lila.

Jasmine dejó escapar un grito de emoción.

—Mira, Solange, son rosadas.

Ésta entornó la mirada pero dejó que Juliette le pusiera las esponjas entre los dedos.

—Más te vale que no le cuentes esto a nadie, nunca.

MaryAnn se ocupó alegremente de las uñas de Jasmine, lanzando miradas furtivas a los dedos de Solange. Juliette era un desastre pintando uñas y hacía reír a Jasmine con tantas ganas que apenas conseguía mantener el pulso firme. MaryAnn miró varias veces a Solange que, al parecer, empezaba a relajarse y a permitirse una pequeña diversión. Era un paso pequeño, pero también un progreso.

Entonces encontró su esmalte preferido y empezó a pintarse los dedos mientras Jasmine se soplaba el esmalte y Juliette dejaba que Solange también la pintara a ella. De pronto, ésta se puso rígida y miró hacia la puerta.

*¿Manolito?* MaryAnn intuyó su presencia cercana. *Ten cuidado con Solange. Ha sufrido un auténtico trauma. Ella y Jasmine necesitan ayuda. Por favor, advierte también a Luiz y a Riordan.*

Él le aseguró que lo tendría en cuenta y entró a grandes pasos en la habitación.

—Buenas noches, señoras. Espero que estéis todas bien. —Se inclinó para rozarle la frente a MaryAnn con un beso, fingiendo que no veía a Solange hacer una mueca debido a su proximidad.

—¿Cómo está Luiz? —le preguntó Jasmine.

—Se encuentra bien. Ahora Riordan está con él. Tendrá que aprender unas cuantas cosas. Volar y mutar de forma como lo hacen los nuestros no es tan fácil como parece. —Le guiñó un ojo a Jasmine—. Bonitas uñas, me gusta el color.

—Es color chicle —dijo ella, sonriendo.

Manolito le cogió el frasco de las manos a MaryAnn, se sentó frente a ella, le cogió el pie y se lo apoyó en el muslo.

—He estado vigilando la isla, Solange, y he visto huellas de jaguar en el lado norte. Las seguí hasta el río. Al parecer, el felino cruzó. —Hablaba con un tono distendido, tratándola como su igual y obligándola a ella a tratarlo de la misma manera. Abrió el frasco de esmalte y frunció el ceño al olerlo.

MaryAnn lo miró con una sonrisa de agradecimiento por dirigirse a Solange como si no se percatara de que a la muchacha le costaba tolerar su presencia en la sala. Era probable que hubieran pasado años desde la última vez que se había encontrado en compañía de un hombre.

—Tengo un sentido del olfato más bien agudo —siguió Manolito—, y no he detectado a hombre alguno en el felino, a pesar de que las huellas eran de hacía varias horas. ¿Cómo se puede distinguir a un vampiro de un jaguar auténtico cuando no se puede hacer un barrido de su cerebro? En este caso, no estaba lo bastante cerca para captar su patrón cerebral.

A MaryAnn le entraron ganas de lanzarle los brazos al cuello y abrazarlo.

*He aprendido unas cuantas cosas después de estar en tu mente.* Su voz era una caricia perezosa. MaryAnn crispó los dedos, deseosa de torcerlos y, con el pincel untado de esmalte, se pintó el dedo en lugar de la uña.

Solange observaba el proceso, fascinada por la visión de ese enorme macho carpatiano, esencialmente un predador, pintándole delicadamente las uñas de los pies a su compañera eterna. Hizo una mueca y tuvo que apartar la mirada cuando éste clavó a MaryAnn con la suya, enfadado.

—Quédate quieta.

—Estoy quieta. Eres tú el que ha hecho eso.

—¿A qué te refieres con eso? —inquirió Manolito.

*Parecías muy sensual y guapísimo y tu voz era como el refugio en medio de la tormenta. Pórtate bien.*

Solange se aclaró la garganta.

—Cuando el hombre jaguar viaja, suele llevar una pequeña bolsa al cuello. —Su voz era grave y ronca, como si no hablara a menudo. No miraba directamente a Manolito, pero tampoco gruñía. Y no había dejado de pintarle las uñas a Juliette, como si fuera la cosa más normal del mundo—. A menudo, cuando trepa a un árbol, en la bolsa queda una pequeña cantidad de musgo del tronco o de la rama donde se para. Cuesta verlo porque es pequeño, pero una vez que sabes qué buscas, lo puedes detectar.

—Cuando volvamos a la hacienda, quizá tengas un momento para explicármelo —dijo Manolito—. Así, cuando salgamos a patrullar, sabremos qué buscar. —Hablaba con un tono igual de distendido que Solange, y se inclinó para soplarle los dedos a MaryAnn.

—De acuerdo.

Se hizo el silencio, pero era un silencio amable, nada tenso. MaryAnn miró por la sala a las mujeres que ahora eran parte de su familia. Luego miró al hombre en quien ponía su corazón y su alma. Y se dio cuenta de que sonreía.

Manolito alzó la mirada y sus ojos oscuros la encontraron. A ella se le desbocó el corazón como siempre ocurriría cuando lo mirara, cuando se perdiera en esos ojos.

*Te amo,* avio päläfertiil.

—Mi compañera eterna. Mi esposa.

*Yo también te amo,* avio päläfertiil, koje.

—Mi compañero eterno. Mi marido.

# *Un diccionario carpatiano muy abreviado*

Este diccionario carpatiano en versión abreviada incluye la mayor parte de las palabras carpatianas empleadas en la serie de libros Oscuros. Por descontado, un diccionario carpatiano completo sería tan extenso como cualquier diccionario habitual de toda una lengua.

Nota: los siguientes sustantivos y verbos son morfemas. Por lo general no aparecen aislados, en forma de raíz, como a continuación. En lugar de eso, se los emplea habitualmente con sufijos (por ejemplo, «*andam*» - «Yo doy», en vez de sólo la raíz «*and*»).

**aina:** cuerpo
**ainaak:** para siempre
**akarat:** mente, voluntad
**ál:** bendición, vincular
**alatt:** a través
**alə:** elevar; levantar
**and:** dar
**avaa:** abrir
**avio:** desposada
**avio päläfertiil:** pareja eterna

**belső:** dentro, en el interior
**ćaδa:** huir, correr, escapar
**ćoro:** fluir, correr como la lluvia
**csitri:** pequeña (femenino)
**ećí:** caer
**ek:** sufijo añadido a un sustantivo acabado en una consonante para convertirlo en plural
**ekä:** hermano
**elä:** vivir
**elävä:** vivo
**elävä ainak majaknak:** tierra de los vivos
**elid:** vida
**én:** yo
**en:** grande, muchos, gran cantidad
**en Puwe:** El Gran Árbol. Relacionado con las leyendas de Ygddrasil, el eje del mundo, Monte Meru, el cielo y el infierno, etcétera.
**engem:** mí
**és:** y
**että:** que
**fáz:** sentir frío o fresco
**fertiil:** fértil
**fesztelen:** etéreo
**fü:** hierbas, césped
**gond:** custodia; preocupación
**hän:** él, ella, ello
**hany:** trozó de tierra
**irgalom:** compasión, piedad, misericordia
**jälleen:** otra vez
**jama:** estar enfermo, herido o moribundo, estar próximo a la muerte (verbo)
**jelä:** luz del sol, día, sol, luz
**joma:** ponerse en camino, marcharse
**jŏrem:** olvidar, perderse, cometer un error
**juta:** irse, vagar

**jüti:** noche, atardecer
**jutta:** conectado, sujeto (adjetivo). Conectar, sujetar, atar (verbo)
**k:** sufijo añadido tras un nombre acabado en vocal para hacer el plural
**kaca:** amante masculino
**kaik:** todo (sustantivo)
**kaŋa:** llamar, invitar, solicitar, suplicar
**kaŋk:** tráquea, nuez de Adán, garganta
**karpatii:** carpatiano
**käsi:** mano
**kepä:** menor, pequeño, sencillo, poco
**kinn:** fuera, al aire libre, exterior, sin
**kinta:** niebla, bruma, humo
**koje:** hombre, esposo, esclavo
**kola:** morir
**koma:** mano vacía, mano desnuda, palma de la mano, hueco de la mano
**kont:** guerrero
**kule:** oír
**kuly:** lombriz intestinal, tenia, demonio que posee y devora almas
**kulke:** ir o viajar (por tierra o agua)
**kuńa:** tumbarse como si durmiera, cerrar o cubrirse los ojos en el juego del escondite, morir
**kunta:** banda, clan, tribu, familia
**kuulua:** pertenecer, asir
**lamti:** tierra baja, prado
**lamti ból jüti, kinta, ja szelem:** el mundo inferior (literalmente: «el prado de la noche, las brumas y los fantasmas»)
**lejkka:** grieta, fisura, rotura (sustantivo). Cortar, pegar, golpear enérgicamente (verbo)
**lewl:** espíritu
**lewl ma:** el otro mundo (literalmente: «tierra del espíritu»). Lewl ma incluye lamti ból jüti, kinta, ja szelem: el mundo inferior,

pero también los mundos superiores En Puwe, el Gran Árbol
**löyly:** aliento, vapor (relacionado con lewl: «espíritu»)
**ma:** tierra, bosque
**mäne:** rescatar, salvar
**me:** nosotros
**meke:** hecho, trabajo (sustantivo). Hacer, elaborar, trabajar
**minan:** mío
**minden:** todos (adjetivo)
**möért:** ¿para qué? (exclamación)
**molanâ:** desmoronarse, caerse
**molo:** machacar, romper en pedazos
**mozdul:** empezar a moverse, entrar en movimiento
**nä:** para
**ŋamaŋ:** esto, esto de aquí
**nélkül:** sin
**nenä:** ira
**nó:** igual que, del mismo modo que, como
**numa:** dios, cielo, cumbre, parte superior, lo más alto (relacionado con el término «sobrenatural»)
**nyál:** saliva, esputo (relacionado con nyelv: «lengua»)
**nyelv:** lengua
**o:** el (empleado antes de un sustantivo que empiece por consonante)
**odam:** soñar, dormir (verbo)
**oma:** antiguo, viejo
**omboće:** otro, segundo (adjetivo)
**ot:** el (empleado antes de un sustantivo que empiece por vocal)
**otti:** mirar, ver, descubrir
**owe:** puerta
**pajna:** presionar
**pälä:** mitad, lado
**päläfertiil:** pareja o esposa
**pél:** tener miedo, estar asustado de
**pesä:** nido (literal), protección (figurado)

**pide:** encima
**pirä:** círculo, anillo (sustantivo); rodear, cercar
**pitä:** mantener, asir
**piwtä:** seguir, seguir la pista de la caza
**pukta:** ahuyentar, perseguir, hacer huir
**pus:** sano, curación
**pusm:** devolver la salud
**puwe:** árbol, madera
**reka:** éxtasis, trance
**rituaali:** ritual
**saγe:** llegar, venir, alcanzar
**salama:** relámpago, rayo
**sarna:** palabras, habla, conjuro mágico (sustantivo). Cantar, salmodiar, celebrar
**śaro:** nieve helada
**siel:** alma
**sisar:** hermana
**sív:** corazón
**sívdobbanás:** latido
**soŋe:** entrar, penetrar, compensar, reemplazar
**susu:** hogar, lugar de nacimiento; en casa (adverbio)
**szabadon:** libremente
**szelem:** fantasma
**tappa:** bailar, dar una patada en el suelo (verbo)
**te:** tú
**ted:** tuyo
**toja:** doblar, inclinar, quebrar
**toro:** luchar, reñir
**tule:** reunirse, venir
**türe:** lleno, saciado, consumado
**tyvi:** tallo, base, tronco
**uskol:** fiel
**uskolfertiil:** fidelidad
**veri:** sangre
**vigyáz:** cuidar de, ocuparse de

**vii:** último, al fin, finalmente
**wäke:** poder
**wara:** ave, cuervo
**weńća:** completo, entero
**wete:** agua

www.titania.org

Visite nuestro sitio web y descubra cómo ganar
premios leyendo fabulosas historias.

Además, sin salir de su casa, podrá conocer
las últimas novedades de
Susan King, Jo Beverley o Mary Jo Putney,
entre otras excelentes escritoras.

Escoja, sin compromiso y con tranquilidad,
la historia que más le seduzca
leyendo el primer capítulo de cualquier libro
de Titania.

Vote por su libro preferido y envíe su opinión
para informar a otros lectores.

Y mucho más…